내가 나를 치유하는 시간

내가 나를 치유하는 시간

김주수 지음

나를 살리고 마음을 살리는 마법의 셀프테라피

Self therapy

프로방스

제가 처음 상담 일을 시작했을 때, 공황장애로 10년 동안 고생하고 있던 50대 여성분께서 제 상담실을 방문하여 상담을 받으셨습니다. 이분은 공황장애 때문에 숨이 막혀서 버스도 못 타는 분이었습니다. 첫날 3시간 상담을 하고, 격일로 3시간씩 두 번 더 상담했습니다. 그렇게 상담을 세 번 하고서 상담을 시작한 지 5일 만에 공황장애가 다 사라졌고, 이날 이분은 버스를 타고 편안하게 귀가하셨습니다. 그 이후로도 재발 없이 잘 지내고 계십니다.

30년 동안 만성두통과 종종 심리적 패닉 현상을 경험했던 50대 여성은 수없이 많은 상담을 받고도 왜 머리가 아픈지, 그 원인조차 찾지 못한 상황이었습니다. 저와 상담 하루 만에 바로 그 원인을 찾았고, 그 덕에 상담 몇 번 받고 30년이나 지속되었던 만성두통이 바로 좋아지셨습니다. 심지어 이때는 전화 상담이었습니다.

남편과의 불화로 인해 10년 넘게 화병(분노조절장애)으로 고생하고 있던 60대 초반의 여성분은 줌을 통한 상담 10시간 만에 극심했던 증상이 깨끗이 다 좋아지셨고, 병원에서도 못 고쳤던 만성적인 어깨통증도 저절로 다 나으셨습니다. 심지어 참나코칭을 받고 상담 중에 영적 각성까지 하셨습니다.

30대 후반의 어느 여성분은 대인공포증 때문에 여러 곳에서 10년 동안 무려 2,600만 원의 상담료를 쓰고도 증상이 나아지지 않은 상태였습니다. 이분은 그런 증상 때문에 자기 동네도 못 돌아다녔는데, 저와 10시간 상담이 끝나던 날 아직 다 좋아진 수준은 아니었으나, 신이 나서 자기 동네를 몇 시간 동안 돌아다녔습니다. 그날 "바뀐 것 같아요. 관찰자가 됐어요. 올라오면 알아차리고 알아차리니 없어지네요!"라고 제게 문자를 보낼 정도가 되었습니다. 고작 상담을 시작한 지 일주일 만에 일어난 일이었습니다. 당시 저는 10시간 상담료로 50만 원을 받았으니, 50만 원이 2,600만 원을 이긴 셈입니다. 이 또한 심지어 전화 상담이었습니다. (지금은 전화 대신 줌으로 상담을 합니다.)

인생에서 가장 멋진 일은
사람들이 당신은 해내지 못할 것이라고 한 일을 해내는 것이다.
-월터 배젓-

저는 본디 문학을 전공했고, 대학에서 학생들을 가르치던 사람이었으나, 대학강단을 떠나 심리상담가가 되기 위해서 '정신분석학에서 이상심리학, 인지행동치료, 심리도식치료, 수용전념치료, 게슈탈트치료, 가족세우기, 내면가족시스템치료, EFT, EMDR, NLP, 최면'에 이르기까지 세상에 알려진 거의 대부분의 심리치료 이론과 치유기법을 배우고 익혔습니다. 또한 저는 깨달음을 위해 마음공부를 30년 가까이 해왔던 구도자였기에, 이런 여러 공부를 바탕으로 '내면관계치료'라는 저만의 독자적인 심리치료 기법을 만들었습니다.

모든 관계에서 가장 중요한 관계는 바로 '자기 자신과의 관계' 입니다. 이것은 모든 관계의 시작점이자 자기 삶의 정신적 바탕과 같습니다. 모든 심리적 문제는 자신의 내면과 좋은 관계를 맺지 못해서 생긴 것입니다. 하여 그 어떤 사람이든, 바로 자신의 내면과 좋은 관계를 맺어야만 행복하고 건강한 삶을 살아갈 수 있습니다.

'내면관계치료'는 현 수준을 놓고 봐도 세상에 알려진 그 어떤 심리치료에도 뒤지지 않을 만큼 뛰어난 기법이라고 생각합니다. 저는 '내면관계치료'를 세계 최고의 심리치료기법으로 계속 발전시켜 나가고 싶습니다. 심리치료는 실전보다 더 좋은 스승이 없습니다. 그런 점에서 제가 만나는 모든 내담자는 제 꿈을 이루어주는 디딤돌 같은 존재가 되어주시리라 믿습니다.

사고방식이 유연해지려면 우리가 사용하는 말을

'정말 가능할까'에서 '어떻게 하면 가능할까'로 바꿔야 한다.
원하는 것을 이루는 방법을 생각하고,
그것을 실제로 이룰 수 있을지를 생각하면
그때부터 마음이 변하기 시작한다.

-브라이언 트레이시-

'심리전문가, 명상전문가, 최면전문가' 이 세 명 중에 누가 심리치료를 가장 잘할까요? 누가 심리치료에 가장 뛰어날까요? 사람마다 실력의 수준이 다를 것이므로, 일률적으로 말하기는 어려울 것입니다. 다만 같은 수준의 실력이라고 했을 때, 만약 이 세 분야를 다 공부하고 익힌 사람이 있다면 그는 분명 이 세 사람을 훨씬 더 능가할 것은 자명한 일입니다. 마치 한 가지 무술만 익힌 사람보다 여러 가지 무술을 다 익힌 MMA 선수들이 훨씬 더 강한 것처럼!

제가 바로 이 세 가지를 함께 체득하고 있는 사람이며, '내면관계치료'가 뛰어난 이유도 바로 이 때문이 아닐까 합니다.(예컨대 내면관계치료는 널리 알려져 있는 인지행동치료보다 치유 속도나 효과 면에서 10배 이상 더 뛰어납니다.) 이 세 가지를 다 알고 있으면 훨씬 더 폭넓고 깊이 있게 사람의 마음과 증상을 이해하고 바라볼 수 있으며, 그 때문에 치유의 방법에 있어서도 훨씬 더 깊이 있고 다양한 접근(시도)을 할 수 있게 됩니다. 그 누구든 이 세 가지를 다 공부하고 익힐 경우 그렇게 되는 것은 당연한 이치일 것입니다.

때문에 저는 상담가의 실력을 높이는 데 도움이 되는 게 있다면, 치유에 필요한 게 있다면 마음을 열고 뭐든 다 배워야 한다고 생각합니다. 요컨대 증상이 너무너무 심한 분들은 대부분 오랫동안 가슴과 머리가 꽉 막혀 있었을 뿐 아니라, 자율신경계의 불균형이 너무 심하기 때문에… 좀처럼 잘 회복되지 않거나 좋아지는 데 꽤 오랜 시간이 걸립니다. 이처럼 초중증인 분들은 기존의 방법으로는 잘 낫지 않습니다. 상담을 해보면 정말 상상도 못했을 만큼 증상이 심한 분들이 많습니다.

상담은 오직 실전이므로 저로서는 끊임없이 더 좋은 방법을 찾을 수밖에 없었으며, 그것으로도 부족하면 제가 배운 것들을 바탕으로 독창적이고 효과적인 치유법들을 개발해야만 했습니다. 상담 때 제가 사용하는 치유기법들은 대부분 제가 만들거나 기존의 것을 변용한 것들입니다. 이게 가능했던 것은 심리치유와 명상과 최면 이 세 가지를 제가 다 배우고 공부했기 때문입니다.

심리상담도 수없이 많은 이론과 치유기법들이 있기에, 배우고 공부해야 할 게 너무너무 많습니다. 명상법도 수없이 많은 방법들과 엄청난 깊이가 있기에, 익히고 공부해야 할 게 너무너무 많습니다. 최면도 수없이 많은 방법들과 심오한 이치가 있기에, 익히고 공부해야 할 게 너무너무 많습니다. 그야말로 하루 종일 공부만 해도 정말 끝이 없습니다.

그럼에도 좋은 상담가가 되려면, 그 누구든 저는 이 세 가지를 다 공부해야 한다고 생각합니다. 위에서도 말했지만, 한 가지만 아는 사람보다는 이 세 가지를 다 아는 사람이 훨씬 더 뛰어날 것이기 때문입니다. 훨씬 더 뛰어난 길이 있음을 알면서도 그것을 안 할 수는 없다고 생각합니다. 그것은 일종에 직무유기와 같을 테니까요!

저는 새로운 기적을 만들기 위해 지금도 계속 노력 중이고, 실력을 더 높이기 위해 현재도 끊임없이 공부하며 연구하고 있습니다. 이러한 노력과 경험이 쌓이면 쌓일수록 그 성과와 결과치는 더욱 뚜렷해질 것이라 생각합니다. 상담 과정에서 제게도 수없이 많은 시행착오와 좌절이 있었습니다. 지금의 실력이 되기까지 정말 피땀 어린 노력이 있었고, 혼자서 처절한 고독과 소외를 견뎌내야 하는 인고의 시간들이 있었습니다.

상처를 치유하는 데 가장 좋은 것은 한없는 사랑과 이해이다.
내 이야기를 하기 전에 상대방의 입장이 되어서
그 아픔을 느끼고 상처를 이해하는 것이
대화와 소통의 기본이다.
나는 이제 다만 늘 이렇게 기도한다.
'당신의 아픔을 내 가슴으로 느낄 수 있게 해주세요!'

-오제은-

지금까지 제게 상담을 받으셨던 분들의 90% 이상이 다른 곳에서 상담을 오랫동안 받으셨는데도 낮지 않은 분들입니다. 이

분들 중엔 대부분 제게 오시기 전까지 수백만 원 이상의 상담료를 쓰신 분들이 많습니다.(외람된 말씀이지만, 이분들 중엔 아직까지 심리분석조차 제대로 된 분이 한 분도 없었습니다.) 저는 이런 분들을 대부분 20시간 안에 좋아지게 합니다. 정말 초중증인 경우는 더 많은 시간이 필요하기도 하지만, 다른 곳에서 잘 낫지 않았던 분들이 10시간 안에 다 좋아지는 경우도 많습니다.

이 정도의 실력이 되었음에도 저는 경제적으로 어려운 분들을 위해 지금까지 줄곧 상담업계 최저금액만 받고 상담을 했습니다. 그런데 그 정도의 상담료도 부담스러워 상담을 안 받거나, 추가 상담을 더 받아야 하는데도 상담을 받지 않는 경우가 많았습니다.(저는 상담 때 스스로 자신을 치유할 수 있도록 자가치유법들을 다 알려드리기에 그런 영향도 있습니다.) 상담과 치료가 필요하신 분들 중에는 증상 때문에 인생이 심각하게 망가지는 경우가 흔해서 경제적으로 어려운 분들이 정말 많습니다.

이런 고민 끝에 저는 책을 통해서 더 많은 분들이 '심리치유'를 경험할 수 있으면 좋겠다는 생각이 들었습니다. 그렇게 된다면 상담가에게 직접 상담을 받지 않아도 더 많은 이들이 치유의 혜택과 기쁨을 얻을 수 있을 테니까요. 개인 상담은 시간과 공간과 인력의 제약을 받지만, 책을 통한 치유는 시간과 공간과 인력의 제약을 모두 초월합니다. 제가 이 책을 쓴 이유는 바로 이 때문입니다. 저는 단지 한 권의 책만 열심히 읽었을 뿐인데, 상담을 받은 것처럼 치유의 방법이 체득되고 각종 마음의 병이 낫는 기적 같은 책을 쓰고 싶었습니다.

이 책은 실제 심리상담처럼 개인의 심리를 분석할 수도 없고, 직접적인 치유작업을 해줄 수도 없습니다. 하지만 책의 내용만 잘 따라가면 상담가에게 상담을 받지 않아도 충분히 스스로 자기치유를 할 수 있도록 만들어졌습니다. 그저 책을 따라, 책이 알려주는 대로 반복해서 읽고 실천하기만 하면 됩니다. 실제 상담 때는 최면을 비롯해서 다양한 방법을 쓰기 때문에, 책에 그 모든 것을 다 담을 수는 없었지만, 웬만한 증상은 혼자서도 충분히 자가치유를 할 수 있도록 책을 썼습니다.

예전에 제게 상담 문의를 주셨던 어떤 분께 물어보니, 우울증 때문에 1년 동안 상담을 받았는데 상담료로 400만 원 정도를 썼다고 하셨습니다. 그래서 얼마나 좋아지셨냐고 물었더니, 30% 정도 좋아졌다고 하시더군요. 감히 말씀드리건대, 이 책만 꼼꼼히 읽고 이 책에서 말하는 방법을 제대로 실천한다면 그 정도 효과는 누구나 그보다 더 짧은 시간 안에 얻으실 수 있으리라 생각합니다.

> '최고성과기술'을 계속해서 추구하는 사람은
> 어떤 한 시스템이나 패턴에 얽매일 필요가 없다.
> 그런 사람은 소망하는 결과를 만들어 내기 위해
> 더 새롭고 효과적인 방법을 계속 찾는다.
>
> -앤서니 라빈스-

"이 세상은 여러분의 굴이에요. 거기서 진주를 찾는 건 여러분에게 달렸습니다." 실존 인물 크리스 가드너의 일대기를 다룬 영화 〈행복을 찾아서〉에 나오는 구절입니다. 저는 이 책이 각자의 내면 속에 있는 '진주'를 찾아내는 촉매제가 되었으면 합니다. 이 책을 접하는 독자들은 저마다 다 다른 인생 스토리를 가지고 계시겠지만, 저마다 다 똑같은 바람을 가지고 이 책을 만나실 것입니다. 아무쪼록 이 책을 읽으시는 모든 독자분들께 치유의 기쁨이 빛의 폭포수처럼 쏟아져 내리기를 기원합니다.

2023년 5월
취루재에서 김주수 드림

제2장 / 생각의 작용과 생각 바꾸기에 대하여

제1부

마음을 치유하는 원리

제 1 장

증상이 발생하는 이유와
감정수용에 대하여

심리치유의 가장 중요한 원리

마음에 의한 질환은 다양하지만, 그 모든 증상과 병은 (크게 보자면) 오직 단 한 가지 원인에 의해서 일어납니다. 모든 심리질환은 자신을 온전히 수용하고 사랑하지 못해서 생깁니다. 어떤 증상, 어떤 병이든 예외가 없습니다. 그 내면에 어떤 상처가 있었든, 그 삶에 어떤 고통이 있었든 기실 '자신을 온전히 수용하고 사랑하지 못하는 것'이 모든 심리적 질환의 근본 원인입니다.

그래서 이를 뒤집어 보면 치유의 해답이 나옵니다. 모든 병이 '자신을 수용하고 사랑하지 못해서' 생긴 것이라면, 그것이 가장 근원적인 원인이라면 '자신을 온전히 수용하고 사랑하면' 어떠한 병이든 다 치유될 수 있다는 결론이 나옵니다. 인간의 심리작용에서도 인과의 법칙이란 절대적인 섭리를 따르기에, 원인이 사라지면 결과 또한 달라질 수밖에 없습니다.

거듭 말하지만 어떤 증상, 어떤 병이든 그것은 '자기 자신을 온전히 수용하고 사랑하지' 못하기 때문에 생깁니다. '자신을 수용하고 사랑하지 못한다는 것'은 달리 말하면 '자신의 삶을 수용하고 사랑하지 못한다'는 뜻이 됩니다. 그 내면에 상처와 고통과 회한과 불만이 많으면 많을수록 더욱 그렇습니다. 이것은 늘 하나로 연결되어 있습니다. 자존감이 낮은 이유도 그 때문이요, 과거의 상처에 얽매이는 것도 그 때문입니다.

'왜 마음이 편안하지 않을까요? 왜 자기 자신이 싫을까요? 왜 자기 삶이 싫을까요? 왜 과거에 집착할까요? 왜 삶이 무의미하게 느껴질까요?' 이는 모두 자기 자신과 자신의 삶을 온전히 수용하고 사랑하지 못하기 때문입니다. 아울러 상처와 고통, 시련과 좌절을 온전히 수용하고 사랑하지 못하기 때문입니다. 정녕 자신의 모든 것을, 자기 삶의 모든 것을 기꺼이 수용하고 사랑할 수 있다면 무엇이 문제이겠습니까! 모든 상처를 치유할 수 있는 길은 오직 텅 빈 하늘처럼, 그 마음의 그릇이 온전한 허용과 수용으로 더 커지는 길밖에 없습니다.

> 당신이 커지면 문제는 작아지고
> 당신이 작아지면 문제는 커집니다.
> 당신의 마음이 넓어지면 갈등은 작아지지만,
> 당신의 마음이 좁아지면 갈등은 커집니다.
> 나와 세상의 크기는 반비례하기 때문입니다.
>
> -문요한-

내 마음의 폭이 가마솥만한데 호랑이만한 상처가 들어오면 감당하기가 매우 어려울 것입니다. 하지만 내 마음의 폭이 풀장만해지면 고통이 덜해질 것이고, 호수만해지면 더더욱 덜해질 것입니다. 만약 내 마음의 폭이 바다만해지면 그 고통은 아주 작은 고통이 될 것입니다. 이처럼 내 마음이 폭이 커지면 커질수록 내 모든 상처들은 저절로 작아지게 됩니다. 이미 일어난 일은 바꿀 수 없지만, 그것을 품어 안을 수 있는 내 마음의 폭은 바뀔 수 있습니다. 결국 크나큰 상처를 치유할 수 있는 길은 오직 더 큰 수용과 사랑밖에 없음을 알게 됩니다.

'자신을 온전히 수용하고 사랑하지 못하는 것'은 대개 어린 시절 그러한 체험을, 그러한 수용과 사랑을 충분히 받아보지 못했기 때문입니다. 우리가 성장기 때의 '미해결과제' 혹은 '심리적 상처'라고 부르는 것의 본질이 바로 이것입니다. 그것은 일종의 심리적 결핍감이나 공허함으로 의식과 무의식 차원에 깊이 남아 있습니다. 그리고 그것은 자신의 모든 사고와 행동에 지대한 영향을 미칩니다. 사실 그것이 모든 심리적 병증과 불행의 근본 원인이라고 할 수 있습니다.

하지만 성인이 된 이후에도 자신이 온전히 자기 자신을 수용하고 사랑하면 그러한 결핍감과 공허함이 채워지게 됩니다. 어린 시절 어떤 상처가 있었든, 얼마나 사랑을 못 받았든 상관없습니다. 언제나 자신이 자기 자신을 온전히 수용하고 사랑하면, 시간이 좀 걸릴 수는 있으나 어떠한 심리적 결핍도 채워질 수 있습니다. 아울러 그 순간부터 내면의 결핍감이나 공허함을 채우기 위해 외부의 사랑이나 어떤 것에 더 이상 집착하거나 얽매이지 않게 됩니다.

오직 자신을 있는 그대로 사랑하라.

이것이 우리가 할 수 있는

세상에서 가장 지혜로운 일이다!

-로렌스 크레인-

조건 없이 있는 그대로 자신을 수용하고 사랑하는 것, 그것이 모든 결핍과 상처를 치유하는 가장 근본적인 방법이자 최고의 방법입니다. 조건 없는 수용과 사랑은 모든 치유의 궁극의 도달점입니다. 때문에 자기 자신을 온전히 수용하고 사랑하면 어떤 증상이든 반드시 나을 수밖에 없습니다. 크게 보면 모든 병의 원인이 단 하나이기에, 모든 병의 해결책도 단 하나인 셈입니다.

요컨대 '조건 없는 수용과 사랑'은 심리치유의 만병통치약이자, 치유의 유일무이한 대도(大道)입니다. 그것은 모든 치유의 출발점이자 궁극입니다. 하지만 '자신을 있는 그대로 수용하고 사랑한다는 것'은 생각처럼 쉬운 일이 아닙니다. 그것은 에고의 모든 집착과 저항과 판단과 분별을 다 넘어서는 일이기에, 그만큼 고도로 영적인 수준에 닿아 있는 것이기에, 어떤 면에서 보자면 너무나 어렵고 고원한 일이기도 합니다. 특히 심리적 고통과 상처가 많으면 많을수록 더욱 그러합니다. 그래서 때론 전문가의 상담이나 심리치유가 필요한 것이겠지요.

소중한 사람을 만나 사랑하고, 결혼하는 것은 누구나 꿈꾸는 근사한 일입니다. 하지만 이런 관계는 일시적인 것입니다. 사랑이 식어서 헤어지거나, 사별을 하거나 모든 관계에는 반드시 '끝'이 있기 때문입니다. 그러나 나와 영원토록 함께할 수 있는 단 한 사람이 있습니다. 그 사람은 바로 '나 자신'입니다. 누가 뭐래도 나 자신과의 관계는 영원할 수밖에 없지요. 그렇기에 우리는 자신의 가장 좋은 친구가 되어 주어야 합니다.

-루이스 L. 헤이, 『나를 치유하는 생각』 중에서

자기 자신을 수용하고 사랑하려면 제일 먼저 자신의 '상처받은 감정과 욕구'부터 수용하고 껴안아 주어야 합니다. 그러려면 무엇보다 자신의 내면 속에 켜켜이 쌓여 있는 상처받은 감정과 욕구가 온전히 이해되고 자각되어야 합니다. 어떤 형식으로든 깊이 있는 심리분석이 필요한 이유는 바로 이 때문입니다. 그러한 이해와 자각이 있어야만 자신의 마음과 자신에 대한 온전한 수용과 사랑이 뒤따를 수 있기 때문입니다. 결국 모든 심리치유는 자기 자신에 대한 이해와 자각으로부터 시작해서 수용과 사랑으로 끝나는 작업이라 해도 과언이 아닐 것입니다.

그 여정이 아무리 어렵고 길다고 해도 '치유된 나'를 찾아서 반드시 한 걸음 한 걸음 꾸준히 나아가야 할 것입니다. 그래야 더 이상 과거에 묶이지 않고, 과거의 낡은 감정과 생각에도 묶이지 않고, 지금 이 순간의 온전한 나를 만나며 더 자유롭고 행복한 삶을 살아갈 수 있을 테니까요!

제가 쓰는 치유확언 중엔 이런 것이 있습니다. '내 마음을 있는 그대로 인정하고 받아들인다. 나 자신을 있는 그대로 인정하고 받아들인다. 이로써 나는 나 자신을 더 깊이깊이 수용하고 사랑한다.' 이것은 치유로 가는 하나의 명확한 목표이기도 하지만, 그것을 찾아가는 가장 기본적인 마음가짐 또한 이와 같아야 할 것입니다. 이것은 자기수용과 사랑을 위한 가장 좋은 마음자세가 될 것이므로, 이런 마음으로 계속 나아간다면 어떤 경우든 반드시 좋아지게 될 것입니다.

2

내면이 분열되는 단 하나의 이유

모든 심리적 문제와 정신적 질환은 오직 단 하나의 원인 때문에 생깁니다. 그것은 내면이 분열되었기 때문입니다. 그렇다면 그 원인은 무엇일까요? 자아의 내면이 분열되는 이유는 단 하나밖에 없습니다. 내가 나 자신을 부정하거나, 회피하거나 억압하기 때문입니다. 내가 내 마음(감정/생각/욕구)을 스스로 부정하거나, 회피하거나 억압하기 때문입니다.

몇 가지를 예로 들어 쉽게 설명해 보겠습니다. 예를 들어, 내가 나를 자꾸 미워하면 어떻게 될까요? 내 내면은 '미워하는 나'와 '미움받는 나'로 서로 분열될 것입니다. 그 미움이 심하면 심할수록, 오래면 오래될수록 더욱 그렇게 될 것입니다. 이치가 너무 간명하지 않은가요? 자아의 모든 내적 분열은 이와 같이 이루어집니다.

내가 공부 못하는 나를 자꾸 미워하면 어떻게 될까요? '공부 못하는 나'와 '공부 못하는 나를 미워하는 나'로 서로 분열될 것입니다. 내가 무능하다고 자꾸 나를 미워하면 어떻게 될까요? '무능한 나'와 '무능한 나를 미워하는 나'로 서로 분열될 것입니다. 내가 못생겼다고 자꾸 나를 미워하면 어떻게 될까요? '못생긴 나'와 '못생긴 나를 미워하는 나'로 자꾸 분열될 것입니다. 내가 불안한 나를 자꾸 미워하면 어떻게 될까요? '불안한 나'와 '불안한 나를 미워하는 나'로 자꾸 분열될 것입니다. 그러니 이러한 심리적 충돌과 압력이 심하면 심할수록 더 많이 분열될 것임은 자명한 일이겠지요!

이와 같이 모든 경우가 다 마찬가지입니다. 내가 나 자신을 수용하고 사랑하지 않기 때문에, 내가 나 자신을 부정하고, 억압하고, 회피하기 때문에 끊임없이 자아가 분열되는 것입니다. 아니 분열될 수밖에 없는 것입니다. (예컨대 그 최고치에 정신분열증이 있습니다.) 자아가 계속 분열되어 서로 싸우는 내전 상황이 되므로 심리적 안정이나 평화가 무너질 수밖에 없는 것입니다. 즉, 내면이 분열되면 될수록 괴로울 수밖에 없고, 에너지가 분산될 수밖에 없습니다.

직면하는 모든 것을 바꿀 수는 없다.
하지만 직면하지 않고는 그 어떤 것도 바꿀 수 없다.

-제임스 볼드윈-

때문에 모든 치유는 크게 보면 단 하나의 길밖에 없습니다. 미워하는 나와 미움받는 나, 못난 나와 잘난 나, 어리석은 나와 똑똑한 나, 유능한 나와 실패한 나, 못생긴 나와 예쁜 나, 과거의 나와 현재의 나…… 그 수많은 모든 나, 그 모든 자아를 온전히 인정하고 수용하고 사랑하는 것입니다. 오직 그럴 때에만 분열되었던 자아가 '통합모드'로 전환됩니다. 오직 그럴 때에만 내가 나 자신을 편안하게 대할 수 있습니다. 하여 그렇게 될 때에만 내 삶도 편안해질 수 있는 것입니다. 삶은 오직 내가 이끌고 다니는 내 마음속에 있는 것이니까요! 이는 내가 내 자신에게 가했던 조건적 수용과 사랑(차별적 수용과 사랑)을 '조건 없는 수용과 사랑(무조건적 수용과 사랑)'으로 바꾸는 것입니다.

이는 자신을 그 무엇과도 비교하지 않는 것이며, 그 어떤 이유로도 부정하지 않는 것입니다. 모든 심리치유의 핵심 관건이 바로 여기에 있다 해도 과언이 아닙니다. 내가 나 자신을 조건적으로 대한다는 것은 그 조건에 부합되지 않으면, 즉 '그 조건에 부합되지 않는 나'는 죄다 부정하고, 억압하고, 회피하겠다는 뜻이 됩니다. 즉, 내 마음, 내 기준에 못 미치는 '나'는 수용하지 않고 거부하고 부정하겠다는 것입니다!

그렇다면 우리는 왜 그토록 스스로 자신 자기를 부정하고, 억압하고, 회피할까요? 그것은 성장기 때 만들어진 상처와 고통과 신념 때문입니다. 성장기 때 조건 없는 수용과 사랑을 충분히 받아보지 못했기 때문에, 나 스스로도 자신을 그렇게 대하지 못하는 것입니다. 대부분 내면에 상처가 많을수록 자기 부정과 억압과 회피는 더욱 심합니다. 즉, 그런 성향은 치유되지 못한 상처(내면아이)와 신념적 습관 때문에 생기는 것입니다. 그래서 어떤 상처 때문에, 어떤 기준(조건) 때문에, 내가 나를 부정하고, 억압하고, 회피하고 있는지, 어떤 방식으로 그렇게 계속 살아왔는지를 정확히 찾아내어 자각하고 이해하는 것이 모든 치유의 출발점이라고 할 수 있습니다.

지속해서 자신을 배반할 때, 자신을 무가치하거나 받아들일 수 없는 존재로 취급해 진정한 자기와 단절될 때, 트라우마가 생겨난다. 트라우마는 우리가 살아남으려면 자기 본연의 모습을 배반해야 한다는 근본적인 믿음을 만들어 낸다.

-니콜 르페라, 이미정 역,『내 안의 어린아이가 울고 있다』에서

길게 설명했지만, 이치는 아주 간명합니다. 내가 '인정하는 나'는 수용이 되지만, 내가 '부정하는 나'는 계속 억압되거나 거부됩

니다. 그렇게 되면 나의 내면은 분열될 수밖에 없습니다. 하여 나로부터 부정당한 '수용 받지 못한 나'는 소외의 불만 속에서 계속 문제를 일으키게 되는 것입니다. '수용 받지 못한 나'가 나에게 온전히 수용 받을 때까지요! 이것이 모든 증상의 유일한 원인이기에 유일한 해결책이기도 한 것입니다.

인생의 목적은 완전하게 태어나는 것이다.
살아간다는 것은 매 순간 다시 태어나는 것이다.

-에리히 프롬-

나의 분아(分我)들은 다 나름의 존재 이유가 있습니다. 내전을 치르고 있는 이들을 화해시키는 방법은 모든 나의 존재 가치를 인정하고 받아들이는 것입니다. 핵심은 '내가 나를 대하는 방식을 바꾸는 것'입니다. 그래야 내가 나와 사이좋게 지낼 수 있을 것이며, 마음에 평화가 깃들 것입니다. 그래서 내가 나를 대하는 방식을 좋은 쪽으로 바꾸는 것은 치유의 고속도로가 되고, 자각과 인정과 수용은 치유의 내비게이션이 됩니다.

내면의 평화는 자신을 공격하는 포성이 멈추듯, 자기부정과 자기불신이 없을 때 찾아오는 것입니다. 때문에 내 모든 마음과 내 안의 모든 나(모습)를 오로지 있는 그대로 인정하고 수용하는 것만이 내전을 끝내고 내면을 통합하는 유일한 길이 됩니다. 즉, 이것이 치유의 본질이자 궁극인 것입니다. 심지어 이것이 영성과 깨달음의 궁극이기도 합니다. 세상에 그 어떤 이치와 이론도 이것에서 벗어날 수 없습니다. 조건 없는 수용과 사랑, 이것은 치유를 위한 절대적 이치요, 우리 모두가 도달해야 할 도착점이니까요!

3

내가 나를 사랑하지 못하는 이유

내가 나를 있는 그대로 사랑하지 못하는 이유는 어린 시절 성장과정에서 부모로부터 있는 그대로 수용받는 사랑이 아니라, 조건적으로 수용되어지는 사랑을 받았기 때문입니다. 부모가 그렇게 내게 부여한 조건과 기준(규칙)이 성장과정에서 내 내면에 내면화되었기 때문입니다. 그래서 성인이 된 지금도 길들여진 대로 내면에 새겨진 그 '조건과 기준(규칙)'에 여전히 계속 충성하고 있기 때문입니다.

그럼 나는 왜 그런 조건과 기준에 충성했을까요? 아무 힘이 없는 어린아이가 부모님의 양육방식에 잘 적응하여 생존하려면… 부모님이 강요하거나 내세우는 조건과 기준에 충성하고 순응해야만 살아남을 수 있었기 때문입니다. 즉, 버려지지 않기 위해서, 그 조건적 사랑이라도 받기 위해서 힘없는 아이는 그것을 받아들이고 그에 맞춰 적응할 수밖에 없었던 것입니다. 그래서 나는 부모님이 나를 대했던 방식으로, 즉 부모가 요구했던 조건과 기준대로 나를 대하게 됩니다. 이것은 이른바 살아남기 위한 아이의 유일한 '생존전략'이었던 것입니다.

문제는 이것이 성장과정에 깊이 내면화되면 무의식에 입력된 프로그램처럼 작동함으로써, 다 큰 성인이 된 이후에도 거의 평생 '내가 나를 대하는 방식'을 결정해 버린다는 점입니다. 이것이 바로 성인이 된 이후에도 '어린 시절 부모님에 의해 부여된 조건과 기준'에 자신도 모르게 계속 충성하게 되는 이유입니다.

예를 들어, 어린 시절 부모가 어떤 이유로 아이에게 책을 못 읽게 했다면, 그래서 그게 깊이 내재화된 사람은 다 커서도 여전히 그 명령(요구)에 충성하느라 책을 읽을 수 없는 사람이 됩니다. 책을 읽으려고 하면 이상하게도 머리가 아프거나, 책을 읽으면 안 될 것 같은 불편한 감정이 막 올라오게 됩니다.(이런 사례가 실제로 있었습니다.) 어린 시절 부모가 "이 한심하고 쓸모없는 년아!" 하고 자주 욕을 해서 이것이 깊이 내재화된 사람은 그 말에 충성하기 위해서 성인이 된 이후에도 스스로를 '한심하고 쓸모없는 사람'으로 여겨 실제로 그런 사람이 되게 합니다. 이러한 무모한 충성과 복종은 무의식 차원에서 일어나기 때문에, 정작 스스로 힘들어하면서도 이를 고치지 못해 자신이 왜 힘들어하는지를 잘 모르는 경우가 많습니다.

그래서 무엇보다 이러한 문제에서 벗어나려면, 자신이 어린 시절 부모님의 양육방식에 의해 만들어진 '과거의 조건화'에 여전히 맹목적으로 충성하고 있음을 완전히 자각해야 합니다. 그러한 자각이 바로 그러한 패턴을 멈출 수 있는 시작점이기 때문입니다. "아, 더 이상 전혀 그럴 필요가 없는데 계속 그러고 있었구나. 이것은 지금의 내겐 전혀 도움이 안 되는 해로운 믿음이구나. 그러니 그런 생각이나 신념들을 완전히 다 버려야겠구나!" 이렇게 반복해서 자각하고 다 내려놓아야 합니다.

나 자신을 온전히 바라보고
반복되는 패턴을 알아차리기만 해도,
변화와 성장을 향한 큰 한 걸음을 뗀 것이다.

-조영은-

자기 자신에게 냉철하게 자문해 보시기 바랍니다. 내가 나 스스로를 미워하고, 자책하고, 자학하는 게 그동안 무슨 도움이 되었나요? 내 인생에 무슨 보탬이 되나요? 그런 방식으로 나를 대하는 게 앞으로는 또 어떤 도움이 되나요? 지금까지와 다른 인생을 살고 싶다면, 지금까지 내가 '나를 대했던 방식'과는 전혀 다른 방식, 더 좋은 방식을 택해야 하지 않을까요?

자기 마음에 대한 온전한 이해와 자각이 있어야 수용이 가능해집니다. 모든 심리적 문제는 내가 나를 수용하고 사랑하지 못해서 생기는 것이므로, 이해와 자각을 시작으로 내가 나를 조건 없이 있는 그대로 수용하고 사랑하게 되면 모든 문제가 해결되어질 것입니다. 왜냐하면 오직 그럴 때 내면의 모든 분열이 사라지고, 내가 나 자신과 사이좋게 지내게 됨으로써 내면에 진정한 평화가 깃들게 될 테니까요!

그렇게 되려면 무엇보다 내가 어떤 조건과 기준 때문에 나를 사랑하지 못했는지, 왜 아직도 그것을 계속 붙들고 놓지 않고 있는지를 온전히 이해하고 자각해야 합니다. 그래야 내면 속에 새겨진 '나를 사랑하지 못하게 만드는 조건화된 심리기제(무의식적 신념)'를 해체시킬 수 있게 됩니다. 그래야 비로소 내가 나를 대하는 방식을 바꿀 수 있습니다. 그것이 바로 나를 온전히 치유하는 길이자, 내면 속 생각의 감옥과 미로에서 나를 해방시켜서 자유롭게 하는 길입니다.

'나는 더 많이 사랑받아도 된다. 나는 있는 그대로 나를 사랑해도 된다. 어떤 일이 있어도, 어떤 경우에도 항상 그러하다! 나는 이제 언제나 아무 조건 없이, 나 자신을 있는 그대로 수용하고 사랑하는 것을 선택한다.'

내가 붙들고 있는 모든 마이너스 생각과 신념을 다 내려놓을 때, 조건 없는 무저항/무집착의 흐름 속에서 나는 그러한 사랑을 구현할 수 있는 힘을 얻게 됩니다. 모든 조건(기준)은 내면에 고착화되어 있는 그런 생각과 신념이 만드는 것이니까요. 그래서 무엇보다 내가 붙들고 있는 마이너스 생각과 신념을 반드시 내려놓아야 한다는 사실부터 자각해야 합니다. 흔히 마음공부에서

'내려놓음, 내맡김, 놓아버림, 흘려보내기, 비워버림' 등을 강조하는 것은 모두 이와 같은 맥락을 말하는 것이며, 이를 통해 얻어지는 평화와 자유를 위해서입니다. (제가 항상 하는 이야기지만, 심리치유와 마음공부는 이렇게 높은 수준에서 반드시 만날 수밖에 없습니다.)

이 세상에서 우리가 진정한 배신이라고 부를 수 있는 것은 단 한 가지, 자신의 진정한 자아와 자존감을 잊는 것입니다. 결국 상대방이 어떤 행동을 하든 상관없이 우리는 언제든 자신의 가치를 지킬 수 있습니다. 가장 중요한 것은 우리에게 상처를 입힌 사람들의 속박에서 벗어나 스스로를 용서하고 놓아주는 것입니다.

-루이스 L. 헤이, 『치유수업』 중에서

성장기 때 무의식에 새겨진 부정적인 신념은 강한 관성을 가지고 있습니다. 상처가 심할수록 더욱 그러해서 바꾸기가 쉽지 않을 때가 많습니다. 그래서 이를 해결하기 위해 다양한 치유기법들이 존재하는 것이니, 가장 효과적인 방법을 찾아서 무의식에 새겨진 과거의 프로그램을 제거하고 좋은 프로그램을 새로 깔아주어야 할 것입니다. 그것은 새로운 나로 다시 태어나는 유일한 길이자, 축복의 장이 될 것이므로!

모든 증상은 내가 나를 버렸기 때문에 생기는 것이다

나는 내가 붙들고 있는 조건 때문에 늘 조건적 수용과 사랑을 함으로써 그 조건에 못 미치는 나를 부정하고 억압하고 회피하게 됩니다. 즉, 내가 '내 마음에 들지 않는 나'를 심리적으로 버리게 됩니다. 예컨대 불안한 나, 두려운 나, 실패한 나, 창피한 나, 부족한 나, 수치스러운 나, 비난받은 나…… 등등 이런 나를 내가 버리고 억압함으로써 내 내면은 분열될 수밖에 없습니다.

무시당한 나, 버림받은 나, 무가치한 나, 못생긴 나, 볼품없는 나, 실패한 나, 인정받지 못한 나, 폭력적인 나, 비겁한 나, 욕심 많은 나, 두려워하는 나, 무서워서 벌벌 떠는 나, 시기 질투하는 나, 남의 것을 훔치고 싶은 나, 남을 미워하는 나, 조롱받는 나, 아픈 나, 무기력한 나… 이런 수많은 모습의 나는 나에게 버림받고 무시당하고 잊혀진 채 내 안에서 오늘도 기다리고 있습니다. 이런 '나'라도 받아주면 안 되겠냐고, 이런 '나'라도 바라봐 주면 안 되겠냐고, 이런 내 모습 그대로 한 번만 안아주면 안 되겠냐고 물으면서요!

-김설아(『파랑새 놓아주기』의 저자)

타인(부모)으로부터 버림받은 것보다 더 큰 문제는 내가 나를 버리는 것입니다. 모든 심리적 병은 어떤 기준과 조건으로 내가 '내 마음에 안 드는 나'를 버렸기 때문에 생기는 것입니다. 내가 부정하고 버린 '나'가 바로 우리가 흔히 말하는 내 내면 속에 있는 '내면아이'입니다. 이 내면아이는 자신을 수용해 줄 때까지 계속해서 신호를 보내줍니다. 그 신호가 바로 고통과 증상으로 나타나는 것입니다.

상처받은 내면아이는 오직 나 자신에게 인정과 수용(허용)을 받을 때 치유됩니다. 그래서 내면아이는 온전한 인정과 수용을 받고 싶어서 온전히 인정과 수용을 받을 때까지 계속 증상으로 나에게 신호를 보내주고 있는 것입니다. 굶주려 있는 내면아이에게 밥을 주지 않으면 내면아이는 계속해서 울 수밖에 없습니다.

상처받은 내면아이는 내 몸이 아무리 나이를 먹어도
성장하지 않는다.
자신의 존재를 인정받을 때라야 비로소 떠나간다.

-김상운-

나는 어떤 기준/조건으로 어떤 나를 버렸나요? 내가 버렸던 모든 나를 다시 모두 다 인정하고 수용해 주는 것이 바로 심리치유의 본질입니다. 어떤 증상이든, 증상이 얼마나 심하든 내가 버렸던 모든 나가 다 온전히 수용되어지면 반드시 다 나을 수밖에 없습니다! 마음의 법칙은 과학과 같아서 한 치의 오차도 없이 움직이기 때문입니다.

만약 많이 좋아졌지만, 아직 100% 완치 수준이 안 되었다면, 그 또한 아직 수용받지 못한 버려진 내면아이가 있다는 뜻입니다. 그러므로 그 내면아이를 찾아서 조건 없는 사랑의 마음으로 온전히 수용해 주어야 할 것입니다!

빛과 긍정적인 사고에만 초점을 맞추는 일은 마치 태양만 올려다 보느라 내가 똥 밭 위에 서 있다는 사실을 보지 못하는 것과 같다. 어디선가 역한 냄새가 나기는 하지만, 빛을 응시하고 있는 한 모든 나쁜 것이 저절로 사라져버릴 것이라고. 그리하여 당신은 똥을 치우는 대신 그 위에 향수(확언)를 가득 뿌린다. 반면 그림자 작업은 시선을 아래로 돌려 똥을 확인하는 과정이다. 이제 당신은 그 것을 치울 수 있고 심지어 퇴비로 만들어 멋진 정원을 일궈낼 수도 있다.

-캐럴린 엘리엇,『실존적 변태수업 킹크』에서

내가 '나'를 왜 버렸을까요? 그것은 어떠한 기준 때문에 내가 '나'를 조건적으로 수용하고 사랑하기 때문입니다. 그럼 이런 성향은 왜 생겼을까요? 성장기 때 부모님으로부터 그렇게 조건적 수용과 사랑으로 길러졌기 때문입니다. 부모님이 자신의 기준으로 '나'를 조건적으로 수용했기 때문에 그것에 길들여진 나 또한 나를 그렇게 대하는 것입니다. 이것을 심리학에선 '내사(內射)'라고 하는데, 이것은 무의식 차원에서 하나의 프로그램이 됩니다.

　예를 들어, 부모가 공부를 못 하게 했다면, 나는 '공부하고 싶은 나'를 버릴 수밖에 없게 됩니다. 부모가 노는 것을 못 하게 했다면, 나는 '놀고 싶은 나'를 버릴 수밖에 없게 됩니다. 부모가 하고 싶은 말을 못 하게 했다면 나는 '말하고 싶은 나'를 버릴 수밖에 없게 됩니다. 왜냐하면 그러한 부모님께 버림받지 않으려면, 그러한 요구에 잘 적응(순응)하고 맞춰주어야 하기 때문입니다. 즉, 살아남기 위해 나는 '나'를 버릴 수밖에 없었던 것입니다. 이것이 자신의 감정과 욕구를 억압하게 되는 근본 원인이고, 그 결과로 모든 마음의 병이 발생하게 됩니다. (이러한 맥락을 이해한다면, 아이나 청소년이 일찍부터 어떠한 심리증상이 발생하는 경우는 99% 부모 책임이라는 것을 알게 될 것입니다. 하지만 이렇게 아무리 말해줘도 대부분 잘 받아들이지를 않습니다.)

　그렇다면 내가 내 안의 어떤 자아도 부정하지 않으면, 내가 모든 나를 조건 없이 수용하고 사랑하면 어떻게 될까요? 내전 같은 모든 내면의 분열이 종식되고, '버려진 나'가 하나도 발생하지 않게 됩니다. 즉, '진정한 나'를 만나면서 온전한 치유가 일어나는 것입니다. 내가 나를 버렸다는 것은 내가 나 자신을 아직 온전히 만나고 있지 못한 상태라는 뜻이 됩니다.

　'버려진 나'가 하나도 없이 다 수용되어진 상태에선 내적분열 (내전)이 일어날 수가 없게 됩니다. 그래서 '조건 없는 수용과 사랑'이 치유의 전부라고 하는 것입니다. 이것은 심리치유에 있어 절대적인 것이지만, 이러한 상태를 영적으로 표현하면 '참나' 상태라고 할 수 있습니다. '조건'이 없다는 것은, 즉 '에고'가 없다는 뜻이 됩니다. 조건 없는 무집착과 무저항의 수용 상태일 때, 에고는 조건 없는 사랑 속으로 사라집니다.

우리 생의 유일한 목적은
있는 그대로 사랑하고 사랑받음을 배우기 위함이다!

-엘리자베스 퀴블러 로스-

참나의 본질은 조건 없는 수용과 사랑입니다. '조건'이 없다는 것은 어떠한 한계가 없다는 뜻이므로, 이를 달리 표현하면 '참나는 무한한 수용이요, 사랑'이라 할 수 있습니다. 실상 이것이 영성이나 깨달음의 핵심 내용입니다. 마음공부의 궁극은 '조건 없는 수용과 사랑'을 깨닫는 것입니다. 고로 참나가 따로 있는 것이 아니라, 모든 나를 수용하고 껴안는 것이 곧 진정한 나를 만나는 길이라고 할 수 있습니다.

누구든 영적 각성(깨달음)이 깊이 일어나면 모든 마음의 병이 저절로 다 치유됩니다. 왜냐하면 참나 상태는 충만한 수용과 사랑의 상태이기 때문이며, 심리치유나 마음공부나 결국 방향도 똑같고 본질도 똑같은 것이기 때문입니다! 중학교 수준의 수학이 있고 대학원 수준의 수학이 있듯, 그저 다만 깊이와 수준 차이(레벨 차이)가 있을 뿐입니다. 영적 각성에 대해 편견을 가지고 계신 분들이 많으나 실상 깨달음은 늘 내 안에 있었던 나의 본성인 '조건 없는 수용과 사랑'을 부활시키는 일에 지나지 않습니다.

조건 없는 수용과 사랑 속에선 어떠한 '자아'도 버려지거나 억압되지 않을 것입니다. 그래서 이보다 더 온전한 치유의 길은 없다고 할 수 있는 것입니다. 때문에 심리치유를 위한 최상의 루틴도, 깨달음을 얻는 최고의 방법도 모두 '조건 없는 수용과 사랑'에서 그 답을 찾아야 한다고 할 수 있습니다. 물론 이것을 가능케 하는 방법에는 기법차원에서 다양한 것들이 존재하겠지만요!

5 ——————————

회피기제와 보상기제에 대하여

어떤 어머니가 아들이 죽었다는 소식을 듣고서 기절을 했습니다. 그 어머니는 왜 기절을 했을까요? '기절을 했다는 것'은 무의식 차원에서 본인이 기절을 원했기 때문입니다. 이게 무슨 말이냐고요? 사람의 모든 증상에는 반드시 '회피기제와 보상기제'라는 욕구가 숨어 있습니다. 때문에 '기절'하는 현상에도 반드시 회피와 보상이라는 욕구가 숨어 있습니다.

어머니의 입장에서는 '아들이 죽었다는 사실'이 너무나 고통스럽고 충격적이기 때문에, 이 사실을 어떻게든 피하고 싶습니다. 이는 의식뿐 아니라 무의식 차원에서도 그러한데, 이러한 욕구가 바로 '회피기제'입니다. 그래서 어머니는 그 사실(고통)을 어떻게든 피하고 싶어 무의식적 욕구에 따라 '기절'을 한 것입니다. 무의식은 그것이 그 순간 취할 수 있는 최선의 선택이라고 여긴 것입니다. 그렇다면 기절한 어머니는 그러한 '현상'을 통해 어떤 이득을 얻었을까요? 그 어머니는 기절한 덕분에 잠시나마 '아들이 죽었다는 사실'을 잊을 수 있었습니다. 기절은 잠시나마 그 충격적인 사태를 잊을 수 있고, 회피할 수 있도록 도와준 것입니다. 그것이 바로 기절의 '보상기제'입니다.

이처럼 '기절'이라는 극적인 하나의 현상에서도 반드시 '회피기제'와 '보상기제'가 깃들어 있습니다. 달리 말하면 무의식 차원에서 어떤 것을 피하고 싶은 '회피욕구'와 어떤 이득을 얻고자 하는 '보상욕구'가 있는 것입니다. 때문에 누군가 '기절'을 했다면, 무의식 차원에서 기절을 원했다고 말할 수 있습니다. 기절을 했다는 것은 '기절이 주는 회피와 보상'을 무의식 차원에서 원했다는 뜻이기 때문입니다.

다른 예를 들어보겠습니다. 어떤 여고생은 성적 때문에 부모님께 매번 꾸중을 들었습니다. 이 여고생은 그 때문에 극심한 스트레스를 받았지만, 그걸 피할 길이 없었습니다. 그런데 어느 날부터 생리통이 너무 심해서 출혈이 빈번할 뿐 아니라 앓아누울 정도가 되었습니다. 이 병은 잘 고쳐지지 않았고, 이 때문에 학생은 공부를 정상적으로 할 수 없는 '아픈 사람'이 되었습니다. 그런 병이 생긴 이후로 아픈 딸에게 성적에 대해 닦달할 수 없었던 부모는 드디어 딸에게 야단을 치지 않게 되었습니다.

심리적 이유로 인해 몸이 아픈 이러한 증상을 심인성 증상이라고 하는데, 여학생에게 이런 증상이 생긴 것 또한 심리적 회피와 보상 때문이었습니다.(다른 형태의 병이 생겼을 수도 있습니다.) 아프면 성적 때문에 야단을 맞거나 공부하라는 닦달을 더 이상 받지 않아도 되기에, 그러한 보상을 얻기 위해 몸이 아파야만 했던 것입니다. 즉, 무의식 차원에서 그것을 원했던 것입니다. 양상은 다양하지만, 이러한 현상들은 너무나 많고도 흔한 것입니다. 모든 심인성 증상이 이와 같은 맥락으로 작동합니다. 그만큼 무의식적 욕구는 강력한 것이며, 필연적인 원인과 이유가 있는 것입니다.

나는 내 영혼의 원천에 다가가는 방법을 배운다.
첫 번째 단계는 조용한 자각이다.

-디팩 초프라-

무의식은 본능적으로 자신을 상처와 충격(고통)으로부터 보호하려는 속성이 있습니다. 회피기제와 보상기제는 바로 무의식의 이러한 본능적 보호욕구(생존욕구)로부터 만들어진 것입니다.

이것은 언제 어디서나 늘 작용하는, 우리 내면 속에 있는 하나의 '보호 시스템'과 같습니다. 무의식은 이처럼 우리 자신을 보호하기 위해 언제나 맹목적일 만큼 충성을 다합니다.

문제는 모든 심리증상에도 이러한 회피와 보상기제가 숨어 있다는 점입니다. 고통을 유발하는 증상들은 매우 부적절하고 비합리적인 방식 같지만, 그 속에도 이러한 회피와 보상기제가 반드시 깃들어 있습니다. 무의식은 합리적인 판단을 하지 않고 오직 입력된 대로만 반응(출력)하기에, 입력된 부정적 신념요소에 의해 무의식이 선택한 보호기제는 종종 우리에게 바람직한 결과를 가져다주지 않을 때가 많습니다. 그래서 필히 '나의 의식'이 무의식에 입력된 '내용들'을 잘 점검하고 인지하여 적절하고 좋은 방향으로 바꾸어 주어야 합니다.

치유를 위해선 우리의 모든 심리작용과 문제증상이 늘 이와 같이 움직인다는 것을 깊이 이해하고 통찰해야 합니다. 의식 차원에선 원인을 잘 자각하지 못할 때가 많지만, 그 속에는 반드시 우리가 예상하지 못했던 어떠한 회피와 보상, 즉 숨겨진 원인과 이유가 있습니다. 때문에 치유가 되려면 그것에 따뜻한 이해와 자각의 빛이 닿아야만 합니다.

그럼으로 각 증상을 놓고 보면 이렇게 간략히 개념 정리를 할 수 있습니다. 우울증이 있다는 것은 무의식 차원에서 우울증을 원하고 있다는 뜻입니다. 대인공포증이 있다는 것은 무의식 차원에서 대인공포증을 원하고 있다는 뜻입니다. 공황장애가 있다는 것은 무의식 차원에서 공황장애를 원하고 있다는 뜻이요, 강박증이 있다는 것은 무의식 차원에서 강박증을 원하고 있다는 뜻입니다. 불면증이 있다는 것은 무의식 차원에서 불면증을 원하고 있다는 뜻이요, 만성두통이 있다는 것은 무의식 차원에서 만성두통을 원하고 있다는 뜻입니다.

때문에 무의식에 잠재된 원인과 이유를 찾아내서 이것을 풀어내야만 문제가 해결됩니다. 무의식에 숨겨진 원인을 찾지 않으면, 근본적인 해결이 되지 않습니다. 무의식이 맹목적으로 선택한 부적절한 보호장치를 무장 해제시키는 것이 치유의 급선무인 것입니다. 때문에 증상 속에 숨어 있는 '회피와 보상의 욕구'를 찾아내는 것이 심리분석의 핵심이며, 이보다 더 본질적인 심리치료의 길은 없다고 해도 과언이 아닙니다. 이는 사람과 증상을 막론하고, 심리치료에 있어 가장 근본적이고, 가장 선행되어야 할 작업이기 때문입니다.

사람의 내면세계는 의식과 무의식이라는 두 층으로 되어 있습니다. 나무로 치자면 의식이 땅 위로 드러난 부분이라면, 무의식은 땅속에 뿌리내린 드러나지 않은 부분입니다. 때문에 모든 심리 치료는 무의식의 속성을 자각하는 '무의식 인지치료'가 기본이 될 수밖에 없습니다. 그래야 원인을 해결할 수 있고, 의식과 무의식이 만나 그 둘이 이상적인 방향으로 하나로 조율되고 조화되는 길을 찾을 수 있기 때문입니다. 의식과 무의식이 서로 다른 방향으로 움직이면, 내면은 분열될 수밖에 없고, 마음은 힘과 방향을 잃어 제대로 작동할 수가 없습니다.

한 인간을 변화시키기 위해 필요한 것은
자기 자신에 대한 자각의 변화다.

-아브라함 매슬로우-

당신은 어떤 증상, 어떤 마음의 문제를 가지고 계신가요? 그 해답을 찾고 싶다면 자신이 어떤 회피욕구와 보상욕구를 가지고 있는지를 속속들이 잘 찾아보시기 바랍니다. 그것보다 자기 무의식의 속성을 잘 통찰하고, 자기 마음의 문제를 분석하는 데 더 뛰어난 방법은 없을 테니까요!

6
의식과 무의식의 방향이 반드시 일치해야 하는 이유

우리의 내면은 의식과 무의식이라는 이원적 체계로 이루어져 있습니다. 때문에 이것이 어떤 관련 속에서 어떻게 작용하는지를 알아야만 사람의 마음을 제대로 이해할 수 있습니다. 아울러 이에 대한 속성과 원리를 잘 알아야만 우리의 마음을 치유할 수 있고, 보다 더 건강한 삶을 살아갈 수 있습니다.

아이들은 부모가 자신들을 늘 이상적으로 사랑하고 있다고 믿기 때문에, 결국 자신들이 느끼는 불행을 행복과 혼동하고 마는 것이다. 이러한 잘못된 생각과 되풀이되는 불행은 시간이 지나면서 오히려 아이로 하여금 안정감을 느끼게 만들어, 결국 아이의 삶을 지탱하는 가치관으로 굳어진다. 그 결과 자신도 모르는 사이에, '불행해야' 행복을 느끼는 어른으로 성장하게 된다. 다시 말해 진정한 행복을 경험해야 하는 선천적인 욕구 이면에 이 욕구와 경쟁하는 내적 불행을 키우고 마는 것이다.

-마사 하이네만 피퍼, 김미정 역, 『내적불행』에서

무의식의 속성을 설명하기 위해 간단한 예를 하나 들까 합니다. 예를 들어, 어떤 사람이 어른이 될 때까지 20년 동안 성장기 내내 불행했다면, 이 사람은 불행이 익숙할까요? 아니면 행복이 익숙할까요? 아마도 이 사람에게는 불행이 익숙하고, 행복이 더 어색하게 느껴질 것입니다. 그렇다면 이 사람은 무의식적으로 자신에게 익숙한 상태인 '불행'을 계속 추구할 가능성이 높습니다. 왜냐하면 그것이 자신에게 더 익숙하게, 더 당연하게 느껴지기 때문입니다. 이는, 즉 하나의 프로그램처럼 그 사람의 내면에 불행이 '체화'된 상태라 할 수 있습니다. 무의식은 이처럼 한번 만들어지면 계속 지속하려는 성향이 있습니다.

　이런 사람의 경우 의식 차원에서는 '행복'을 원하겠지만, 무의식은 계속 '불행'을 추구하게 됩니다. 즉, 의식의 방향과 무의식의 방향이 정반대로 따로 노는 것입니다. 이런 경우는 내면의 방향이 서로 엇갈리기 때문에, 내면이 통합되지 못하고 분열될 수밖에 없습니다. 의식과 무의식의 방향이 같아야 에너지가 한 방향으로 정렬이 될 텐데, 그렇지 못해서 마음의 에너지도 제대로 힘을 발휘하지 못합니다. 모든 심리적 문제 증상은 바로 이런 의식과 무의식의 불일치 혹은 부조화에서 비롯됩니다.

　이와 같은 맥락에서, 어려서 학대를 많이 받은 사람은 어른이 되어서도 자신의 익숙한 내면 상태를 따라 다시 자신을 학대하는 사람을 만나거나, 상대가 그런 사람이 되도록 종용하는 경우가 많습니다. 이처럼 무의식은 마치 자석처럼 자신이 경험했던 익숙한 일들(신념)을 닮은 삶의 양상을 계속 끌어당깁니다. 이처럼 보이지 않는 무의식의 힘은 참으로 무서운 것이며, 너무나 막강한 것이며, 지속성이 오래가는 것입니다. 잘 보이지도, 들어나지도 않지만, 우리 삶의 대부분의 불행은 이와 같은 무의식의 부정적 신념패턴이 만든다고 해도 과언이 아닐 정도입니다.

　때문에 행복해지고 싶다면 제일 먼저 자신의 무의식 속 '익숙한 신념-패턴'부터 바꿔야 합니다. 다른 음악을 듣고 싶다면 CD를 바꿔 끼워야 하는 것처럼, 이전과 다른 삶을 살고 싶다면 무엇보다 자신의 무의식 내용부터 바꿔야 하는 것입니다.

자신의 감정 상태를 통합하는 순간이 곧 자유를 얻는 순간이다.
왜냐하면 그때서야 자신이야말로
자기 삶의 질에 책임져야 할 사람이라는 사실을
몸소 '깨닫게 되기' 때문이다.

-마이클 브라운-

　내가 무엇을 하든, 언제 어디서든 내 무의식은 언제나 자동으로 움직입니다. 무의식은 지속적인 자동사고이기 때문에, 그 내용이 만일 부정적일 경우 자신은 그 악영향을 평생토록 계속 받게 될 것입니다. 때문에 심리치유나 마음의 건강을 위해서는 반드시 자신의 무의식 패턴을 알아야 하고, 그것을 밝고 건강한 방향으로 바꿔놓아야 합니다. 모든 심리치유는 자신의 무의식을 인지하여 자신의 의식이 원하는 방향으로, 즉 의식과 한 방향이 되도록 돌려놓는 데 있습니다. 의식과 무의식이 한 방향이 되어, 그힘과 흐름이 하나로 모아질 때만 우리의 내면은 건강하고 조화롭고 평화로울 수 있습니다. 오직 이를 위해 심리분석이 필요한 것이고, 이를 위해 심리치료가 필요한 것이 아닐까 합니다.

　심리치유와 관련하여 이러한 무의식의 속성에 대한 더 상세히 알고 싶으신 분은 마사 하이네만 피퍼의 『내적불행』이라는 책을 읽어보시기 바랍니다. 심리치료에 관심이 있거나 상담을 하시는 분들은 반드시 읽어야 할 필독서의 하나가 아닐까 합니다. 훌륭한 책을 두 권 더 추천한다면, 김중호의 『내면부모와 내면아이』와

니콜 르페라의『내 안의 어린아이가 울고 있다』를 꼽고 싶습니다.

7 ——————————————

모든 심리적 저항이 보호기제인 이유

자기 자신이 싫을 때가 있습니다. 자기 자신에 대한 혐오와 불만 때문에 마음이 매우 힘들 때가 있습니다. 그렇다면 이러한 자기혐오나 자기불만의 감정은 왜 생기는 것일까요? 자신을 혐오하고 자신에게 불만이 많다는 것엔 어떤 심리적 속성이 있으며, 어떤 의미가 있는 것일까요? 이런 감정은 아무 도움도 안 되는 것 같지만, 사실 이러한 불편한 감정 속에는 놀라운 이치가 숨겨져 있습니다.

그런 감정의 이면을 잘 살펴보면, 우리는 그 속에 숨겨져 있는 새로운 가치를 발견할 수 있습니다. 자기혐오나 자기불만이 많다는 것은 달리 말하면 자신에게 그만큼 기대가 크고 바라는 것이 많다는 뜻이 됩니다. 아울러 그만큼 '더 나은 자신의 모습'을 전제로 달라지고, 발전하고, 성장하고 싶다는 뜻이기도 합니다. 즉, 그 속에는 자신의 발전을 독려(질책)하고, 자극하고, 성찰하는 기능도 내포되어 있습니다.

만일 내가 부족하면 나는 사랑받지 못할 수도 있고, 경쟁에 뒤져 살아남지 못할 수도 있습니다. 내가 사랑받을 수 있으려면, 세상에 잘 적응해서 생존할 수 있으려면 나는 반드시 '더 나은 내'가 되어야 합니다. 그러므로 나는 지금의 나를 받아들일 수 없는 것이고, 내 자신에게 질책을 해야만 하는 것입니다. 때문에 자신에 대한 혐오와 불만은 결국 자신을 아끼고 사랑하는 마음과 같은 것입니다. 자신을 아끼고 사랑하는 마음이 있기 때문에 그런 마음이 드는 것입니다. 마치 빛을 향해 걸어가면 그림자 또한 따라오듯이, 자신에 대한 바람(기대)과 애정 때문에 그 반작용으로 혐오와 불만이 생기는 것입니다.

예컨대, 우리는 전혀 모르는 사람에게 아무런 관심도 불만도 가지지 않습니다. 자기혐오와 자기불만이 극심하다는 것은 역설적으로 그만큼 자신에 대한 기대와 바람(관심과 애착)이 크다는 뜻이며, 그 이면엔 그만큼 자신을 아끼고 사랑하는 마음이 크다는 뜻이기도 합니다. 이런 맥락과 관점에서 보자면, 늘 자기 자신을 혐오하고 불만이 많았던 사람도 실은 혐오와 불만의 형식으로, 늘 자신을 아끼고 사랑했던 것입니다.

이러한 마음의 이치를 이해하고 자각하면, 모든 심리적 저항과 불편한 감정들이 보다 편안하게 수용될 것이며, 그와 동시에 자신 자신을 더 깊이 이해하고 수용할 수 있게 될 것입니다. 어떠한 형식으로든 '나는 언제나 나를 아끼고 사랑하고 있었다'는 사실, 이것을 아는 것만으로 자신을 수용할 수 있는 마음의 폭이 훨씬 넓어질 것입니다. 아울러 자신을 담을 수 있는 마음의 폭이 넓어지면 치유와 함께 그만큼 우리의 내면은 더 편안해질 것입니다.

> 자기 자신을 평안하게 받아들이지 않는 한
> 무엇을 소유하든 결코 만족하지 못할 것이다.
>
> -도리스 모르트만-

몇 가지 예를 들어 보겠습니다. 흔히 분노나 비난은 나쁜 것으로 인식되지만, 이 또한 자기 사랑의 에너지입니다. 타인에게 분노와 비난을 왜 할까요, 자신을 방어하고 지키기 위해서요, 자신의 주장을 내세우기 위해서입니다. 어찌 되었든 그 또한 자신을 표현하고, 보호하고, 사랑하는 한 방식일 것입니다. 열심히 자신을 주장하고, 방어하고, 싸우는 것은 그만큼 자신을 적극적으로 지키고, 아끼고 사랑하겠다는 표현입니다. 이는 곧 자신이 선택한 그런 나름의 방식으로 자신을 보호하고, 사랑하고 있는 것입니다.

상담 중에 최면 상태에서 '억압된 감정을 느껴주는 치유작업'을 하고 있었는데, 내면아이(내담자)의 입에서 이런 말이 불쑥 튀어나온 적이 있었습니다. "나는 느끼면 살 수가 없어!" 이 말속엔 마치 슬픈 절규 같은 강렬한 메아리가 있었습니다. 그 내담자는 어린 시절 너무나 고통스러운 상황에 있었기에, '극심한 공포와 불안감과 수치심을 감당할 수 없어' 자신의 감정을 억압하지 않고는 도저히 견딜 수가 없었던 것입니다. 그래서 살기 위해, 자기의 감정을 심하게 억압해야만 했던 것입니다. 즉, 그러한 억압기제는 아이가 자신을 보호할 수 있는 유일한 보호기제였던 것입니다. (해리나 기억상실증이 일어나는 것도 똑같은 이유 때문입니다.)

비단 이 내담자만 그런 것이 아니라, 고통을 피하기 위해 감정을 억압했던 혹은 억압해야만 했던 모든 사람들도 다 마찬가지입니다. 불편하고 고통스러운 감정을 억압함으로써 자신을 보호하고, 자신을 더한 괴로움에서 벗어나게 하려는 의도는 죄다 자기 보호를 위한 심리기제입니다.

자신을 받아들이지 못하거나 좋은 변화를 수용하지 못하는 심리적 저항도 마찬가지입니다. 평생 지녀왔던 기존의 신념과 다른 것이 들어오면, 내면은 그것을 위험한 것으로, 안심할 수 없는 것으로 간주합니다. 새로운 것을 받아들여 갑자기 변했다가 문제가 생길 수도 있기 때문에, 마음은 자기보호 차원에서 심리적 저항을 하게 됩니다. 즉, 심리적 저항 또한 오직 나를 위해 움직이는 나를 위한 보호기제인 것입니다.

이처럼 우리의 마음은 언제나 자신을 위해서 움직입니다. 그것을 이해하고 통찰하는 것이 중요한 이유는 그것이 자신의 심리작용과 자신의 행동을 이해하고 통찰하는 데 많은 도움을 주기 때문입니다. 우리는 흔히 심리적 저항이나 억압기제를 적군으로, 잘못된 것으로 오인하는 경우가 많은데…… 이는 말 그대로 그 작동원리와 가치(이유)를 전혀 모르는 지나친 무지와 오해에 지나지 않습니다.

> 우리가 문제를 해결할 수 있는 유일한 방법은
> 문제보다 더 크게 성장하는 것이다.
>
> -맨리 P. 홀-

모든 자기혐오와 심리적 저항과 억압기제(방어기제)는 환경에 적응하고 살아남기 위해 만들어진, 즉 나를 보호하려는 무의식 차원의 보호기제입니다. 보호기제란 달리 말하면 나의 아군이요, 사랑의 에너지라는 뜻이 됩니다. 나는 나 자신을 미워하고 있다고 생각하는 순간에도, 저항하고 억압하고 있다고 생각하는 순간에도 다 나름대로 나를 사랑하고 있었던 것입니다. 이는 어찌 보면 나를 위한 완벽한 생명 시스템입니다. 그러니 이러한 맥락과 가치를 충분히 이해하고, 그저 그것을 있는 그대로 존중하고 인정하고 받아들이는 것이 그 순기능을 가장 잘 살리는 길이 될 것입니다. 그러므로 지금 우리에게 필요한 것은 그저 더 깊은 이해와 자각을 마음에 더하여 이를 온전히 껴안아 주는 것이 아닐까 합니다.

8

자존감과 자존심의 차이

자존감은 자기 자신을 스스로 존중할 수 있는 마음입니다. 그렇다면 어떨 때 자신이 스스로를 존중할 수 있을까요? 그것은 스스로가 자신을 온전히 수용하고 사랑할 때입니다. 자존감은 자신을 수용하고 사랑할 때 높아집니다. 더 정확히 말하면 자신을 수용하고 사랑하는 딱 그만큼만 높아집니다. 자신의 존재 가치는 오직 수용과 사랑 속에서 시작되기 때문입니다.

자신이 자기 스스로를 수용하고 사랑하지 못한다면, 즉 자신에 대한 거부와 부정과 혐오가 존재한다면 자존감은 높아질 수가 없습니다. 자존감은 자신이 '자신'을 어떻게 대할 것인가에 대한 하나의 태도요, 판단이며, 신념체계입니다. 그것은 자신이 자신과 맺은 '나'의 첫 번째 관계이자 삶의 존재 방식입니다.

만약 내가 나 자신을 거부하면 거부한 만큼 나의 내면은 분열됩니다. 나의 내면 속에 '나'가 수용되지 않은 만큼의 부조화가 발생되는 것입니다. 이것이 바로 자존감이 심리상태나 모든 행복에 절대적으로 영향을 미치는 이유입니다. 자신을 수용하고 사랑한다는 것은 '있는 그대로의 자기 모습'뿐 아니라, 자신의 모든 감정과 욕구를 수용하고 사랑한다는 뜻이기도 합니다. 나의 감정과 욕구는 나의 일부일 뿐 아니라, 내 내면세계의 핵심 내용이기 때문입니다. 때문에 자존감은 자신의 모든 감정과 욕구까지 수용하고 사랑할 수 있는 마음이라고 할 수 있습니다.

사실 이것은 자존감의 기반을 이해하는 데 있어 아주 중요한 문제입니다. 자존감은 전인적인 것이어서 언제나 자신의 모든 '감정/욕구'와 직결되어 있습니다. 자신을 존중한다는 것은 곧 자신의 감정과 욕구를 존중하는 일과 같습니다. 자신의 감정과 욕구를 수용하고 사랑하지 못하면 내적 분열 속에서 그 누구도 자신을 온전히 수용하고 사랑할 수 없기 때문입니다.

나는 다른 사람이 내게 부여한 이미지에
나 자신을 의탁하지 않는다.
그것은 마치 유령들과 싸우는 것이나 마찬가지다.

-샐리 필드-

자존감은 조건 없는 수용과 사랑에서 나옵니다. 그래서 자존감은 어떤 조건이나 기준으로 나와 남을 비교하지 않는 데서 시작됩니다. 비교에는 반드시 우열이 있고, 그에 따라 우월감과 열등감을 느끼게 됩니다. 열등감을 느끼는 것이 자존감이 아니듯, 우월감을 느끼는 것 또한 자존감이 아닙니다. 자존심은 비교를 통해 자신을 내세우지만, 자존감은 비교하지 않음으로써 자신을 있는 그대로 사랑합니다. 자존감은 오히려 그 모든 비교 우열에서 벗어나는 것입니다.

내가 공부를 잘해도 더 공부 잘하는 사람과 비교당하면 자존심이 상합니다. 내가 학벌이 좋아도 더 좋은 학벌을 가진 사람과 비교당하면 자존심이 상합니다. 내가 예쁘거나 잘생겼더라도 더 예쁘고 잘생긴 사람과 비교당하면 자존심이 상합니다. 내가 돈이 많아도 더 돈이 많은 사람이 나타나 나를 무시하면 자존심이 상합니다. 자존심은 이처럼 비교를 전제로 한 것이기에, 반드시 상처받을 수밖에 없는 구조를 지니고 있습니다. 그래서 나와 남을 비교하는 자존심을 붙들고 있으면 반드시 상처를 주거나 받게 됩니다. 그것은 자존감을 무너뜨리고 깎아 먹는 지름길입니다.

자존심은 비교의 관점에서 나를 보는 것이지만, 자존감은 비교하지 않는 관점에서 나를 보는 것입니다. 그 무엇과도 나를 비교하지 않을 때, 오직 그럴 때 나는 그 무엇과도 비교할 수 없는 가치 있는 존재가 됩니다. 나는 애초부터 그 무엇과도 비교할 수 없을 만큼 소중하고 존귀한 존재입니다. 자존심은 비교를 통해 우열의 상대적 가치를 얻지만, 자존감은 비교하지 않음으로써 절대적 가치를 얻습니다. 그것은 있는 그대로의 완전한 존귀함으로 나를 보는 것입니다.

자존감은 있는 그대로의 나를 소중하게 여기기에, 그 어떤 것과도 '나'를 비교하지 않는 마음입니다. 그렇게 모든 비교의 잣대에서 벗어나, 나를 있는 그대로 수용하고 사랑하는 마음이 진정한 자존감의 본질입니다. 자존심엔 조건과 비교가 있지만, 자존감엔 조건과 비교가 없습니다. 이 세상에서 나는 언제나 내게 가장 소중한 존재입니다. 그런 점에서 나는 그 무엇과도 비교될 수 없는 절대적 가치를 지닌 존재입니다. 내가 없다면 이 세상도 아무 가치가 없는 것이니, 적어도 나에겐 이 세상보다 내가 더 소중한 것입니다. 나에게 '나'는 내 삶의 유일한 주인공이며, 그 무엇과도 대체될 수 없는 존재입니다. 나는 존재 그 자체만으로 그 무엇과도 비교될 수 없는 소중하고 존귀한 절대적 존재입니다.

때문에 자존감이란 성공할 때만 나를 수용하고 사랑하는 것이 아니라, 실패할 때도 나를 수용하고 사랑하는 것입니다. 자신의 잘난 모습만 수용하고 사랑하는 것이 아니라, 자신의 못난 모습도 수용하고 사랑하는 것입니다. 그것은 언제 어디서든, 무슨 일이 일어나든 항상 자신을 조건 없이 수용하고 사랑하려는 마음의 태도입니다. 자존감이 나를 떠받치는 심리적 기둥이 되는 것은 바로 이 때문입니다.

자신을 믿지 않는 사람은 다른 사람들을 통해 자신의 가치를 찾는다. 자신의 가치를 외부에서 찾을 때는 자신에 대한 다른 사람들의 인식에 계속 의존하게 된다. 자신의 내적 지식을 기반으로 결정을 내리거나 선택하기보다는 다른 사람의 관점에서 결정을 내리고, 자신의 현실 검증도 다른 사람에게 맡겨버린다. 결국에는 계속 불안정해져서 진정한 자기의 내적 길잡이와 계속 단절되는 악순환이 일어난다.

-니콜 르페라, 이미정 역, 『내 안의 어린아이가 울고 있다』에서

자신을 수용하고 사랑하지 못하는 사람은 결코 자존감을 높일 수가 없습니다. 자신이 자기 스스로를 부정하고, 혐오하고, 거부하는데 어떻게 마음의 평안을 얻을 것이며, 어떻게 나의 존재 가치가 높아지겠습니까. 내면 속 나의 존재 가치는 오직 내가 나 자신을 수용하고 사랑하는 만큼만 만들어집니다. 때문에 자존감을 높이려면 무엇보다 자신을 있는 그대로 수용하고 사랑해야 합니다. 아울러 그 첫걸음은 자신의 감정과 욕구부터 수용하고 사랑하는 것에서 시작됩니다. 왜냐하면 내면상태가 어긋나고 분열되면 절로 자신에 대한 '조화와 통합이 깨어진 부정적 자아상'이 만들어지게 되니까요.

　내 마음이 나로부터 수용받지 못하면, 나는 또한 내 마음으로부터 수용받지 못합니다. 하여 내가 내 자신에게 수용받지 못하면, 삶으로부터도 수용받지 못하고, 세상으로부터도 수용받지 못하게 됩니다. 모든 수용과 사랑은 반드시 나의 마음을 거쳐서 이루어지는 것이기 때문입니다. 자존감이 높아지려면 상처받은 감정과 욕구가 반드시 치유되어야 하는 이유도 이 때문입니다.

　자존감은 또 자아상과도 직결됩니다. 자존감과 자아상은 동전의 양면과 같습니다. 자존감이 낮으면 자아상 또한 부정적일 수밖에 없습니다. 자신이 '자신'을 부정적으로 보는 부정적인 자아상은 삶의 모든 면에 심각한 악영향을 끼칩니다. 자아상은 인생이란 영화의 필름과 같습니다. 삶의 모든 것이 그것을 거쳐서 현실로 드러나기 때문입니다. 그래서 치유를 위해선 무엇보다 반드시 '건강한 자아상'으로 바꿔 주어야 합니다. 자아상이 밝아져야 자존감도 높아집니다. 그래서 자존감을 높이려면 내가 어떤 자아상, 어떤 자기 정체성을 지니고 있는지 면밀히 잘 살펴보아야 합니다. 자아상이 밝아져야 자존감도 높아질 수 있기 때문입니다.

> 자기 이해가 된 사람은 더 이상 자신을 혐오하거나 미워하거나
> 열등감에 휘둘리지 않는다.
> 그저 담담하게 자기 자신의 삶과 자신을 수용한다.
> -변상규-

브라이언 트레이시는 『잠들어 있는 성공시스템을 깨워라』에서 이렇게 말했습니다. "자부심에는 두 가지 규칙이 있다. 첫째, 스스로를 사랑하지 않으면 다른 사람을 사랑할 수 없다는 것이다. 자신에게 없는 것을 남에게 줄 수는 없는 법이다. 둘째, 스스로를 좋아하지도 사랑하지도 존경하지도 않는데, 다른 사람이 나를 좋아하거나 사랑해 줄 수는 없다."

'나는 나의 마음(내면)과 어떤 관계를 맺고 있는가? 나는 나 자신과 어떤 관계를 맺고 있는가?' 이것은 내가 내 삶과 어떤 관계를 맺고 있는지를 결정합니다. 아울러 타인과의 관계, 돈과의 관계, 일과의 관계 등등 나머지 모든 관계를 결정합니다. 내 마음과의 관계를 바꾸어야 나의 삶과 나의 세계가 바뀝니다. 내가 내 자신과의 관계를 바꾸어야 모든 것과의 관계가 바뀝니다. 이것이

치유의 문을 여는 열쇠이자, 운명의 문을 여는 열쇠입니다.

이보네 젠의 『돈의 감정』에는 이런 구절이 있습니다. "돈을 대하는 태도가 인생을 결정한다. 부는 돈을 가장 귀하게 여기는 사람에게 흐른다." 저는 이 문장을 바꿔 이렇게 표현하고 싶습니다. '내가 나를 대하는 태도가 인생을 결정한다. 행복은 자신을 가장 귀하게 여기는 사람에게 흐른다!'

9

상대적 자존감과 절대적 자존감

모든 심리증상은 따지고 보면, 심리적 결핍감과 부조화 때문에 생기는데, 그것은 결국 '자존감이 낮다'는 것과 직결되는 말이 됩니다. 자존감이란 '존재에 대한 가치를 느끼는 것'이라 할 수 있는데, 쉽게 간단히 말하자면 '자신을 사랑하는 마음'입니다. 즉, 자존감이 낮다는 뜻은 스스로를 사랑할 수 있는 마음이 내면에 부족하다는 뜻이 됩니다. 모든 증상은 자신을 온전히 사랑하지 못해서, 자기 내면에 자신을 사랑하는 마음이 부족해서 생기는 것입니다. 때문에 어떤 증상이든 자신을 사랑해서 자존감을 높이는 것이 치유의 지름길이라 할 수 있습니다.

자신을 존중하는 사람은 타인으로부터 안전하다.
그는 누구도 뚫을 수 없는 갑옷을 입고 있기 때문이다.

-롱펠로우-

내가 나를 수용하고 사랑하면, 내 안이 수용과 사랑의 기운으로 꽉 채워지기 때문에 모든 불안감과 두려움이 저절로 사라집니다. 마찬가지로 자존감이 낮은 것도, 그로 인해 상처를 잘 받는 것도 모두 내가 나를 수용하고 사랑하지 않아서 생기는 것입니다. 내가 나를 있는 그대로 수용하고 사랑하면 모든 내적 분열이 다 사라지기 때문에 자존감도 저절로 가득 채워집니다. 아울러 모든 증상도 반드시 좋아질 수밖에 없습니다. 모든 증상 또한 내가 나를 수용하고 사랑하지 못해서, 즉 내면이 사랑으로 채워지지 않아서 생긴 것(결핍감)이기 때문입니다. 나의 내면이 스스로의 인정과 수용과 사랑으로 채워지면, 내면에 결핍이나 부조화가 없어지기 때문에, 어떤 증상이든 즉시 낫게 될 수밖에 없습니다. 이것이 심리치유의 가장 위대한 법칙이자 섭리입니다.

자존감에는 '상대적인 자존감'과 '절대적인 자존감'이 있는데, 엄밀히 말하면 '절대적 자존감'만이 진정한 자존감이라고 할 수 있습니다. 상대적 자존감은 뭔가를 잘했을 때, 어떤 성취를 이루었을 때, 혹은 내가 가진 긍정적인 요소에 초점을 둔 어떤 조건적 가치를 통해서 얻어지는 제한적인 자존감입니다. 그래서 그것은 언제든 외부의 영향이나 조건의 영향을 받을 수밖에 없습니다.

하지만 절대적인 자존감은 어떤 조건이나 비교가 없기에 어떠한 외부의 영향이나 상황적 변동에 영향을 받지 않는 자존감입니다.

그런데 시중에서 얘기하는 자존감은 대부분 상대적 자존감입니다. 이것은 자존감에 대해 대단히 잘못 알고 있는 것이라 할 수 있으며, 심리치유 차원에서도 그러한 이해로는 자존감 테라피를 제대로 할 수가 없습니다. 온전히 자기 안에서 찾아지지 않은 자존감은 바깥의 기준에 흔들릴 수밖에 없기 때문입니다.

적어도 내 인생에서는 '나'가 가장 소중합니다. 내가 없으면 이 세상도, 이 우주도 아무 가치가 없습니다. 그런 점에서 나는 이 세상이나 우주보다도 더 소중한 존재입니다. 나에게 나보다 더 소중한 것은 없습니다. 내 삶에서 나보다 더 절대적으로 중요한 것은 없습니다. 나는 내 삶의 주인공입니다. 나는 이 우주에 유일무이한 존재일 뿐 아니라, 그 무엇으로도 대체할 수 없는 존재입니다. 이처럼 나는 잘났든 못났든 항상 그 무엇과도 비교될 수 없는 절대적 존재입니다. 그래서 나는 존재 그 자체만으로 그 무엇과도 비교할 수 없고, 어떠한 이유나 조건이 필요 없는 '절대적으로 소중하고 존귀한 존재'입니다. 이러한 관점으로 자신을 조건 없이 인정하고, 수용하고, 사랑하는 것, 그러한 인식의 자리에서 마음의 중심을 온전히 되찾는 것이 진정한 자존감입니다.

발전적 시각 속에서 나 자신을 좋게 생각할 수 있는 상대적 자존감도 분명 도움이 되는 바가 있습니다. 하지만 상처가 너무 많거나 인생이 너무 불행했던 사람들은 상대적 자존감으로는 자존감을 찾을 수가 없습니다. 만일 정말로 실패만 반복했거나 평생 불행하기만 했다면 무슨 수로 긍정적인 자원을 찾을 수 있으며, 찾는다 한들 그것이 얼마나 힘이 되겠습니까!

절대적 자존감은 조건적 가치가 아니라, 무조건적 가치에서 자신의 존재 가치를 찾는 것입니다. 그래서 바깥에서 구할 것이 아무것도 없기에, 외부적 상황에 영향을 받지 않는 자존감입니다. 반면 상대적 자존감은 비록 좋은 것일지라도 조건적인 가치를 전제로 한 것이기에, 진정한 자신을 알게 하지도 못할 뿐 아니라, 진정한 자존감이라고 할 수 없습니다. 그것은 반드시 어떤 조건적 한계 상황에 묶이게 마련입니다. 때문에 그렇게 어떤 조건에 기초해 있던 상대적 자존감으로는 온전히 심리치유도 불가합니다. 우리 모두가 아무 조건 없이 있는 그대로 완전하고 충족한 절대적 자존감을 회복하는 데 힘써야 하는 것은 바로 이 때문입니다.

- 나는 있는 그대로 너무나 소중하고 존귀한 존재다.
- 나는 너무나 소중하고 존귀한 나를 온 마음으로 수용하고 사랑한다.

내가 없으면 이 세상도, 이 우주도 아무 가치가 없겠지요. 그런 점에서 나는 이 세상보다, 이 우주보다 더 중요하고 더 존귀한 존재입니다. 적어도 나의 삶, 나의 세상에서는 항상 절대적으로 그렇습니다. 나는 나의 세계에서 대체 불가능한 유일무이한 존재니까요. 때문에 나는 그 무엇과도 비교될 수 없으며, 나의 세계에서 나는 언제나 가장 존귀한 존재입니다. 나는 언제나 내 세계의 중심이자, 세상과 우주보다 더 중요하고 더 존귀한 존재임을 아는 것, 이러한 자각과 수용이 궁극의 자존감입니다.

상대적 자존감은 어떤 조건이 있어야만 채울 수 있지만, 절대적 자존감은 아무 조건 없이 채울 수 있습니다. 절대적 자존감은 아무 조건 없는 절대적 자기긍정이자 자기사랑입니다. 조건 없는 자기긍정과 자기사랑 속에서만 우리는 온전히 평온할 수 있고, 온전히 건강할 수 있고, 온전히 자신을 지키며 세상의 모든 비교/평가의 저울질에서 벗어날 수 있습니다. 그런 점에서 자존감은 심리적 베이스캠프이자 모든 사랑의 출발점이며, 완전한 정신적 자유로 들어가는 입구일 것입니다.

10 ─────

열등감과 우월감 중독사회

74년생인 저는 수능이 있기 전인 학력고사 마지막 세대입니다. 제 시절에는 성적에 등수는 있었지만 적어도 등급은 없었습니다. 그런데 지금은 등수도 모자라 등급까지 생겼습니다. 학생들이 무슨 소고기 등급도 아니고, 왜 고정적인 등급까지 매겨서 그토록 철저히 서열화하는 것일까요? 이것은 자라나는 어린 학생들의 자존감에 지속적으로 무참히 칼질을 해대는 것이나 마찬가지입니다. 이것은 실로 너무나 무지몽매하고, 야만적이고, 천박하고, 비교육적인 '정서적 학대이자 폭력'이나 다름없습니다. 지금 당장 멈춰야 할… 국가적 불행을 낳는 최악의 병폐일 것입니다.

'민주주의의 최대 적이 약한 자아'라면, 한국 교육이야말로 민주주의의 최대 적이다. 학생의 자아를 철저히 약화시키는 주범이기 때문이다. 아무리 자아가 강한 아이도 한국의 학교 체제에 발을 딛는 순간 온전한 자아를 보존하기 어렵다. 학교는 학생들을 '존엄한 인간'으로 존중하지 않고 점수로 줄 세워 우열의 질서 속에 배치한다. 그럼으로써 한쪽에는 일상적인 모욕과 무시 속에서 열등감과 좌절감을 내면화한 '열등생'을 만들어 내고, 다른 쪽에선 턱없는 우월감과 오만한 심성을 가진 '우등생'을 길러낸다. 이들은 모두 자아를 파괴하는 거대한 폭력기구의 희생자들이다. 열등생의 자아가 모멸감에 의해 손상된다면, 우등생의 자아는 오만함에 의해 왜곡된다.

-김누리, 『우리에겐 절망할 권리가 없다』에서

상담을 받는 분들 중에는 열등감 때문에 너무나 힘들어하는 분들이 많습니다. 그중엔 학력 콤플렉스가 가장 많은 비중을 차지합니다. 고졸이라는 이유로 지나친 열등감과 수치심을 느끼고 대인관계나 사회생활에 어려움을 겪는 분들을 적지 않게 만나게 됩니다. 우리나라가 고학력 사회가 되다 보니, 단지 '고졸'이라는 것 자체가 사람들의 눈치를 봐야 하는 큰 치부가 되는 사회가 되어버린 것입니다. 고졸이 무슨 죄이길래 그렇게 지속적으로 고통과 상처를 받아야 하는 것일까요!

등수와 등급까지 나눠서 어릴 때부터 성인이 될 때까지 철저히 경쟁과 우열의 서열화 속에서만 살아온 학생들이 '정상적인 인간이 되기 쉽지 않을 것'이라는 사실은 너무나 자명한 이치입니다. 성장기 내내 '성적'으로 철저히 비교당하고, 그것으로 마치 '인간의 가치 등급'이 매겨지듯이 살아온 그들이 어떻게 정상적인 심성을 가진 사람이 될 수 있까요?

등수와 등급을 나눈다는 것은 일상적인 모욕과 무시를 당연한 규율인 듯, 당연한 숙명인 듯 여기게 하는 것과 같습니다. 뒤처진 자는 열등감과 좌절감을 필연적으로 피할 길이 없고, 앞서가는 이도 우월감과 오만함 혹은 불안감을 피하기가 쉽지 않습니다. 등수와 등급으로 존재 가치와 생존의 값이 매겨지는 냉혹한 학업 정글에서 어떻게 인간 존중의 가치를 제대로 배울 수가 있겠습니까!

청소년 자살률 세계 1위라는 지표는 결코 이것과 무관하지 않을 것입니다. 스무 살이 되어 학교를 졸업하기 전에 우리나라 학생들은 자존감에 다들 심각한 내상을 입을 수밖에 없습니다. 인간으로서 존중받는 '존엄한 사람'이 아니라, 오로지 성적으로 값이 매겨지는 가치 등급적 존재로 낙인이 찍혔으므로, 그들은 그기준으로 자신을 대하고, 그 기준으로 타인과 세상을 대할 수밖에 없게 됩니다. 그 가혹한 비교의 가치기준이 내면화되어, 그들은 늘 서로 비교하고 값을 매기는 게 기본적인 사고패턴으로 장착된 채로 성인이 됩니다. 그러므로 김누리 교수의 말대로 우리의 교육은 자아를 파괴하는 거대한 폭력기구라 해도 결코 과언이 아닐 것입니다.

이러한 교육과 사회 분위기 때문에 우리들은 자존감이 아니라, '자존심'에 지나치게 집착하며 살게 됩니다. 우리나라가 '자존심 중독사회(비교 중독사회)'가 된 것은 바로 이 때문입니다. 누가 공부를 더 잘하는지, 누가 더 학벌이 좋은지, 누가 돈과 재산이 더 많은지, 누가 더 사회적 지위가 높은지, 누가 더 예쁘고 잘생겼는지…… 등등 오로지 조건적이고 비교적인 가치기준으로 서로를 대하고, 자기 자신을 대합니다. 그래서 사회 곳곳에 비교와 차별과 무시가 만연되어 있습니다. 하여 더더욱 그러한 비교와 차별과 무시를 받지 않기 위해서 기를 쓰고 경쟁의 쳇바퀴 속에 자신을 내던지게 됩니다.

자유인이 되고자 하는 자는
'모든 지배적인 사상은 지배계급의 사상'이라는

사실을 잊어서는 안 된다

-김누리-

적자생존이라는 말처럼 사회가 강요하는 틀에 적응하기 위해 지속적으로 자신을 억압하며 경쟁의 쳇바퀴 속으로 내몰려야 했던 우리들! 사회적 가치나 공존의 연대는 없고, 각자도생의 험난한 생존여정 속에서 늘 불안감에 내몰릴 수밖에 없었던 우리기에, 끊임없이 비교당해야만 했고 비교할 수밖에 없었던 우리기에, 우리들은 좀처럼 '사람(타인)'을 조건 없이 있는 그대로 존중할 줄을 모릅니다. 그 결과로 피할 수 없는 크고 작은 상처가 끊임없이 사회 곳곳에서 양산되고 있습니다. 열등감에 중독된 사람만큼이나 우월감에 중독된 사람들도 많습니다. 우리 사회 어딜 가나 갑질이 너무나 만연해 있는 것도 바로 이 때문입니다.

자존심이라는 외피 속에는 늘 열등감과 우월감이 함께 도사리고 있습니다. 그것은 오직 비교를 통해서 만들어지는 것이며, 비교적 가치를 통해 나를 내세우는 마음이기 때문입니다. 비교는 우열적 가치를 논하는 것이기에, 필연적으로 서로에게 상처를 줄 수밖에 없습니다. 비교는 좌우로 기우는 시소처럼 필연적으로 열등감과 우월감을 가져옵니다. 내 자존심이 높아지기 위해선 타인의 자존심이 상할 수밖에 없습니다. 때문에 우리는 오직 비교하지 않을 때만 모든 열등감과 우월감으로부터 자유로워질 수 있습니다.

상담을 해보면 증상을 불문하고 내담자들의 공통점들이 보이는데, 내담자들이 가진 상처 속에 담긴 내면화된 심리기제에는 위에서 말한 것들과 대부분 매우 밀접한 관련이 있습니다. 내담자들 중엔 특히 성장기 때, '성적' 때문에 부모님과 심각한 불화를 겪은 사람들이 너무나 많습니다. 바로 그 불화와 스트레스 때문에 우울증이 생기고, 무기력증이 생기고, 강박증이 생기고, 대인공포증이 생긴 경우가 많습니다. 심지어 성적 때문에 더 잘하기를 바라는 부모와 원수지간이 된 경우도 종종 보게 됩니다. 이 얼마나 안타까운 일인지요!

우리의 잘못된 교육은 자라나는 학생들에게도 엄청난 상처를 주지만, 부모들에게도 큰 스트레스와 상처를 줍니다. 1등이 있으면 꼴찌 또한 있을 수밖에 없습니다. 자기 자식이 1등 하기를 바라는 마음은 다른 집 자식이 꼴찌를 대신하기를 바라는 마음과 다르지 않습니다. 우리는 다들 자기 자식이 1등을 하기 만을 바랄 뿐, 꼴찌 하는 아이들이 얼마나 큰 상처를 받을지, 또 그들의 부모는 얼마나 큰 상처를 받고 괴로울지에 대해서는 잘 생각하지 않습니다. 잘못된 교육과 사회 구조가 다들 자기밖에 모르도록 우리를 내몰고 있는 것입니다.

세계 최고의 자살률과 이혼율, 세계 최저의 출산율, 세계 최장의 노동 시간과 학습 시간, 세계 최고 수준의 비정규직 비율과 사회적 불평등, 경제협력개발기구 최저의 독서율…… 오늘날 한국 사회의 실상을 보여주는 '객관적' 지표들이다. 이러한 지표들은 한국인들이 처해 있는 암울한 현실을 단적으로 보여준다. 우리 사회가 인간이 살 수 없는 사회로 변해가고 있음을 증언하고, 우리나라가 망해가고 있음을 경고한다.

-김누리,『우리에겐 절망할 권리가 없다』에서

한국사회는 공존과 인간존중이 살아 있는 수평사회가 아니라, 위계와 차별이 난무하는 지나친 수직사회입니다. 우리는 이렇게 냉혹하고 척박한 사회에 살고 있기 때문에, 더더욱 자존감을 높여야 하며, 자신을 보호하고 지킬 수 있는 강한 멘탈을 지녀야 합니다. 하지만 이 모든 것을 개인의 책임으로만 돌릴 수는 없을 것입니다. 하루빨리 교육개혁과 정치개혁을 해서 우리 사회의 근본적인 문제점들을 해결해야 할 것입니다. 요컨대 유럽을 비롯한 전 세계 교육선진국들 대부분이 등수나 등급 같은 것이 전혀 없는데도 우리보다 훨씬 더 교육을 잘하고 있다는 사실을 모두가 인지해야 할 것입니다.

오직 사랑하는 태도를 가진 다수의 사람만이
세상을 더욱 살기 좋고 조화로운 곳으로 만들 수 있다.
-레스트 레븐슨-

저는 개인적인 심리적 억압을 해소하는 것 못지않게, 사회적 억압을 해소하는 것 또한 중요하다고 생각합니다. 개인의 상처도 결국 그러한 사회적 억압과 결코 무관하지 않기 때문입니다. 호수의 물이 오염되면 그 속에 사는 물고기는 오염된 물의 영향을 받을 수밖에 없듯이, 사회라는 호수에 살고 있는 우리 또한 그 사회의 수질과 기류에 크게 영향을 받을 수밖에 없습니다. 열등감에 사로잡히지도 않고, 우월감에 도취되지도 않는 정서적 중독이 없는 사회, 서로의 자존심보다는 서로의 자존감이 소중하게 여겨지는 사회, 그런 사회를 만들기 위해 우리 한 사람 한 사람이 모두 관심을 기울이고 노력해야 할 것입니다.

끝으로 이와 관련하여 제가 쓴 시 한 편을 부기합니다.

내가 그은 몇 개의 밑줄

-이재무 시인의 「밑줄을 긋는다」에 답하여

과로사로 죽어간 젊은 우체부와 택배기사의 살인적인 업무 환경과 한없는 고달픔과 서러움에 밑줄을 긋는다.

마음을 접고 눈치에 눈치에 눈치만 보면서 매일 불안한 미래를 걱정해야 하는 모든 계약직들의 떨리는 가슴에 밑줄을 긋는다.

취직 못 하고 결혼도 못 해 부모께 죄송하고 송구해 가슴 찢어지는 수많은 움츠린 청춘들의 절망과 애환에 밑줄을 긋는다.

과도한 경쟁에 내몰려 소고기처럼 등급까지 매겨지며 자존감에
수없이 칼날을 받아야 하는 청소년들의 깊은 한숨과 상처에 밑줄
을 긋는다.

교육이 불행의 거대한 공장과 같고 너무나 엉망진창인데도 아무
런 고뇌도 비전도 없는 무식하고 무능한 정치인들의 한심한 작태
에 밑줄을 긋는다.

돈밖에 모르는 수많은 사람들과 어딜 가든 수직적 대화와 갑질이
넘쳐나는 사회 기조와 그런 비인간적인 사람들을 양산해 낸 기형
에 가까운 사회 시스템에 밑줄을 긋는다.

독일에서 가장 보수적인 정당이 한국에 오면 가장 진보적인 정당
이 된다는 어느 교수의 의미심장한 말에 밑줄을 긋는다.

자살률과 저출산율은 세계 1위인데 독서율은 몇십 년째 세계 꼴
찌인 이런 씁쓸하고, 뭉툭하고, 끄끌끄끌한 각종 통계수치들에 밑
줄을 긋는다.

나는 내가 그은 밑줄로 세상을 읽으며, 우리 세대 혹은 그다음 세
대가 꼭 기억하며 수정해 가야 할 내용들이라고 믿는다.

11

자존감과 자신감이 치유의 전부인 이유

자신을 사랑하는 것은 자존감이요, 자신을 믿는 것은 자신감입니다. 어떤 심리적 문제든 모든 증상은 이 두 가지가 부족해서 생기는 것입니다. 자신을 사랑하지 못할 때, 사람은 심리적 안정감을 얻을 수가 없습니다. 자신을 믿지 못할 때, 사람은 심리적 에너지를 얻을 수가 없습니다. 이 두 가지가 부족하면 우리의 내면은 중심을 잡을 수가 없고, 제대로 움직일 수가 없습니다. 때문에 자존감과 자신감을 높이는 것은 치유의 핵심 사안일 뿐 아니라, 치유의 지름길이라고 할 수 있습니다.

자신을 어떤 사람이라고 생각하는가?
내가 생각하는 자아 이미지,
그것이 바로 내가 세상을 창조하는 밑그림이다.

-법상-

사람의 마음을 병들게 하는 부정적 신념에는 많은 것이 존재합니다. 하지만 그 많고 많은 부정적 신념도 따지고 보면 결국 단 하나의 심리기제로 귀결됩니다. 이 말은 모든 부정적 신념은 '하나의 기원'을 가지고 있다는 뜻이 됩니다. 백 가지, 천 가지 부정적 신념도 결국 단 하나의 심리기제로 귀결되는 이유는 무엇일까요? 그것은 모든 부정적 신념이 내가 나 자신에 대해 가지는 신념인 '자아상'으로 귀착되기 때문입니다.

> "나는 온전한 수용과 사랑받지 못했다. → 나는 사랑받기에 부족한 존재다. → 나는 부족한 나를 사랑할 수 없다. → 사랑받지 못한 부족한 나는 행복할 수 없다."

이것이 바로 모든 부정적 신념의 기원입니다. 성장기 때 온전하고 적정한 사랑을 받지 못하면, 아이는 스스로를 '나는 사랑받지 못한 부족한 존재'라고 생각하게 됩니다. 이러한 신념은 자존감과 자아상을 동시에 형성케 하는 핵심 요소입니다. 이것은 무의식 차원에서 내면에 새겨지는 자신의 확고한 신념이 되는데, 이러한 신념은 내가 내 자신을 이해하고 해석하는 최초의 신념(관점)이기에, 정체성의 뿌리가 될 뿐 아니라, 모든 사고활동의 출발점이자 기준점이 됩니다.

이렇게 '사랑받지 못한 부족한 존재'가 자신의 자아상이 되면, 자신의 존재적 가치 차원에서 내적 결핍감을 느끼게 됩니다. 그것은 지속적인 심리적 허기와 같은 것이며, 반드시 심한 수치심을 동반하게 됩니다. 그것은 '나는 결함이 있는 존재'라는 뜻이기 때문입니다. 그렇게 사랑받지 못한 상처받은 자아는 무의식 차원에서 절대적으로 그렇게 믿기 때문에 스스로 자신을 계속 그렇게 대하게 됩니다. 즉, 자신이 붙들고 있는 조건으로 자신을 질책하고 닦달하며, 부족한 자신을 사랑할 수 없다고 믿는 것입니다.

아울러 이렇게 사랑받지 못한 부족한 존재는 '자신'을 사랑할 수 없기 때문에 또한 자신을 믿을 수가 없게 됩니다. '자신을 사랑하지 못한다'는 것은 달리 말하면 '자신을 부정한다'는 것입니다. 자신을 부정한다는 것은 자기 존재와 자신의 마음을 부정한다는 뜻이 됩니다. 부정한다는 것은 인정하지 못한다는 뜻이며 가치 없게 여긴다는 뜻이기에, 이는 결국 '믿을 수 없다'는 뜻이 됩니다. 그래서 자신을 사랑하지 못하는 사람은 자기부정과 자기불신이 결합되어, 자신의 가치와 자신의 마음(감정, 생각, 욕구)을 믿을 수가 없게 됩니다. 즉, 자신을 사랑하는 자존감이 부족하면, 자신을 믿는 자신감 또한 부족할 수밖에 없게 되는 것입니다.

> "나는 사랑받지 못한 부족한 존재다. → 나는 나를 믿을 수 없고, 내 마음도 믿을 수 없다."

'자신을 믿지 못한다'는 것은 매우 광범위한 뜻을 내포하고 있습니다. '자신을 믿지 못한다'는 것은 '자신이 사랑받을 수 있는 가치 있는 존재라는 것'을 믿지 못한다는 뜻이며, '자신이 치유될 수 있다는 것'을 믿지 못한다는 뜻이며, '자신의 행복이나 자신이 행복할 수 있는 존재'라는 것을 믿지 못한다는 뜻이며, '자신이 할 수 있다/잘할 수 있다'는 것을 믿지 못한다는 뜻이며, '자신의 능력이나 가능성과 잠재력'을 믿지 못한다는 뜻이며, '자기 삶의 가치와 의미'를 믿지 못한다는 뜻이기도 합니다.

모든 심리적 증상에는 이처럼 자기부정과 자기불신이 눈먼 뱀처럼 깊이 똬리를 틀고 있습니다. 예컨대 자신의 감정과 욕구를 억압하거나 회피하는 것도 자신의 마음을 믿지 못하기 때문입니다. 불안장애가 있는 것도 자신의 안녕을 믿지 못한 데서 기인한 것이며, 우울증이 생기는 것도 자신의 가치를 믿지 못한 데서 기인한 것입니다. 이처럼 자신을 믿는 능력인 자신감은 내면의 모든 신념과 연결되어 있을 뿐 아니라, 삶의 모든 행위와도 깊이 연결되어 있습니다.

자존감이 심리적 토대라면, 자신감은 심리적 기둥과 같을 것입니다. 자존감이 낮고 자아상이 부정적인 사람은 예외 없이 자신감이 부족할 뿐 아니라, 부정적인 사고방식과 세계관을 가지고 있습니다. 이처럼 '자신을 사랑하는 것'과 '자신을 믿는 것'은 잠시도 분리될 수 없을 만큼 깊이 맞닿아 있습니다. 때문에 '내가 있는 그대로 사랑받아도 되는 가치 있는 존재'라는 사실을 믿을 때, 그 믿음에 따라 자연스레 나의 자신감도 내면에서 샘물처럼 솟아날 것입니다.

때문에 모든 심리치유는 모든 부정적 신념의 기원이 되는 '나는 사랑받지 못한 부족한 존재'라는 심리기제(자아상)를 해결하는 데서부터 출발해야 합니다. 우리의 고통을 자아내는 모든 부정적 신념은 이것으로부터 나온 것이며, 이것에 차곡차곡 덧쌓인 것이기 때문입니다. 이것을 해결하는 길은 하나밖에 없습니다. 자아상에 대한 신념의 리프로그래밍이 필요한 것입니다.

모든 좋은 일은
자신을 진정으로 받아들이고 사랑할 때에야
비로소 시작된다!

-루이스 L. 헤이-

　내게 내재화되어 있는 특정 조건으로 '나'를 가름하고, 부정하고, 배제시키는 조건적 사랑이 아니라, 조건 없는 사랑으로 '있는 그대로 사랑받아도 되는 존재'로 나 자신을 새롭게 재명명해야 합니다. 그리하여, 무의식에 새겨진 자아에 대한 신념이 '있는 그대로 사랑받는 가치 있는 존재'로 바뀌어야 합니다. 즉, 자존감의 뒷면과 같은 자아상을 바꾸어야 하는 것입니다.(자아상과 자존감은 떨어질 수 없는 동전의 양면과 같습니다.) 자아상을 그렇게 사랑받는 가치 있는 존재로 바꿀 때, 내 안의 자신감도 온전히 회복할 수가 있습니다.

　즉, 나를 사랑하는 사람이 될 때, 나를 믿을 수 있는 사람이 되는 것입니다. 이것은 모든 심리적 안정과 평화와 행복의 출발점입니다. 단 한 사람의 예외도 없으며, 단 하나의 증상에도 예외가 없습니다. 모든 증상은 자존감과 자신감의 부족 때문에 생기는 것이며, 이것은 그 누구도 피해 갈 수 없는 하나의 법칙이기 때문입니다. 이것이 바로 자존감과 자신감을 높이는 것이 심리치유의 본질이자 전부라고 할 수 있는 이유입니다.

- 나는 나를 사랑함으로써 모든 면에서 점점 더 좋아지고 있다.
- 나는 나를 믿음으로써 모든 면에서 점점 더 좋아지고 있다.

자존감과 자신감을 향상시키는 좋은 치유확언을 소개합니다. 오늘부터 틈날 때마다 이 문장을 주문처럼 반복해서 외워보시기 바랍니다. 꾸준히 지속적으로 반복해서 외우면, 단지 이것만으로도 무의식의 부정적 신념에 많은 변화가 생길 것이며, 그에 따라 많은 치유와 좋은 변화들이 생겨날 것입니다.

12
반드시 좋아질 수밖에 없는 원리와 이유

심리적 증상에는 병을 만드는 원리가 있고, 병이 치유되는 원리가 있습니다. 이것은 서로 연결되어 있기에, 병이 드는 원리를 알면 병이 낫는 원리 또한 알 수 있게 됩니다. 그 핵심 사안과 맥락을 아는 것은 병을 치유하는 마음의 지도를 얻는 일과 같을 것입니다.

우리는 삶의 온갖 여정 속에서 고통을 피하고자, 알게 모르게 자신의 마음을 억압하거나 회피합니다. 어떤 감정, 어떤 생각, 어떤 욕구든 그것을 억압하거나 회피하게 되면, 그것은 정체되거나 내 안에 쌓이게 됩니다. 그리고 그것이 계속 반복되면, 결국 마음의 병이 만들어지게 됩니다. 때문에 마음의 병이 치유되려면 이와 반대로 하면 됩니다.

즉, '어떤 감정, 어떤 생각, 어떤 욕구'든 그것을 인정하고 수용하게 되면, 그것은 더 이상 정체되거나 내 안에 쌓이지 않게 됩니다. 때문에 그것으로부터 자유로워질 수 있게 됩니다. 얼어붙어 있던 강물이 녹으면 흘러가듯이, 억압했던 모든 감정들을 온전히 느껴주고 수용하는 것이 그것들을 놓아주는 길이 됩니다. 반면 그것을 억압하거나 회피하게 되면, 되레 그것을 붙잡는 꼴이 됩니다. 그런데 대부분 이런 이치를 모르고 스스로 억압과 회피로 그것을 계속 붙잡는 길을 택합니다.

억압과 회피는 자신의 마음을 부정하고 제외시키는 것입니다. 내가 내 마음을 부정하고 제외시키면, 그것은 곧 내가 나 자신을 부정하고 제외시키는 것이기에, 내 내면은 점점 더 분열되고 더 힘들어질 수밖에 없습니다. 때문에 그것에서 벗어나려면 오직 인정하고 수용하는 수밖에 없습니다. 조건 없는 인정과 수용과 사랑만이 나를 살리는 유일한 길이자, 최선의 길인 것입니다.

내 '감정과 생각과 욕구'에 대한 조건 없는 인정과 수용은 곧 나 자신에 대한 인정과 수용과 같은 것입니다. 그래서 이것은 나를 치유하는 첫걸음이자, 나를 사랑하는 가장 근본적인 길인 것입니다.

자기 자신을 있는 그대로 받아들일 수 있게 되면 세상이 달라진다. 지금까지 뭔지도 모른 채 눌리던 무거운 짐과 고통으로부터 자유로워질 수 있다. 내가 왜 고통스러운지 내면의 원인과 진실을 볼 수 있기 때문이다. 이렇게 되면 그동안 외면해 왔던 내면의 나와 연결이 되고 진정한 나를 찾을 수 있게 된다. 쉬운 일은 아니지만 인생을 살면서 가장 보람된 작업이라고 할 수 있다. 진정한 자아를 찾고 자신을 아는 사람은 주변 상황이나 타인의 생각에 휘둘리지 않고 자신이 원하는 삶을 살아갈 수 있다.

-김용태, 『있는 그대로의 나로 잘 살고 싶다면』에서

모든 심리적 증상은 크게 보면 오직 단 하나의 원인 때문에 생깁니다. 그것은 간단히 말해, 자기 존재에 대한 수용과 사랑을 얻지 못했기 때문입니다. 그 결과 수용과 사랑이 결핍되었기에, 자기 스스로도 자신을 제대로 수용하고 사랑하지 못하게 됩니다. 이것이 모든 심리적 문제의 근본 원인입니다. 때문에 이 사실을 뒤집어 보면 다음과 같은 결론을 얻을 수 있습니다. 수용과 사랑의 결핍이 모든 심리적 병의 원인이라면, 수용과 사랑만 제대로 채워지면 어떤 병이든 나을 수밖에 없다는 사실을 말이지요.

원인과 결과는 반드시 연결되어 있습니다. 이것은 절대적 법칙입니다. 마음의 병도 이와 마찬가지입니다. 반드시 어떤 원인이 있기 때문에, 그에 따른 결과가 있는 것입니다. 여러 증상에 따라 세부 원인은 약간씩 다를 수 있지만, 그 어떤 경우든 그 모든 증상의 절대적이고 본질적인 공통점은 '수용과 사랑'의 결핍에 있습니다. 때문에 수용과 사랑만 채워지면 마음의 병은 좋아질 수밖에 없는 것입니다. 이 또한 하나의 절대적 인과의 법칙이기 때문입니다.

미래를 결정하는 것은 과거의 경험이 아니다.
그 경험을 당신이 어떻게 해석하는가가 미래를 결정한다.

-알프레드 아들러-

상담을 받는 분들 중에는 자신의 증상이 낫지 않을까 봐 걱정하고, 의심하고, 두려워하는 경우가 정말 많습니다. 이미 다른 곳에서 여러 번 상담을 받았거나, 어떤 치료를 받았는데도 효과가 없었거나 잘 낫지 않았던 분들은 이런 치유에 대한 의심과 불안이 정말 심해서, 상담과 치유작업을 하는 데 큰 장애가 되기도 합니다. 그래서 저는 내담자들께 치유될 수밖에 없는 이치와 이유를 설명하고, 다음과 같은 치유 문장을 따라 외우게 합니다.

"모든 심리적 문제는 수용과 사랑의 결핍 때문에 생긴 거구나. 그래서 끊임없이 수용하고 사랑하면 반드시 좋아질 수밖에 없는 거구나. 아, 그렇게 계속 수용하고 사랑하면 반드시 좋아질 수밖에 없다고 생각하니 자신감이 생기고 마음이 편안해지는구나!"

치유의 원리가 담긴 이런 문장은 내담자의 생각의 물꼬를 돌려놓고, 그 마음에 자신감과 안심을 함께 심어줍니다. 거듭 말씀 드리건대 반드시 좋아질 수밖에 없고, 반드시 나을 수밖에 없는 길로 가면 그렇게 될 수밖에 없습니다. 인과의 법칙상 그럴 수밖에 없는 것이고, 그 외에 다른 길이 없으니까요. 단지 빨리 되느냐, 조금 늦게 되느냐에 차이가 있을 뿐, '조건 없는 수용과 사랑' 안에서는 그 어떤 증상도 치유되지 않을 수가 없습니다. 그 방법을 제대로 알기만 한다면, 그 길로 제대로 노력해서 꾸준히 나아갈 수 있다면!

13
감정 수용이 심리치유의 첫걸음인 이유

우리의 마음은 '감정/생각/욕구' 이 세 가지로 이루어져 있습니다. 이 세 가지는 항상 서로 연결되어 있기에, 서로 영향을 주고받습니다. 내가 모든 나를 수용하는 첫걸음은 바로 내 모든 마음(감정, 생각, 욕구)을 온전히 수용하는 것입니다. 그럴 때 내면의 분열이 통합되고 편안해집니다.

어떤 감정이든, 나의 감정은 모두 나의 일부입니다. 때문에 내가 나의 감정을 부정하거나 회피하게 되면, 그것은 곧 내가 나를 부정하거나 회피하는 일이 됩니다. 그것은 곧 내가 스스로 나 자신을 오롯이 부정하는 일인 것입니다. 그것이 반복되거나 지속되면 어떻게 될까요? 그것은 곧 심리적 자기부정이기에, 그렇게 되면 반드시 정신적 분열이나 심리적 부조화가 발생하게 됩니다. 이것이 실은 모든 신경증과 정신병의 근본 원인이라고 할 수 있습니다.

누적된 감정을 경험적으로 통합하고,
통합과 함께 오는 선물을 깨달아간다면
당신은 삶의 길에서 부딪히는
모든 장애물을 성장의 기회로 받아들일 수 있다.

-마이클 브라운-

우리가 우리의 감정을 부정할 때, 내면에선 어떤 일이 발생할까요? 예컨대 조그만 강아지를 어른이 손으로 계속 누르면 어떻게 될까요? 아마도 그 강아지는 고통에 비명을 지르며 자지러질 것입니다. 성장기의 아이가 자신의 감정을 심하게 부정하고 억압하는 일은 이와 크게 다르지 않습니다. 실은 그렇게 자지러졌던 감정(내면아이)이 우리 안에 켜켜이 쌓여 있습니다.

우리는 슬픔, 불안, 두려움 같은 감정을 부정적인 것으로 인식합니다. 그래서 우리는 이것을 부정하려 합니다. 하지만 내가 슬픔이나, 분노나 두려움 같은 나의 감정을 부정하는 것은 마치 내가 나의 감정을 내 안에서 강한 압력으로 억누르는 것과 같습니다. 만일 그것이 계속 반복된다면, 나의 감정들은 지속적으로 심한 억압을 받게 될 것입니다. 아울러 그것이 내면에 쌓이고 쌓이면 반드시 심리적 문제로 드러날 것입니다. 그것은 곧 내가 내 마음을 죽이는 일인 것입니다.

때문에 마음을 살리려면 이와 정반대로 해야 합니다. 내가 내 감정과 그 감정과 연결되어 있는 욕구들을 온전히 알아주고 인정해 주어야 합니다. 사람은 누구나 타인이 내 마음을 온전히 알아주고 이해해 주고 공감해 주기를 바랍니다. 그럴 때 우리는 심리적 위로와 평안을 얻기 때문입니다. 이는 인정과 이해와 공감 속에 치유의 에너지가 있음을 뜻합니다. 내 마음이 치유되려면, 이러한 인정과 이해와 공감을 바로 내가 나 자신에게 해주어야 합니다. 즉, 내가 내 감정과 욕구를 있는 그대로 알아주고 인정해 주어야 하는 것입니다.

'그래, 내 마음이 슬프구나. 불안감이 또 일어나는구나. 나는 계속 원망을 놓지 못하는구나. 내가 계속 집착하고 있구나. 더 잘하고 싶어서 그랬던 거구나. 아, 내 마음이 이래서 힘들었구나……' 매 순간순간 내가 내 모든 감정을 있는 그대로 알아주고 인정해 주면, 내 감정은 존재를 부정당하거나 압박을 받을 필요가 없어집니다. 이렇게 내가 내 모든 감정과 욕구를 알아주고 인정해 주면, 즉 나로부터 알아줌과 인정을 받은 나의 감정과 욕구는 편안해지기 시작합니다. 왜냐하면 나로부터 인정과 수용과 이해와 공감을 받았기 때문입니다.

내가 나의 감정과 욕구를 인정해 주는 것은 곧 나의 모든 마음을 인정해 주는 것이며, 이는 바로 나 자신을 인정해 주는 것과 같습니다. 이처럼 내가 나의 내면을 인정하고 수용해 줄 때 우리는 심리적 안정과 흔들리지 않는 자존감을 찾을 수 있습니다. 내가 내 감정과 욕구를 온전히 인정하지 않을 때,(혹은 알아주지 못할 때) 내면엔 반드시 내적 분열과 부조화가 일어납니다. 그것은 내가 곧 나를 부정하는 것이기 때문입니다. 때문에 나는 그 누구보다도 내 감정과 욕구를 잘 알아주어야 합니다. 알아준다는 것은 인정과 수용의 입구와 같으니까요.

싫으나 좋으나 내가 느끼는 기분은 마음이 내게 전하는 이야기다. 듣기 싫을 때도 많지만, 그럴수록 이를 천천히 또 깊게 듣고 내가 표현할 수 있는 가장 섬세한 단어와 느낌으로 이를 이해하려 한다. 그럴수록 깨닫게 되는 것이 있다. 마음과 나, 우리 모두는 행복을 원하고 있다는 것을, 그리고 감정은 마음이 나를 괴롭히는 도구가 아니라, 좀 더 나를 깊게 이해하는 실마리라는 것을.

나는 어떠한 감정이 느껴질 때면 그것이 얼마나 달가운지 불편한지를 떠나 그 감정 자체에는 옳고 그름이 없음을 되새긴다. 좋거나 싫음에 대한 평가, 피해야 한다는 압박은 내려두고 감정을 만난다. 그 감정에 압도당할지도 모른다는 두려움까지도 안은 채 그 질감을 있는 그대로 느낀다.

-이두형, 『내가 나인 게 싫을 때 읽는 책』에서

내 마음은 오직 내가 알아주고, 인정하고, 수용해 준 만큼 건강해집니다. 고로 우리는 그 무엇보다 내 내면이 내게 하는 이야기에 귀를 기울여야 합니다. 그와 같은 관심과 알아줌과 인정은 존중으로 이어지고, 존중은 다시 수용과 사랑으로 이어집니다. 그리고 수용과 사랑은 우리의 마음을 반드시 치유의 길로 안내합니다.

감정에 대한 이해 없이는 나는 나를 이해할 수 없습니다. '내 모든 감정'에 대한 온전한 알아줌과 인정과 수용이 치유의 출발점인 것은 바로 이 때문입니다. 내가 모든 감정들을 온전히 만나줄 때, 알아줌에서부터 인정과 수용과 사랑과 치유에 이르기까지 바로 이렇게 선순환의 원이 만들어집니다. 이처럼 습관 차원에서 마음에 '선순환의 회로'가 만들어지면 어떤 증상이든 좋아질 수밖에 없을 것입니다.

14

감정은 완벽한 생명 시스템이다

감정은 우리가 인간으로 살아갈 수 있도록 만들어진 완전한 생명 시스템입니다. 모든 감정은 오직 '나'를 위한 것입니다. 단 한 가지 감정도 나쁜 게 없습니다. 모든 감정은 있는 그대로 완전합니다. 감정이 없으면 우리는 목석과 같은 사람이 될 수밖에 없습니다. 문제는 단 하나, 우리 스스로가 감정을 억압하거나 회피하는 것뿐입니다.

예를 들어, 꼬마 아이가 불안감을 못 느끼면 어떻게 될까요? 불안감을 못 느껴서 절벽에서 마구 뛰어다니면 어떻게 될까요? 떨어져서 죽거나 크게 다치게 될 것입니다. 이처럼 불안감은 위험으로부터 나를 보호하게 만드는 위험 감지등 같은 역할을 합니다. 불안을 느끼지 못하면, 우리는 자신을 위험으로부터 보호하거나 지킬 수가 없게 됩니다.

누가 이유 없이 나를 괴롭히거나 상해를 입히는데, 분노하지 않으면 어떻게 될까요? 분노하지 않으면 나를 지킬 수 없게 됩니다. 누가 내 가족에게 폭력을 가하는데, 분노하지 않으면 어떻게 될까요? 분노해야 할 때 분노해야만 나와 가족을 지킬 수 있습니다. 이처럼 분노는 무엇이 잘못된 것인지 알게 할 뿐 아니라, 나를 보호하고 지키게 만들어 줍니다.

외로움은 어떤 역할을 할까요? 배고픈 느낌을 알아야 포만감도 알 수 있는 것처럼, 외로움이 있어야 인간적 교감이나 친밀감을 느낄 수 있게 됩니다. 즉, 외로움이 있어야 친구도 찾게 되고 사랑도 하게 되며, 그 가치와 기쁨도 알게 됩니다. 외로움을 못 느끼면 우정이나 사랑을, 사람 간의 친밀감을 느낄 수가 없게 됩니다. 추위를 느낄 수 있어야 따뜻함을 느낄 수 있는 것처럼, 외로움이 있어야 만남(교감)의 기쁨을 나눌 수 있게 됩니다.

수치심과 죄책감은 어떤 역할을 할까요? 수치심과 죄책감이 없으면 인간으로서 해선 안 될 일에 대해 부끄러움을 느끼지 못하게 됩니다. 수치심과 죄책감은 나를 성찰할 수 있게 하고, 인간다운 인간으로 만들어 주고, 금수와 같은 존재가 되지 않게 막아 줍니다.

슬픔은 어떤 역할을 할까요? 슬픔은 내게 무엇이 소중한지 알게 해줍니다. 슬픔을 느낄 수 있어야 무엇이 소중한지 알게 됩니다. 부모님이 돌아가셨거나 자식이 죽었는데, 웃고 있으면 어떻게 될까요? 팔이 부러졌거나 중요한 물건을 잃어버렸는데, 즐거워하고 있으면 어떻게 될까요? 정상적인 생활이 불가능해질 것입니다. 친구 부모님이 돌아가셔서 친구가 슬퍼하고 있는데, 그 자리에서 웃고 있거나, 다쳐서 아파하고 있는 사람 곁에서 즐거워하고 있으면 어떻게 될까요? 슬픔은 타인의 고통을 이해하고 공감하게 만들어 줍니다. 즉, 사람다운 사람이 되려면, 삶을 온전히 체험해 보려면 반드시 슬픔이 필요한 것입니다.

슬픔을 못 느끼는 사람은 기쁨도 잘 못 느끼는 사람이 됩니다. 왜냐하면 슬픔과 기쁨은 하나의 짝이기 때문입니다. 미움을 느끼지 못하면 사랑도 느낄 수가 없습니다. 분노를 느끼지 못하면 화평함도 느낄 수 없습니다. 공복감을 느껴야 밥을 먹게 되는 것처럼, 쓸쓸함 뒤에 반가움이 더해지고, 좌절감을 느낄 수 있어야 성취감도 느낄 수 있게 됩니다. 종이의 앞면과 뒷면이 하나의 짝인 것처럼, 모든 감정 또한 하나의 짝을 가지고 있으므로, 이것이 없으면 저것이 없고 저것이 없으면 이것이 없습니다. 이것은 완전한 짝이므로, 어느 쪽도 부정할 수도 없고, 부정해서도 안 됩니다.

부정적인 감정이 억눌려 있는데, 이를 덮어버리고 긍정적인 감정을 강요하면 어떻게 될까? 감정은 에너지의 물결이다. 에너지는 덮어버린다고 사라지지 않는다. 억눌려 있다가 더 강한 힘으로 튀어 오른다. (…) 모든 감정은 이처럼 플러스와 마이너스, 양과 음 에너지가 짝을 이루며 몰려다닌다. 부정적 감정을 억눌러놓으면 긍정적 감정도 함께 억눌린다. 부정적 현실에서 벗어날 수 없다. 반면, 부정적 감정을 받아들이면 짝이 되는 긍정적 감정도 함께 풀려나 긍정적 현실이 펼쳐진다.

-김상운,『거울명상』중에서

모든 감정은 오직 나를 위한 것이며, 나의 절대적 아군입니다. 모든 감정은 오직 나를 위해 움직이는 것이므로, 모든 감정의 본질은 '사랑의 에너지'라 할 수 있습니다. 이처럼 모든 감정은 나를 보호하고 삶을 체험하게 해주는 완전한 생명 시스템입니다. 다만 과도하게 작동하는 감정들은 과거의 충격/상처들 때문에 심하게 억압되었거나 놀라서 계속 쉬지 않아 그런 것이니, 그것이 가라앉도록 충분히 이해하고, 달래주고, 안정시켜 주어야 합니다.

어떤 감정이든 감정 자체에는 아무런 문제가 없습니다. 그것은 있는 그대로 완전한 것이며, 그럴 만해서 생겨나는 것입니다. 모든 감정은 완전하게 작동하는 생명 시스템이므로, 그 어느 것 하나 잘못되거나 소중하지 않은 것이 없습니다. 그것은 생명의 정서적 센서와 같은 것이므로, 감정이 제대로 작동하지 않으면 나는 사람다운 사람이 될 수 없습니다. 모든 감정은 언제나 오직 나를 위해 존재하는 것입니다.

문제는 불편한 감정을 적군이라고 오해하는 데서 비롯됩니다. 아군을 아군인지 모른 채, 불편한 감정을 적군이라고 여겨서 부정하고, 억압하고, 회피하는 것입니다. 그 결과 불편한 감정은 내 무의식에 차곡차곡 쌓이게 되고, 그것이 임계점에 이르게 되면, 심각한 문제를 만들어 내게 됩니다. 때문에 억압된 감정을 풀어주는 것이 치유의 본질이라고 할 수 있습니다. 내 안에 억압된 감정이 조금 있든, 많이 있든 그것은 그 크기만큼 반드시 내게 지속적으로 부정적인 영향을 미칠 것입니다.

인생은 내 무의식에 억눌려 있는
감정들을 치유하는 여정이다.

-김상운-

　　감정을 부정하거나 억압하지 않으면 감정은 그 순간만큼 제
역할을 하고, 구름처럼 물결처럼 흘러갑니다. 어떤 감정이든 그
것을 있는 그대로 인정하고 허용해 주면, 그것이 내 안에 억압되
는 일은 발생하지 않습니다. 모든 감정은 자기 존재를 존중, 수용
받기를 바랍니다. 그렇게 하는 것이 내가 내 마음을 껴안는 것이
며, 내가 내 내면과 좋은 관계를 맺는 것이며, 내가 나를 사랑하는
출발점이 됩니다.

　　반면 감정을 억압하게 되면, 이 반대가 됩니다. 불안감이 내 안
에 많이 쌓여 있으면 어떻게 될까요? 분노가 내 안에 많이 쌓여
있으면 어떻게 될까요? 내 안에 슬픔이 많이 쌓여 있으면 어떻게
될까요? 감정을 억압하게 되면, 그것이 쌓인 만큼 그 감정 에너
지의 영향을 많이 받게 되어 지속적으로 힘들게 될 것이요, 늘 그
감정의 안경으로 세상을 보게 될 것이고, 그와 비슷한 감정들을
더 많이 끌어당기게 될 것입니다.

　　아울러 생각과 감정은 서로 연결되어 있으므로, 나의 사고와
무의식의 신념 또한 그 영향을 지대하게 받게 될 것입니다. 그 결
과 자기감정을 부정하고 억압했던 업보를 전부 다 자신이 받게
될 것입니다. 그러므로 내가 부정하고 억압해서 내 안에 가둔 '불

편한 감정들'을 풀어주는 것은 어쩜 내가 인생에서 가장 먼저 해야 할 중요한 일일 것입니다. 그것은 곧 나를 심리적 부조화에서 풀어주는 일이자, 삶의 근원적 고통과 불행에서 풀어주는 일과 같을 것이므로!

15 ——————————————

감정을 수용한다는 것

감정을 수용한다는 것은 감정이 제 역할을 하고 자연스럽게 흘러갈 수 있도록 길을 터주는 것입니다. '있는 것을 있다'고 여기는 것이 인정이요, 그것을 거부하지 않고 받아들이는 것이 수용입니다. 아무리 불편하고 아무리 고통스러운 감정이라도 반드시 그렇게 해야만 합니다.

론다 번은 『위대한 시크릿』에서 "강력한 분노도 그 감정을 그저 알아차리고 저항하지 않고 그대로 존재하게 내버려두면 일 분 안에 사라질 수 있다."라고 말했습니다. 예컨대 가슴속에서 그동안 억압되어 있던 엄청난 분노의 감정이 올라올 때는 '분노하면 안 된다'는 억압기제를 풀고 "그래, 화가 나는구나. 그래, 마음껏 미워하고 싶구나. 지금은 마음껏 분노해도 된다." 이렇게 마음껏 분노할 수 있도록, 분노가 마음껏 제 에너지를 발산하고 제 길을 갈 수 있도록 활짝 길을 터줘야 합니다. 즉, 달리 말하면 치유 작업을 할 때는 댐 문을 완전히 개방하듯, 억압기제를 100% 해체시키고, 감정의 분화(噴火)를 마음껏 허용해 주고, 맺힌 것을 다 풀어주어야 합니다.

부정적인 감정 이면의 에너지는 감정이 그저 존재하도록 내버려둘 때 저절로 방출된다. 자연스러운 과정이다. 당신이 할 일은 그 감정을 알아차리고 이를 밀어내거나, 바꾸거나, 통제하거나 없애려 하지 않고 그대로 내버려두는 것이다. 감정을 온전히 허용할 때 그 감정의 에너지는 순식간에 지나가면서 동시에 엄청난 양의 억압된 감정까지 함께 가져간다. 예를 들어 분노의 감정이 생겼을 때, 이에 저항하지 않고 그저 바라보면 분노는 금방 사라지면서 당신이 어린 시절에 억압했던 본래의 분노의 일부도 함께 가져간다.

-론다 번, 『위대한 시크릿』 중에서

억압된 '감정'을 수용한다는 것은 그 어떤 감정이든 더 이상 감정을 회피하거나 억압하지 않는 것이자, 감정을 온전히 직면하고, 느껴주고, 허용해 주는 것입니다. 예컨대 "분노하면 안 돼, 미워하면 안 돼!" "불안하면 안 돼!"는 엄연히 존재하는 '감정'을 존재하면 안 된다고 부정하는 것입니다. 이렇게 '감정'을 인정하지 않고 부정하기 때문에, 수용하지 않고 억압하거나 회피하게 되는 것입니다.

감정을 부정하는 것은 곧 그런 감정을 가진 나 자신을 부정하는 것입니다. 아울러 그렇게 억압된 감정은 내 안에 쌓여서 모든 심리적 문제를 만드는 핵심 원인이 됩니다. 이렇게 억압된 감정은 가슴속에 쌓여서 에너지를 발산하기 때문에, 계속해서 반복 재생되는 패턴을 가지게 됩니다. 이게 실은 모든 마음의 병의 핵심 원인입니다.

감정이 옳은지 그른지는 분석할 필요가 없다. 긴 시간도 필요 없다. 그저 한순간, 몇 초만 멈춰 서서 '너 지금 슬프구나. 네 감정은 무조건 옳아. 그렇게 느끼는 게 당연해.'라고 스스로에게 말해주는 것, 그것이 무조건적 자기사랑의 시작이다. 무조건적 자기사랑은 곧, 자신의 솔직한 감정을 보살피고 무조건적으로 받아들여주는 일이다.

-임서영,『그럼에도, 나를 사랑한다』에서

치유작업을 하면서 감정을 수용하라고 하면, 불편한 감정을 빨리 없애고자 하는 마음으로 하는 분들이 있습니다. 하지만 이것은 수용하는 척만 하는 것일 뿐, 정작은 그 반대로 하는 것입니다. 나의 억압된 감정은 내가 수용하는 척하면서 자신을 없애려고 하는지… 아니면 정말로 자신을 인정하고 수용해 주는지는 0.1초 만에 압니다. 그래서 수용하는 척이 아니라, 오직 정말로 제대로 느끼고 허용을 해줄 때만 억압된 감정이 풀립니다. 마음은 이처럼 단 한 치의 오차도 없이 움직입니다. 하여 나는 내 마음을 조금도 속일 수가 없습니다.

감정을 수용한다는 것은 '어떤 감정'이든 그 감정이 '내 가슴에 있어도 된다'고 허락해 주고 허용해 주는 것입니다. "분노하면 안 돼!"가 아니라 "분노해도 된다./분노할 수도 있지."가 분노가 내 가슴속에서 마음껏 머물러도 된다고 허락하고 허용해 주는 것입니다. "불안하면 안 돼!"가 아니라, "불안해도 된다./불안할 수도 있지."가 불안이 내 가슴속에 마음껏 머물러도 된다고 허락하고 허용해 주는 것입니다. 그것이 분노를 분노로서 인정하는 것이고, 불안을 불안으로서 인정하는 것입니다.

이 얘들은 내게 인정받고 싶은 만큼 충분히 인정받지 못하면 절대로 다 풀리지 않습니다. 이는 마치 타인이 나를 인정해 주지 않고 부정하거나 제외시키면 기분이 나쁘듯이, 내 감정들도 내게 부정당하거나 제외당하는 것을 원치 않는 것과 똑같습니다. 고로 이것은 분열된 내면을 통합하는 과정이라 할 수 있습니다.

감정을 수용한다는 것은 비유하자면, 곰 인형이나 강아지를 껴안았을 때 따뜻한 촉감이 느껴지는 것처럼, 그 감정을 가슴으로 온전히 껴안고 느껴주는 것입니다. 그렇게 그 감정이 나와 함께 있어도 된다고 허용해 주면서 기꺼이 함께 있어 주는 것입니다. 이것은 어떠한 판단이나 첨삭 없이 스펀지가 물을 빨아들이듯이 '있는 그대로' 다 받아주는 것이며, 마치 내가 내 감정에게

"그래서 화가 났구나!" "그래서 불안했구나!" 하고 온전히 이해와 공감을 해주는 것이기도 합니다. 이것이 감정이 나로부터 인정과 수용과 허용과 공감을 받는 것이며, 오직 이럴 때에만 억압되었던 감정은 저절로 풀려서 편안하게 제 갈 길을 가게 됩니다.

우리의 감정에는 털끝만큼도 문제가 없습니다. 문제는 오직 그 감정을 인정해 주지 않고 부정함으로써 억압하고 회피했던 것에 있을 뿐입니다. 때문에 치유를 위해선 우리가 알게 모르게 억압했던 무수히 많은 내 감정들을 찾아내어 다 만나주고, 인정해 주고, 느껴주어야 합니다. 그러한 과정을 간단히 말해 '감정을 수용한다'고 표현하는 것이며, 이것이 바로 상처받은 내면아이를 껴안는 것이기도 합니다. 감정 수용이 심리치유에서 가장 중요한 관건이 되는 것은 감정이 수용될 때 비로소 '부정되었던 나'가 수용되어지기 때문입니다.

불안감을 수용하는 것은 불안했던 나를 수용하는 것이요, 분노를 수용하는 것은 분노했던 나를 수용하는 것입니다. 좌절감을 수용하는 것은 좌절했던 나를 수용하는 것이요, 수치심을 수용하는 것은 수치스러웠던 나를 수용하는 것입니다. 이는 내가 나를 수용하는 그 첫걸음이 바로 내가 내 감정을 수용하는 데 있다는 뜻입니다. 그래서 수용 받은 존재의 자존감과 수용 받지 못한 존재의 자존감은 결코 같을 수가 없습니다.

이렇게 엄마를 통해 잘 반영을 받은 유아는 자신이 표출하는 감정에 대해 긍정하게 됩니다. 다시 말해 자신이 느끼는 모든 감정을 좋은 것이라고 반응하게 됩니다. "아, 희로애락의 모든 감정은 다 좋은 것이구나." 이렇게 자신의 감정에 대한 긍정은 그런 감정을 느끼는 자신의 존재에 대한 자신감으로 이어집니다. 즉, "(엄마에게 반영 받고 수용 받았기에) 내가 지금 느끼는 여러 감정은 참 좋은 것이다."에서 "이런 감정을 느끼는 '나'는 참 좋은 나다."라는 자신감 있는 자의식을 발달시킨다는 것입니다.

-변상규,『자아상의 치유』에서

치유작업을 통해서 억압된 감정을 수용한다는 것은 어린 시절 제대로 받지 못했던 공감과 이해와 수용을 성인이 되어서 내가 다시 '내면아이'에게 주는 체험을 하는 것이라 할 수 있습니다. 내면아이가 가장 바라는 것은 인정과 수용입니다. 인정과 수용을 받고 싶은 내면아이는 늘 신호를 보내주는데, 그 신호가 바로 '심리적 증상(혹은 육체적 증상)'입니다. 만약 그 신호를 무시하게 되면 증상은 점점 더 심해집니다. 즉, 내면아이가 더 신호를 강하게 보내주는 것입니다.

아무 이유 없이 나를 사랑한다는 건
있는 그대로의 나를 통째로 받아들인다는 뜻이다.

-임서영-

수용하지 않으려 하는 것을 '저항'이라고 하는데, 저항 또한 나를 보호하려는 보호기제이므로, 수용하지 못하는 마음, 수용하지 않으려는 그 저항과 집착까지 깊이 이해하고 인정하고 수용해주면 저항과 집착도 수용의 '평화로움(너그러움, 여유)'로 전환되게 됩니다. 수용을 용이하게 하는 가장 좋은 방법은 '왜 수용할 수 없었는지, 왜 아직도 수용하지 않으려 하는지에 대한 이유(목적)'를 자각하고 이해하는 데 있습니다. 마음은 억지로 다룰 수 있는 것이 아니며, 그 메커니즘을 정확히 이해할수록 수용하기가 훨씬 더 쉬워질 테니까요!

16
감정이 억압되면 일어나는 일들

어릴 때부터 내면에 감정이 계속 억압되어 누적되는 것, 그것이 하나의 프로그램처럼 심리적 습관이 되는 것, 이것이 거의 모든 마음의 병의 근본 원인입니다. 내면에 억압된 감정이 있으면, 이 감정은 쌓이면 쌓일수록 더 강력한 에너지 덩어리가 되어 지속적으로 악영향을 끼치게 됩니다. 이것이 인생에 수많은 고통과 불행을 만들어 내는 근본 원인으로 작용하기도 합니다. 예컨대 내면에 어떤 감정이 쌓여 있으면, 어떤 자극을 통해 이와 같은 감정이 계속 표출되어 집니다. 그래서 분노가 많이 억압되어 있는 사람은 분노하는 일이 계속 반복해서 발생하게 됩니다.

그런데 이렇게 감정이 억압되면 마음에만 영향을 미치는 게 아니라, 몸에도 많은 영향을 미치게 됩니다. 감정이 억압되면 몸에 어떤 일들이 벌어지게 될까요? 가장 흔하고 공통적인 증상은 '가슴 막힘(답답함)'입니다. 억압된 감정들이 가슴을 막기 때문입니다. 그런데 가슴이 막히면 자동적으로 '머리'도 함께 막힙니다. 에너지 순환이 원활하지 않기 때문에 머리가 무겁고 맑지 못합니다. 그래서 대부분의 내담자들이 이 두 가지 증상을 함께 가지고 있습니다.

'가슴 답답함, 머리가 멍하거나 무거움, 만성적 두통, 망각(기억 상실), 주의력 결핍(집중 안 됨), 불면증, 몸에 힘이 없음, 자주 피곤함, 과도한 신체적 긴장이나 흥분, 심장 통증, 위염, 소화불량, 난독증, 불감증, 발기부전, 섹스리스, 홍조, 아토피, 피부질환, 알레르기, 관절염, 각종 중독증상......'

대표적으로 이러한 증상이 많이 나타나지만, 이 외에도 심인성에 의한 수없이 많은 증상들이 있습니다. 이것의 원인은 '마음'에 있기 때문에, 그러한 증상을 만든 심리적 원인을 해결하지 않으면 이러한 증상은 잘 낫지를 않습니다. 결코 정신과 약이나 한의원 약으로는 해결이 안 되는 이유 또한 이 때문입니다.

우리의 신체 증상 중에 심인성 증상과 무관한 것은 거의 없다고 해도 과언이 아닐 만큼 마음과 몸은 깊은 연관성을 가지고 있습니다. 심지어 암이나 뇌출혈 같은 심각한 몸의 질병도 실은 마음이 문제가 누적되어 일어날 때가 많습니다. 그런 점에서 스트레스가 만병의 원인이란 말은 결코 허언이 아닐 것입니다. 즉, 마음의 문제가 숱한 신체적 문제의 근본 원인이 된다는 뜻입니다.

예컨대 오랫동안 머리가 아프거나 가슴이 답답했는데, 심리치료를 받고 단기간에 증상이 좋아지는 경우가 숱하게 있습니다. 이는 그러한 신체통증의 원인이 '마음'에 있었음을 직접적으로 보여줍니다. 이렇게 마음의 문제 때문에 몸에 문제가 생긴 경우, '마음의 문제'가 해결되면 '몸의 문제' 또한 그 즉시 바로 해결되는 경우가 많습니다.

이와 같은 직접적인 심인성 증상이 아닌 경우도… 마음의 문제가 오랫동안 누적되어 몸에 질증이 생기는 경우가 많기 때문에 '몸'에 어떤 문제가 생길 때는 필히 심리치유의 부분도 함께 살피는 것이 좋지 않을까 합니다. 건강한 몸이 건강한 마음을 만들듯이, 건강한 마음이 또한 건강한 몸을 만들기 때문입니다.

지속적이고 진정한 근원의 힘은
통합을 필요로 하는 당신의 경험의 모든 측면에
의식적으로 조건 없는 느낌과 직감을 기울일 때에만 얻어진다.
무엇을 느끼는 것은 그것을 통합시키기 위한 것이다.

-마이클 브라운-

데이비드 해밀턴의 『마음이 몸을 치료한다』에선 심인성과 관련된 재미있는 사례가 소개되어 있습니다. 만화가 그려진 밴드가 그렇지 않은 밴드보다 아이들에게 더 좋은 치유효과를 낸다고 합니다. "왜 만화가 그려진 밴드가 아이의 상처를 더 빨리 낫게 하는지에 대한 의학적 근거는 없지만 실상이 그렇다. 아이에게는 만화가 의미가 있으며, 상처를 더 빨리 낫게 만드는 것은 아이의 생각 때문이다." 심인성으로 병이 생기기도 한다면, 심인성으로 치유가 되기도 할 것입니다. 이런 사례는 수도 없이 많습니다.

플라세보는 실제로 치유 효과가 있으며 그것은 사실이다! 하지만 진정한 힘은 우리 안에서 나온다. 플라세보는 우리가 희망과 위안 이라는 생각을 부여하는 상징이며, 그런 생각은 바로 우리 자신의 것이기 때문이다.

-데이비드 해밀턴, 『마음이 몸을 치료한다』 중에서

몸은 마음을 살리고, 마음은 몸을 살립니다! 몸과 마음이 항상 서로 연결되어 있다는 것은 삶의 위대한 섭리와도 같습니다. 그래서 '건강관리'엔 몸뿐만 아니라 마음에 대한 사안도 필히 함께 포함되어야 할 것입니다. 때문에 운동을 하듯, 마음의 건강을 위해서 우리는 반드시 '마음'에 좋은 무언가를 해야 할 것입니다. 그러므로 몸과 마음이 서로 원원할 수 있도록 몸과 마음을 함께 관리하는 것이 건강하고 행복한 삶을 위해 가장 중요한 과제가 아닌가 합니다.

　치유란 내가 알게 모르게 부정하거나, 억압하거나, 회피했던 내 내면 양상과 내 모든 모습을 있는 그대로 온전히 인정하고 수용하는 것입니다. 그렇지 않을 때 반드시 정비례해서 어떤 부작용이 일어납니다. 그러기 위해선 제일 먼저 자신의 억압된 감정과 욕구부터 다 풀어주어야 할 것입니다. 그것이 모든 자유의 시작이자, 모든 심리치유의 출발점이니까요! 아울러 그것은 건강하고 행복한 삶으로 가는 첫 번째 관문이기도 할 것입니다.

17
고통을 거부하는 마음 때문에 고통은 더 커진다

　심리적 고통은 때때로 발생한 사건보다 그것에 대한 '부정적 해석' 때문에 더 심해지는 경우가 많습니다. 아울러 어쩔 수 없이 감당해야 할 고통을 무조건 회피하려는 마음 때문에 더 고착되는 경우도 많습니다. 그렇게 고통받지 않으려고 하는 마음을 '저항'이라고 하는데요, 고통받지 않으려고 저항하면 할수록 고통은 더 지속되거나 더 커집니다. 왜냐하면 그 과정에서 알게 모르게 심리적 억압이 발생하기 때문입니다. 때문에 그러한 모든 저항을 내려놓고 고통을 온전히 허용하고 수용하면, 오히려 그 고통이 최소화되거나 사라집니다. 이것이 마음의 오묘한 원리입니다.

> 인간은 인생으로부터 의미와 사명의 물음을 받고 있는 존재이다. 인생에서 일어나고 있는 사건들은 그것이 아무리 힘들고 괴롭다 할지라도 그렇게 된 데에는 무언가 의미가 있기에, 무언가에 대해서 깨닫고 배우도록 재촉하고 있는 것과 같다. 인생이란 우리에게 있어서 그와 같은 배움과 깨달음을 얻는 과정이며, 정신적 성숙과 영성성장의 기회이자 시련의 장(場)인 것이다. 인간의 자유는 조건으로부터의 자유가 아니라 조건에 대하여 어떤 태도를 취할 수 있는가의 자유이다.
>
> -홍성남, 『배꼽잡고 천국가기』 중에서

저항을 내려놓고 고통을 허용하는 것은 나를 온전히 내려놓는 것입니다. 저항과 함께 나를 내려놓으면 나는 두려움에서 벗어나기에 더 편안해지고 더 담대해집니다. 하여 고통을 허용하는 것은 고통을 직면하는 가장 빠른 길이자, 고통을 두려워하지 않는 가장 빠른 길이기도 합니다. 고통은 모든 심리적 회피와 억압과 연결되어 있습니다. 때문에 고통을 허용한다는 것은 모든 심리적 회피와 저항을 해결하는 최상의 루트가 됩니다.

고통에 마음을 열고 나를 내려놓으면 내려놓을수록 오히려 나는 점점 더 편안해지고 점점 더 치유됩니다. 때문에 나를 내려놓는 가장 빠른 길은 고통받고 싶지 않은 마음, 즉 저항을 자각하고 고통을 허용하는 것입니다. 고통을 향해 내 마음을 온전히 다 열어놓는 것입니다. 그렇게 열린 마음, 초연하고 담대한 마음일 때, 고통의 파도 또한 고요한 바다에 들어 점점 더 잠잠해질 것입니다.

람프를 만들어 낸 것은 어둠이었고,

나침반을 만들어 낸 것은 안개였고,

탐험을 하게 만든 것은 배고픔이었다.

그리고 일의 진정한 가치를 깨닫기 위해서는

의기소침한 나날들이 필요했다.

-빅토르 위고-

심리적 고통은 피하려 할 때 더 커집니다. 반대로, 온전히 직면하고 수용하고 껴안을 때 최소화됩니다. 삶에 의미 없는 고통이란 없습니다. 단지 의미를 모르는 고통이 있을 뿐입니다. 의미를 알 때 그것을 견뎌 낼 수 있는 힘이 생깁니다. 그러므로 고통의 실상을 직면하고, 고통이 발생하는 이유와 그 의미를 포괄적인 맥락에서 깊이 살펴보아야 합니다. 그래서 불필요한 고통은 과감히 떨쳐내고, 내가 감당해야만 하는 필연적인 고통은 기꺼이 껴안아야 합니다.

고통이 왜 발생할까요? 고통받고 싶지 않은 마음, 행복해지고 싶은 마음 때문일 것입니다. 고통받고 싶지 않은 마음, 행복해지고 싶은 마음이란 결국 자신을 아끼고 사랑하는 마음입니다. 그러니 고통에 저항하는 마음 또한 나를 위한 사랑의 에너지임을 이해하고, 고통과 고통에 저항하는 마음도 다 인정하고 받아들일 수밖에 없습니다. 만약 고통이 없다면 우리는 고통의 반대편에 있는 기쁨과 평안과 행복도 체험할 수 없을 것입니다. 어둠 없이 빛을 체험할 수 없는 것처럼, 고통 또한 우리에게 꼭 필요한 것이요, 삶에 필수적인 한 요소임을 이해해야 할 것입니다.

현명한 사람은 넘어질 때마다
무언가를 집고 일어선다.

-랠프 팔레트-

실패를 실패로 받아들이면 실패가 되지만, 실패를 경험과 피드백으로 받아들이면 모든 실패는 경험과 피드백이 됩니다. 이런 관점과 해석 속에서는 나는 실패한 적도 없고, 앞으로도 실패할 수 없는 사람이 됩니다. 과거든 미래든 실패는 없고, 오직 경험과 피드백만 있을 테니까요! 이것이 관점 바꾸기이자 해석 바꾸기입니다. 해석에 따라 실패나 실수가 상처의 미로가 될 수도 있지만, 디딤돌 같은 소중한 경험적 자원이 될 수도 있습니다. 모든 생각은 이처럼 하나의 관점이자 해석에 지나지 않습니다. 이처럼 관점과 해석을 바꾸면 '의미'와 '느낌'이 완전히 달라지게 됩니다.

내 삶에 어떤 고통이 일어나든 내 모든 고통 또한 나의 관점과 해석 속에 있는 것임을 인지해야 할 것입니다. 이 말은 나의 관점과 해석에 따라 고통의 강도와 의미가 달라진다는 뜻이 됩니다. 그것은 결코 고정된 것이나 확정적인 것이 아닙니다. 심리적 고통은 객관적 사실이 아니라, 그저 주관적 해석이자 태도 속에 있는 것이므로 매우 유동적이고 가변적인 것이라 할 수 있습니다.

인생이라는 대리석 안쪽에는 반드시 수호천사가 살고 있습니다. 그리고 대리석 덩어리는 역경대학교에서 조각해 나가야 하는 것이라고 나는 믿습니다. 화, 허영심, 이기심, 독선, 위선, 나약함 따위는 모두 당신의 '외면'이며 깎아내야 할 것들입니다. 고난은 당신 안의 천사를 상처 입히는 것이 아니라, 그 모습을 드러내어 보여줍니다. 그런 이유로 나는 당신이 역경을 경험하기를 희망합니다. 당신의 과거가 빛나는 것이든, 부끄러운 것이든, 나에겐 아무래도 좋습니다. 당신의 현재가 어떤지도 관심이 없습니다. 나에게 중요한 것은 당신의 미래입니다. 왜냐하면 미래야말로 당신 안의 천사가 모습을 나타내는 시간이기 때문입니다.

-랠프 팔레트, 김석희 역, 『위대한 역경』 중에서

"고통은 스승이다."라는 말이 있습니다. 고통을 적이나 불행으로 받아들이면 피하고만 싶은 적이나 불행이 되지만, 고통을 스승으로 여기면 고통은 나에게 무언가를 가르쳐 주기 위해 나타난 스승이 됩니다. 이런 관점일 때, 고통은 내가 마냥 피해야 할 대상이 아니라, 내가 기꺼이 만나고 배워야 할 가치 있는 존재가 됩니다. 치유를 위해서나, 정신적 성장이나 영적 성장을 이루려면 필히 고통을 스승으로 여길 줄 알아야 합니다. 그것이 고통이 나를 찾아온 진짜 이유이기 때문입니다. 스승은 우리가 배워야 할 것을 다 배웠을 때, 유유히 떠나갈 것입니다.

18

착한 아이 증후군이 모든 마음의 병과 관련되는 이유

착한 아이는 성장과정에서 부모의 욕구에 자신을 맞춰주다 보니, 자신의 진짜 감정과 욕구를 계속 억압하게 됩니다. 성장기 때는 무엇보다 부모로부터 자신의 감정과 욕구가 잘 수용되는 체험을 해야 정서적으로 건강할 수 있습니다. 그래야 아이 또한 자신의 감정과 욕구를 가치 있는 것이라 여겨 잘 수용할 수 있게 됩니다. 그것은 자기수용과 존중의 시작점이기에 자존감을 만드는 기본 토대가 됩니다.(이것은 무의식 차원에서 저절로 이루어집니다.)

그런데 대부분의 부모들은 자기중심적인 일방적 소통을 하기 때문에, 아이는 그러한 환경에서 살아남기 위해 자신의 감정과 욕구를 억압하고 부모의 감정과 욕구에 맞춰서 행동을 하게 됩니다. 특히 부모가 내적 상처가 많거나, 폭력적이거나 부부싸움을 많이 하는 경우, 아이는 더욱 그러한 상황에 내몰리게 됩니다. 위험과 고통(질책)을 피하기 위해 힘없는 아이는 자신의 감정을 계속 억압할 수밖에 없습니다. 이것은 결국 하나의 습관처럼 내면화되게 됩니다. 그리고 억압된 감정과 욕구는 시간이 갈수록 내면에 쌓여서 심각한 부조화를 만들어 냅니다.

모든 심리적 증상(마음의 병)은 '감정'이 억압된 데서부터 시작됩니다. 그래서 치료가 필요할 만큼 심리적 문제가 있는 사람은 이와 무관할 수 있는 경우가 거의 없습니다. 요컨대 증후군 수준의 착한 아이는 자신의 감정과 욕구를 습관적으로 억압해서, 마음에 골병이 든 경우라 할 수 있습니다. 상담을 받는 내담자들 대부분이 이렇게 자신의 감정과 욕구가 심각하게 억압되어 마음에 골병이 든 가여운 사람들입니다.

때문에 그것이 치유되는 길은 그러한 자신의 '상처의 원인과 패턴'을 이해하고, 무의식 속에 켜켜이 쌓여 있는 억압된 감정과 욕구를 풀어주는 것과 복종으로 길들여져 고착화된 역기능적 신념을 바꿔주는 것밖에 없습니다. 착한 아이 증후군을 가진 사람은 '있는 그대로의 나'로서 살지 못합니다. 자신의 진짜 감정과 욕구를 추구하며 살아가는 법을 배워서 타인에게 맞춰주는 삶이 아니라, 자신이 마음의 주체가 되는 삶을 살아갈 수 있도록 대대적인 방향 전환을 해야 합니다.

> 자신의 마음에 영향을 미칠 수 있는 사람은
> 오직 당신뿐이라는 사실이다.
> 마음을 결정하는 것은 자신만이 할 수 있는 일이다.
> 아무도 이를 대신할 수 없다.
>
> -마거릿 폴-

　어떤 내담자는 책을 읽고 싶은데도 도무지 책을 읽을 수가 없었습니다. 몇 페이지 이상 읽다가 이상하게 더 읽으면 안 될 것 같은 심리적 저항 때문에 책을 덮고야 말았습니다. 그래서 책을 읽고 싶은 욕심에 집에 사 모은 책은 엄청 많은데 끝까지 다 읽은 책은 한 권도 없었습니다.

　심리분석을 해보니, 이것은 어린 시절 오빠와 자신을 지나치게 차별했던 어머니에 대한 충성 때문에 생긴 현상이었습니다. 어머니는 남녀차별을 엄청 심하게 하셨습니다. 딸이었던 자신에게 공부할 필요 없다고… 공부를 못 하게 했고, 책도 못 읽게 했습니다. 공부하려고 할 때나 책을 읽으려고 할 때마다 심한 질책과 비난이 쏟아졌습니다. 결국 딸은 성격 강한 엄마의 강요와 요구에 부응(순종)할 수밖에 없었고, 그녀의 무의식 속엔 '책을 읽으면 안 된다'는 신념이 제어장치처럼 깊이 새겨졌던 것입니다.

　이제 성인이 되어 자신이 아이를 키우는 엄마의 입장이 된 그녀는 더 이상 곁에 있지도 않은 '과거 속 어머니'의 눈치를 볼 필요도 전혀 없는데, '무의식에 입력된 착한 아이의 신념' 때문에 여전히 '과거 속 어머니'에게 복종하느라 그토록 책을 읽고 싶어도 책을 읽을 수가 없었던 것입니다. 그래서 번번이 해결되지 않는 욕구불만과 좌절의 쳇바퀴 속에 갇혀 있었던 것입니다. 자신이 왜 이제껏 그렇게 책을 읽을 수 없었는지 알게 된 내담자는 엄마에 대한 분노를 쏟아내며 한없이 눈물을 쏟아냈습니다.

성숙한 삶이란 문제가 없는 삶을 말하는 게 아니다.
문제를 겉으로 드러내서 해결하고자 애를 쓰는 것,
그것이 성숙한 삶이다.

-문경보-

어떤 내담자는 50이 넘도록 평생 만성적인 두통에 시달렸습니다. 특히 공부를 하려고 하면 더욱 그런 현상이 심했습니다. 심리분석을 해보니, 이분의 부모님 또한 자녀 양육에 있어 남녀차별을 아주 심하게 하셨습니다. 이분들은 자신들의 아들들이 잘되기를 바랐지, 동생인 딸이 오빠들보다 더 똑똑한 것을 원치 않았습니다. 그래서 말 잘하는 딸이 말로 자신의 똑똑함을 자랑하고 싶어 하면 그것을 잘 들어주기보다, 말을 못 하도록 야단치고 입을 닫게 만들었습니다. 뭔가를 잘하고 싶어 하면 그것을 잘하도록 도와주기보다, 더 이상 설치지 않게 폭언이나 체벌로 얌전히 고분고분히 말을 잘 듣도록 억눌렀습니다.

　그래서 부모님으로부터 더 사랑받고 싶었던 딸은 번번이 심한 상처와 좌절감을 느껴야 했습니다. 하지만 버림받지 않기 위해서, 조금이라도 더 부모의 사랑을 얻어내기 위에서 어린 딸이 할 수 있었던 것은 그러한 부모에게 순응하고 복종하는 것밖에 없었습니다. 똑똑하거나 뭔가를 잘함으로써 사랑받을 수 없었던 그녀는 오빠들보다 똑똑해서는 안 되었고, 오빠들보다 뭔가를 잘해서도 안 되었습니다. 그러려면 심리적 제어장치가 필요했기에, 그녀는 '머리'가 자주 무겁고 탁하고 아파야만 했습니다. 그래야 공부를 제대로 잘할 수 없을 것이고, 그래야 덜 똑똑해서 설치지 않을 수 있었기 때문입니다.

　따지고 보면 '머리가 아팠던 것'은 그런 부모로부터 어린 딸이 자신을 보호할 수 있는 유일한 보호기제였던 것입니다. 그래서 그녀는 어쩔 수 없이 머리가 아파야만 했던 것입니다. 아울러 그렇게 만들어진 착한 아이의 신념은 성인이 된 이후에도 내면의 프로그램처럼 계속 작동했기 때문에 머리가 계속 아팠던 것입니다. 이렇게 원인을 정확히 찾은 덕에 평생 지속되었던 그녀의 만성두통은 치유작업을 통해 곧바로 치유가 되었습니다. 만약 이것이 원인이 아니었다면, 이 사실을 알고부터 급속히 좋아지는 일은 결코 없었을 것입니다.

　이와 같은 인상적인 사례가 아닌 경우에도 거의 모든 증상이 착한 아이 증후군과 관련되어 있습니다. 우리 문화 속에는 '부모

말 잘 듣고 복종 잘하는 것이 착한 아이가 되는 길'인 양 여기는 인식이 있습니다. 하지만 이것은 대단히 무지하고 위험한 생각일 수 있습니다. 자칫 그러한 인식이 부모의 권위를 잘못된 방식으로 사용하게 하고, 아이들에게 착한 아이 증후군을 심어주는 촉매제가 될 수 있기 때문입니다.

> 만약 아이가 나무람 속에 자라면, 비난을 배운다.
> 만약 아이가 적개심 속에 자라면, 싸우는 것을 배운다.
> 만약 아이가 비웃음 속에 자라면, 부끄러움을 배운다.
> 만약 아이가 수치 속에서 자라면, 죄의식을 배운다.
> 만약 아이가 관대 속에서 자라면, 신뢰를 배운다.
> 만약 아이가 격려 속에서 자라면, 고마움을 배운다.
> 만약 아이가 공명함 속에서 자라면, 정의를 배운다.
> 만약 아이가 보호 속에서 자라면, 믿음을 배운다.
> 만약 아이가 인정 속에서 자라면, 자기 자신을 좋아하는 것을 배운다.
> 만약 아이가 받아들임과 우정 속에서 자라면, 세상에서 사랑을 배운다.
>
> -도로시 로 놀테, 『아이들은 생활 속에서 배운다』 중에서

우리는 부모가 되는 법을 따로 배우지 않았습니다. 우리는 대부분 자식을 어떻게 길러야 하는지 배우지 못한 채 부모가 되었

습니다. 그래서 정도 차이는 있겠으나, 부모의 정서적 학대는 대부분의 가정에 너무나 만연되어 있다고 해도 과언이 아닐 것입니다. 그런 점에서 저는 자식을 낳아 기르는 부모가 될 사람은 반드시 '자녀교육'에 대한 좋은 책 서너 권 정도는 읽어야 하지 않을까 합니다. 그것은 부모와 자식 양쪽 모두에게 심히 다행스럽고 이로운 일이 될 것이기 때문입니다. 그래서 저는 이 책들을 필독서로 권해드리고 싶습니다.

- 마사 하이네만 피퍼, 『스마트 러브』
- 도로시 로 놀테·레이첼 해리스, 『아이들은 생활 속에서 배운다』
- 존 가트맨·최성애, 『내 아이를 위한 감정코칭』
- 토머스 고든, 『부모 역할 훈련』
- 토머스 고든, 『부모 역할 배워지는 것인가』

상담을 해보면 안타깝게도 우리 시대에도 여전히 자녀양육에 있어 남녀차별이 너무나 많이 존재했음을 알게 됩니다. 너무나 많은 눈물을 보았던 저로서는 때로 그 상처와 상흔이 얼마나 큰지 말문이 막힐 때가 적지 않았습니다. 대학원 때, 시골에서 자랐던 한 여자선배가 부모님의 교육 탓에 "자기도 모르게 습관적으로 항상 자기 밥보다 남동생 밥을 먼저 펐다."는 말을 했던 것이 기억납니다. 우리 부모님 세대만 해도 대부분 그러한 교육적 성향을 많이들 가지고 계셨습니다. 그래도 예전보다는 정말 많이 나아졌으며, 우리 부모님 세대와 우리 세대와는 많은 차이가 있을 것입니다.

사회적 통념이 되어있는 잘못된 사상과 신념은 세상에 독이 됩니다. 이것은 문화적 세뇌와 같은 것입니다. '남존여비'라는 말 같지도 않은 해괴한 사상이 만들어 내는 폐해가 우리 사회 어디에서도 더 이상은 발생하지 않도록 우리 모두 깨어있어야 할 것이며, 온전한 양성평등 사회를 구현하기 위해 지속적인 관심과 노력 또한 함께 기울여야 하지 않을까 합니다.

19

자기가 무엇을 좋아하는지 모르는 이유

어느 여성 아나운서가 「금쪽상담소」라는 TV프로에 나와서 "내 감정이 맞는 것인지 잘 모르겠다."고 말하는 것을 보았는데, 상담을 해보면 의외로 이런 사람이 정말 많습니다.

• 내가 뭘 좋아하는지, 언제 즐거운지 모른다. 나만의 생각, 느낌을 잘 모른다.
• 내가 뭘 원하는지 몰라 남들 취향과 기준을 따라 하려는 경향이

있다.

- 내가 뭘 좋아하고 원하는지 몰라서 한심하다.
- 내가 원하는 게 뭔지 모른다. 알기 어렵다.
- 감정을 느끼기 어렵고 피한다. 특히 불안한 감정을 극도로 거부한다.
- 수동적이다. 혼자서 판단을 잘 못 하고 남한테 의존을 많이 한다.
- 내가 원하는 것이나 하고 싶은 것을 빨리 알아내지 못한다.
- 내가 너무 우유부단하고 결정을 잘 못 내려서 한심하다.

왜 자신의 감정에 대해 이런 생각이 드는 것일까요? 성장기 때 부모님의 요구와 기준에 맞추기 위해 자신의 감정을 계속 억압하면서 살았기 때문입니다. 자신의 감정을 억압한다는 것은 자신의 감정을 부정하는 것이고, 이는 곧 자기 스스로가 "내 감정은 틀린 것"이라고 여기는 것과 다름없습니다. 그래서 이렇게 감정을 부정/억압한 사람들은 자기감정을 잘 믿지도 못하고 받아들이지도 못하게 됩니다.

그 결과 이것이 하나의 패턴이 되고 신념이 되어 자신이 뭘 좋아하는지, 뭘 해야 할지를 잘 모르게 됩니다. 아울러 자신의 진정한 욕구보다 타인(부모)의 기준과 평가에 자신을 더 맞추게 됩니다. 이것은 착한 아이 증후군의 공통적인 속성이며, 대부분의 내담자들이 조금씩 다 가지고 있는 특성이기도 합니다. 이처럼 부모에게 심리적 문제가 있거나, 잘못된 양육방식으로 아이를 키우게 되면 반드시 자식에게도 악영향을 줄 수밖에 없습니다.

내 존재가 받아들여진다는 것은 어떤 순간 일어나는 나의 감정과 내가 경험하는 모든 것들이 있는 그대로 안전하게 수용되는 일입니다. 나 자신에게서든, 상대방에게서든 말입니다. 그런데 반대로 부모로부터 빈번하게 비난과 경멸을 당하고, 감정에 공감받지 못한 채 외면과 무시를 당하는 순간이 많다면 그건 나의 존재가 부정당하는 것과도 같습니다. '부모가 아이의 감정을 지속적으로 외면하고 거부하는 것은 영혼을 죽이는 것과도 같다.'라는 말도 있지요. 이 고통스러운 상황에서 살아남기 위한 보호책은 아무것도 느끼지 않는 것입니다. 대다수의 아이들은 살아남기 위해 자신이 느끼고 생각하는 것을 차단합니다.

-배재현, 『나는 가끔 엄마가 미워진다』에서

어떤 부모는 아이가 입고 싶어 하는 옷을 못 입게 하고 자신의 취향대로 옷을 입게 합니다. 어떤 부모는 아이가 하고 싶은 말을 못 하게 해서 아이의 입을 닫게 만듭니다. 어떤 부모는 성적 때문에 지나치게 야단을 치기도 하고, 어떤 부모는 아이가 하는 짓이 마음에 안 든다고 계속 비난을 합니다. 이는 모두 아이의 마음을 이해하거나 존중하는 것이 아니라, 자기 기준(편의)에 맞춰 자기 마음대로, 자기 욕구대로 아이를 길들이는 것입니다.

성장기 때 아이의 '감정/생각/욕구'를 부모가 부정하거나 억압하게 되면, 아이의 내면엔 어떤 일이 벌어질까요? 아이는 그러한 부모의 양육방식에 적응하기 위해서 자신의 '감정/생각/욕구'를 부정하고 억압할 수밖에 없게 됩니다. 부모가 아이의 감정과 욕구를 수용해 주지 않고 자신의 마음과 욕구를 계속 강요하게 되면, 아이는 자신의 진짜 감정과 욕구를 억압한 채, 자신이 원해야 '한다고' 주입 받았던 것들을 욕망하는 성향을 지닐 수밖에 없게 됩니다.

그 결과 아이는 부모가 자신을 대하는 방식으로 자신을 대하게 될 뿐 아니라, 부모의 사고방식이나 가치기준이 아이의 내면에 내재화되게 됩니다. 그래서 자신의 마음과 부모의 마음이 내적 소용돌이처럼 뒤섞이게 됩니다. (이것을 심리학에선 내적투사라는 뜻에서 내사(內射)라고 합니다.) 이것은 자기의 뜻과 부모의 뜻이 혼재되어 있는 부조화된 상황이어서, 내적 갈등과 충돌현상을 만들어 내는 경우가 많습니다.

나의 '감정/생각/욕구'가 부정당하고 억압당한다는 것은 아이의 입장에선 나의 '감정/생각/욕구'는 틀린 것, 잘못된 것, 올바르지 않은 것으로 인식됩니다. 그래서 이러한 일이 반복되어 무의식의 신념이 되어 버리면, 아이는 자신의 감정이나 생각과 욕구를 믿을 수가 없게 됩니다. 내 마음은 잘못된 것이며 믿을 수가 없는 불확실한 것이기 때문입니다. 아이는 자신의 마음을 자기 마음대로 써본 적도 없고, 수없이 반복적으로 부정당했기 때문에 자신의 '마음'을 믿을 수가 없게 된 것입니다.

그 결과 자신이 무엇을 해야 할지, 자신의 무엇을 좋아하는지를 잘 모르게 됩니다. 자기 마음을 자기 스스로 마음대로 써본 적이 없기 때문입니다. 이는 착한 아이 증후군이 있는 분들의 공통적인 특징이기도 한데, 이런 분들에게 선택장애가 많이 생기는 것도 같은 이유 때문입니다. 자기 마음을 믿을 수가 없고, 자기 뜻대로 해서 그 결과에 대해서 책임지는 경험을 너무나 해보지 않았기 때문에 선택하기도 두렵고, 결과에 대해서 책임을 지는 것도 두렵기 때문입니다. 그래서 자신이 자기 마음을 신뢰할 수도 없고, 무엇을 좋아하는지도 모르고, 무엇을 해야 할지도 모르는 말도 안 되는 현상이 생기는 것입니다.

이러한 증상을 고치려면 맥락을 정확히 인지하고, 그렇게 살 수밖에 없었던 자신의 상처받은 모든 아픈 마음을 충분히 이해하고, 인정하고, 수용하는 작업부터 해야 합니다. 아울러 새살이 자라듯, 자신의 마음을 자기 마음대로 써보는 연습을 지속적으로 해야 합니다. 좋아하는 것을 찾으려면 내게 무엇이 좋은지 충분히 폭넓게 체험해 보아야 합니다. 나의 선택이 내 삶의 주권임을 알고 나의 선택에 대해 책임을 지는 연습도 함께해야 합니다.

모든 일에 열려 있을 수 있다면
삶은 더 이상 해결해야 할 '문제'가 아니라
경험할 '신비'가 된다.

-메일 오말리-

내게 가장 중요한 것은 언제나 나의 마음이요, 나의 뜻입니다. 이것이 내 마음의 주권입니다. 타인(부모)의 마음이나 기준이 아니라, 내 마음과 나의 기준이 나의 중심이 되어야 합니다. 나 자신에겐 내 감정, 내 생각, 내 욕구, 내 입장, 내 견해, 내 선택, 내 취향, 내 의사가 가장 중요합니다. 이것이 진짜 나를 찾는 길이자, 자기 사랑으로 가는 길입니다. 나는 오직 내 마음을 통해서 삶을 경험하기 때문이요, 내 마음을 통해서만 진정한 나를 만날 수 있기 때문입니다.

- 내 감정이 가장 중요하다. 나는 내 뜻대로 해도 된다.
- 내 생각이 가장 중요하다. 나는 내 뜻대로 해도 된다.
- 내 욕구(바람)가 가장 중요하다. 나는 내 뜻대로 해도 된다.
- 내 입장(견해)이 가장 중요하다. 나는 내 뜻대로 해도 된다.
- 내 안전(취향)이 가장 중요하다. 나는 내 뜻대로 해도 된다.
- 내 선택(의사)이 가장 중요하다. 나는 내 뜻대로 해도 된다.
- 내 말(주장)이 가장 중요하다. 나는 내 뜻대로 해도 된다.
- 내 행복(자존감)이 가장 중요하다. 나는 내 뜻대로 해도 된다.
- 언제나 내가 가장 중요하다. 언제나 내 마음이 가장 중요하다.

이 확언들은 착한 아이 증후군을 치유하는 확언들입니다. 자신에게 착한 아이 증후군이 있다고 생각되시는 분은 적극 활용해 보시기 바랍니다.

성욕을 억압하거나 부정하면 반드시 문제가 생기는 이유

상담을 해보면, 많은 경우 내담자들이 성욕을 부정하거나 억압했던 것을 볼 수 있습니다. 이러한 현상 속에는 성에 대한 잘못된 생각과 성적 수치심(죄책감)이 내재되어 있는데, 이것은 반드시 자존감과 자아상에도 부정적인 영향을 끼치게 됩니다.

모든 욕구는 나의 생명력과도 같습니다. 특히 성에너지는 자신의 정체성과도 밀접한 관련이 있기 때문에, '성욕'을 억압하거나 부정하면 반드시 심리적 혹은 육체적 문제가 발생하게 됩니다. 여러 가지 성기능장애가 실은 신체적 문제가 아니라, 심리적인 이유 때문에 생기는 경우가 많습니다. 성욕은 내 생명에너지의 일부입니다. 그래서 성욕을 억압하거나 부정하는 것은 곧 나를 억압하거나 부정하는 것과 같습니다. 결국 이것은 자기부정과 자기불신을 낳을 수밖에 없습니다. 이것이 자존감과 자아상과도 반드시 관련이 되는 이유입니다.

우리는 모두 부모님의 성에너지로부터 생명을 얻었습니다. 성에너지(성욕)는 곧 우리의 생명에너지입니다. 그래서 성에너지가 억압되거나 부정당한다는 것은 곧 나의 생명에너지가 억압당하거나 부정당하는 것과 같은 것입니다. 어떤 원인들로 성욕을 지나치게 억압해서 성에너지가 막히면 몸에 기혈이 막힐 뿐 아니라, 몸에 에너지가 떨어집니다. 그래서 자연히 성기능도 저하되거나 여러 문제들이 발생합니다. 아울러 남성이나 여성으로서의 매력도 떨어지게 됩니다.

남성과 여성이라는 성별도 성(性)을 기준으로 한 것입니다. 어찌 보면 우리는 머리에서 발끝까지 성적인 존재입니다. 그래서 우리의 자아상이나 정체성은 성 관념에 지대한 영향을 받습니다. '건강하고 매력적인 남성상이나 여성상' 혹은 '건강하지 않고 매력 없는 남성상과 여성상' 또한 이와 무관하지 않습니다. '나는 어떠한 남자다/나는 어떠한 여자다'라고 하는 '성 정체성'은 자기 존재의 수용과 관련된 것이므로, 자존감과 자아상과도 직결될 수밖에 없습니다.

성에 대한 건강한 이해와 인식이 필요한 것은 이것이 삶의 거의 모든 측면에 영향을 미치기 때문입니다. 성욕을 억압하는 것은 자기부정이나 다름없기도 하지만, 이런 경우 반드시 성적 수치심도 함께 발생합니다. 내면에 성적 수치심이 내재되어 있으면, 자존감은 떨어지고 자아상은 어두워지며, 몸의 생명력과 에너지가 줄어듭니다. 아울러 건강하고 행복한 성생활도 잘 누릴 수 없게 됩니다. 사람을 불문하고 심리치유에 필수적으로 성 이슈가 다루어져야 하는 것은 이 때문입니다.

통합이란 아동기의 통합되지 못한 측면들을

의식적으로 소화해내는 과정이다.

-마이클 브라운-

　어떤 여성 내담자는 성장기 때 성추행을 몇 번이나 당하였습니다. 그 때문에 그분은 성욕에 대해 매우 부정적인 인식을 가지게 되었습니다. 결혼을 해서 아이까지 낳았지만, 성욕을 거의 못 느꼈고, 부부관계도 잘되지 않았으며, 자궁 쪽에 건강상의 문제가 생기기도 했습니다. 이러한 일이 왜 발생했을까요? 이러한 일이 발생한 것은 전부 '성'과 관련된 심리적 원인 때문입니다.

- •성욕은 더럽고 위험한 것이다.
- •섹스는 더럽고 위험한 것이다.
- •내가 더럽혀졌다. 내가 더럽고 수치스러운 존재가 되었다.
- •섹스하면 안 된다. 섹스하면 더러워진다.
- •섹스는 고통스럽고 위험한 것이다.
- •성욕은 수치스러운 것이라 섹스하면 안 된다.
- •야하면 안 된다. 섹시하면 안 된다.
- •성적 매력이 있으면 안 된다.
- •또 고통받는 게 두려워서 성욕을 억압해야 한다.

　이것은 그분이 성에 대해 가지고 있는 혹은 지금껏 가져왔던 신념들입니다. 어린 시절 성추행을 당한 경험 때문에, '성은 더럽고 위험한 것이다'라는 신념을 가지게 되었고, 그것은 곧 자신에 대한 깊은 수치심으로 이어졌습니다. 그것이 세월에 따라 계속 지속 반복되면서 그러한 신념이 더 확고하게 강화되고 굳어지게 된 것입니다. 이 같은 무의식 속 신념에 따르면, 그분은 성욕을 느껴서도 안 되고 성적 즐거움을 누려서도 안 됩니다. 그러면 더러운 존재가 되는 것이고, 위험한 일을 하는 것이기 때문입니다. 아울러 성관계를 피하기 위해선 불감증이 되어야 하고, 자궁에 문제가 생겨서 고통이 생겨야 합니다. 그래야 더욱 멀리할 수 있게 될 테니까요!

어느 60대 초반의 여성 내담자께서도 결혼해서 아이까지 낳고 살았지만, 평생 성욕을 거의 못 느꼈다고 하셨습니다. 당연히 남편과 부부생활도 전혀 즐겁지 않고, 잘 하지도 않았다고 하셨습니다. 제가 심리분석을 해서 살펴보니, 어린 시절 어머니의 지나친 도덕 교육 때문에 성욕이 많이 억압된 것 같다는 생각이 들었습니다. 그래서 성에너지를 풀어주는 치유세션을 해드렸는데, 그분이 그다음에 말씀하시길 '그날 저녁 성욕이 올라와서 깜짝 놀랐다'는 말을 전해주셨습니다. 그분에게는 성욕이 없었던 것이 아니라, 60 평생 동안 성욕이 심하게 억압되어 있었던 것입니다. 아마도 그분께 그런 일이 없었다면, 그분은 여러 면에서 훨씬 더 건강하고 행복한 삶을 사셨을 것입니다.

얼마나 많은 사람이 깊은 성적 수치심을 가지고 살아가는지 모릅니다. 성에 대한 잘못된 인식 때문에 우리는 스스로를 부끄럽게 여기고, 불필요하게 자신의 생명에너지를 억압하고 살아갑니다. 그것은 결코 성 문제에 그치는 것이 아니라는 것, 우리의 자존감(자아상)과 삶의 에너지와 인간관계에 지대한 영향을 끼치는 것임을 알아야 할 것입니다. 우리의 무의식은 입력된 대로 출력됩니다. 성에 대해 부정적 신념을 가지게 되면, 그것은 삶 속에서 부정적 현실로 반드시 그 모습을 드러낼 것입니다. 그것은 자기수용이나 자기사랑과 정반대 쪽으로 가는 것입니다.

성적 자존감이 높은 사람일수록 성적 경험을 즐길 가능성이 높아진다. 성적 자존감은 그 자체로 별개의 영역으로 여겨질 때도 있지만, 전반적으로 자존감의 영향을 받는다. 그리고 그 반대도 마찬가지다. (…) 긍정적인 성적 경험은 더 강렬한 성적 만족감뿐만 아니라 서로 배려하는 관계 속에서 자신의 가치가 존중받는 느낌을 만들어 낸다. 또한 긍정적인 성적 경험은 자기 가치감과 성적 자존감을 높인다.

-달린 랜서, 『관계 중독』에서

성적 자존감은 자존감의 일부입니다. 그래서 성적 자존감은 자존감에 반드시 영향을 끼치게 되는데, 자존감 또한 성적 자존감에 영향을 끼칩니다. 즉, 부분과 전체가 쌍방향으로 영향을 주고받는 것입니다. 그래서 자존감이 높다는 것은 '성적 자존감'까지 높다는 것을 반영하고 있는 말임을 인지해야 합니다. 성적 자존감이 높은 사람은 성에 대한 수치심과 죄책감을 억압하지도, 얽매여 있지도 않습니다. 성(性)을 긍정하는 것은 곧 나를 긍정하는 것이자, 삶을 긍정하는 것입니다. 우리는 성에 대한 건강한 인식을 바탕으로 높은 성적 자존감을 통해 건강하고 행복한 성생활과 수용 받은 자아의 진정한 자존감을 함께 누릴 수 있어야 할 것입니다.

21
무의식 차원에서 감정과 생각이 연결되어 있는 이유

무의식 차원에서 감정과 생각은 늘 하나로 연결되어 있습니다. 심리치유에서 가장 핵심적은 사안은 내면에 억압된 감정을 풀어내는 것입니다. 내면에 억압된 감정이 있으면, 생각은 반드시 그 감정의 영향을 받습니다. 예를 들어, 불안감을 많이 억압한 사람은 내면에 불안감이 가득하기에… 자연히 '불안한 생각'을 많이 할 수밖에 없습니다. 수치심을 많이 억압한 사람은 내면에 수치심이 가득하기에… 자연히 '자신을 수치스러워하는 생각'을 많이 하게 됩니다. 모든 감정과 생각이 다 마찬가지입니다. 이처럼 감정과 생각은 늘 하나로 연동하듯 연결되어 있습니다.

그래서 억압된 감정이 풀리지 않으면 생각 또한 잘 바뀌지 않습니다. 감정적 상처가 많은 이들이 부정적인 생각을 많이 하게 되는 것도 이 때문이며, 내면에 상처가 많은 사람은 아무리 생각을 바꾸고 긍정확언을 하려고 해도 잘 안되는 이유 또한 이 때문입니다. 아울러 심리적 증상이 있는 분들이 예외 없이 가슴이 막혀 있거나 답답한 것도 이 때문입니다. 그렇게 가슴이 막혀 있으면 머리 또한 자동적으로 함께 막힙니다. 가슴이 막혀 있는 분이 머리가 맑은 경우는 전무합니다.

> 치유는 자신에 대한 진실을 인정하는 데서 시작한다.
> 미워하는 사람이나 갈망하는 무언가가 있는가?
> 무언가에 중독되어 있는가?
> 당신을 힘겹게 하는 것을 마주하는 일은 치유로 가는
> 첫 번째 발걸음이다.
>
> -캐롤라인 미스-

생각을 바꾸려면, 먼저 자기 안에 억압되어 있는 모든 감정을 다 풀어주어야 합니다. 흔히 말하는 '내면아이 치유'라는 것도 바로 이와 관련된 것입니다. 이것이 모든 심리 치유의 출발점이자 지름길이며, 절대적 핵심 사안입니다. 가장 널리 쓰이는 인지행동치료가 효과 면에서 너무 부족한 절름발이 치료법에 지나지

않는 것도 바로 이 때문입니다. 그것은 마치 뿌리는 보지 않고 잎과 가지만 보는 격입니다.

사람의 몸이 서로 다 연결되어 있는 유기체이듯, 사람의 '마음'도 철저히 서로 다 연결되어 있는 유기체입니다. 감정과 생각, 의식과 무의식이 다 긴밀하게 서로 연결되어 있습니다. 그래서 부분이 아니라 전체를 봐야 하고, 부분과 전체의 유기성을 보아야 합니다. 전체를 보지 못하고 부분만 보면, 그 어느 증상 하나도 끝내 그 본질을 제대로 파악할 수 없을 것입니다.

모든 관계는 먼저 당신 자신으로부터 시작된다.
당신의 인생에서 죽을 때까지 가장 중요한 관계는
바로 당신 자신과의 관계다.

-피터 맥윌리엄스-

이러한 내용을 전제로 '공황장애 치료법'에 대해 설명해 볼까합니다. 공황장애는 지나치게 불안해서 그것이 신체화 증상으로까지 나타나는 질환입니다. 그래서 내 통제와 의지와는 무관하게 어지럽거나, 숨이 제대로 쉬어지지 않거나, 심장이 아프거나, 심할 땐 죽을 것 같은 공포를 느끼기도 합니다. 말 그대로 어찌할 수 없는 공황의 상태가 되는 것입니다. 그럼 왜 이런 증상이 생기는 것일까요?

간단히 말해 공황장애는 '불안감'을 억압해서 생기는 병입니다. 불안감을 계속 억압하면 그것이 내면에 차곡차곡 쌓여서 결국엔 포화 상태가 됩니다. 포화 상태가 되면 그것이 무작위적으로 터져 나오게 됩니다. 마치 쓰레기봉투에 쓰레기를 계속 눌러 담으면 결국 그 봉투가 터져버리는 것처럼요. 이는 실상 완전히 동일한 이치입니다! 어떤 감정이든 내 안에 그 감정을 계속 눌러 담으면 결국 그것이 쌓이고 쌓여서 터져 나올 수밖에 없는 것입니다. 예컨대 화병이나 분노조절장애는 분노를 억압해서 생기는 병입니다. 결국 다 똑같은 이치입니다!

공황장애가 있으신 분은 대개 성장기 때, '심각한 불안 상태'를 많이 경험한 경우가 대부분입니다. 그때 각인된 불안과 공포로 인해 정신적 충격이나 내상을 입게 되며, 그 때문에 불안을 더 많이 기피하고 억압하게 됩니다. "절대 불안하면 안 된다."고 생각하기 때문입니다. 그렇게 불안을 계속 억압하게 되면, 불안이라는 감정이 내면에 가득 쌓이게 됩니다. 즉, 가슴에 억압해 둔 불안이 가득 차서 포화상태가 되면, 그것이 내 의도와 상관없이 터져 나오게 되는 것입니다. 그것이 바로 공황장애의 실체이자 본질입니다.

때문에 공황장애를 치유하려면 불안감을 원수처럼 여기며 부정하거나 억압할 게 아니라, 그것을 온전히 인정하고 수용해 주어야 합니다. 불안도 나의 일부요, 불안한 나도 나입니다. 때문에 그것을 부정하는 것은 곧 내가 나를 부정하는 것입니다. 내가 내 감정을 억압하거나 부정하면 할수록 내 내면은 더 심하게 분열

됩니다. 즉, 어떤 이유로든 나를 부정하고 억압하는 것은 내면의 분열과 고통을 더 심화시키는 일이 됩니다.

공황장애가 있으신 분은 대부분 불안을 극도로 싫어하거나 기피합니다. 불안이야말로 나를 괴롭히는 최고의 적과도 같을 테니까요. 하지만 그것은 치유차원에서 거꾸로 가는 것입니다. 불안을 미워하면서 없애려 하면 할수록 그것은 불안을 더 부정하고 억압하는 일이 되기에, 불안증상을 내면에 더 고착화시키는 셈이 됩니다. 이처럼 오로지 불안을 적으로만 여겨 그것을 죽이려 하고 없애려고만 하기 때문에 공황장애가 잘 낫지 않는 것입니다.

불안은 적군이 아니라 나를 보호하려는 아군이자, 사랑의 감정입니다. 다만 성장기 때나 살아오면서 심히 불안할 만한 상황이 많았기에, 불안이라는 자아가 쉬지 않고 지나치게 너무 열심히 제 일을 계속하고 있는 것일 뿐입니다. 때문에 무엇보다 불안이라는 내면아이를 안심시켜 줘야 하며, 이해와 감사와 수용과 사랑으로 따뜻하게 품어주어야 합니다. 이러한 무의식적 작용의 동기(이유)를 깊이 이해하고 수용해 줄 때, 불안은 저절로 풀리게 되고, 그에 따라 마음은 점점 더 편안해지게 됩니다.

제게 공황장애 때문에 상담을 받으신 분 중에 좋아지지 않은 분은 지금까지 단 한 명도 없습니다. 대부분은 '불안 수용하기'만으로 단기간에 좋아집니다. 공황장애 때문에 울면서 전화하셨던 분이 상담 1회 만에 많이 편안해진 경우도 있습니다. 이는 위에서 말한 설명(이론)이 사실임을 여실히 입증해 주는 것이 아닌가 합

니다. (공황장애와 강박증이 함께 있는 경우는 치료가 쉽지 않고 시간도 더 많이 걸리지만, 공황장애만 있는 경우는 단기간에 치유가 가능합니다.)

근원의 차원에서 자신을 무조건적으로 사랑한다는 것은
매 순간 자기 경험의 느낌을
포용하여 받아들이는 것을 말한다.

-마이클 브라운-

통상 공황장애는 매우 고치기 어려운 증상으로 알려져 있지만, 그 원인과 해결책을 정확히 알면 짧은 시간에도 쉽게 고칠 수 있습니다. 병이 드는 길이 있으면, 분명 병이 나가는 길도 있을 테니까요. 편의상 공황장애를 예로 들어 설명했을 뿐, 모든 증상이 대부분 이와 같은 맥락에 있습니다. 어느 곳을 찾아갈 때 내비게이션에 목표지점을 찍고 운전을 시작하는 것처럼, 심리치유 또한 처음부터 가는 길과 목표지점을 분명히 알고 시작하는 것이 훨씬 더 효과적일 것입니다.

제 2 장

생각의 작용과
생각 바꾸기에 대하여

1

모든 생각은 해석일 뿐이다

비가 와서 좋다는 사람이 있고, 비가 와서 우울하다는 사람이 있습니다. 비가 온 것은 사실이요 실체이지만, '비가 와서 좋다' 와 '비가 와서 우울하다'는 비가 온 것에 대한 생각이요, 해석일 뿐입니다. 생각은 나의 반응이자 해석일 뿐이지, 결코 고정된 실체이거나 사실이 아닙니다. 때문에 우리는 사실(실제)과 생각(해석)을 잘 구분할 줄 알아야 합니다.

왜냐하면 그것을 잘 분별하지 못하면, 사실과 생각을 혼돈하게 될 뿐 아니라, 그 해석에 따라 마음의 상태가 완전히 달라지기 때문입니다. '좋다'는 해석이 허용적·긍정적 해석이라면, '나쁘다'는 해석은 억압적·부정적 해석입니다. 이처럼 해석을 어떻게 하느냐에 따라 비가 와서 좋기도 하고, 비가 와서 나쁘기도 합니다. 이처럼 해석에 따라 비가 온 현상은 하나이지만, 마음의 상태와 체험의 속성은 완전히 달라지는 것입니다.

실제로 어려서부터 비를 너무 좋아했던 저는 대부분 비만 오면 기분이 좋아집니다. 하지만 어린 시절부터 비를 싫어했던 제 내담자는 '비만 오면 더 우울해진다'고 이야기했습니다. 그분은 그것이 마치 진리인 것처럼 믿고 있었습니다. 두 사람의 반응이 이렇게 다른 것은 비 때문일까요, 아니면 비에 대한 각자의 해석과 과거로부터 내면에 조건화되어 있는 '신념적 반응' 때문이었을까요?

삶의 모든 문제가 이와 마찬가지입니다. 일어나는 사실에 대해 어떤 해석을 하느냐에 따라 우리 마음의 색깔과 각도와 명암은 완전히 달라집니다. 어떤 일이나 대상에 대해 긍정적 해석을 할 수도 있고, 부정적 해석을 할 수도 있습니다. 그에 따라 우리는 긍정적 현실과 긍정적 감정을 얻기도 하고, 부정적 현실과 불편한 감정을 얻기도 합니다. 생각은 사실이나 실체가 아니라 단지 내가 선택한 해석일 뿐입니다. 하지만 그 해석에 따라 우리의 마음과 행동과 현실이 움직입니다. 이는 실로 엄청나게 중요한 삶의 진실을 말해줍니다. 모든 의미는 오로지 나의 해석에 의해 만들어지는 것입니다.

> 당신은 인생의 길이를 조정할 수는 없지만
> 그것의 넓이와 깊이는 조정할 수 있다.
> 당신은 날씨를 마음대로 조정할 수는 없지만
> 당신의 기분은 조정할 수 있다.
> 당신이 조정할 수 있는 일만으로도 충분히 바쁜데
> 왜 조정할 수 없는 일까지 걱정하고 있는가?
>
> -조 페티-

생각에는 플러스 생각과 마이너스 생각이 있습니다. 플러스 생각은 나에게 도움이 되는 생각이자 나에게 힘을 실어주는 생각이고, 마이너스 생각은 나에게 도움이 안 되는 생각이자 나에게 힘을 빼는 생각입니다. 예컨대 "나는 한심한 인간이다. 내 인생은 실패했다." 이런 생각을 반복하면 힘이 빠질까요, 아니면 힘이 생길까요? 이런 부정적인 생각은 내게 힘이 빠지게 할 뿐 아니라, 아무런 도움도 안 되는 마이너스 생각일 것입니다. 그 누구든 이런 마이너스 생각으로는 건강하거나 행복한 삶을 살 수는 없을 것입니다. 때문에 건강하고 행복한 삶을 살려면 반드시 이런 마이너스 생각을 다 버려야 합니다. 우리는 행복하고 건강한 삶을 살기 위해 매사 모든 순간에 늘 나를 살리는 '플러스 생각'을 선택해야 합니다.

그렇다면 플러스 생각은 어디에서 나올까요? 나를 살리는 플러스 생각도, 나를 죽이는 마이너스 생각도 모두 나의 해석에 달려 있습니다. 오직 나의 해석에 의해 같은 대상, 같은 사건이 플러스 생각이 되기도 하고, 마이너스 생각이 되기도 하는 것입니다. 해석방식은 그 사람의 의식수준을 방영하는 사고의 틀(프레임)이자 거푸집 같은 심리습관이며, 핵심적인 삶의 태도이기도 합니다. 이것은 곧 그 사람의 내면뿐 아니라, 삶의 모든 길흉과 승패를 좌우하는 중차대한 일이기도 합니다.

때문에 우리는 더 큰 시야 속에서 부정과 무의미의 관점을 버리고, 모든 것을 인정과 수용과 긍정의 관점으로 볼 줄 알아야 합니다. 그러한 관점이 내면에 확고한 습관이 되도록 해야 합니다.

그래야 마음이 밝아지고, 현실이 밝아지고, 삶에 변화의 물꼬가 만들어집니다. 어떤 고통, 어떤 어려운 상황에서도 다 마찬가지입니다. 우리는 터널 속에서도 저 끝에 있는 빛을 볼 수 있어야 합니다. 오직 수용의 자세와 긍정의 관점에서만 그것에 숨겨진 의미와 기쁨과 치유와 성장과 변화를 얻을 수 있을 것입니다.

상처를 받을 것인지 말 것인지 내가 결정한다.
또 상처를 키울 것인지 말 것인지도 내가 결정한다.
그 사람 행동은 어쩔 수 없지만 반응은 언제나 내 몫이다.

-조정민-

만일 오늘 비가 왔다면, 비가 온 것을 바꿀 수는 없으므로 그 비를 수용하고 긍정해야 우리는 그 비 때문에 오늘의 기쁨과 평화를 얻을 수 있을 것입니다. '비가 오는 것을 바꿀 수는 없지만 우산을 준비할 수는 있다'라는 말이 있습니다. 삶에 그 어떤 일이 벌어지든 그 속에서 우리가 할 수 있는 최선은 인정과 수용을 통한 '현명하게 반응하기'밖에 없습니다. 일어난 일에 어떻게 반응하느냐는 언제나 나의 몫입니다. 부정하고 저항할수록 고통은 더 커질 뿐입니다. 문제는 외부에 있지 않습니다. 오직 그것을 대하는 나의 해석과 반응, 즉 마음가짐(심리습관)에 있을 뿐입니다.

'모든 것은 내가 다 모르는 그 나름의 이유와 가치가 있을 것이다. 고로 나는 그 모든 것을 열려있는 자세로 긍정하고 받아들이겠다.' 이해할 수 없고, 받아들일 수 없는 삶의 고통에 대해 이러한 자세를 가진다면 시야가 넓어지고 마음이 조금은 덜 힘들 것입니다. 플러스 해석은 삶의 시야와 마음의 폭을 넓혀주기 때문입니다.

바꿀 수 없는 것은 받아들이는 평온을,
바꿀 수 있는 것은 바꾸는 용기를,
그리고 그 차이를 구별하는 지혜를 주옵소서.

-라인홀드 니버-

치유와 행복을 위해선 어떤 일이든 그것에서 좋은 점을 찾아서 나에게 힘을 실어주는 플러스 생각을 선택해야 합니다. 그래야 내면이 밝아지고, 삶이 밝아집니다. 생각을 내게 행복을 가져다주는 나의 가장 좋은 신하, 가장 좋은 도구로 사용해야 합니다. 그 어떤 것이든 해석을 바꾸면 의미와 감정도 달라집니다. 실패를 실패로만 받아들이는 사람과 실패를 좋은 경험과 피드백으로 받아들이는 사람이 있다면, 어느 쪽이 실패의 고통에서 더 잘 일어날 것이며, 향후 어느 쪽이 더 성장하고 성공하게 될까요?

그 어떤 일이든 바꿀 수 없는 것을 자꾸 바꾸려고 하면 고통만 더해집니다. 이미 일어난 일은 절대 조금도 바꿀 수가 없습니다. 때문에 바꿀 수 없는 것은 놓아두고, 오직 내 해석과 반응과 마음가짐(태도)을 플러스로 바꿔야 합니다. 그것이 자신의 삶에 온전히 책임을 지는 것이자, 치유와 행복 쪽으로 가는 출구가 될 것입니다.

> 멘탈이 강한 사람은 그 사건의 다행인 부분, 운이 좋은 부분, 고마워해야 할 부분을 찾기 시작한다. 신의 멘탈을 지닌 사람이란 흔들리지 않는 강인한 정신력의 소유자가 아니라 어떤 사건에 대해서든 생각하지 않고, 자동적으로 좋은 의미를 찾아낼 수 있는 사람을 뜻한다. 그렇기에 어떤 사건에서든 좋은 의미를 찾아내기에 좌절하지 않는다.
>
> ‑호시 와타루, 『신의 멘탈』에서

만약 제게 삶에서 가장 위험한 것이 무엇이냐고 묻는다면, 저는 '부정적인 생각'이라고 말하겠습니다. '부정적인 생각'은 자신의 내면과 자신의 삶에 먹물 같은 짙은 어둠을 뿌리는 일과 같습니다. 그것은 보이지 않는 맹독에 감염되듯이 마음의 빛과 삶의 생기를 잃게 만듭니다. 그것은 스스로 불행이라는 관념의 감옥에 갇히게 하는 일이자, 삶을 어둠의 장막으로 만드는 일입니다. 그러니 이보다 더 위험한 것이 어디에 있겠습니까.

비가 오면 비가 와서 좋고, 비가 오지 않으면 비가 오지 않아서 좋다! 이런 마음이면 비가 와도 좋고, 비가 오지 않아도 좋을 것입니다. 이처럼 모든 것을 받아들이는 허용의 관점이란 자아의 집착과 저항에서 벗어난 '조건 없는 수용과 긍정의 관점'입니다. 모든 것을 수용과 긍정의 관점으로 바라보고 생각을 플러스로 전환할 수 있을 때, 우리는 예전에 보지 못한 좋은 것들을 보게 될 것이요, 모든 면에서 점점 더 좋아지게 될 것입니다. 그것은 마치 내 안에 밝은 빛줄기를 계속 끌어오는 삶의 아름다운 지혜와 같을 것이므로!

2
모든 증상의 원인이 생각중독인 이유

모든 심리질환은 생각중독 때문에 일어납니다. 예컨대 우울증이든, 불안장애든, 강박증이든, 대인공포증(사회불안장애)이든 모든 증상은 오직 스스로가 만들고 스스로가 붙들고 있는 '생각중독' 때문에 일어나는 것입니다. 왜 그럴까요?

우울증은 우울증이 생길 수밖에 없는 생각 패턴을 가지고 있습니다. 불안장애는 불안장애가 생길 수밖에 없는 생각 패턴을 가지고 있습니다. 강박증은 강박증이 생길 수밖에 없는 생각 패턴을 가지고 있고, 대인공포증은 대인공포증이 생길 수밖에 없는 생각 패턴을 가지고 있습니다. 불면증은 불면증이 생길 수밖에 없는 생각 패턴을 가지고 있고, 성격장애는 성격장애가 될 수밖에 없는 생각 패턴을 가지고 있습니다.

그 어떤 증상, 어떤 심리질환이든 다 이와 같습니다. 어떤 증상 속에는 그 증상을 만들어 내는 부정적인 사고 패턴이 깊은 신념처럼 내재되어 있습니다. 그러므로 모든 심리질환은 부정적 사고 패턴이 만들어 내는 '생각중독' 때문에 만들어진다고 해도 과언이 아닐 것입니다. 때문에 심리치료를 위해선 반드시 내담자가 가지고 있는 '생각중독'부터 무장 해제를 시켜야 합니다.

면밀한 심리분석을 통해 내가 어떤 생각중독을 가지고 있고, 왜 그런 생각중독을 가지게 되었는지를, 또 그런 생각중독은 내게 어떠한 악영향을 주고 있는지에 대해 정확히 이해하고 자각해야 합니다. 그런 다음 생각의 미로이자 감옥과도 같은 그 부정적 생각의 회로를 해체시켜야 합니다. 요컨대 이것이 심리치유의 요체이자 본질이라고 해도 과언이 아닙니다.

생각중독은 어떠한 상처들로 인해 생겨난 '부정적인 신념체계'라고 할 수 있습니다. 때문에 그러한 신념을 붙들고 있으면 다람쥐 쳇바퀴 돌듯 스스로가 그 신념의 미로에 갇히게 됩니다. 생각중독은 반복된 인지 왜곡을 재생산하고, 자신을 온전히 수용하고 사랑할 수 없게 만들기 때문에 불행의 늪과 같다고 할 수 있습니다.

인지 왜곡의 종류

1. 임의적 추론: 증거가 없거나 반증이 있는데도 마음대로 결론을 내리

는 것.

2. 선택적 추상화: 자신의 부정적 시각에 맞는 상황 요소에만 집중하는 것.

3. 과일반화: 미미한 경험이나 사건에 근거하여 일반적인 결론을 도출, 관련성이 없는 상황에서도 광범위하게 적용하는 것.

4. 과장과 축소: 어떤 사건의 중요성이나 정도를 심하게 왜곡하여 평가하는 것.

5. 개인화: 외부 사건을 자신과 관련지을 근거가 없는데도 이를 관련짓는 것.

6. 흑백논리, 이분법적 사고: 모든 경험을 '모 아니면 도' 식으로 양극단의 범주 중 하나로 평가하는 것.

우울증에 걸린 사람이 우울증에 걸릴 수밖에 없는 사고 패턴을 가지고 있는 것처럼, 건강하고 행복한 사람은 건강하고 행복할 수 있는 사고 패턴을 가지고 있습니다. 때문에 어떤 증상이든 부정적인 생각중독에서 벗어나 건강한 사고 패턴(습관)을 가지게 하는 것이 치유의 근본적 로드맵이라고 할 수 있습니다. 그것은 '내가 나를 바라보는 관점(자아상)'을 바꾸는 일이자, 내가 나를 대하는 방식을 바꾸는 일이기도 할 것입니다.

특히 내가 하는 모든 생각은 '자아상'과 깊이 연결되어 있습니다. 모든 생각의 꼭대기에 정체성을 이루는 자아상과 관련된 신념이 있습니다. 나의 모든 생각은 마치 필터처럼 나의 자아상을 거쳐서 나옵니다. 자아상은 모든 생각의 벼리이자 두목이므로, 사고습관을 총체적으로 바꾸려면 제일 먼저 '자아상'부터 바꿔 주어야 합니다. 자아상 또한 내가 선택한 생각과 신념이요, 해석 방식일 뿐입니다. 그 말은 자아상을 구성하는 생각 또한 얼마든지 가변적인 것이란 뜻입니다.

반복된 생각은 잠재의식에 입력됩니다. 잠재의식은 의식이 전하는 명령에 무조건 복종합니다. 예컨대 "나는 한심한 인간이다." 이런 생각을 반복하면, 잠재의식은 이것을 하나의 명령으로 받아들이기 때문에 반드시 그러한 상황을 만들어 냅니다. 잠재의식은 의식의 명령에 절대 복종하는 제품 공장 같은 것입니다. 때문에 반드시 잠재의식에 입력되어 있는 신념들을 좋은 쪽으로 바꿔 주어야 합니다. 심리치유는 잠재의식의 신념체계를 '마이너스 상태'에서 '플러스 상태'로 바꿔 주는 것입니다. 이것이 심리 치유의 전부의 전부입니다.

생각은 내가 만든 것이므로 나는 생각의 주인이요, 창조주입니다. 생각은 어디까지나 삶을 살아가는 데 필수적인 나의 신하이자 도구일 뿐입니다. 그런데 부정적인 생각에 사로잡히면 부정적인 생각이 내 위에 군림하는 폭군이 되고, 나는 부정적인 생각의 노예가 됩니다. 이는 주객이 전도된 것입니다. 이렇게 주인의 자리를 잃고, 부정적인 생각에 붙잡힌 사람은 마치 정신적 사슬에 묶인 것처럼, 그 좁은 세계 갇혀 자유로울 수도 없고 행복할 수도 없습니다.

실상 인생에 있어 생각의 집착이 모든 고통의 원인이 됩니다. 꼭 붙들고 있는 '생각'을 온전히 내려놓으면 고통이 줄어들거나 자유로워집니다. 내가 생각을 내려놓을 때 나 또한 생각으로부터 자유로워지지만, 생각에 집착하면 할수록 나는 그 생각의 노예 신세가 됩니다. 그것이 반복될수록 내 힘은 약해지고, 생각의 구속력은 더 강해집니다. 나를 불행하게 만드는 악마의 족쇄는 바깥에 있는 것이 아니라, 바로 내 안에 있는 것입니다.

물속에 있는 물고기는 물 바깥의 세상을 알지 못합니다. 내 생각 속에서만 살면 내 생각 바깥의 세상은 알 수가 없습니다. 자기 시각과 자기 생각 밖으로 나와야만 비로소 나의 시야가 넓어지고, 내가 지금껏 보지 못했던 것을 볼 수 있게 됩니다. 뿐만 아니라 내 생각 바깥으로 빠져나왔을 때, 나는 내 생각으로부터 '거리(분리)'가 생기기 때문에 초연해지고 자유로워집니다.

나로부터의 자유는 내 생각으로부터의 자유에서 시작됩니다. 내 생각으로부터의 자유가 없이는 나는 그 어디에 있어도 심리적 자유를 온전히 누릴 수 없을 것입니다. 내가 내 생각으로부터 자유로울 때, 나는 내 생각의 주인이 되어 '생각'이란 질료를 내게 이로운 쪽으로 잘 사용할 수 있게 됩니다. 모든 생각은 어디까지나 내가 잘 사용해야 할 나의 도구요, 해석이요, 신하일 뿐입니다.

생각하는 것을 죽기보다 싫어하는 사람이 많다.

실제로 그들은 생각 없이 죽어갈 것이다.

-버트런드 러셀-

매일 아침마다 "어떻게 하면 더 좋은 하루를 보낼 수 있을까? 어떻게 하면 가장 만족스러운 하루를 보낼 수 있을까?" 이런 질문을 던져보면 어떨까요. 지금 내게 가장 도움이 되는 생각, 가장 필요한 생각은 어떤 것일까요? 나를 반드시 좋아지게 만드는 신념과 행동(태도)과 습관은 어떤 것일까요? 어떤 생각을 하면 자신감이 생길까요? 어떤 생각을 하면 고통에서 자유로워질까요? 어떤 생각을 하면 상처로부터 깨끗이 벗어날 수 있을까요? 어떤 생각을 해야 삶이 밝아지고 마음이 편안해질까요? 어떤 생각을 해야 의식의 폭과 시야가 넓어질까요?

좋아지기 위해 내가 가장 먼저 버려야 할 마이너스 생각들은 무엇일까요? 좋아지기 위해 지금 바로 내가 할 수 있는 것은 무엇일까요? 좋아지기 위해 지금 바로 내가 해야 할 것은 무엇일까요? 지금 이 순간 내가 자각해야 할 것과 받아들여야 할 것과 감사해야 할 것은 무엇일까요? 만약 생각에 대한 모든 집착을 다 내려놓는다면 어떻게 될까요? 과거를 다 내려놓고 오로지 지금 이 순간에 현존한다면 어떤 기분을 느끼게 되며, 내가 어떻게 바뀌게 될까요?

생각에 대해 질문하기는 메타인지를 아주 빠르게 높여줍니다.

'나는 지금 무슨 생각을 하고 있는가? 나는 지금 자각하고 있는가?' '무슨 생각을 어떻게 해야 가장 이롭고 효과적으로 잘 쓸 수 있을까?' 우리는 이런 질문을 통해 끊임없이 자신의 생각을 깨어서 자각하고, 내게 가장 도움이 되는 쪽으로, 좋아질 수밖에 없는 쪽으로 잘 조절해야 할 것입니다. 생각은 인생에 가장 치명적인 독이 될 수도 있고, 가장 유익하고 강력한 에너지가 될 수 있기 때문입니다.

자신의 생각을 바꾸지 못하는 사람은
결코 현실을 바꿀 수 없다.

-안와르 사다트-

더 깊은 치유를 위해선 '생각을 플러스로 바꾸는 것'과 함께 모든 생각을 다 내려놓고 '생각'으로부터 완전히 벗어나 보는 훈련도 필요합니다. 그것은 생각이 없는 상태, 모든 생각으로부터 벗어난 텅 빈 마음의 상태에서 얻어지는 초월적 시각과 초연함을 알게 하기 때문입니다.

너나 할 것 없이 우리는 자신이 만든 생각회로에 갇혀 있습니다. 생각은 에고를 구성하는 재료입니다. 누에고치 속에 있는 애벌레는 누에고치 밖에 나비의 세상이 있음을 알지 못하듯, 자신이 만든 생각의 누에고치 속에 있을 때 그 생각들을 다 내려놓을 때, 그 모든 생각들로부터 벗어났을 때, 그 어떤 생각의 영향도 받지 않는 '청정한 내면의 평안'이 찾아온다는 것을 알지 못합니다. 그것은 오직 생각으로부터의 자유만이 줄 수 있는 평안일 것이니, 나비가 누에 를 벗고 새로운 세상을 만나듯이, 우리는 자신의 모든 생각에서 벗어나 치유와 깨어남의 자유를 획득해야 할 것입니다.

3
부정적 자동사고 습관의 회로를 해체시키기

부정적인 생각을 반복하게 되면, 그것은 하나의 정신적 습관이 됩니다. 그것은 의식과 무의식 모두에 영향을 끼치기에, 그렇게 내면에서 하나의 습관이 만들어지면 부정적 사고가 자동적으로, 지속적으로 일어나게 됩니다. 그래서 이것은 하나의 '생각 회로'가 됩니다. 이 생각 회로는 미로와 같아서 한번 만들어지면 좀처럼 빠져나올 수가 없게 됩니다. 알게 모르게 같은 생각을 수없이 반복하면서, 그와 같은 생각이 하나의 신념으로, 삶의 믿음으로 강화됩니다.

요컨대 우울증이 있는 사람은 우울증이 걸릴 수밖에 없는 사고방식과 사고신념을 가지고 있습니다. 건강염려증이 있는 사람은 건강염려증에 걸릴 수밖에 없는 사고방식과 사고신념을 가지고 있습니다. 그에 따라 그러한 견고한 생각회로가 만들어지는데, 그것은 그 사람에게 생각의 미로와 같아서 좀처럼 그 생각에서 벗어날 수가 없게 만듭니다. 즉, 다람쥐 쳇바퀴 돌듯이, 유사한 부정적인 생각을 계속 반복하면서 그 생각회로에 갇히게 되는 것입니다. 그런 점에서 자신이 만든 생각회로는 자신이 만든 정신적 미로이자 감옥이라고 할 수 있을 것입니다.

예컨대 어떤 사람이 "나는 노력해도 소용없다."라는 생각을, 이런 믿음을 강하게 가지고 있으면 어떻게 될까요? 그는 아무 노력도 하지 않을 것이고, 매사 의욕이 없을 것이고, 삶의 흥미나 재미도 잘 느끼지 못할 것이며, 패배의식에 사로잡힌 채로 살아갈 것입니다. 그 결과 아무 발전 없이 죽은 나무처럼 생기 없이 살아가게 될 것입니다. 이런 위험한 생각이 지속된다면, 그 누구든 무기력증에 빠질 가능성이 아주 높아집니다. 이는 그의 생각이 곧 그 자신을 죽이는 꼴입니다.

같은 맥락에서 어떤 사람이 "나는 실패했다. 나는 한심한 인간이다."라는 생각을 반복해서 한다면, 그의 마음속에는 어떤 감정이 만들어질까요? 행복하고 밝은 감정이 만들어질까요? 아니면 불행하고 어두운 감정이 만들어질까요? 당연히 불행하고 어두운 감정이 만들어질 것입니다. 만약 이런 생각과 감정이 강하게 지속된다면, 그것이 그의 내면을 지배하게 된다면, 아마도 우울해지지 않을 사람이 거의 없을 것입니다. 이처럼 생각과 감정은 절대적으로 하나로 이어져 있기에, 생각이 부정적이면 감정 또한 절로 어두워집니다.

부정적인 생각을 '삶의 믿음'으로 가지고 있으면 결코 건강하거나 행복한 삶을 살아갈 수가 없습니다. '나는 불행하다'고 믿는 사람이 어떻게 행복해질 수 있을 것이며, '나는 무능하고 한심하다'고 믿는 사람이 어떻게 성공적인 일을 이룰 것이며, '나는 매력이 없다'고 믿는 사람이 어떻게 매력을 발산하는 사람이 되겠습니까. 자신의 생각과 믿음은 자신의 운명을 창조하는 강력한 자석과 같아서 그와 같은 결과를 계속 끌어당기고 또 만들어 냅니다.

때문에 심리적으로 건강해지기 위해선, 행복한 삶을 살기 위해선 반드시 사고습관과 내적 신념을 바꿔야 합니다. 무슨 일이 있어도 부정적 자동사고의 습관에서 벗어나야 합니다. 자신이 스스로 만든 정신적 미로와 같은 생각의 회로를 반드시 해체시켜야 합니다.

하지만 부정적 자동사고를 절로 만들어 내는 '생각의 회로'가 한번 만들어지고 나면, 좀처럼 여기서 빠져나오거나 쉽지 않거나 이것을 해체시키기가 정말 어렵습니다. 그 생각회로가 이미 그 사람의 모든 정신을 지배하고 있기 때문입니다. 우울증에 걸린 사람이 우울증에서 빠져나오기 어려운 이유도 이 때문이요, 강박증에 걸린 사람이 강박증에서 빠져나오기 힘든 이유도 다 이 때문입니다. 그래서 때론 전문가의 도움이나 효과적인 심리치료가 필요한 것입니다.

저는 '부정적인 생각 패턴'을 자각하게 하기 위해 내담자에게 '~생각하는구나'라는 단어를 붙여 '생각 자각하기' 문장 50개를 쓰게 합니다. 이것을 작성하면 한 사람의 생각의 지도가 구체적으로 펼쳐지는데요, 마치 마음의 내시경이라고 할 만큼 그의 내면을 훤히 들여다볼 수가 있게 됩니다. 아울러 내담자는 자신 안에 있는 부정적 자동사고 패턴의 실상이 어떠한지, 그것이 만들어 낸 생각의 회로(미로)가 어떤 것인지 그 실체를 바로 확인할 수가 있게 됩니다. 그래서 이것은 그 전체 지형을 확인하고, 관조하고, 자각할 수 있도록 도와줍니다. 때문에 그것은 치유의 좋은 출발점이 됩니다.

- 나는 내가 부족한 사람이라 남의 눈치를 봐야 한다고 생각했구나.
- 나는 느껴도 괜찮은 감정, 그렇지 않은 감정들을 정해놓고 그것들을 내 마음대로 통제해야 한다고 생각했구나.
- 나는 내가 습관적으로 불안감을 느끼는 것에 대해 너무 속상하다고 힘들다고 생각했구나.
- 나는 무언가를 하면 실패할 수 있을 거라고 생각했구나. 나는 실패가 두려워 움직이는 상황을 만들지 않아야겠다고 생각했구나.
- 나는 다른 사람을 만나는 것을 두려워하기에, 다른 사람을 만날 때마다 극도로 피곤하다고 생각했구나.
- 나는 어떻게 해야 좋을지 갈피를 못 잡아서 혼란스럽다는 생각을

했구나.

- •나는 다른 사람이 나를 거부할까 봐 두렵다고 생각했구나.
- •나는 머리 쓰는 일을 하기 싫다고 생각하는구나. 머리 쓰는 일을 피해야겠다고 생각했구나.
- •나는 앞으로 나아가지지 않는 나를 어떻게 해야 할지 모른다고 생각했구나.
- •나는 왜 무언가 하고 싶다는 의욕이 없을까, 답답하다고 생각했구나.

위의 샘플을 참고해서 자신의 부정적 생각을 찾아서 '~생각하는구나' 50문장을 만들어 보시기 바랍니다. 이것을 참고해서 자신의 생각회로가 어떤 것인지, 또 '나의 증상과 내 생각'에는 어떤 관련성이 있는지를 살펴보시기 바랍니다. 그러면 자신의 생각회로의 실체가 눈앞에 바로 들어날 것입니다. 그것을 자신의 내면을 들여다보는 거울로 삼아보시면 좋지 않을까 합니다. 그 속에는 분명 치유가 필요한 자기 내면의 실상이 고스란히 잘 비쳐져 나타날 테니까요!

결국 우리는 모두 자신만의 원형, 이야기, 신화, 상처, 권리의식,
그리고 논리, 질서, 정의라는
기이한 체계로 만들어진 내면세계에 산다.

-캐롤라인 미스-

마이너스 사고에도 일종의 맥락과 패턴이 있습니다. 아래 내용은 심리적 증상을 가지고 있는 분들이 대부분 공통적으로 가지고 있는 '핵심 심리기제'를 정리한 것입니다. 증상을 만들어 내는 부정적 사고에도 줄기와 가지처럼 일정한 패턴이 있으므로, 이것을 잘 알고 있으면 자신의 부정 사고를 이해하고 분석하는 데 많은 도움이 됩니다. 자신의 여러 심리기제와 잘 연결해서 깊이 통찰해 보시기 바랍니다. 이 문장들을 반복해서 계속 읽기만 해도 자기 생각에 대한 이해력과 자각력이 높아지고, 부정적 신념이 조금씩 약해질 것입니다.

이처럼 문장으로 쓰고 읽는 것 외에 이와 같은 방법으로 자각하기를 하면 좋은데, '생각했구나 치료법(생각했구나 자각명상법)'은 아주 효과적인 알아차림 명상법의 일종입니다. 자신의 모든 생각에 그저 '생각했구나'만 붙여주면서 언제 어디서든 생각을 자각하고 읽어주기만 하면 됩니다. 예를 들어, '아무 소용없다'는 생각이 올라올 때, 그 즉시 '그래, 아무 소용없다고 생각했구나!'를 여러 번 반복해 주면 자각과 함께 그 생각이 빠져나가게 됩니다. 눈을 감고 명상처럼 집중해서 사용해도 되고, 일상에서 언제 어디서든 자유롭게 사용해도 됩니다. '…생각했구나'의 자각이 반복되면 반드시 그 생각은 줄어들게 됩니다. ("이제 이런 생각들을 다 내려놓고 아주 편안해진다."는 '생각 내려놓기'를 도와주는 치유확언입니다.)

· 그래, 나를 부족하다고 생각했구나. 이런 내가 마음에 안 든다고 생

각했구나. 이런 나를 받아들일 수 없다고 생각했구나. 이런 나를 사랑할 수 없다고 생각했구나.(반복) 이제 이런 생각들을 다 내려놓고 아주 편안해진다.(반복)

- 그래, 나는 사랑받을 수 없다고 생각했구나. 나는 사랑받지 못하는 존재라고 생각했구나. 사랑받을 자격이 없다고 생각했구나. 이제 이런 생각들을 다 내려놓고 아주 편안해진다.

- 그래, 나는 믿을 수 없다고 생각했구나. 나를 믿으면 안 된다고 생각했구나. 이제 이런 생각들을 다 내려놓고 아주 편안해진다.

- 그래, 나는 내 마음을 믿을 수 없다고 생각했구나. 내 마음을 믿으면 안 된다고 생각했구나. 이제 이런 생각들을 다 내려놓고 아주 편안해진다.

- 그래, 나는 행복할 수 없을 거라 생각했구나. 나는 행복할 자격이 없다고 생각했구나. 사랑받지 못해 불행하다고 생각했구나. 사랑받지 못한 불행한 나는 행복할 수 없다고 생각했구나. 이제 이런 생각들을 다 내려놓고 아주 편안해진다.

- 그래, 내 삶을 불행하다고 생각했구나. 불행한 내 삶을 받아들일 수 없다고 생각했구나. 불행한 내 삶을 사랑할 수 없다고 생각했구나. 이제 이런 생각들을 다 내려놓고 아주 편안해진다.

- 그래, 내가 원하는 걸 받을 수 없을 거라 생각했구나. 삶은 내가 원하는 걸 잘 주지 않는다고 생각했구나. 이제 이런 생각들을 다 내려놓고 아주 편안해진다.

- 그래, 나를 용서할 수 없다고 생각했구나. 나는 용서받을 수 없다고

생각했구나. 이제 이런 생각들을 다 내려놓고 아주 편안해진다.

- 그래, 노력해도 소용없다고 생각했구나. 그래서 노력하면 안 된다고 생각했구나. 노력해도 안 되는 나를 받아들일 수 없다고 생각했구나. 노력해도 안 되는 나를 사랑할 수 없다고 생각했구나. 이제 이런 생각들을 다 내려놓고 아주 편안해진다.

- 그래, 내겐 힘이 없다고 생각했구나. 내겐 치유할 힘이 없다고 생각했구나. 내겐 나를 지킬 힘이 없다고 생각했구나. 이제 이런 생각들을 다 내려놓고 아주 편안해진다.

- 그래, 나는 잘되는 게 없다고 생각했구나.(잘하는 게 없다고 생각했구나.) 나는 아무것도 할 수 없다고 생각했구나. 이제 이런 생각들을 다 내려놓고 아주 편안해진다.

- 그래, 나는 내겐 결함이 많다고 생각했구나. 나는 이상하거나 비정상이라고 생각했구나. 이제 이런 생각들을 다 내려놓고 아주 편안해진다.

- 그래, 내 부족함 때문에 항상 뭔가를 해야만 한다고 생각했구나. 그래서 있는 그대로의 나를 받아들일 수 없다고 생각했구나. 이제 이런 생각들을 다 내려놓고 아주 편안해진다.

- 그래, 잘 안될 거라 생각했구나. 성공할 수 없다고 생각했구나. 이제 이런 생각들을 다 내려놓고 아주 편안해진다.

- 그래, 나는 피해자라고 생각했구나. 약자라고 생각했구나. 이런 나를 받아들일 수 없다고 생각했구나. 이런 나를 사랑할 수 없다고 생각했구나. 이제 이런 생각들을 다 내려놓고 아주 편안해진다.

- 그래, 너무 억울하고 분하다고 생각했구나. 너무 억울하고 분해서 복수하고 싶다고 생각했구나. 이제 이런 생각들을 다 내려놓고 아주 편안해진다.

- 그래, 내겐 힘이 없다고, 해결책이 없다고 생각했구나. 이제 이런 생각들을 다 내려놓고 아주 편안해진다.

- 그래, 싫거나 불편한 건 무조건 회피해야 한다고 생각했구나. 이제 이런 생각들을 다 내려놓고 아주 편안해진다.

- 그래, 불편한 감정을 느끼면 안 된다고 생각했구나. 불편한 감정을 허용하면 안 된다고 생각했구나. 불편한 감정을 느끼는 게 두렵다고 생각했구나. 불편한 감정을 허용하는 게 두렵다고 생각했구나. 이제 이런 생각들을 다 내려놓고 아주 편안해진다.

- 그래, 나는 불안감(두려움/분노/수치심)을 억압하거나 회피해야 한다고 생각했구나. 이제 이런 생각들을 다 내려놓고 아주 편안해진다.

- 그래, 나는 '나의 행복(성공)'을 믿을 수가 없다고 생각했구나. 이제 이런 생각들을 다 내려놓고 아주 편안해진다.

- 그래, 나는 세상을 믿을 수가 없다고 생각했구나. 나는 아무것도 믿을 수 없다고 생각했구나. 이제 이런 생각들을 다 내려놓고 아주 편안해진다.

- 그래, 나는 내가 무능하다고 생각했구나. 나를 무능하고 한심하다고 생각했구나. 이제 이런 생각들을 다 내려놓고 아주 편안해진다.

- 그래, 나는 혼자라고 생각했구나. 나를 도와줄 사람이 없다고 생각했구나. 나는 어디에도 기댈 곳이 없다고 생각했구나. 이제 이런 생

각들을 다 내려놓고 아주 편안해진다.

- 그래, 내 자신이 수치스럽다고 생각했구나. 나는 나를 부끄러운 존 재라고 생각했구나. 이제 이런 생각들을 다 내려놓고 아주 편안해 진다.
- 그래, 나는 좋아질 수 없을 거라 생각했구나. 나는 또 안 될 거라 생각했구나. 이제 이런 생각들을 다 내려놓고 아주 편안해진다.
- 그래, 나는 달라질 수 없을 거라 생각했구나. 다 소용없다고 생각했구나. 어떤 것도 다 소용없을 거라 생각했구나. 이제 이런 생각들을 다 내려놓고 아주 편안해진다.
- 그래, 나는 나를 문제 있는 사람이라고 생각했구나. 나는 내게 문제가 많다고 생각했구나. 이제 이런 생각들을 다 내려놓고 아주 편안해진다.
- 그래, 나는 늘 부족하다고 생각했구나. 더 잘해야 한다고 생각했구나. 이제 이런 생각들을 다 내려놓고 아주 편안해진다.
- 그래, 내 욕구가 잘못됐다고 생각했구나.(내 성적 욕구를 잘못된 것이 라 생각했구나.) 이제 이런 생각들을 다 내려놓고 아주 편안해진다.
- 그래, 내 마음(감정, 생각)에 문제가 많다고 생각했구나. 그래서 내게도 문제가 많다고 생각했구나. 이제 이런 생각들을 다 내려놓고 아주 편안해진다.
- 그래, 불편한 감정(생각)이 들면 안 된다고 생각했구나, 그래서 억압하거나 회피해야 한다고 생각했구나. 이제 이런 생각들을 다 내려놓고 아주 편안해진다.

이것은 내담자들이 거의 공통적으로 가지고 있는 핵심 심리기제이자, 부정적 사고의 기원에 해당하는 것들입니다. 생각은 잔뿌리처럼 서로 연결되어 있어서 그 어떤 부정적인 생각도 이 목록에서 벗어나지 않을 것입니다. 이것을 바탕으로 자신은 어떤 기제들을 가지고 있는지 세분화해서 잘 살펴보시기 바랍니다. 생각이 구체적이고 세분화될 때 더 잘 자각될 뿐 아니라, 그 맥락도 더 잘 알 수 있게 됩니다.

'생각했구나'라고 과거형으로 표현하는 이유는 생각을 자각함과 동시의 '생각을 흘려보냄'을 의미합니다. 어떤 생각이든 1초만 지나도 과거가 됩니다. 1초만 지나도 '1초 전의 생각'과 '1초 전의 나'는 사라집니다. 그래서 자신의 모든 '생각'에 과거형인 '~생각했구나'를 반복해서 붙여서 생각에 대한 '자각하기'를 하면, 생각과 내가 분리되어 모든 생각으로부터 내가 조금씩 자유로워지고 편안해집니다. 항상 깨어서 자각하면서 반복하면, 자기 생각으로부터의 분리와 통찰을 얻을 수 있는 좋은 발판이 되어줄 것입니다.

> 과거에 대해 생각하지 말라.
>
> 미래에 대해 생각하지 말라.
>
> 단지 현재에 살라.
>
> 그러면 모든 과거도 모든 미래도 당신의 것이 될 것이다.
>
> -오쇼-

온전한 치유를 바란다면 생각을 붙잡지 말고 온전히 다 내려 놓아 보시기 바랍니다. 마이너스 생각을 내려놓는 것은 곧 고통 (과거)과 고통받는 나를 내려놓는 것입니다. 생각으로부터 온전히 분리될 때, 우리는 과거로부터 자유로울 수 있으며, 지금 이 순간에 현존할 수 있을 것입니다.

4

피해의식 중독증에 대하여

피해의식 중독증은 피해의식이 너무 심해서 그것이 심리적 중독 상태인 증상을 말합니다. 어떤 책에도 '피해의식 중독증'이라는 병명은 없지만, 현실 속의 내담자 중에는 분명 이런 증상을 가진 사람들이 있습니다.

피해의식 중독증이 있으면, 모든 것을 피해의식의 필터로 세상을 보기 때문에 아주 사소한 것에도 너무 쉽게 상처를 받습니다. 그만큼 내면의 상태가 취약하고 예민하기 때문입니다. 그래서 이런 증상이 있는 사람은 (상대방이 상처를 주지 않아도) 시도 때도 없이 상대방으로부터 상처받는 일이 발생합니다. 그 결과 상대방을 가해자로 만들고, 상대방을 원망하고 비난하게 됩니다.

그 때문에 관계는 나빠지고, 고통은 더 심해지며, 피해의식 또한 또다시 더 강화됩니다.

무의식적 믿음은 자기실현적 예언과 같습니다. 그래서 만일 무의식 속에 '나는 피해자다'라는 믿음이 있으면 그 신념에 따라 '나는 피해자다'라는 사실을 확인할 수 있는 일들이 계속해서 벌어집니다. 그래서 그런 일이 계속 벌어지면 '나는 피해자다'라는 신념은 더 강화되고, 그 신념이 더 강화되면 그러한 일 또한 지속적으로 일어날 수밖에 없게 됩니다. 그야말로 이러지도 저러지도 못하는 '피해의식의 미로' 속으로 깊이 빠지게 되는 것입니다.

그래서 피해의식 중독증이 있으면, 인간관계를 정상적으로 이룰 수 없기 때문에, 사람들에게 반복적으로 받는 상처로 인해… 대인공포(대인기피)와 화병과 무력감이 필연적으로 동반됩니다. 그 결과 자연스레 소외와 은둔이 발생하게 되고, 이런 상태가 오래되면 다른 증상까지 추가로 발생하게 됩니다.

외부세상의 보이는 것에만 예민한 사람들은 상대적으로 자신의 내면을 보는 면에서는 둔해질 수밖에 없다. 쓸 수 있는 온갖 신경을 외부를 향해 쓰고 있으니, 주변에서 일어나는 사소한 것 하나하나 다 민감하게 반응하고 상처를 키우고 문제를 만들어 더 예민하게 스스로 괴롭히기를 반복한다.

-한국 현대최면 마스터 스쿨, 「KMH 전문가 그룹 최면상담 사례집」에서

피해의식 중독증은 가장 고치기 힘든 증상 중 하나입니다. 왜냐하면 피해의식이 너무 강해서 상담가의 말과 행동에도 쉽게 상처를 받아서, 상담가를 원망하고 비난하는 일이 쉽게 발생하기 때문입니다. 그래서 이런 분을 상담할 때는 상담가 또한 살얼음 걷듯 조심해야 하고, 상담과정이 매우 힘겨울 수밖에 없습니다.

피해의식 중독증이 있는 사람은 자기 입장과 자기 고통만 알지, 자신이 상대방을 얼마나 불편하고 불쾌하게 만드는지를 전혀 자각하지 못합니다. 시도 때도 없이 상처받는다는 것은 시도 때도 없이 상대방을 가해자로 만든다는 뜻이 됩니다. 하지만 그 누구도 사소한 일로 다른 사람에게 비난이나 원망을 듣는 가해자가 되기를 바라지 않습니다. 그것은 별 잘못도 하지 않은 상대방 입장에선 아주 불편한 일입니다. 하지만 이러한 점이 이해되지 않고 대화가 통하지 않기 때문에 관계는 파국으로 치닫게 됩니다.

피해의식 중독도 일종의 성격장애라고 볼 수 있는데, 대체로 어린 시절 비난과 공격을 너무 많이 받은 사람들에게 생깁니다. 그래서 늘 '비난과 공격이라는 프레임'으로 타인의 말과 행동을 바라보고 이해하기 때문에, 비난이나 공격이 아닌 것도 비난이나 공격으로 해석해서 과민 반응과 과민 행동으로 대응하게 됩니다. 그 결과 필연적으로 갈등이 생겨나고, 그 때문에 더 많은 과민 반응과 과민 행동, 더 많은 비난과 원망, 더 많은 고통과 상처가 그림자처럼 뒤따르게 됩니다.

때문에 피해의식 중독증이 있는 사람은 무엇보다 자신에게 이런 일이 왜 반복적으로 생기는지를, 그 근본 원인이 무엇인지를 자각해야 합니다. 즉, 이러한 끔찍한 패턴이, 이러한 끝없는 미로가 정작 내 안에 있는 내 무의식의 필터, 해결되지 않은 과거의 트라우마 때문에 발생한다는 것을 자각해야 합니다.

내면화된 수치심이 우리의 인격을 장악한 정도만큼 우리는 근본적으로 다른 사람들이 나를 싫어한다고 믿는다. 그리고 본질적으로 사랑받을 자격이 없다고 믿는다. 숨이 끊어질 때까지 영원히 자기 자신을 평가하고, 남들과 비교해 폄하하는 것이다. 이 렌즈를 통해 모든 것을 해석하려 들기 때문에 쉽게 비판받고 거절당하며 방어적 태도를 취하는 느낌이 들게 된다. 이를테면 조언을 기분 나쁜 훈계로 받아들이거나 의견 불일치를 불만으로 받아들이는 것이다. 또한 의문을 제기하면 비난으로 여기는가 하면 심지어 중립적 발언조차 비판으로 치부한다. 도움의 손길을 동정심으로 해석하기도 하는데, 이것은 부정적 자기 심판을 강화한다. 이뿐만 아니라 칭찬을 들어도 믿지 않으며 상대가 잔꾀를 부리는 것이라고 해석한다. 혹은 자신을 망신 주고 있다고 해석하거나 상대가 잘 몰라서 또는 보는 눈이 없어서 그러는 것으로 해석하기도 한다. 이렇게 늘 비난과 거절을 예상하기 때문에 자신의 노력에 대한 평가를 모두 비관적으로 받아들인다. 심지어 긍정적이고 균형 있는 평가를 받을 때에도, 단 한 번의 부정적인 발언이나 개선을

제안하는 발언이 모든 긍정적 반응을 무색하게 만들며 자신을 비
난한다고 느낀다.

-달린 랜서, 『관계 중독』에서

피해의식 중독증은 실로 상처를 빨아들이는 블랙홀과 같습니
다. 피해라는 의식이 너무 강해 자기 문제를 전혀 들여다보지 못
하고, 남 탓만 하고 원망만 하는 것에 중독되어 있는 증상입니다.
하지만 그것으로는 끝내 조금도 해결책을 찾을 수 없습니다. 심
리치료는 내 안에 문제를 다루는 것입니다. 상처가 반복해서 발
생하는 원인은 내 밖이 아니라, 내 안에 있습니다. 원인이 나를 상
처 주는 사람들에게 있다고 생각하지만, 실상은 상처를 끌어당기
는 내 무의식에 원인이 있음을 자각해야 합니다. 안타까운 일이
지만, 내 안에서 해결책을 찾지 않으면 끝내 그 미로에서 조금도
벗어나지 못할 것입니다.

슬픔을 치유하기 위해서 당신은 반드시
자기 자신의 인생을 책임져야 한다.
당신이 슬픔을 완전히 치유하고,
또 슬픔이 당신을 치유하도록 만들기 위해서는
절대로 피해자로 남아 있어서는 안 된다.

-루이스 L. 헤이-

피해의식 중독을 가진 이는 극소수지만, 피해의식 중독까지는 아니더라도 우리는 누구나 크고 작은 피해의식을 조금씩 가지고 있습니다. 흔히 갈등이 있는 부부들은 서로 원망하면서 서로에게 잘못이 있다고 비난하지요. 또 어떤 이들은 누구 때문에, 무엇 때문에 인생을 망쳤다고 생각하는 경우도 많이 있습니다. 감당하기 힘들 정도의 억울함과 배신감과 분노(증오)의 감정은 대부분 피해의식과 관련된 것들입니다. 피해의식도 분명 꼭 필요한 순기능이 있습니다. 그런 것이 있어야 불필요한 피해로부터 자신을 지킬 수 있으니까요! 하지만 그것이 정도를 넘어설 때는 우리의 정상적인 인지작용을 왜곡시키고, 심각한 관계의 갈등을 만들어 냅니다. 그런 점에서 누구나 이런 부분에 대해 자신의 내면을 깊이 성찰해 볼 필요가 있지 않을까 합니다.

5
완벽주의와 실패회피 증후군

지나친 완벽주의도, 그로 인한 '실패회피 증후군'도 앞서 말한 억압기제와 억압패턴 때문에 발생합니다. 성장기 때 부모가 아이가 뭔가를 잘못했거나, 기대치에 이르지 못했을 때 심하게 질책을 하고 그것에 어떤 처벌을 반복적으로 하게 되면, 이중으로 고통을 껴안게 된 아이는 자신의 실패를 받아들일 수 없게 되고, '실패한 자아'도 받아들일 수 없게 됩니다. 자신을 만족해하지 않고 용납하지 않는 부모 때문에 아이도 자신을 만족해할 수 없고, 스스로를 용납할 수 없는 상태가 됩니다.

그래서 다시 실패하지 않기 위해 지나치게 긴장하게 되고, 지나치게 집착하게 됩니다. 그러한 성향이 굳어지면 반드시 잘해야만 하는 '지나친 완벽주의'가 생겨나게 됩니다. 아이 입장에선 '완벽주의'도 어쩔 수 없이 택해야 했던 생존기제요 보호기제였지만, 이것이 지나치게 되면, 심각한 문제들이 발생하게 됩니다. 심리적 여유나 안정감과 유연성이 턱없이 부족할 뿐 아니라, 낮은 자존감 속에서 '부족한 나', '실패한 나'를 전혀 받아들일 수 없는 일들이 반복적으로 발생하기 때문입니다.

에른스트프리트 하니슈는 『모기 뒤에 숨은 코끼리』에서 이렇게 이야기하고 있습니다. "스스로 원하는 것을 발견하는 시간, 실수를 해보고 그로부터 무언가를 배울 수 있는 시간을 확보하는 것은 아이들의 자신감과 자율성을 발달시키기 위한 토대다." 하지만 부모의 지나친 질책과 처벌은 아이들이 실수나 실패에서 무언가를 배울 수 있는 시간(기회)을 빼앗아버릴 뿐 아니라, 자신감과 자율성마저 크게 훼손하게 합니다.

•해야 할 일을 자꾸 미루고 완벽주의가 심하다. 기준과 이상이 높아

아예 시작을 안 한다.

- 뭔가를 새로 알아보고 추진하는 일이 불편하다.
- 뭔가를 하다가 잘 안될 때 한계를 넘을 때까지 계속 시도해 보는 것을 피한다.
- 뭔가 시도하다가 잘 못할 것 같으면 잘 포기한다.
- 나는 뭐든 완벽하게 잘 해내려고 하는 것에 집착한다.
- 결정 장애가 심하다. 완벽해지기 위해서.
- 다 잘하려고 한다. 남들과의 비교를 통해.
- 모든 분야에서 잘해야 한다. 1등을 해야 한다.
- 나의 능력을 넘어설 경우 통제하면서까지 집착해야 한다.
- 나를 개조해야 한다. 극도의 효율을 추구해야 한다.
- 부모님한테 자랑스러운 딸/아들이 되어야 한다.
- 남들한테 '대단하다, 멋있다'라는 말을 들어야 한다.

이것은 실제로 내담자께서 작성해 주신 심리검사지에 나타난 내용입니다. 완벽주의가 생기면 실패를 극도로 회피하고, 완벽한 성공에 집착하기 때문에 오히려 아무것도 하지 못하는 역설적인 상황이 발생합니다. 그래서 완벽주의는 '실패회피 증후군'을 동반하는 경우가 많습니다. 그래서 '잘하고 싶은 마음'과 '잘 못할까 하는 두려운 마음'이 늘 충돌하기 때문에 양가감정 사이에서 이러지도 못하고 저러지도 못해 힘들어하는 경우가 많습니다. '결정을 잘 못하는 선택장애'가 생기거나, '해야 할 일을 자꾸 미

루는 일'이 빈번하게 발생하거나, '책임을 회피하고자 하는 성향'
도 이 때문에 생기는 것입니다.

톰 그린스펀의 『아이와 완벽주의』엔 이런 구절이 있습니다.
"실수를 저지른 뒤 스스로 낙담하는 사람들은 단순히 결정을 미
룸으로써 실수의 가능성을 줄이려 할 것이다. 또 자신이 하는 모
든 일에서 완벽에 완벽을 기하기 위해 분주할 것이다. 잘했어도
심지어 탁월할 정도로 했어도 만족할 수 없다. 모든 건 완벽해야
하기 때문이다. 모든 일을 완벽히 해내면 스스로 만족할 것이라
고 그들은 믿는다. 바로 이것이 완벽주의의 정체이다."

완벽주의가 실패회피 증후군과 결속하는 것은 '해야 할 일을
미루거나, 결정을 미루는 것'에 보상기제가 숨어 있기 때문입니
다. 뭔가를 하지 않거나 미루면, 지금 당장엔 실수하거나 실패하
는 것을 막거나 보류할 수 있기 때문입니다. 즉, 실수나 실패를 막
기 위해 하고 싶거나 해야 할 일을 하지 않거나 미루어야 하는 것
입니다. 결정의 결과가 두려우면 결정을 하지 말아야 그 두려움
을 피해 갈 수 있습니다. 책임지는 게 너무 부담스러우면, 책임을
지지 않기 위해서 아무것도 하지 않는 것으로 회피해야 합니다.

우울과 불안 뒤에 숨은 내면의 완벽주의가 하는 말에 귀 기울일
수록 결국은 아무것도 할 수가 없게 됩니다. 마음 한편에선 뭔가
를 시도해 보려 하지만, 오히려 실패할 가능성을 없애기 위해 그냥
지금 상태로 있는 것입니다. 결과적으로 아무 일도 일어나지 않도

록 교묘하게 자신을 보호하는 셈입니다. 누군가에게 평가받는 것, 부족하다는 비난을 듣는 것, 받아들여지지 못하고 거절당하는 것, 부족한 결과를 내서 망신을 당하는 것과 같은 고통스러운 감정을 미리 차단하는 것이죠. 이것이 사실 완벽주의가 의도하는 바입니다. 제대로 완벽하게 해낼 것이 아니면 아예 시도조차 못 하도록 막아 수치심을 느낄 일이 없도록 자신을 보호하는 가장 강력한 방패인 것입니다.

-배재현, 『나는 가끔 엄마가 미워진다』에서

'지나친 완벽주의'는 자기 수용의 폭을 극단적으로 좁게 만들어 버립니다. 그래서 그 좁아진 마음속에 스스로가 꼼짝없이 갇히게 됩니다. 그 속엔 수용 받지 못한 자아의 수치심과 자책강박으로 만들어진 운명의 수레바퀴가 욕구불만이라는 소음을 내면서 계속 돌아갑니다. 그 결과 그림자처럼 불안과 긴장과 예민함과 소심함과 부담감이 늘 따라붙습니다.

완벽주의를 치유하는 길은 '실패'와 '실패한 나'를 인정하고 수용하는 것입니다. '부족함'과 '부족한 나'를 인정하고 수용하는 것입니다. 부모님 때문에 생긴 억압기제를 해체하고, 어릴 때 못받았던 이해와 수용과 사랑을 내가 나 스스로에 주어야 합니다. 사람은 늘 완벽할 수 없다는 것, 완벽할 수 없음은 자연스러운 일이자 누구에게나 빈번한 일이라는 것, 때론 기대에 못 미칠 수도 있다는 것, 그러한 일과 그러한 자신을 받아들이는 것이 성숙함의 기본기라는 것을 깊이 이해하고 자각해야 합니다.

완벽주의자들은 높은 기준 때문에 역설적으로 자아가 너무 취약합니다. 때문에 예외 없이 도전과 결과를 두려워하는 '겁쟁이'가 됩니다. 누구든 자신의 실패와 부족함을 받아들이지 못하면 약한 자아가 될 수밖에 없습니다.

사람이라면 누구나 실패할 수 있다.
단 성공은 그 실패로부터 무엇을 배우고 얻었으며
실패 이후에 어떻게 반응했느냐에 따라 결정된다.

-박세니-

성공한 사람들은 공통적으로 실패를 두려워하지 않는다고 합니다. 그들은 실패를 통해서 뭔가를 배울 수 있기 때문에, 그것을 소중한 경험과 피드백으로 삼고 실패를 기꺼이 받아들입니다. 그들은 실패 속에서 뭔가를 얻고 더 성장하고 발전하는 법을 압니다. 그래서 그들은 도전하는 것을 두려워하지 않습니다. 그 어떤 일이든 실패 없이는 그 무엇도 제대로 경험하거나 배울 수가 없습니다.

예컨대 요리를 처음 하는 사람이 처음부터 요리를 잘할 수 있을까요? 운전을 처음 하는 사람이 처음부터 운전을 잘할 수 있을까요? 요리든 운전이든 작은 시행착오를 여러 번 경험하면서, 그 경험의 축적 때문에 자신감이 생기고 처음보다 점점 더 잘하게 되는 것입니다. 초보운전자가 '초보운전'이라는 푯말을 떼어낼 수 있는 것은 시행착오의 경험이 쌓였기 때문입니다. 그것은 피해야 할 것이 아니라 기꺼이 맞이해야 할 경험자산입니다.

이처럼 어떤 일이든 잘하기 위해선 작은 시행착오와 실패의 경험이 필수적입니다. 그것은 성공으로 가는 소중한 자원이자 디딤돌이기 때문입니다. 어떤 분야든 그 분야의 대가들은 그 분야의 모든 실수와 실패를 일찌감치 다 경험하고 그것을 자원으로 삼은 이들입니다. 그러므로 실패에 대해 너무 예민 반응하지 않도록 인식과 신념을 반드시 '플러스 해석'으로 바꾸어야 합니다.

재양육을 시작할 때는 제일 먼저 자신의 신체적·정서적·심리적 욕구를 파악하는 법부터 배운다. 그러고 난 후에 그러한 욕구를 충족시키는 조건화된 자신의 방식을 주의 깊게 살핀다. 많은 사람이 종종 성인기에 비판적 내면의 부모를 형상화시켜서 자신의 현실을 부정하고, 자신의 욕구를 거부하고, 자신의 욕구보다는 인지한 주변 사람들의 욕구를 우선시한다. 죄의식과 수치심이 직관적 목소리를 대체하는 것이다.

-니콜 르페라, 이미정 역, 『내 안의 어린아이가 울고 있다』에서

완벽주의자들은 이러한 이해를 바탕으로 자신에 대한 명확한 자각과 더 큰 시야를 가져야 합니다. 그러므로 왜 자신이 지나친 완벽주의를 가지게 되었는지, 실패나 실수를 왜 그토록 두려워하

는지, 그 두려움 때문에 어떤 선택을 했고 어떤 일들이 벌어졌는지를 깊이 자각하고 이해하고, 그렇게 살 수밖에 없어서 너무나 힘들었던 자신을 따뜻하게 껴안아 주어야 합니다. 그것을 시작으로 지나친 기준과 내적 질책과 부담감을 내려놓아야 합니다. '좀 부족해도 된다. 좀 실수해도 된다. 그럴 수도 있지!' 이렇게 생각의 여백을 열고 편히 말할 수 있을 때까지.

6 —————————————————————————

강박증의 원인과 해결책

강박증은 매우 고치기 어려운 난치성 질환으로 알려져 있는데, 강박증은 아직 심리학계에 정확한 원인이 밝혀져 있지 않은 상황입니다. 아직 원인조차 제대로 규명되지 않았기에 치유법도 오리무중 상태에 있습니다. 그 어떤 책에도 강박증의 원인과 해결책에 대한 확실한 설명이 제시되어 있지 못한 상황입니다.

상담을 하다 보면 '강박증은 정말 고치기 어렵다. 혹은 불치병이다.' 이런 이야기를 많이 듣게 됩니다. 실재로 중증 강박증이 치유된 사례는 극히 드물며, 제게 강박증 때문에 문의를 주신 분들도 다들 그런 상태에 계신 분들이었습니다. 일반적인 경우로 보자면, 중증 강박증은 아예 시작도 하기 전에 상담을 포기하는 수준의 불치병에 가까운 증상인 듯합니다.

하지만 강박증엔 분명한 원인이 있으며, 또 그것을 치유할 수 있는 방법도 있다고 생각합니다. 어디에서도 고치지 못한 중증 강박증이 있었으나, 제게 상담을 받고 깨끗이 좋아지신 분들이 더러 있었습니다. 그런 성공 사례를 바탕으로 제가 오랜 탐구 끝에 알아낸 제 나름의 원인과 해결책을 설명드릴까 합니다.

> 인생에 대한 답은 항상 당신 안에 있다.
> 당신이 해야 할 것은 단지 찾아보고, 듣고, 믿는 것이다.
>
> -조성희-

모든 사람의 핵심적인 기본 욕구는 '안전하고 싶은 욕구'와 '사랑받고 싶은 욕구' 이 두 가지인데, 성장과정에서 이게 제대로 안 채워지면 불안과 두려움과 수치심과 좌절감이 커지기 때문에, 그 고통과 상처를 피하고자 다양한 통제욕구가 지나치게 작동하게 됩니다. 이게 실은 모든 심리증상이 발생하게 되는 그 근본 원인이라 할 수 있습니다. 감정과 욕구를 억압하는 것도 통제욕구이고, 불편한 감정이나 상황을 피하려 하는 회피심리도 다 스스로를 통제하는 통제욕구입니다. 이런 지나친 통제욕구는 모두 나를 보호하기 위해 발동하는 것이므로, 다양한 보호기제와 방어기제로 발현됩니다.

강박증은 간단히 말해 '지나친 통제욕구' 때문에 생깁니다. 이 말을 다르게 표현하면, 내면에 '지나친 억압기제'를 가지고 있다는 뜻이 됩니다. 강박증 또한 하나의 보호기제이기 때문에, 이 속엔 회피욕구와 보상욕구가 함께 숨어 있습니다. 때문에 왜 지나친 통제욕구가 필요했는지, 그것을 통해 무엇을 얻으려 했는지를 찾아봐야 합니다.

통제욕구는 크게 외적 통제와 내적 통제로 나눌 수 있는데, 타인이나 사건(상황)을 통제하려는 것이 외적 통제고, 자기 감정이나 생각(욕구)을 통제하려는 것이 내적 통제입니다. 외적 통제든, 내적 통제든 둘 다 애초에 완전한 통제가 불가능한 것인데, 완벽하게 통제하려고 엄청 집착하기 때문에, '조금만 통제가 되지 않아도' 극도의 긴장과 예민함 때문에 고통과 좌절과 불안이 반복해서 생기는 것이 강박증의 본질적 메커니즘입니다.

그렇다면 지나친 통제욕구는 왜 생겼을까요? 성장과정에서 지나친 통제를 받아서 그것이 내재화되었거나, 자신이 제대로 통제할 수 없는 불안하고 위험한 상황(고통)을 심하게 경험했기 때문입니다. 달리 말하면 그만큼의 심각할 정도의 반복적인 압박과 정신적 내상을 경험했다는 뜻입니다. 그래서 통제욕구가 너무 과도하게 작동하게 된 것입니다.

통제욕구는 달리 말하면, 자신을 지키고자 하는 '보호욕구/안전욕구'입니다. 이러한 욕구나 집착이 너무나 강하기 때문에, 강박증이 있는 사람은 예외 없이 특정 부분에 '극단적인 완벽주의'

를 가지고 있고, '극단적인 예민함(취약함)'을 가지고 있습니다. 그리고 내적으로는 수치심과 불안감과 좌절감이 깊이 내재되어 있습니다.

이렇게 통제욕구가 지나치게 강하면, 자신의 감정이나 욕구를 엄청나게 억압하게 되는데…… 그것들이 내면에 쌓여서 사고패턴과 결합된 결과로 나타나는 게 바로 '강박증'입니다. 그래서 치유를 위해선 무엇보다 강박증의 전체 메커니즘을 깊이 이해해야 하고, 자신의 마음(생각, 감정, 욕구)을 무의식 차원까지 깊이 이해하고 자각해야 합니다. 그런 다음 무장 해제하듯 지나친 통제욕구(긴장, 완벽주의)와 고착화된 생각들을 완화시키고, 불안감을 비롯한 억압된 감정과 결핍된 욕구들을 다 풀어주어야 합니다. (특히 강박증의 경우는 생각을 내려놓기 위해 명상을 꾸준히 열심히 하는 것이 좋습니다.)

"덕분에 하루하루 잘 지내고 있습니다. '온전히 수용해 주고 느껴주고 경험하라.' 이 뜻을 조금은 알 것 같습니다. 불안이 올라오면 불안을 알아차려서 그 감정을 온전히 느껴주고, 미움이 올라오면 그 미움 자체를 온전히 느껴주고, 다양한 감정들을 온전히 느껴주면 그 감정들의 힘이 점점 더 약해지더라고요. 단지 생각이나 감정에 반응을 멈추고, 고통 속으로 뛰어들어가서 온전히 느끼기! 이걸 깨닫고 나서는 예전에는 고통과의 전쟁을 했는데, 이젠 그 고통을 인정해 주고 느껴주니 더 이상 고통이 아닌 게 되더라고요."

10년 동안 중증 강박증 때문에 온갖 고생을 하다가 제게 상담을 받고 깨끗이 다 좋아지신 후 내담자께서 제게 보낸 문자의 일부입니다. 이분의 글에도 잘 나타나듯, 생각과 감정은 서로 연결되어 있기 때문에, 온전한 이해와 수용으로 감정이 다 풀려야 고착된 생각들도 풀립니다. 그러므로 치유를 위해선 항상 생각과 감정과 욕구의 유기성을 긴밀히 잘 살펴야 할 것입니다.

나를 바꿀 수 있는 용기를 내는 것이
자기 수용의 진정한 목적이다.
-알프레드 아들러-

"공부 못 하면 인생 망한다. 공부를 잘해야 먹고 살 수 있어. 못하면 망해. 좋은 직장 못 구하면 인생 망한다." 어떤 내담자는 부모로부터 이런 말을 숱하게 들으면서 성장했습니다. 이런 말을 지속적으로 들을 뿐 아니라, (하고 싶은 걸 못 하게 하면서) 이러한 기준으로 부모가 아이를 엄격하게 대하면 아이는 반드시 완벽해야 하기 때문에 '더 잘하지 못하는 자신'을 받아들일 수 없게 됩니다.

이 내담자는 고등학교 시절 늘 전교 1등을 했던 분이었는데, 이렇게 공부를 잘했지만 이런 말을 반복해서 들으면서 성적에 대한 막대한 부담을 가지게 되었고, 늘 더 잘해야 한다는 강박으로 내몰렸습니다. 부모의 기대에 반드시 부응해야만 했던 그분께 그것은 감당할 수 없는 숨 막히는 고통이었고, 결국 '완벽해야 한다/반드시 잘해야 한다'는 신념은 강박증과 공황장애와 우울증과 무기력증을 만들었습니다. 그렇게 심각한 증상들이 발생하는 바람에, 그분은 삼수를 하고서도 결국 대학 진학에 자신이 본래 뜻했던 결과를 얻지 못했습니다.

증상이 가져다준 그분의 보상기제엔 이런 게 있었습니다. '삼수에 실패해도 부모님이 나를 크게 탓하지 않는다. 부모님이 나에 대한 기대감이 줄어들었다. 내가 하고 싶은 거 하라고 하신다.' 즉, 그분껜 무의식 차원에서 이런 보상을 얻기 위해 이런 증상이 필요했던 것입니다. 병이 생겨 스스로 망가지는 것 말고는 구속감(부담감)에서 벗어날 방법이 없었던 것입니다. 이게 얼마나 안타까운 일인지요!

부모 말 잘 듣고, 부모의 기대를 저버리지 않으려고 그렇게 애썼던 착한 아이는 결국 마음의 병까지 얻어 너무나 큰 고통 속에 빠졌습니다. 이게 누구의 책임일까요? 부모가 아이의 마음과 입장을 조금이라도 이해해 주었다면, 자녀교육에 있어 조금만 더 큰 시야와 생각의 유연성을 가졌다면, 이런 안타까운 일은 발생하지 않지 않았을까, 하는 아쉬움이 듭니다. 어쩜 사랑과 기대라는 이름으로 자식을 그렇게 내몰 수밖에 없었던 경쟁밖에 모르는 우리 사회의 구조적 잔인함과 천박함 때문이었을까요?

우리가 해결해야 할 것은 증상의 제거가 아니다. 증상으로 표현된 근본적인 딜레마, 자신의 근본적인 불안요인을 찾아서 해결해야 한다. 증상은 아무 의미가 없다. 오로지 무언가 근본적인 불안이

나 불만이 있음을 알려주는 신호에 불과하다.

−권재경, 『굿바이 강박증』에서

강박증이든 우울증이든 모든 증상(고통)은 심리적 시야와 생각이 좁아질 때 발생합니다. 때문에 그와 반대로 시야와 생각의 폭을 넓혀주면 마음에 치유가 일어납니다. 시야와 생각이 좁아지면 눈가리개를 한 경주마처럼, 다양한 가능성이나 해결책을 전혀 찾지 못한 채 앞으로만 내몰리게 됩니다. 예컨대 성적이 떨어졌다고 자살하는 고등학생이나, 애인이 떠났다고 자살하는 사람은 극단적으로 심리적 시야와 생각이 좁아져서 발생한 현상이라 할 수 있습니다.

심리치유는 좁아진 심리적 시야와 마음의 폭을 최대한 넓혀주는 일입니다. (때로 기분이나 생각을 전환시켜 주는 음악, 산책, 여행 등이 정신 건강에 도움이 되는 것도 이 때문입니다.) 내 마음이나 의식이 커지면 커질수록 상처와 고통은 작은 것이 됩니다. 완벽주의는 극단적으로 마음의 폭을 좁아지게 만들기 때문에, 완벽해야 한다는 심리적 압박에서 벗어나려면 "좀 부족할 수도 있지. 좀 완벽하지 못할 수도 있지!" 이렇게 자신의 마음에 스스로 여백을 부어주어야 합니다. 내가 '완벽하지 않는 나'를 인정하고 받아들일 때, 비로소 완벽하지 않은 나도 그냥 그대로 점차 괜찮아질 것입니다. 내가 '부족했던 나와 실패했던 나'를 부정의 골방에서 꺼내어 기꺼이 수용하고 껴안았으므로!

7

실패확신 증후군 혹은 셀프바보 증후군

'나는 안 될 거야! 노력해도 소용없어! 나는 또 실패할 거야!'

내담자 중엔 이런 신념을 너무나 강하게 가지고 있는 분들이 있습니다. 제가 일명 '실패확신 증후군' 혹은 '셀프바보 증후군'이라고 이름 붙인 증상입니다. 어떤 증상을 지니고 있든 내담자들은 누구나 이런 신념을 조금씩 다 가지고 있지만, 유독 이런 생각에 완전히 꽁꽁 묶여 있는 분들이 있습니다.

제가 따로 이렇게 이름까지 붙인 이유는 실패확신 증후군(셀프바보 증후군)이 가장 잘 안 낫는 중증 증상 중 하나이기 때문입니다. 이러한 신념이 의식/무의식 차원의 절대적 신념이면, 그 신념대로 되어야만 하기 때문에 치유나 상담도 '잘 안되는 쪽'으로 움직여 실패할 수밖에 없습니다. 그래서 이 실패의 신념이 해결되지 않으면 '잘 낫지 않는 사태'가 계속 발생하게 됩니다. 때문에 이런 증상이 있는 경우는 처음부터 내담자도, 상담가도 이러한 점들을 잘 인지하고 있어야 하고, 상담 초기부터 이런 문제 요소들을 잘 다루어야 합니다.

아이가 성장기 때 부모로부터 실패를 수용받지 못하면 아이 자신도 '좌절감'과 '좌절한 경험'과 '좌절한 나'를 잘 수용하지 못하게 됩니다. 그러한 경험이 많이 누적되고 심해지면, 실패에 대한 신념이 너무 강화되어 '나는 실패자'라는 자아상과 함께 '나는 또 안 될 거야!'라는 실패확신 증후군이 발생하게 됩니다. 무의식의 신념에 이렇게 '나는 실패하는 사람이야! 나는 안 되는 사람이야!'라는 믿음이 새겨지고 나면, 이 신념은 밖으로 계속 출력되어 '그러한 경험'과 '그러한 나'를 계속 마주하게 됩니다. 그래서 다시 그 신념과 증상은 점점 더 확고해지고 더 강화됩니다.

지속적인 성공은 지속적인 실패와 배움의 결과이다.
성공한 사람들은
삶에서 배울 수 있는 가장 큰 교훈은
실패에서 나온다는 걸 알고 있다.
올바른 방식으로 실패에 다가간다면 말이다.

-존 맥스웰-

그 어떤 실패든, 실패는 '사실'이 아니라 '해석'일 뿐입니다. 실패를 경험과 피드백이라고 생각하면, 실패는 없고 경험과 피드백만 존재하게 됩니다. 실패를 성장을 위한 디딤돌이라 생각하면, 실패는 없고 성장을 위한 디딤돌만 얻게 됩니다. 어떻게 생각/해석하느냐에 따라 절망의 늪에 빠질 수도 있고, 좋은 경험 자산을 얻을 수도 있는 것입니다.

처음 자전거를 배울 때 여러 번 넘어지는 것처럼, 그 넘어짐의 과정을 거치지 않고 처음부터 자전거를 잘 탈 수 없는 것처럼, 실패는 모든 성장과 발전의 자연스러운 한 과정에 지나지 않습니다. 모든 성취와 성공은 반드시 크고 작은 실패를 먹고 자랍니다. 이 세상 모든 성취와 성공에는 이처럼 실패라는 '소중한 경험자산'이 녹아 있습니다. 요컨대 성공은 실패를 먹고 자라기 때문에 어떤 분야든, 그 분야의 고수나 대가는 그 분야의 모든 실패 요소를 거의 다 경험해 본 사람들입니다.

예컨대 무려 999번을 실패했을지라도 1000번째는 성공할 수 있습니다. 에디슨은 그러한 마인드로 전구를 개발했습니다. 설령 1000번이나 실패했을지라도 나는 '실패했던 모든 나'를 껴안고 1001번째의 새로운 나를 만나야 합니다. 그 어떠한 실패든, 우리는 모든 실패를 자신의 소중한 '경험 자산'으로 삼을 줄 알아야 합니다. 실패가 성장의 디딤돌이 되고, 그것을 바탕으로 다시 일어서려면 '실패'와 '실패한 나'를 수용할 줄 알아야 합니다. 즉, 실패와 실패한 나를 수용하고 껴안는 법을 배워야 하는 것입니다.

성공은 실패를 견딘 사람에게만 허락된다.
따라서 성공하는 능력은 곧
실패를 견디는 능력이라고도 볼 수 있다.
실패를 견디는 능력이 배양되어야 비로소 도전정신도 만들어진다.

-황농문-

예전에 여러 번 실패했다고 또 계속 실패하라는 법은 없습니다. 이런 고착된 신념이 자신을 퇴보와 정체의 족쇄에 묶는 중독적 사고라는 것을 자각해야 합니다. 중요한 것은 그 실패에서 무엇을 배우느냐에 있고, '똑같은 일을 겪지 않으려면 어떻게 해야 할까'를 고찰하는 데 있을 것입니다. 실패와 좌절의 아픔이 크면 클수록 더더욱 그렇게 해야 합니다. 다시는 실패의 좌절감을 맛보지 않도록 그 원인과 해결책을 끝까지 찾아내야 합니다.

이처럼 아무리 힘들어도 좌절감의 늪에서 빠져나오려면 생각과 마음자세를 바꾸는 것 외에는 답이 없습니다. 이미 일어난 일은 바꿀 수가 없습니다. 이미 일어난 일은 오직 해석만 바꿀 수 있을 뿐입니다. 실패했던 과거 경험에 붙잡혀 인생을 낭비하지 않으려면, 그 무엇으로든 실패한 사건과 실패한 나에 대해 새로운 해석과 의미 부여를 해야 합니다.

큰 시야에서 보면 그 어떤 실패든 그것은 모두 하나의 과정이자 경험이요, 하나의 해석이며 이미 지나간 과거의 일입니다. '10년 전의 나'든, '1년 전의 나'든, 바로 '하루 전의 나'든 과거의 모든 나는 존재하지 않습니다. 그 어떤 경우든 '과거의 나'가 '지금의 나'를 잡아먹게 해서는 안 됩니다.

- 실패했던 모든 나를 깊이깊이 수용하고 사랑한다. 있는 그대로 수용하고 사랑한다.
- 좌절했던 모든 나를 깊이깊이 수용하고 사랑한다. 있는 그대로 수

그 어떤 실패를 했어도 나는 나에게 가장 소중한 존재입니다. '실패한 나'는 그 어떤 나보다 더 많은 관심과 위로와 사랑을 받아야 할 존재입니다. '실패한 나'는 부정해야 할 나가 아니라, 내가 '더 껴안아 주어야 할 나'입니다. '실패한 나'는 오직 실패라는 해석에 붙잡혀 있을 때만 존재하는 것입니다. 무시와 질책과 부정이 아니라, 더 깊은 위로와 수용과 사랑의 관점으로 나를 껴안아 주어야 합니다. 고로 수용과 사랑의 관점으로 실패와 실패한 나에 대한 해석과 관점을 바꾸면 '좌절감에 묶여 있었거나 실패로 부정당했던 모든 나'는 다 사라지게 될 것입니다.

실패확신 증후군에서 빠져나오려면 이렇게 '실패'와 '실패한 나'에 대한 이해와 관점부터 바꾸어야 합니다. 아울러 어린 시절부터 만들어진 부정적 사고 패턴의 이유를 발견하고, 상처받은 자아들(내면아이)을 다 껴안아 주어야 하고, 억압하거나 회피했던 좌절감들을 다 수용해 주어야 합니다. 이를 통해 '실패는 성장을 위해 반드시 거치는 관문에 지나지 않으며, 그러한 성장통을 받아들일 때만 발전할 수 있다.'는 삶의 진실을 깊이 이해하고 자각해야 합니다. 그럴 때 '좌절감'과 '좌절한 나'를 수용할 줄 아는 건강한 심리적 습관이 만들어질 것입니다.

살면서 실수도 실패도 괜찮다.

성공한 사람들의 얼굴에는 자긍심이 빛나지만
그 자긍심을 만들어 낸 과거의 그림자 8할은 실패와 상처이다.
자신의 실수와 실패를 인정하는 그 시점부터
굳은 딱지가 떨어지고 새 살이 돋는 것이다.

-이지연-

　'타인이 나를 무시하는 것과 내가 나 스스로를 무시하는 것',
이 둘 중 어느 게 더 심각한 문제일까요? 내가 나 스스로를 무시
하는 것이 비교도 안 될 만큼 훨씬 더 심각한 문제입니다. 타인이
나를 무시하는 것에 대해선 분노하면서, 왜 자기 스스로는 자신
을 부정하고 무시하는 것을 계속 방치하는 것일까요? 내가 그렇
게 나를 부정하고 무시하면, 반사거울처럼 나 또한 내 내면으로
부터 부정당하고 무시당하게 됩니다. 그 결과 그렇게 부정당하고
무시당한 자아는 내적으로 분열될 수밖에 없고, 반복적으로 실패
의 늪에 빠져 더 우울해지고 더 무기력해질 수밖에 없습니다.

　'나는 안 될 거야!/나는 해도 소용없어!'라고 생각하는 것은 자
신이 자신을 스스로 부정하고 무시하는 것이자 학대하는 것입니
다. 이것은 스스로 '나 자신'을 바보 취급하는 것이나 다름없습니
다. 내가 나 자신을 바보 취급하면, 나는 그 신념에 따라 그렇게
될 수밖에 없습니다. 그래서 '셀프바보 증후군'이라고 하는 것입
니다. 타인이 나를 바보 취급하면 아주 불쾌해하면서, 왜 자기 스
스로는 끊임없이 자신을 바보 취급하며 살아가는 것일까요? 이

는 실로 엄청난 자기학대이자 가장 위험한 자기학대입니다. 왜냐하면 이것은 내면의 신념 차원에서 늘 계속 지속되는 것이기에, 자신을 평생 우울과 불행의 구렁텅이로 빠뜨리는 일이나 다름없기 때문입니다.

때문에 낫고 싶다면, 정말 좋아지고 싶다면, 무슨 일이 있어도 중독되어 있는 그 부정적 신념을 내려놓아야 합니다. 자신이 그러한 생각/신념에 깊이 중독되어 있다는 것을 자각하고, 무슨 일이 있어도 '그 생각/신념'을 반드시 내려놓겠다고 결심해야 합니다. 셀프바보 증후군이 있는 모든 이들에겐 그러한 자각과 결심이 치유의 중요한 첫걸음이 될 것입니다. 그것을 바탕으로 '자신을 부정하고 무시하는 마음의 습관'을 '자신을 이해하고, 수용하고, 사랑하는 습관'으로 바꾸어야 할 것입니다. 그런 길로 계속 나아간다면 자기신뢰라는 뿌리를 따라 자존감과 자신감이 삶의 기둥처럼 반드시 자라날 것입니다.

8

모든 중독은 결핍감에서 생긴다

성장기 때 충분한 수용과 사랑을 받지 못하면 내면에 결핍감

(공허감)이 생깁니다. 이러한 결핍감은 자기 '존재가치'에 대한 결핍감이므로, 본질적 욕구 차원에서 사람은 이것을 결코 감당하거나 견딜 수가 없습니다. 그래서 반드시 의식과 무의식 차원에서 이러한 결핍감을 그 무엇으로든 채우려 합니다. 반드시 결핍감이 채워져야 사람은 정신적/정서적으로 안정감과 편안함을 누릴 수 있습니다. 결핍감은 내면의 구멍과 같은 것이자 심리적 허기와 같아서 자기 존재의 근본 가치와 직결되는 것이기 때문입니다.

> 가장 흔한 절망의 형태는
> 자신의 본모습으로 존재하지 못하는 것이다.
>
> -쇠렌 키르케고르-

이런 존재적 결핍감이 모든 집착과 중독의 근본 원인입니다. 내면에 커다란 '결핍감'이 있으면 삶의 모든 것을 그 결핍감으로 접하게 되어 여러 가지 문제가 발생합니다. 그 결핍감을 채우기 위해 무언가를 계속 찾으며, 그것으로 결핍감을 메꾸려고 하기 때문입니다. 하지만 문제는 그 대상이 무엇이든 바깥에 있는 것으로는 그 결핍감이 결코 채워지지 않는다는 데 있습니다.

술, 약물, 음식, 담배, 마약, 쇼핑, 게임, 돈, 도박, 성형, 섹스, 운동, 다이어트, 학벌(지식), 권력, 점술, 종교, 사람 등 중독의 종류는 매우 다양합니다. 이런 것으로 자신의 결핍감을 채우려 하고, 자신의 수치심과 공허함을 회피하려 하지만, 일시적인 효과만 있을 뿐 근본 원인을 해결하지 않는 한 그것은 해결되지 않습니다. 결핍감은 성인이 된 이후엔 밖에 있는 것으로는 그 무엇으로도 채워지지 않습니다. 성장기 때 만들어진 '결핍감'은 오직 자기 수용과 자기 사랑만으로 채워집니다.

'결핍감'이란 '나는 뭔가 부족한 존재고, 뭔가 결함이 있는 존재다.'라는 느낌입니다. 그래서 이것은 '나는 어떤 결함 때문에 사랑받지 못했다. 나는 온전히 사랑받기엔 뭔가 부족한 존재다.'라는 믿음으로 무의식에 신념화됩니다. 결국 결핍감이라는 영혼의 허기는 성장기 때 사랑을 제대로 받지 못한 데서 기인한 허기입니다. 그런데 의식은 이것을 온전히 자각하지 못하기 때문에 자기수용과 자기사랑이 아니라, '다른 무언가'로 심리적 허기를 계속 채우려 하는 것입니다.

결핍감과 수치심은 동전의 양면과 같아서 결핍감이 클수록 수치심 또한 큽니다. 이것은 낮은 자존감을 만들 뿐 아니라, 자기 자신으로부터 도망치게 만들고 싶어 합니다. 간단히 말해 이것은 심각한 자기부정이며, 자신을 있는 그대로 인정하거나 받아들이지 못하는 것입니다. 때문에 중독의 대상은 마치 어떤 보상처럼 다가오지만, 실상은 그러한 자신을 회피하는 수단이자, 자신을 잊게 하는 수단이 될 뿐입니다.

예를 들어, 음식 중독의 일종인 폭식증은 먹는 것으로 그 결핍감과 수치심을 메꾸려 하고 잊으려 하는 의도입니다. 그 반대쪽에 있는 다이어트 중독에 해당하는 거식증은 '살이 찌면 사랑받지 못한다'는 믿음 때문에 '먹지 않는 것'에 지나치게 집착하는 증상입니다. 먹지 않거나 음식을 토해내는 것으로 사랑받지 못할까 하는 두려움과 불안을 덜어내고 '사랑받고자 하는 욕구'를 붙잡고 있는 것입니다. 어느 쪽의 섭식장애든 이 또한 일종의 보호기제(생존기제)이며, 그 속엔 '나는 사랑받지 못하는 결함이 있는 존재'라는 심한 결핍감과 수치심이 내재되어 있습니다.

> 사랑받는 것과 사랑을 줄 수 있는 것은
> 견고한 자아의 바탕이 되는 중심 기둥이다.
> -에른스트프리트 하니슈-

사람은 성장기 때 기본적으로 채워져야 하는 욕구들이 있는데, 이런 욕구들이 충실하게 제대로 채워지지 않으면, 여러 면에서 결핍감과 심리적 허기가 생기게 됩니다. 아울러 그러한 심리적 문제는 하나의 패턴으로 굳어지면서 성인이 된 이후에도 계속해서 반복되기 때문에 많은 고통이나 갈등을 만들어 냅니다. 에른스트프리트 하니슈는 『모기 뒤에 숨은 코끼리』에서 '삶의 각 단계에 따라 서로 다른 의미를 갖는 가장 중요한 기본욕구'에 대해 다음과 같이 말하고 있습니다.

•애착, 보호, 안전, 소속감, 이해

- 인정과 존중
- 공평한 대우와 정의
- 성애와 성적 욕구
- 안정
- 호기심
- 자존심, 자율성, 경계 설정, 자기 능력에 대한 믿음

이 모든 기본 욕구는 기본적으로 자기수용과 자기사랑과 관련이 있습니다. 기본욕구가 채워지느냐, 아니면 좌절되느냐에 따라 자기수용과 자기사랑에 대한 무의식 차원의 신념이 만들어지기 때문입니다. 이러한 기본 욕구 중에 '나'는 어떤 욕구가 가장 크게 손상을 입었을까요? 심리치유는 그것을 찾아내어, 그 때문에 어떤 문제가 생겼는지를 이해하고 올바른 방향으로 그것을 채워주는 작업이라 할 수 있을 것입니다.

"자신의 욕구 중에 어떤 욕구가 손상되었고, 어떤 수단을 통해 이를 극복하려 했는지 인식한다면 사소한 일에 흥분하는 논리적인 원인도 인식할 수 있다. 그렇게 된다면 불쾌한 감정은 기본 욕구를 존중하는 법을 배우는 유용한 이정표가 되어줄 것이다."

에른스트프리트 하니슈의 이 말처럼, 우리의 감정은 욕구와도 아주 밀접한 관련이 있습니다. 결핍된 욕구는 어떤 자극이 주어질 때마다 대부분 불편한 감정으로 나타나기 때문입니다. 그래서 결핍된 욕구 또한 깊은 이해와 자각을 전제로 감정과 함께 있는

그대로 인정하고 수용해 주어야 합니다.

- •이해받고 싶은 마음(욕구)을 있는 그대로 인정하고 받아들인다.
- •하소연하고 싶은 마음을 있는 그대로 인정하고 받아들인다.
- •공감받고 싶은 마음을 있는 그대로 인정하고 받아들인다.
- •인정(존중)받고 싶은 마음을 있는 그대로 인정하고 받아들인다.
- •사랑받고 싶은 마음을 있는 그대로 인정하고 받아들인다.
- •보호받고 싶은 마음을 있는 그대로 인정하고 받아들인다.
- •의존하고 싶은 마음을 있는 그대로 인정하고 받아들인다.
- •도움받고 싶은 마음을 있는 그대로 인정하고 받아들인다.
- •편안하고 싶은 마음을 있는 그대로 인정하고 받아들인다.
- •자유롭고 싶은 마음을 있는 그대로 인정하고 받아들인다.
- •통제하고 싶은 마음을 있는 그대로 인정하고 받아들인다.
- •회피하고 싶은 마음을 있는 그대로 인정하고 받아들인다.
- •감추고(숨기고) 싶은 마음을 있는 그대로 인정하고 받아들인다.
- •잘하고 싶은 마음을 있는 그대로 인정하고 받아들인다.
- •우월하고 싶은 마음을 있는 그대로 인정하고 받아들인다.
- •마음껏 놀고 싶은 마음을 있는 그대로 인정하고 받아들인다.

중독 중에는 사람에게 지나치게 집착하는 관계중독이 있습니다. 관계중독은 내가 바라는 이상적인 사람이나 관계를 통해 자신의 내적 결핍감을 채우고자 하는 본능적 욕구 때문에 생깁니다. 어린 시절 부모나 가족에게 받지 못한 것을 연인(친구)이나 배우자에게 받으려 하는 것입니다. 어떤 사람과의 좋은 관계는 분명 자신에게 정서적으로 도움이 되는 바가 많이 있을 수 있습니다. 문제는 내적 결핍감이 심한 사람은 불안과 집착이 너무 심하기 때문에 정상적인 좋은 관계를 맺기가 어렵다는 점에 있습니다. 특정 사람에게 지나치게 기대하기 때문에, 지나치게 의존(투자)하고 지나치게 집착함으로써 관계중독 상태에 빠지게 됩니다.

무조건적으로 나를 사랑해 주겠다고 다짐하는 건 내가 예뻐서, 부모님의 착한 자식이어서, 재능이 있어서 사랑하겠다는 뜻이 아니다. 설사 내가 주변 사람의 기대를 충족시키지 못했어도, 연인과 헤어졌어도, 시험에 떨어졌어도, 타인과의 관계가 좋지 않아도 사랑해 주겠다고 결심하는 것이다. 외부의 상태에 아무런 영향을 받지 않는 본질적인 가치가 존재한다는 사실을 알아줘야 한다. 더 정확하게는 모든 순간에 내가 느끼는 알 수 없는 모든 감정들까지도 받아주겠다고, 타인은 결코 받아주지 않는 나 자신의 적나라한 감정을 내가 받아주겠다고 다짐하는 것이다. 무조건적인 사랑이 가능해지는 순간, 더 이상 외부의 조건도 타인의 인정도 갈구하지 않게 된다.

-임서영, 『그럼에도, 나를 사랑한다』에서

내 안에 없는 사랑은 결코 바깥에서 채워지지 않습니다. 내가 나를 수용하고 사랑하는 것이 근본 원인인 결핍감과 수치심을 치유할 수 있는 유일한 길이자 가장 좋은 방법입니다. 만약 상대방이 주는 사랑에 내가 집착하게 되면, 상대방이 사랑을 주지 않을 때, 나는 사랑을 받지 못하는 처지가 되어 사랑을 구걸해야만 하는 존재가 됩니다. 이렇게 되면 나는 사랑의 주체가 아니라, 상대방에게 끌려다니거나 예속되는 존재가 될 수밖에 없습니다. 이런 사랑은 건강하지 못할 뿐 아니라, 치유 차원에서 해로움만 있을 뿐 아무런 도움이 되지 않습니다.

실연을 당하면 누구나 한동안 마음이 많이 힘듭니다. 그런데 특히나 실연후유증을 너무 심하게 앓는 사람들이 있습니다. 이들 또한 예외 없이 내적 결핍감이 심한 사람들이며, 그것을 연인의 사랑으로 채우려 했던 사람들입니다. 연인의 사랑으로 자신의 결핍감을 채우고 자신의 기대를 충족시키려 했기 때문에, 사랑이 자신의 뜻대로 되지 않거나 그것이 좌절되었을 때, 훨씬 더 큰 고통과 충격을 받는 것입니다. 그러므로 그런 상처가 반복되지 않게 하려면, 자신이 추구한 사랑의 방식이 관계중독이란 것을 자각해야 합니다. 아울러 내적 결핍감은 외부(타인)의 사랑이 아니라, 자기사랑을 통해서만 온전히 해결된다는 사실을 깊이 이해하고 자각해야 합니다.

저는 모든 집착은 애착의 실패라고 말씀드리고 싶습니다. 이것이 중독이라는 병을 이해하는 저의 관점입니다. 그것이 무슨 집착이든 그 모든 집착의 뿌리는 애착이 필요한 시기에 애착 욕구가 좌절되어 생겨난 병이라는 것입니다. 흔히 중독을 영적인 병이라고 합니다. 왜냐하면 중독자는 중독 대상을 늘 인생과 하루의 우선순위로 삼기 때문입니다. 아침에 눈만 뜨면 담배를 피워대는 사람, 게임을 부팅하는 소리를 들으면 눈 동공이 커지는 청소년, 날마다 술을 마셔야만 안심이 되는 사람들을 보면 하나같이 중독의 대상물이 삶의 우선순위에 있음을 발견하게 됩니다. 그런데 삶의 우선순위 중 가장 시작에 해당하는 것이 바로 애착이라는 것입니다. 그런 의미에서 모든 집착은 애착의 실패라고 말할 수 있습니다.

-변상규, 『자아상의 치유』에서

중독은 어린 시절 받지 못한 애착(사랑)의 대체물입니다. 중독 또한 크게 보면 전부 자신이 고통을 줄이기 위해 무의식 차원에서 선택한 생존기제이자 보호기제입니다. 그러므로 모든 중독 또한 깊고 따뜻한 자기이해의 관점에서 바라봐야 합니다. 오토 랭크는 이렇게 말했습니다. "증상은 그 자체가 창조성의 행위이며, 제거하고 싶은 저항이 아니라 딜레마를 해결하기 위한 창조적 기능으로 보아야 하며, 환자가 증상을 좋아해서 만들어 내고 있는 것이 아니라, 곤란한 상황에 대처하는 답을 발견하려는 결과로 보아야 한다."

모든 심리적 문제에는 결핍감이 숨어 있습니다. 하지만 그 결핍감은 자기 존재를 수용해 달라고 하는 내면의 신호와 같습니다. (그런 점에서 자신이 해보고 싶은 것이나 못 해본 것을 마음껏 해보는 것도 좋은 방법이 될 수 있습니다.) 내면의 그림자라고 하는 내면아이 또한 오직 수용 받지 못할 때 생기는 것입니다. 때문에 어떤 이유, 어떤 상처로 생긴 결핍감이든 그 결핍감을 온전히 수용하고 자신을 사랑하면 결핍감이 충만감이나 평온함으로 바뀝니다.

결핍감은 수치심과 하나의 짝과 같아서, 결핍감이 채워진다는 것은 수치심 또한 풀려난다는 뜻이 됩니다. 이 두 감정은 '나는 온전히 사랑받을 수 없는 부족한 존재'라는 인식과 관계된 것으로, 이러한 자아상이 내게 조금도 도움이 되지 않는 왜곡된 부정적 신념임을 자각하고서 내가 나를 사랑하는 것에는 아무런 이유와 조건이 있을 수 없음을 알아야 합니다. 내가 결핍 없는 존재가 되는 순간은 내가 '나'를 조건 없는 수용과 사랑의 시각으로 바라볼 때뿐입니다.

무조건적인 사랑이 가능해지는 순간,
더 이상 외부의 조건도 타인의 인정도 갈구하지 않게 된다.
-임서영-

크게 보자면, 모든 신경증과 정신병의 근본 원인은 '내적 분열'과 '결핍감' 딱 이 두 가지밖에 없습니다. 그러니 이것을 어떻게 하면 될까요? 내적 분열은 분아(分我)들을 다 끌어안아 통합으로 바꾸고, 결핍감은 자기수용과 사랑으로 채워나가면 됩니다. 그렇게 해서 내적 분열이 사라지고 결핍감이 채워지면 어떤 증상이든 좋아질 수밖에 없습니다. 상처를 치유하는 데는 지난한 과정이 있을 수 있겠지만, 이것이 병이 낫는 핵심 원리이므로 그 길을 따라 계속 나아가고 또 나아가야 할 것입니다. 방향이 정확하면 언제가 목표지점에 반드시 도착하게 될 테니까요!

9
외모 강박증, 다이어트 강박증, 폭식증에 대한 이해

외모 강박증이나 다이어트 강박증의 근본 원인은 대부분 어린 시절 만들어진 '사랑받지 못할까 하는 두려움' 때문입니다. 그래서 외모나 다이어트에 그토록 집착하는 것입니다. 하여 이 두려움을 풀어주는 것이 치유의 첫걸음이라 할 수 있습니다.

그 두려움은 사실 나를 보호하기 위한 보호기제입니다. '사랑받지 못하는 사태'를 방지하게 위해서 움직이는 마음이기 때문입니다. 그래서 그 두려움을 미워할 게 아니라, 두려움의 긍정적 의도를 이해해 주고, 공감해 주고, 인정/수용을 해주어야 합니다. 그러면 그 두려움은 서서히 풀리게 됩니다. 아울러 그 두려움 곁에서는 불안감과 깊은 수치심이 함께 있습니다. 그래서 이것도 함께 풀어주어야 합니다. 이런 심리적 메커니즘을 알고 또 그것을 풀어주는 효과적인 방법을 알면, 외모 강박증이나 다이어트 강박증도 얼마든지 고칠 수가 있습니다.

폭식증도 원리는 비슷합니다. 폭식증은 내면의 결핍감을 채워주려는 보호기제입니다. 그래서 이 또한 그 긍정적 의도를 이해해 주고, 공감해 주고, 인정/수용을 해주어야 합니다. 오직 그럴 때만 결핍감도 풀리게 됩니다. 성장기 때 만들어진 내면의 결핍감은 결코 밖에 있는 것으로는 안 채워집니다. 오직 스스로의 '자기사랑'으로만 채워집니다.

외모 강박이든, 다이어트 강박이든, 폭식증이든, 이 모두는 어떠한 심리적 이유/의도가 있기 때문에 생기는 것입니다. 때문에 반드시 그 심리적 이유/의도를 만나서 그 '이유/의도'를 충분히 알아주고 인정해 주어야만 해결의 실마리를 찾을 수 있습니다. 그 치유의 과정은 '모든 자아에 대한 공감-이해-인정-수용-사랑'으로 완결되어집니다. 이것이 이루어지면 '분열된 내면'과 '분열된 자아들'이 조화롭게 통합(조율)됩니다. 실은 이것이 모든 치유의 유일한 길입니다.

그래서 모든 치유의 첫걸음도, 마지막 걸음도 '자기사랑'이라고 할 수 있습니다. 자기수용과 사랑만 되면 어떤 병이든 다 나을 수밖에 없습니다. 단지 증상이 너무 심한 경우, 그 과정에 인내와 노력이 조금 더 필요할 뿐입니다.

언제가 한번은 모든 것과 화해해야 한다.
자신의 상처와 화해하지 않고서는
그 상처에 남은 흉터를 지울 수 없다.
인간의 과제는 '자신의 상처를 진주'로 바꾸는 것이다.

-안젤름 그륀-

"불안하면 안 돼!"라는 기준이 있는 경우 조금만 불안해도 문제가 됩니다. 반면 "좀 불안할 수도 있지. 좀 불안해도 괜찮아!" 이렇게 허용의 기준을 가지면 조금 불안해도 문제가 되지 않습니다. 분명 '똑같은 크기의 불안'인데도 심리적 기준에 따라 '불안'이 문제가 되기도 하고 문제가 안 되기도 합니다. 그런데 후자처럼 내면에서 '불안'을 문제 삼지 않으면 말 그대로 '문제가 없는 허용의 상태'가 때문에 불안은 저절로 편안해집니다.

이처럼 '살이 찌면 안 돼!'라는 기준이 있으면 조금만 살이 쪄도 문제가 됩니다. 그럼 그것에 대해 과민반응을 하게 되어 '불안/두려움/수치심/좌절감'이 증폭됩니다. 반면 '살이 좀 찔 수도 있지. 살이 좀 쪄도 괜찮다.' 이렇게 허용의 기준을 가지면 살이 조금 쪄도 문제가 되지 않습니다. 그럼 적어도 심리적으로 과민반응은 더 이상 하지 않게 되고, '괴로운 마음의 늪'으로 빠지지 않게 됩니다.

그렇다면 '살이 좀 찌는 것'에 조금도 심리적 여유를 갖지 못하고, 필사적으로 '살이 찌면 안 돼!'라는 생각에 왜 그토록 집착하는 것일까요? 그것은 사랑의 초점이 타인(외부)에게 있기 때문입니다. '살이 찌면 사랑받지 못한다는 신념'은 사랑을 타인에게서 구하도록 자신을 거지 신세로 만드는 신념입니다. 타인이 사랑을 주지 않으면 나는 사랑을 받을 수 없는, 즉 사랑을 늘 타인에게 구걸해야만 하는 존재(신세)가 되기 때문입니다. 그래서 이런 문제를 해결하려면 사랑의 초점을 타인이 아니라, 자기 내부로 가져와야 합니다. 내가 나를 사랑하기로 선택하면 나는 더 이상 외부의 사랑을 구걸하지 않아도 되는 상태가 됩니다. 그렇게 되면 사랑받지 못할까 하는 '불안/두려움/수치심/좌절감'을 느낄 필요가 없어집니다.

자신이 자신을 사랑하지 못하기 때문에 늘 내면에 결핍감과 공허감이 있는 것이며, 이 때문에 그러한 허전함이나 허기를 메우고자 폭식을 하게 되는 것입니다. 하지만 폭식으로는 그러한 문제가 해결되지 않기 때문에 후회하고 자책하면서도 다시 폭식을 반복하게 됩니다. 외모나 다이어트에 병적으로 집착하는 것 또한 마찬가지입니다. 그런 방식으로 심리적 허기를 대리 충족하려 하는 것입니다. 하지만 이런 방식으로는 문제가 결코 해결되지 않습니다.

'나는 살이 쪄도 나를 사랑할 것이고, 살이 빠져도 나를 사랑할 것이다! 내가 나를 사랑하는 것이 타인에게 사랑을 받는 것보다 백 배, 천 배 더 중요하다! 외부의 평가나 사랑보다 내가 나를 수용하고 사랑해서 내 내면이 충족 상태가 되는 것이 백 배 천 배 더 중요하다! 나는 더 이상 바깥에서 사랑을 구걸하는 거지신세로 살지 않겠다!'

강박에서 벗어나려면, 마음의 기본적인 신념이 이런 식으로 다시 세팅되어야 합니다. 그러면 '살이 좀 쪄도 문제'가 되지 않습니다. 문제가 되지 않기 때문에 괴로움의 늪에 빠지지도 않게 되고, 자신이 원하면 살을 다시 좀 뺄 수도 있는 자기 컨트롤이 가능한 사람이 됩니다. 이러한 자기사랑의 힘에서 나오는 것이 바로 자존감이요, 자신감이요, 자기효능감입니다. 이것이 바로 내면에 '중심'이 잡히는 것입니다. 만약 그 중심이 내 바깥에 있으면, 나는 외부의 영향이나 어떤 조건에 끊임없이 휘둘릴 수밖에 없습니다.

> 그대의 첫 번째 관계는 그대 자신과 맺어져야 한다.
> 그대는 먼저 자신을 존중하고 소중히 여기고 사랑하도록 하라.
>
> -닐 도날드 월쉬-

자신을 있는 그대로 사랑하지 못하는 것은 성장기 때 부모의 양육방식에 의해 '조건적 사랑'에 길들여지며 그러한 사랑을 제대로 받아보지 못했기 때문입니다. 그래서 나 자신조차 내가 붙잡고 있는 '조건'을 가지고 조건적으로만 나를 사랑하게 됩니다.

이 말은 내 '조건'에 부합하지 않는 나는 부정하고 억압한다는 뜻이 됩니다. 그래서 내면은 계속 분열되어 악순환이 고착화되거나 점점 더 심해지게 됩니다. 때문에 노력을 이쪽 방향으로 해서는 아무것도 해결할 수가 없습니다. 그토록 노력했는데도 반복해서 실패하고 좌절감과 자괴감에 빠지는 것은 이 때문입니다.

　고로 해결책은 내가 미해결된 채 남아 있는 모든 마음을 수용하고, 모든 자아를 수용하는 길밖에 없습니다. 그래야만 마음의 선순환이 일어나서 내면의 분열이 사라지고, 갈등하던 자아들이 조화롭게 통합될 것이기 때문입니다. 그렇게 될 때, 그제야 내가 해결하고자 했던 문제들도 해결할 수 있게 될 것입니다. 그럴 때 내면의 힘 또한 통합될 것이기 때문이지만, 그 무엇보다 내가 나를 진정 사랑하게 되면, 나머지 문제들은 전부 그 부수적인 것이 될 것입니다.

10

억압패턴 풀어주기

　성장기 때 만들어진 심리적 억압기제 때문에 '억압패턴'이라는 게 생기는데, 그것은 대개 "반드시 …해야 한다./반드시 …하면 안 된다."의 사고 형식으로 나타납니다. 이러한 억압패턴은 부모님이나 세상의 요구사항에 부합하도록 하여 '더 쓸모 있는 나(더 안전한 나)'를 만들어 내는 일종의 생존기제(보호기제)이기 때문에 분명히 일정 부분 순기능이 있습니다. 하지만 이것이 심할 때는 심리적 억압이 고착화되어 일상에 고통을 가중시킬 뿐 아니라, 심각한 증상을 만들어 낼 수 있습니다.

'내겐 결함이나 부족함이 있기에 …을 해야만 나를 사랑할 수 있다.(사랑받을 수 있다.)'는 믿음은 자신에 대한 조건부 사랑을 만들어 내는 핵심기제입니다. 이것은 '나를 있는 그대로 사랑할 수 없는 이유(조건)'를 명확히 드러냅니다. 고로 이것을 내려놓지 않는 한 나는 나를 온전히 사랑할 수도 없고, 진정으로 자유로워질 수도 없습니다.

제가 만들어서 사용하는 심리검사지엔 이러한 내용을 적게 하는 항목이 있습니다. 실제 내담자들께서 작성하신 예문을 한 번 살펴보겠습니다.(아래 예문은 여러 사람의 것을 취합한 것입니다.)

① 나는 반드시 예뻐야 한다. 그래야 자신감이 넘치고 만족스럽고 부러움을 받을 수 있다.

② 절대 돈이 없으면 안 된다. 돈이 없으면 그냥 죽는 게 낫다.

③ 나는 뛰어나야 한다. 그래야 돈을 벌고, 무시당하지 않으며, 강자로 살 수 있다.

④ 나는 특별해야 한다. 그래야 쉽게 큰돈을 벌고, 선망의 대상이 되

며, 반짝일 수 있다.

⑤ 나는 반드시 공부를 잘해야(1등 해야) 한다. 그래야만 내 가치를 인정받을 수 있다.

⑥ 나는 반드시 아프면 안 된다. 그래야 가족들에게 짐이 되지 않는다.

⑦ 나는 반드시 쓸모 있는(돈을 버는) 사람이 되어야 한다. 그래야 무시당하지 않는다.

⑧ 내 감정을 솔직히 표현해서는 안 된다. 절대 튀면 안 된다. 사람들이 싫어하고 욕한다.

⑨ 나는 착하고 순종적인 딸(아들)이어야 한다. 그래야 부모님께 사랑받을 수 있다.

⑩ 나는 책임감 있는 사람이어야 한다. 회사든 집이든 내게 주어진 일은 반드시 잘 해내야 한다.

내가 반드시 공부를 잘해야 한다면, 나는 '공부를 잘하지 못하는 나'를 받아들일 수 없습니다. 내가 반드시 예뻐야 한다면, 나는 '예쁘지 않은 나'를 받아들일 수 없습니다. 내가 절대 아프면 안 된다고 생각하면, 나는 '아픈 나'를 받아들일 수 없습니다. 내가 절대 실패하면 안 된다고 생각하면, 나는 '실패한 나'를 받아들일 수 없습니다. 마찬가지로 힘들어하면 안 된다는 억압패턴이 있으면 '힘들어하는 나'를 받아들일 수 없어 '힘들어하는 나'를 억압하게 됩니다. 성욕을 느끼거나 즐기면 안 된다는 억압패턴이 있으면 '성욕을 느끼는 나'를 억압하게 됩니다. 착해야만 한다는 억압패턴이 있으면 '착하지 않은 나'를 억압하게 됩니다.

이처럼 자신을 있는 그대로 수용하지 못하는 것, 있는 그대로 사랑하지 못하는 것은 모두 이러한 자신만의 기준과 신념, 자신만의 억압기제와 억압패턴 때문에 생기는 현상입니다. 이것은 대부분 성장기 때 부모가 자신에게 요구한 '기대 기준'이 내면화된 것입니다. 부모가 아이의 욕구보다 자신의 욕구를 지속적으로 강요하게 되면, 아이는 사랑받기 위해(혹은 버려지지 않기 위해) 그 기준에 맞춰 자신의 사고와 욕망을 설정할 수밖에 없게 됩니다. 아울러 그 기대 수준에 못 미쳤을 때, 따뜻한 수용과 사랑이 아니라 비난과 질책을 받게 된다면 다시는 그러한 비난과 질책의 고통을 겪지 않기 위해, 그 기준으로 자기 자신을 스스로 비난하고 질책하게 되고, 그것은 결국 자아에 대한 부정과 억압으로 이어지게 됩니다.

이러한 이유와 목적이 있었기에, 억압패턴은 실상 아이가 살아남기 위해 어쩔 수 없이 선택한 생존기제이자 보호기제라 할 수 있습니다. 문제는 이것이 무의식에 프로그램처럼 입력되어 성인이 된 이후에도 계속해서 저절로 작동한다는 데 있습니다. 억압패턴이 심하면 심할수록 마음의 폭, 수용의 폭은 좁아지게 되고, 자기부정은 더 심해집니다. 그 결과 그러면 그럴수록 나는 나 자신에 대한 불만과 질책과 비난을 더 많이 가지게 됩니다. 이렇게 확고한 회로가 만들어지게 되면 빠져나올 수 없는 미로처럼 악순환이 계속 반복되는 것입니다.

- 나는 사랑받아도 된다. 나는 마음껏 사랑받아도 된다. 나는 있는 그 대로 사랑받아도 된다.
- 나는 행복해도 된다. 나는 마음껏 행복해도 된다.
- 나는 즐겨도 된다. 나는 마음껏 즐겨도 된다. 나는 즐겁게 살아도 된다. 나는 마음껏 놀아도 된다. 나는 마음껏 노는 걸 내게 허락해 도 된다.
- 나는 이제 죄책감을 안 느껴도 된다. 죄책감을 다 내려놓아도 된다.
- 나는 마음을 열어도 된다. 나는 가슴을 열어도 된다. 나는 내 감정 을 충분히 느껴도 된다.
- 나는 나를 믿어도 된다. 나는 자신감을 가져도 된다. 나는 잘해도 된다. 마음껏 잘해도 된다.
- 나는 이제 안심해도 된다. 나는 아무 긴장 안 해도 된다. 나는 느긋 하고 편안해도 된다. 나는 언제나 심리적 안정을 느껴도 된다.
- 나는 자유로워도 된다. 나는 마음껏 자유로워도 된다. 나는 내가 하 고 싶은 대로 해도 된다.
- 나는 칭찬받아도 된다. 나는 마음껏 칭찬받아도 된다. 나는 칭찬해 도 된다. 마음껏 칭찬해도 된다.
- 나는 표현해도 된다. 나는 감정표현을 마음껏 해도 된다. 나는 하고 싶은 말을 마음껏 해도 된다.
- 나는 도움을 받아도 된다. 나는 부탁해도 된다. 좀 기대도 된다. 좀

의지해도 된다. (좀 폐 끼쳐도 된다. 너무 안 가려도 된다.)

- 나는 회피 안 해도 된다. 나는 현실감을 느껴도 된다. 나는 모든 것 (관계)을 직면해도 된다.

- 나는 좋은 관계를 맺어도 된다. 나는 친밀감을 마음껏 느껴도 된다.

- 부모님을 미워해도 된다. 마음껏 미워해도 된다. 복종 안 해도 된다. 나는 엄마·아빠를 마음껏 사랑해도 된다. 엄마 아빠에게 마음껏 사랑받아도 된다. 엄마·아빠를 용서(수용)해도 된다.

- 더 이상 자책 안 해도 된다. 더 이상 죄책감을 안 가져도 된다.

- 나는 용서 받아도 된다. 나는 나를 용서해도 된다.

- 아프면 아프다고 해도 된다. 힘들면 힘들다고 해도 된다. 힘들어해도 된다. 쉬어도 된다.

- 괜찮은 척 안 해도 된다. 아무렇지도 않은 척 안 해도 된다. 좋은 척 안 해도 된다. 강한 척 안 해도 된다. 잘하는 척 안 해도 된다.

- 요구해도 된다. 마음껏 요구해도 된다.

- 살 안 빼도 된다. 살 좀 쪄도 된다.

- 나는 똑똑해져도 된다. 나는 마음껏 똑똑해져도 된다. 나는 항상 머리가 맑아도 된다.

- 나는 깊이 몰입해도 된다. 나는 마음껏 공부해도 된다 나는 책을 잘 읽어도 된다 나는 뭐든 잘해도 된다

- 나는 예뻐져도 된다 나는 매력적인 사람(남자·여자)이 되어도 된다.

- 나는 많이 가져도 된다, 나는 충분히 가져도 된다. 나는 많이 벌어도 된다. 나는 부자가 되어도 된다.

- 나는 돈을 잘 벌어도 된다. 나는 돈을 잘 모아도 된다. 나는 돈 잘 써도 된다.
- 나는 뛰어나지 않아도 된다. 나는 우월하지 않아도 된다. 나는 더 낫지 않아도 된다.
- 나는 건강해도 된다. 나는 깨끗하고 건강한 피부를 가져도 된다.
- 나는 완전히 치유돼도 된다. 나는 멋진 인생을 살아도 된다.나는 마음껏 내 꿈을 펼치며 성공해도 된다.
- 나는 있는 그대로 존중받아도 된다. 나는 있는 그대로 인정받아도 된다.
- 나는 내 몸을 아끼고 사랑해도 된다. 나는 내 과거를 부정하지 않아도 된다.
- 나는 신경 안 써도 된다. 이제 느긋해도 된다. 불안 안 해도 된다. 이제 안심해도 된다.
- 내가 책임 안 져도 된다. 내가 부담 안 가져도 된다.
- 이제 안 맞춰줘도 된다. 남 신경 안 써도 된다. 눈치 안 봐도 된다.
- 이제 좀 안 착해도 된다. 이제 복종 안 해도 된다. 내 마음(행복)을 최우선으로 여겨도 된다.
- 실망시켜도 된다. 좀 실망시켜도 된다.
- 싫은 소리 해도 된다. 좀 화내도 된다. 좀 따져도 된다. 좀 싸워도 된다.
- 끊어도 된다. 거절해도 된다.
- 내 욕구대로 해도 된다. 내 마음대로 해도 된다.
- 좀 무시해도 된다. 좀 무시받아도 된다.

- 욕해도 된다. 욕먹어도 된다.

- 실수해도 된다. 좀 실수해도 된다. 실패해도 된다. 실패를 허용하고 받아들여도 된다. 마음껏 도전해도 된다.

- 좀 못해도 된다. 좀 부족해도 된다. 부족함을 허용해도 된다.

- 좀 상처받아도 된다. 좀 상처 줘도 된다. 상처(고통)를 허용하고 받아들여도 된다.

- 나는 이제 안 아파도 된다. 나는 이제 항상 건강해도 된다.

- 너무 심각 안 해도 된다. 너무 예민 안 해도 된다.

- 내 주장을 마음껏 해도 된다. 나는 내 주장을 당당히 해도 된다. 할 말 다 해도 된다.

- 좀 아파도 된다. 너무 걱정 안 해도 된다. 치유(건강)에 집착 안 해도 된다.

- 약속 좀 안 지켜도 된다. 좀 허용해도 된다. 좀 반항해도 된다.

- 대접받아도 된다. 존중받아도 된다. 마음껏 누려도 된다.

- (그를) 용서해도 된다. 이해하고 용서해도 된다.

- 완벽하지 않아도 된다. 확실하지 않아도 된다. 좀 안 정확해도 된다.

- 너무 진지하지 않아도 된다. 좀 가벼워도 된다.

- 부담감이나 자책감을 안 가져도 된다.

- 슬퍼해도 된다. 울어도 된다. 이해받아도 된다. 위로받아도 된다.

- 안 참아도 된다. 따져도 된다. 폭발해도 된다.

- 나는 좀 신세져도 된다. 좀 미안해도 된다. 좀 피해를 줘도 된다. 좀 폐를 끼쳐도 된다.

- 나는 좀 틀려도 된다. 확실하지 않아도 된다. 정확하지 않아도 된다.
- 좀 찜찜해도 된다. 좀 더러워도 된다. 문제가 좀 있어도 된다.
- 너무 노력 안 해도 된다. 나를 몰아붙이지 않아도 된다.
- 평범해도 된다. 특별하지 않아도 된다. 뛰어나지 않아도 된다.
- 싫은 티를 내도 된다. 일부러 안 맞춰줘도 된다.
- 좀 이상해도 된다. 좀 부족해도 된다. 좀 아쉬워도 된다.
- 좀 도덕적이지 않아도 된다. 좀 부도덕해도 된다.
- 너무 경계하지 않아도 된다. 너무 의심하지 않아도 된다. 너무 확인 안 해도 된다. 아무 확인도 안 해도 된다.
- 아무 통제도 안 해도 된다. 신경 안 써도 된다. 아무 집착도 안 해도 된다.
- 나는 의존 안 해도 된다. 나는 의존감에서 벗어나도 된다. 내가 스스로 해도 된다. 내가 알아서 해도 된다. 내가 책임져도 된다.
- 나는 예뻐져도 된다. 나는 멋있는 사람이 돼도 된다.
- 나는 매력적인 사람(남자여자)이 되어도 된다.
- 나는 마음껏 사랑해도 된다. 나는 마음껏 연애해도 된다.
- 성욕을 느끼고 허용해도 된다. 나는 섹스해도 된다. 마음껏 섹스를 즐겨도 된다. 나는 성적 즐거움을 마음껏 누려도 된다.
- 나는 마음껏 성공해도 된다.
- 나는 깊이 몰입해도 된다. 나는 공부 잘해도 된다.
- 나는 일을 잘해도 된다. 일을 즐겁게 해도 된다.
- 나는 웃어도 된다. 나는 마음껏 웃어도 된다. 나는 늘 즐겁게 살아

도 된다.

- 나는 좀 쉬어도 된다. 나는 좀 여유롭게 살아도 된다.
- 집착 안 해도 된다. 저항 안 해도 된다. 내려놓아도 된다. 이제 다 내려놓아도 된다. 내맡겨도 된다. 이제 다 내맡겨도 된다.
- 잊어도 된다. 이제 다 잊어도 된다. 버려도 된다. 이제 다 버려도 된다.
- 다 몰라도 된다. 좀 몰라도 된다. 안 깨달아도 된다. 있는 그대로의 나를 수용해도 된다.

'반드시 ~해야 한다' 혹은 '반드시 ~하면 안 된다'라는 내면에 고착화되어 있는 심리적 억압패턴과 반대로 해서 '~해도 된다'로 하면 그러한 억압패턴을 풀어주는 문장이 됩니다. 어떤 내담자는 이 예문을 읽는 것만으로 마음이 다소 편안해졌다고 하셨는데요, 고착화되어 있는 심리적 억압패턴을 풀어주면 줄수록 내 마음의 공간과 수용의 폭은 더 넓어지고 또 더 편안해집니다. 왜냐하면 그것은 내 마음을 억누르거나 옥죄고 있는 족쇄가 풀리는 것과 같기 때문입니다. 이는 말 그대로 심리적 억압기제를 무장 해제 시키는 일이라 할 수 있습니다.

이 예문 중에서 자신에게 가장 필요한 핵심 사안 10~15개는 무엇인가요? 예문을 충분히 읽어본 후 위의 예시문에서 골라보세요. 그 문장들에 밑줄을 긋고 반복해서 읽어보시기 바랍니다. (위에 적절한 예문에 없으면, 마음에 드는 문장으로 자신이 직접 만들어서 작성하셔도 됩니다.) 예문을 참고해서 자신에게 가장 필요한 것을 찾거나 응용해서 자신의 억압패턴을 충분히 자각하고 반복해서 풀어주시기 바랍니다. 자신에게 필요한 문장을 음미하면서 반복해서 외우시면 됩니다. '~해도 된다'는 말이 가슴으로 충분히 동의가 될 때까지! 그것이 일단 충분히 자각만 되어도 가치 있는 일일 것이며, 치유의 좋은 전환점이 되어줄 것입니다.

11
치유명상이 생각중독을 치료하는 데 좋은 이유

제가 보기에 대부분의 사람들이 명상이 무엇인지도 잘 모르고 명상을 하는 경우가 많은 것 같습니다. 저도 마음공부를 오래 했지만, 부끄럽게도 '명상의 본질'이 무엇인지도 제대로 모르고 명상을 했었습니다. (그런 점에서 허송세월한 시간과 노력이 참 아쉽습니다.)

명상법은 수도 없이 많은 종류가 있지만, 명상의 본질은 모두 동일합니다. 명상이란 '생각'을 내려놓고 휴식하는 것입니다. 명상이란, 즉 생각의 휴지(休止) 상태입니다. 생각에서 벗어날 때, 나는 '나'로부터도 벗어나게 됩니다. (화두 명상이나 만트라 명상도 어떤 문장에 집중함으로써 자신의 생각을 멈추게 하는 방식이라 할 수 있습니다.)

생각이 휴지하게 되면, 머리는 맑아지고 가슴은 편안해집니다. 이것은 명상의 기본적 효용이자 본질적 가치입니다. 우리의 생각은 쉬지 않고 끊임없이 움직이기에, 쉬지 못한 머리(생각)는 늘 과부화 상태에 있는 것과 같습니다. 밤이 되면 전등을 끄고 우리가 잠을 자는 것처럼, 명상은 생각 스위치를 끄고 머리를 쉬게 해주는 역할을 합니다.

거듭 말하지만, 어떤 명상법이든 명상의 본질은 '생각을 내려놓고 생각을 쉬게 하는 것'입니다. 하여 명상의 일차 목표는 심신의 이완과 휴식과 평안을 찾아주는 데 있다고 할 수 있습니다. 그런데 이러한 생각의 휴식 상태가 깊어지면 어떤 일이 벌어질까요?

생각은 구름과 같아서 생각구름이 다 걷히고 나면, 고요하고 청정한 내면의 하늘이 드러납니다. 그 고요하고 청정한 내면의 하늘을 만나는 것이, 우리들이 흔히 '깨달음(영적 각성)이라고 부르는 것입니다. 그런 점에서 명상이란 에고(생각) 뒤에 있는 '내면의 하늘'을 만나는 일이라고 할 수 있습니다. 명상이 깊어지면 영적 각성이 일어나는 것은 바로 이 때문입니다. 생각을 내려놓는 것이 바로 '에고'를 내려놓는 일이니까요!

이처럼 명상이라는 것 자체가 '생각을 내려놓는 행위'이기에, 모든 명상법은 그 자체로 치유 행위나 다름이 없습니다. 이러한 까닭으로 명상은 생각중독을 치료하는 아주 좋은 치유법이 됩니다. 우울증을 비롯한 모든 마음의 질환은 생각중독에서 비롯된 것이기에, 명상을 하게 되면 자신이 얽혀 있거나 붙잡고 있는 생각에서 벗어나기가 훨씬 쉬워집니다. 심리치유에 치유명상이 필수적인 것은 이 때문입니다. (그래서 현대 최신 심리학들은 대부분 명상을 아주 강조합니다.)

치유 차원에서 보자면, 부정적인 생각에 붙잡혀 있는 것은 생각이라는 먹구름이 무한한 하늘을 가로막고 있는 것과 같습니다. 고로 청정하고 탁 트인 하늘을 보려면 부정적인 생각이라는 먹구름을 다 걷어내야 할 것입니다. 생각은 애초에 구름처럼 잠시 일어났다 사라지는 허상이요, 나의 선택적 해석에 불과한 것입니다. 때문에 허상이 실상을 집어삼켜 삶이 어두워지는 일어 없도록 생각구름을 다 걷어내고 내면의 맑은 하늘을 복원하는 것이 치유의 궁극이라 할 수 있습니다.

불쑥 올라온 기억 하나가, 불쑥 떠오른 생각 하나가 당신을 힘들게 하고 있지는 않나요? 슬프고 외롭고 고통스러운 감정을 일으키고 있지는 않나요? 그 감정은 당신이 아닙니다. 그 생각은 당신이 아닙니다. 돌이켜보세요. 바라보세요. 기억과 생각과 감정이 일어나기 전(before). 기억과 생각과 감정이 일어나기 전을 바라보면 그 흐름이 서서히 힘을 잃어 갑니다. 이 모든 것이 일어나기 전을 바라보는 순간, 당신의 본래 의식이 드러납니다. 사실 그 기억이란 것조차 당신에 의해 선택된 조각일 뿐 당신이 아닙니다.

그러니 바라보세요. 당신의 생각은 당신이 아닙니다. 당신의 감정은 당신이 아닙니다. 당신의 기억조차 당신이 아닙니다. 당신의 생각, 감정, 기억이 그저 매 순간 흘러간다는 것을 알아차릴 때, 당신의 생각과 감정이 소멸됩니다. 지금 이 순간도 생각은 흐르고 있습니다. 흘러갈 것에 마음 쓰지 않습니다. 없어질 것에 마음 쓰지 않습니다.

-채환, 『내 삶을 바꾸는 치유 명상 수업』 중에서

생각이 없으면, 생각이 끊어지면 '좋다/싫다'라는 분별 자체가 사라지게 됩니다. 모든 평가는 생각에서 나오는 것이니까요. 생각이 끊어지면 조건도 평가도 끊어지고, 그에 따른 호오(好惡)도 다 사라지겠지요. 그런 상태라야 조건 없는 수용과 관조가 일어나게 됩니다.

조건과 생각이 없으면, 아무 조건과 생각 없이 나를 바라보게 됩니다. 즉, 있는 그대로 나를 온전히 수용하고 사랑할 수 있게 되는 눈이 열리게 되는 것입니다. 생각을 내려놓는 게 치유의 필수적인 것일 뿐 아니라, 깨달음의 입구가 되는 것은 이 때문입니다.

모든 조건은 생각이 만들어 내는 것이며, 그것을 붙들고 있는 것도 생각이므로, 생각을 다 내려놓으면 일체의 조건이 다 사라지는 것과 같습니다. 만약 나에 대한 나의 생각과 평가를 다 내려놓으면 어떻게 될까요? 그렇게 조건이 없는 상태가 되면, 내가 나를 어떻게 바라보게 될까요? 그것은 오직 그러한 상태를 경험해 본 사람만이 알 수 있을 것입니다.

> 잠시 눈을 감고 자신의 마음이 얼마나 분주한지 바라보라. 그 모
> 든 소음 아래 깊은 고요의 장(場)이 있다는 사실을 깨닫는다. 이
> 고요는 언제나 당신과 함께하며, 당신은 그 안에 안겨 쉬는 법을
> 발견할 수 있다.
>
> -메리 오말리,『내 안의 가짜들과 이별하기』중에서

수없이 많은 명상법이 있지만, 가장 기본이 되는 명상법인 '호
흡명상 기본 버전'과 '신체 감각 느끼기 명상(바디스캔 명상)'을 간
단히 소개할까 합니다.

호흡명상 기본 버전

눈을 감고 크게 쉼 호흡을 두세 번 한 뒤에, 코끝에 고요히 의
식을 집중합니다. 그런 다음 오로지 숨이 들어오고 나가는 그 '느
낌'에만 집중해서 느낌을 있는 그대로 느껴주면 됩니다. 그저 숨
이 들어올 때의 느낌, 숨이 나갈 때의 느낌에 집중해서 생생하게
느껴주기만 하면 됩니다. 아울러 '들숨이 날숨으로 바뀌는 순간'
과 '날숨이 들숨으로 바뀌는 순간'을 잘 관찰하면서 느껴주면 더
좋습니다.

처음엔 10초나 20초를 해보고, 그다음은 1분이나 2분을 해고,

그다음은 5분과 10분에 도전해 보세요. 숨과 숨이 들어오고 나갈 때의 느낌을 느껴주면 몸과 마음이 편안하게 이완되는 것을 느낄 수 있을 것입니다. 코끝이 잘되면 의식을 '가슴'이나 '단전'에 두고 해도 됩니다.

기본적으로 하루에 아침/저녁으로 5분씩 하면 좋지만, 하루 중에 언제라도 해도 됩니다. 1분씩 10번을 해도 좋고, 20초씩 50번을 해도 좋습니다. 아주 짧은 시간이라도 호흡명상은 '지금 이 순간'으로 현존하게 하는 힘이 있습니다. 물론 빠른 치유를 바라거나, 영적 각성을 원하시는 분은 훨씬 더 많이 해야겠지요! 숙달되는 만큼 분명히 얻어지는 바가 있을 것입니다.

> 자신이 몸으로 돌아오겠다는 의도를 내는 것은
> 곧 당신이 자기 경험의 모든 측면에서
> 신체적으로 현존하겠노라고 결정하는 것이다.
>
> -마이클 브라운-

바디스캔 명상법

바디스캔 명상은 '신체감각 느끼기 명상'이라고 할 수 있습니다. 신체 각 부위를 아주 세부적으로 나누어서 그 각 부분을 온전히 느껴주는 것입니다. 예를 들어, 눈꺼풀을 느껴보고, 눈 아래쪽 근육을 느껴보고, 왼쪽 관자놀이를 느껴보고, 오른쪽 관자놀이를 느껴보고, 귀 안쪽을 느껴보고, 귀 뒤쪽을 느껴보고⋯⋯, 이런 식으로 신체의 모든 부위를 아주 섬세하게 다 느껴보는 것입니다.

신체감각을 섬세하게 느껴주면 심신이 편안하게 이완될 뿐 아니라, 생각이 휴식하게 됩니다. 아울러 신체감각에 대한 감수성 자체가 발전하고, 몸의 감각을 통해 내면과 깊이 소통하는 능력과 지금 이 순간에 현존하는 힘이 향상됩니다. (유튜브에는 바디스캔에 대한 수많은 영상이 있습니다. 가이드 영상을 보면서 따라 해보시기 바랍니다.)

12
신경전달 물질과 마음작용의 상관성에 대하여

- 세로토닌-의지력, 활동 의욕, 기분을 향상시킨다.
- 노르에피네프린-사고와 집중력, 스트레스 대처 능력을 증강한다.
- 도파민-쾌감을 증가시키고 나쁜 습관을 고치는 데 꼭 필요하다.
- 옥시토신-신뢰감, 사랑, 연대감을 증진하고 불안을 떨어뜨린다.
- 가바 -긴장을 풀어주고 불안을 감소시킨다.
- 멜라토닌-수면의 질을 높인다.
- 엔도르핀-고통을 완화하고 고양된 감정을 안겨준다.
- 엔도카나비노이드- 식욕을 증진하고 평온함과 안녕감을 증가시

킨다.

-앨릭스 코브, 『우울할 땐 뇌 과학』에서

우울증에서 공황장애, 강박증에 이르기까지 모든 마음의 병은 뇌에서 분비되는 이러한 신경전달 물질과 매우 깊은 연관이 있습니다. 자율신경계의 밸런스가 무너지면 이러한 신경전달 물질이 비정상적으로 작동하게 됩니다. 그리고 그것은 심리적 고통을 유발하는 어떤 증상으로 반드시 나타나게 됩니다. 이것이 뇌과학이 만천하에 밝혀낸 사실이지요.

하지만 문제는 다들 앵무새처럼 여기까지만 이야기한다는 점입니다. 왜 자율신경계의 밸런스가 무너졌으며, 왜 신경전달 물질이 비정상적으로 작동하게 되는지에 대한 근원적인 원인을 이야기하지 않습니다. 그것은 간단히 말해 '마음의 작용' 때문이며, 좀더 구체적으로 말하면 억압된 감정과 결핍된 욕구 때문입니다. 아울러 그 억압된 감정과 결핍된 욕구 때문에 생각이 지속적으로 영향을 받기 때문입니다.

억압된 감정이 가슴에 가득 쌓여 있으면 생명 에너지의 흐름에 장애가 되기 때문에 자동적으로 머리도 함께 막히게 됩니다. 더하여, 가슴에 쌓여 있는 감정체의 강력한 에너지 때문에 생각도 그 영향을 계속 받게 됩니다. 가슴에 불안이 많이 쌓여 있다면, 그 영향으로 불안한 생각을 많이 하게 되고, 분노가 쌓여 있다면 분노할 수밖에 없는 생각을 많이 하게 됩니다. 마찬가지로 결핍된 욕구가 있으면 그 욕구를 채우려는 보상 욕구 때문에 강박적으로 관련 생각을 많이 하게 됩니다.

이런 관점에서 보면 결국 뇌의 신경전달 물질은 마음이 일으키는 것이며, 자율신경계의 밸런스를 무너뜨리는 것도 어떠한 마음 때문입니다. 억압된 감정이 가슴에 많이 쌓이게 되면 생각 또한 그 감정에 절대적으로 영향을 받게 됩니다. 그리고 그러한 생각이 누적/반복되면 무의식의 신념이 되어, 자동 반복 재생되는 프로그램처럼 되어 버립니다. 그 결과 뇌는 그에 따라 반응/작동할 수밖에 없습니다. 이처럼 생각과 감정은 결코 분리해서 이야기할 수 없으며, 마찬가지로 뇌와 감정 또한 결코 분리해서 이야기할 수 없는 것입니다.

바다보다 더 광활한 것은 하늘이다.
하늘보다 더 광활한 것은 사람의 마음이다.
-빅토르 위고-

가짜 약인데도 효과가 있을 것이라 믿어 실제로 효능이 일어나는 플라세보 효과나, 환자가 약의 효능을 믿지 못하여 진짜 약을 먹어도 약효가 나타나지 않는 노세보 현상은 마음이 몸에 미치는 영향을 잘 보여줍니다. 이것은 '마음'이 뇌의 상태나 신경전달 물질을 이렇게도 할 수 있고, 저렇게도 할 수 있음을 의미합니다.

"심리치료가 뇌를 놀라울 정도로 변화시킬 수 있다는 것에 대해서는 더 이상 의심할 여지가 없다." 이것은 노벨의학상 수상자 에릭 캔들의 말로, 대화 치료가 뇌에 신경 성형적 변화를 일으킨다는 사실을 입증하는 증거가 점차 늘어나고 있는 추세를 반영한다.(신경 성형적 변화란 뇌 지도가 바뀌는 것을 가리키는 말이다.) 좋은 심리 치료사나 좋은 친구 앞에서 우리 자신의 문제에 대해 허심탄회하게 대화를 나누는 것은 실제로 우리의 뇌를 바꾼다.

-데이비드 해밀턴,『마음이 몸을 치료한다』중에서

심리치료를 통해 뇌를 변화시킨다는 것은 마음의 변화가 신경전달 물질과 자율신경계에 변화를 준다는 뜻이 됩니다. 같은 맥락에서 명상이 심리치유에 좋은 영향을 준다는 것도 똑같은 진실을 보여주는 경우라 하겠습니다. 명상이나 최면만으로 심리치유가 되는 경우도 수없이 많습니다. 이것은 무엇을 의미할까요? 마음이 신경전달 물질을 바꿀 수 있다는 것은 마음이 어떤 신경전달 물질을 분비하게 하느냐의 근본 원인임을 의미합니다. 그게 아니라면 약을 전혀 쓰지 않고도 마음의 병을 고치는 심리상담이나 심리치유는 세상에 존재할 가치가 없을 것입니다.

알렉산더 로이드의『힐링코드』에선 심장의 기능에 대해 이렇게 이야기하고 있습니다. "머리와 심장이 싸우면 심장이 이긴다. 문제는 심장의 세포기억이다. 이 기억이 인체의 스트레스 반응을 유도해 모든 문제를 일으킨다. (…) 인생에서 일어나는 대부분의 문제에는 무의식의 의도가 작용한다. 모든 사람은 의식적인 의도만을 얘기한다. 의식적인 의도도 진실이고 중요하지만, 모든 것을 말해주지는 않는다. 무의식적인 의도와 의식적인 의도가 싸우면 무의식이 이긴다."

뇌가 의식과 연결되어 있다면, 심장은 무의식과 연결되어 있습니다. 심지어 우리의 무의식은 뇌가 아니라 심장에 90퍼센트 정도나 더 많이 저장되어 있다는 이야기가 있을 정도입니다. 심장 이식 수술에 얽힌 인상적인 일화들은 이런 사실을 간접적으로 잘 보여주고 있습니다. 춤을 전혀 좋아하지 않던 수녀가 댄서의 심장을 이식받고 나서 춤추는 것을 너무 좋아하게 되었다든지, 술을 안 먹던 사람이 술을 좋아했던 사람의 심장을 이식받고 나서 술을 좋아하게 되었다는 일화들은 우리가 몰랐던 '심장'의 기능에 대한 의미심장한 고찰을 끌어당깁니다.

의식과 무의식이 서로 연결되어 있듯이, 감정과 생각이 서로 연결되어 있듯이 뇌와 심장은 '마음'의 차원에서 긴밀하게 서로 연결되어 있습니다. 그래서 심리치유를 위해선 뇌 못지않게 심장에 대한 이야기를 더 많이 해야 합니다. 이러한 원리는 생각하지 않고 다들 지각없는 앵무새처럼 똑같이 뇌과학만 이야기하는 것은 심장과 무의식의 관계는 물론이요, 유기체와 같은 우리 몸과 마음의 상관성을 전혀 고려하지 않고 하는 무지하고 지각없는 이야기에 지나지 않습니다.

흔히 '행복 호르몬'이라 불리는 신경전달 물질인 세로토닌은 90 퍼센트가 장에서 만들어진다. 이러한 사실에서 프로작과 같은 항 우울제인 선택적 세로토닌 재흡수 억제제가 '목 아래쪽' 장신경계 에서 생산된 세로토닌에 영향을 미친다는 이론이 탄생했다. 이는 신경전달 물질이 뇌에서 만들어진다는 오래된 믿음을 뒤집어 놓 은 심오한 통찰이었다. 과거에는 정신적으로 병든 사람의 경구 그 근본 원인을 '목 위쪽'에서 찾아 치료해야 한다고 생각했다. 하지 만 오늘날 두뇌는 상호연결된 좀 더 방대한 조직망의 작은 일부분 에 불과하다는 사실이 널리 알려져 있다.

-니콜 르페라, 이미정 역,『내 안의 어린아이가 울고 있다』에서

병명에서 바로 드러나듯이, '신경성 위염'이 스트레스 때문에 생긴다는 것은 누구나 다 아는 사실입니다. 이것을 안다면 '장 마 사지'가 건강은 물론이요, 심리치료에도 좋다는 것을 알 수 있을 것입니다. 심지어 '장 마사지'만으로 우울증이 나은 사례도 있습 니다. 같은 맥락에서 전신 마사지도 정신건강과 심리치료에 좋은 영향을 줍니다. 이것은 무엇을 의미할까요? 우리의 몸과 마음은 결코 분리해서 생각할 수 없는 '하나의 유기체'임을 뜻합니다.

이처럼 증상의 근본 원인을 '마음과 몸의 유기성'에서 찾지 않 고 뇌에서만 찾는 것은 나무의 뿌리를 보지 않고 줄기만 보는 것 과 다를 바 없습니다. 간단히 말해, 자율신경계의 밸런스가 무너 지고 신경전달 물질이 비정상적으로 작동하는 것은 억압된 감정

과 그로 인한 고착된 생각의 결과입니다. 그러므로 뇌의 이상 현상이나 호르몬의 비정상적 분비를 증상의 원인이라고 하는 것은 '결과'를 보고 '원인'이라고 하는 본말전도의 이야기를 하는 것이나 다름없습니다.

그런데도 그런 본말전도의 왜곡된 이야기를 수없이 많은 정신과의사들이 지금도 이구동성으로 하고 있습니다. 그 결과 그것이 근본 원인인 양 이야기하며 약물이나 호르몬 분비를 조절해서 마음의 병을 고치려 합니다. 물론 그러한 방법이 전혀 가치 없는 것은 아니지만, 그것이 근본 원인이 아니므로 그런 방법이 부분적으로는 도움이 될지언정 온전한 치유의 길이 될 수는 없습니다.

감정과 생각에 의한 우리의 심리 상태에 따라 뇌는 반응을 하고, 그에 따라 호르몬이 분비됩니다. 우리가 평온함을 느낄 때는 진정제와 같은 호르몬이 분비되고, 신나는 기분일 때는 면역 호르몬이 분비됩니다. 의사이자 영성가인 디팩 초프라는 이렇게 말했습니다. "빈틈없이 정교한 약국이 당신 몸 안에 있다. 당신이 처방하면 당신 몸은 정확한 분량의 약을 정확한 때에 정확한 기관을 위하여 부작용 없도록 조제해서 한 봉투에 빠뜨리지 않고 담아 준다."

해가 높이 떠도 눈을 감고 있으면 어두운 밤과 같다.
청명한 날에도 젖은 옷을 입고 있으면 기분은 비 오는 날같이
침침하다.

사람은 그 마음의 눈을 뜨지 않고,

그 마음의 옷을 갈아입지 않으면 언제나 불행하다.

-모리스 메테를링크-

뇌에 문제가 생긴 것은 그보다 먼저 감정억압과 욕구불만(스트레스)으로 인해 마음(무의식)에 문제가 생겼기 때문입니다. 그러므로 뇌를 망가뜨리는 것도 우리 마음의 문제에 있으며, 뇌를 다시 살려내는 것도 우리 마음의 힘에 있음을 깊이 인지해야 합니다. 어떤 심리 증상이 너무 오래 장기화되면 그 영향으로 뇌의 기능이 심각하게 망가질 수 있습니다. 하지만 이 또한 원인이 아니라 결과이므로, 마음을 다시 살려내면 이 또한 서서히 좋아질 수 있습니다. 다만 너무 어려운 상황까지 가기 전에 서둘러 조치를 해야 할 것입니다.

13

뇌에 가장 좋은 세 가지와 생산적 고통에 대하여

제가 꼽는 뇌에 가장 좋은 세 가지는 '명상, 독서, 운동'입니다. 그런데 신기하게도 상담을 해보면 마음의 병을 가지고 있는 사람들은 공통적으로 이 세 가지를 잘 하지 않습니다. 그래서 마음의 병이 빨리 좋아지려면 이 세 가지를 정말 열심히 해야 하는데, 또 다들 잘 안 하려고 합니다.

'명상, 독서, 운동'은 뇌만 살리는 게 아니라, 내 마음을 살리고 내 인생을 살립니다. 이것은 모든 사람에게 다 마찬가지지만, 특히나 마음의 병이 있는 분들껜 더더욱 그러합니다. 이 세 가지가 어떻게, 얼마나 좋은지에 대해서는 수도 없이 많은 책과 영상에서 이야기하고 있으니, 이 자리에선 간략히 몇 가지만 말씀드리겠습니다.

모든 증상 속엔 지나친 '긴장'이 들어있습니다. 명상은 의식뿐 아니라, 무의식 차원에서 숨어 있는 그 지나친 '긴장'을 이완시켜 주는 심신훈련입니다. 그 느긋한 심신의 이완 속에서 놓아야 할 것을 놓게 하고, 잊어야 것을 잊게 하고, 자각해야 할 것을 자각하게 합니다. 또 명상은 호흡 기능을 좋아지게 하기 때문에 가슴을 열어주고, 뇌에 더 많은 산소를 공급하게 해줍니다. 무엇보다 명상은 심리적 휴지(休止)와 안정을 찾아다 줍니다. 수많은 '명상테라피'가 존재하는 것은 이 때문일 것입니다.

어떤 운동이든 운동을 하면 뇌가 운동하는 것과 같습니다. 그래서 모든 운동은 뇌를 운동시키는 뇌운동입니다. 이것은 몸에 활력을 줄 뿐 아니라 자율신경계를 좋아지게 만듭니다. 심리치유에 운동이 필수적인 것은 이 때문입니다. 특히 저는 수많은 운동 중에 치유를 위해선 커플댄스를 가장 권하고 싶습니다. 두 사람이 함께 호흡을 맞춰야 하는 커플댄스는 뇌와 다양한 신체 감각을 발달시켜 줄 뿐 아니라, 사교성(교감능력)과 사회성을 높여주기 때문입니다. 같은 맥락에서 '댄스테라피'도 함께 추천하고 싶습니다.

독서도 일종의 효과적인 뇌운동과 같습니다. 독서는 굳어있던 뇌세포를 활성화시켜 줄 뿐 아니라, 마음(시각)의 폭을 넓혀주고 사고의 질을 향상시켜 줍니다. 아울러 내가 꼭 체득해야 할 지식을 얻음으로써 전방위적으로 자신의 지적 능력을 향상시킬 수 있습니다. 독서의 치유 효과 때문에 '독서테라피'라는 영역이 따로 있을 정도입니다.

춤을 추는 사람은 자신을 사랑한다. 자기 몸을 인정하는 것은 내면을 인정하는 것이고, 그것은 곧 자기 자신이 되는 것이다. 달리말하면 '자신감'을 얻는 것이다. 자신감은 내가 잘났음을 느끼는 감정이 아니다. 자신감은 말 그대로 있는 그대로의 나를 알고 인정하는 것이다. 내가 움직이는 대로, 내가 힘을 주는 대로 혹은 힘을 빼는 대로, 내가 움직이고 싶은 대로 그렇게 나를 느껴보는 것. 그것이 나를 찾는 가장 빠르고 좋은 지름길이다.

-한덕현,『불안한 것이 당연합니다』에서

명상, 운동, 독서 외에 제가 꼭 한 가지 더 말씀드리고 싶은 것이 있는데, 그것은 '저녁불식'에 대한 것입니다. 저녁불식이란 하루에 아침과 점심만 먹고 저녁은 먹지 않고 공복 상태를 유지하는 것을 말합니다. 저녁불식으로 여러 가지 병을 고친 사례가 숱하게 있을 만큼 이것은 우리의 몸을 살리는 데 매우 효과적이고 좋은 습관이라고 할 수 있습니다.

심지어 저녁식사를 하지 않는 것은 몸에도 좋을 뿐 아니라, 정신건강에도 매우 도움이 됩니다. 저녁불식 습관을 가지게 되면 몸이 가벼워지고 머리가 맑아집니다. 장 속에 독소가 빠져나감으로써 속이 편안해짐에 따라 마음도 밝아집니다. 그래서 숙면을 취하는 데도 좋기 때문에 불면증을 고치거나 일찍 자고 일찍 일어나는 데도 아주 좋습니다. 필요한 분들껜 다이어트에도 엄청 좋습니다.

저녁불식을 늘 하는 게 어렵다면, 일정 기간 단식을 하는 것처럼 치유나 어떤 목적을 위해 '일정기간'만 그렇게 할 수도 있습니다. 또 불식이 정 어렵다면 저녁을 적게 먹는 것을 좋은 습관으로 가질 수도 있습니다. 적게 먹기만 해도 좋은 영향을 받을 수 있기 때문입니다. 혹은 저녁을 일찍 먹거나, 소화가 잘되는 음식을 먹는 것도 도움이 됩니다. ('칠후불식'이라는 말이 있습니다. 저녁 7시 이후에는 물 이외에는 먹지 말라는 말입니다.)

신경성 위염이 반증적으로 잘 보여주듯, 우리의 뇌와 장은 아주 밀접하게 연동하는 특성이 있습니다. 아울러 뇌와 장의 작용은 마음과도 아주 밀접한 관련이 있습니다. 저녁을 적게 먹거나 공복을 유지하게 되면 속이 비워지듯 머리도 비워져서 '정신적으로 쾌적화된 상태'를 만들어 줍니다. 이것은 반드시 생체리듬과 생활 습관에 좋은 영향을 주게 됩니다.

생활양식이란
생활 습관들을 쭉 나열한 것 이상의 의미를 갖는다.
생활양식이란 전반적인 마음가짐이며, 하나의 문화다.

-미레유 길리아노-

몸에 병이 있다는 것은 몸의 밸런스가 무너졌다는 뜻이고, 마음에 병이 있다는 것은 마음의 밸런스가 무너졌다는 뜻입니다. 그래서 병이 있는 사람들은 대개 생활 속에 '과부화(무리함)'와 '무절제'가 습관적으로 내재되어 있습니다.

이런 맥락에서 심리치유를 위해선 치유에 최적화된 '좋은 습관'과 '좋은 치유환경'을 가지는 게 꼭 필요한데요, '저녁을 적게 먹는 것'과 '일찍 자고 일찍 일어나는 것'은 필수적인 좋은 습관이라고 할 수 있습니다. 몸과 마음의 밸런스가 무너진 분들은 대부분 이 두 가지를 반대로 하는 경우가 많습니다. 고로 저녁불식(저녁소식)은 무너진 몸과 마음의 밸런스를 바르게 회복하고, 자신에 신심의 에너지를 가장 좋은 상태로 유지시켜 주는 최고의 습관이 아닐까 합니다.

이 외에도 뇌에 좋은 것은 많습니다. 좋은 음식, 좋은 공기, 좋은 음악, 예술 감상, 여행, 좋은 풍경(자연), 취미활동, 놀이, 대화

나누기, 숙면 등등. 뇌에 좋은 것은 예외 없이 우리의 '마음'에도 좋고, 우리의 '인생'에도 좋습니다. 건강하고 행복하게 살려면 뇌에 좋은 것을 최대한 많이 접하면서 사는 게 좋지 않을까 합니다. 그것이 곧 나를 사랑하는 방법이자, 내 삶을 사랑하는 오롯한 길이 될 테니까요!

단 한 사람밖에 없는 자신을,
단 한 번밖에 없는 일생을,
진심을 다해 살지 않는다면
인간으로 태어난 보람이 없지 않을까.

-야마모토 유조-

우리가 건강하고 행복한 인생을 살려면… 내게 좋은 것, 내게 필요한 것을 많이 접해야 하는데, 좋고 필요한지 알면서도 잘 안 하는 경우가 종종 있습니다. 이엔 습관과 사고방식과 관련된 여러 이유가 있을 것입니다. 그래서 행동을 취하게 만드는 동기에 대해 짧게 말씀드릴까 합니다. 무언가를 행하게 하는 동기 중에는 접근동기와 회피동기가 있습니다. 접근동기는 원해서 다가가고자 하는 동기이고, 회피동기는 원하지 않아서 피하고자 하는 동기입니다.

행복에 다가가고자 하는 것은 누구나 가지고 있는 접근동기이고, 고통을 피하고자 하는 것은 누구나 가지고 있는 회피동기입니다. 성공(풍요)에 다가가고자 하는 것은 접근동기이고, 실패(빈곤)를 피하고자 하는 것은 회피동기입니다. 이처럼 한 대상이나 사안에도 접근동기와 회피동기가 동시에 작동하기도 합니다. 그런데 접근동기에도 해로운 게 있고, 회피동기에도 좋은 게 있습니다. 술을 너무 좋아해서 심신이 망가진 사람이 있다면, 그에겐 술에 대한 접근동기가 해로운 것이고, 술에 대한 회피동기가 좋은 것이 됩니다. 이와 마찬가지로 우리 삶의 다양한 고통에도 해로운 게 있고, 이로운 게 있습니다.

요컨대 고통에는 '소비적 고통'과 '생산적 고통'이 있습니다. 소비적 고통은 내게 전혀 도움이 되지 않는 고통이고, 생산적 고통은 나의 성장과 행복에 도움이 되는 고통입니다. 팔굽혀펴기로 근육을 키우려는 사람은 일시적 근육의 고통을 감내해야 하는 것처럼, 인생을 성공적으로 사는 사람과 건강하고 행복하게 사는 사람들은 예외 없이 이 '생산적 고통'을 기꺼이 잘 감내할 줄 아는 사람들입니다. (단군신화에 나오는 웅녀가 된 곰처럼요!)

여기엔 인생의 놀라운 섭리(법칙)가 하나 있는데, '생산적 고통'을 회피하거나 잘 감내하지 않는 사람은 반드시 '소비적 고통'이 늘어난다는 점입니다. 그리고 이것이 누적되고 반복될수록 그러한 속성은 더 강화됩니다. 이 법칙은 누구에게나 절대적입니다.

아주 쉬운 예를 들어 보겠습니다. 시험공부하는 것을 감내하지 않는 대학생은 좋은 점수를 받을 수 없습니다. 그래서 그 결과로 인해 파생되는 모든 고통을 다 겪어야 합니다. 평소 운동을 안

하는 사람은 몸이 약해져서 몸에 문제가 생기거나 마음에도 활력이 떨어지게 될 것입니다. 평소 음식을 잘 절제하지 않는 사람은 심신의 에너지가 약해질 뿐 아니라, 몸에 문제가 생기게 될 것입니다. 남자가 좋아하는 여자에게 고백하는 게 두려워서(이런 생산적 고통을 회피해서) 망설이다 아무것도 하지 못하면 끝내 연애를 할 수가 없게 될 것입니다. 즉, 내가 해야 할 유익한 생산적 고통을 피함으로써 필연적으로 내게 아무 도움이 안 되는 소모적 고통은 계속 늘어나게 되는 것입니다.

행복해지길 원한다면 행복해지는 일을 반복하면 된다.
그것이 바로 습관이다.

-드라고스 로우아-

명상이든, 독서든, 운동이든 다 이와 마찬가지요. 하늘 아래서 이루어지는 갖가지 우리네 인생만사도 다 이와 마찬가지입니다. 명상이나, 독서나, 운동을 평소에 전혀 하지 않던 사람이 이것을 습관이 될 정도로 꾸준히 하는 것은 결코 쉬운 일이 아닐 것입니다. 귀찮음과 안일함을 극복해야 하기 때문입니다. 하지만 그러한 생산적 고통을 감내하지 않으면 인생에 건질 것이 적어질 것이요, 그것을 하지 않음으로써 생기는 소비적 고통을 필연적으로 직면하게 될 것입니다. 그것은 결코 인생을 풍요롭게 사는 것도, 지혜롭게 사는 것도 아닐 것입니다.

인생에서 가치 있는 것,

당신이 소망하고 이루고 싶은 것,

당신이 누리고자 하는 것은 모두 오르막이다.

문제는 대부분의 사람이 꿈은 오르막인데,

습관은 내리막이라는 사실이다.

-존 맥스웰-

자신이 꼭 해야 할 일이 있는데 하지 않으면 그것이 마무리될 때까지 그에 따른 부작용(고통)을 계속 경험해야 합니다. 심리적 문제도 단 하나 예외 없이 전부 이와 마찬가지입니다. 직면해야 할 것을 직면하지 않고, 수용해야 할 것을 수용하지 않고, 놓아야 할 것을 놓지 않고, 해야 할 것을 하지 않아서…… 즉, 심리적 집착과 저항을 계속하기 때문에 모든 문제가 발생합니다. 치유 과정에서 일정 부분 반드시 고통과 불편함을 감수해야 하는데, 그것을 하지 않으려고 오히려 더 오래도록 자아가 만든 괴로움의 미로 속에 갇혀 있게 되는 것입니다.

끝으로 함께 가슴에 새기고 싶은 격언을 소개합니다. "출발하게 만드는 힘이 '동기'라면, 계속 나아가게 만드는 힘은 '습관'이다.(짐 라이언)" 내 인생을 계속 나아가게 하는 것은 무엇일까요? 꿈을 이루는 행복한 인생을 바란다면 그것에 우리는 늘 잘 응답해야 할 것입니다.

14

모든 증상 뒤엔 안 낫고 싶은 욕구가 숨어 있다 1

모든 심리 증상에는 어떠한 보상이나 이득이 숨어 있습니다. 그래서 그 보상과 이득 뒤에 계속 숨어 있고 싶은 욕구가 무의식적으로 작동하게 됩니다. 즉, 모든 증상 뒤엔 '안 낫고 싶은 욕구'가 숨어 있는 것입니다. 모든 심리 증상은 이 보상과 이득 때문에 생긴 것이므로, 치유를 위해선 처음부터 증상에 어떤 보상과 이득이 있는지를 간파해야 하며, 더 좋은 보상과 이득을 위해 '안 낫고 싶은 욕구'를 포기하고 '낫고 싶은 욕구'로 전환시켜 주어야 합니다. 이것은 무의식 차원에서 잘 드러나지 않고 미묘하게 다각도로 작동할 뿐 아니라, 엄청난 관성까지 가지고 있으므로 반드시 잘 찾아내어 해결해야 합니다. 이것이 이루어지지 않으면 어떤 증상이든 절대 낫지 않기 때문입니다.

금연에 도전했다가 성공하는 사람도 있지만, 번번이 실패하는 사람도 있습니다. 이처럼 금연이 쉽지 않은 이유는 '담배를 끊고 싶은 마음'과 '담배를 계속 피우고 싶은 마음'이 공존하기 때문입니다. 담배가 해로운 줄 알지만, '담배를 계속 피우고 싶은 마음'이 드는 이유는 담배를 피울 때에도 어떠한 이익이나 보상이 있기 때문입니다.

심리치유도 이와 마찬가지입니다. 어떤 증상이든 그 속엔 '낫고 싶은 마음'과 '낫고 싶지 않은 마음'이 공존합니다. 증상이 주는 보상이나 이득 때문에 '방패 속에 계속 숨어서 안주하고 싶은 마음'이 있기 때문입니다. 그래서 이 문제를 해결하는 게 치유의 핵심 관건이라고 할 수 있습니다.

> 당신을 괴롭히는 것들로부터 도망가기를 원한다면,
> 다른 장소로 갈 것이 아니라 다른 사람이 되어야 한다.
>
> -세네카-

어떤 증상이든 모든 증상에는 숨겨진 보상(이익)이 있습니다. 쉬운 예를 들어 보겠습니다. 무기력증엔 어떤 보상이나 이득이 있을까요? 무기력증에 걸려 아무것도 안 하게 되면, 아무것도 하지 않기 때문에 실패할 가능성이 제로가 됩니다. 즉, 실패의 가능성을 원천 봉쇄해버리는 것입니다. 그래서 실패의 좌절감을 맛보거나 실패의 비난을 전혀 받을 수 없게 됩니다. 무기력은 바로 이러한 보상을 위해서 내가 선택한 보호기제이자, 나를 지켜주는 심리적 방패와 같은 것입니다.

대인공포증은 어떤 보상이나 이득이 있을까요? 사람을 전혀 안 만나거나 피해버리게 되면, 나는 사람으로부터 상처받을 가능성이 제로가 됩니다. 즉, 그런 성향이나 행동방식을 통해 사람으로부터 상처받을 가능성을 원천 봉쇄해 버리는 것입니다. 대인공포증은 바로 이러한 보상을 위해서 내가 선택한 보호기제이자,

나를 지켜주는 심리적 방패와 같은 것입니다.

이처럼 모든 증상은 내가 무의식 차원에서 선택한 보호기제이자 나의 방패이므로, 나는 이것이 주는 보상이나 이득 때문에 이것을 계속 사용하고, 이 속에 계속 숨어 있으려는 강한 욕구와 집착을 습관처럼 유지하게 됩니다. 이러한 방패 속에 계속 숨어 있으면 나을 수가 없으므로, 이는 곧 '안 나으려는 욕구'라고 할 수 있습니다. 때문에 이 욕구를 포기하지 않는 한 어떤 증상이든 나을 수가 없습니다. 때문에 나의 방패가 어떤 문제가 있는지, 그 속에 '안 나으려는 욕구'가 어떻게 작용하고 있는지를 면밀히 이해하고 자각해야 합니다.

이러한 심리적 속성을 구조적 차원에서 설명해 보겠습니다. 예를 들어, 불편하거나 고통스러운 상황에 맞닥뜨렸을 때, 내가 직면해야 할 부분이 있음에도 불편하거나 고통스러운 상황을 무조건 피해버리면 당장은 편할 수 있습니다. 하지만 그러한 맹목적인 회피로 인해 빚어지는 결과 때문에 시간이 갈수록 고통이나 불편한 상황은 더 커지게 됩니다. 반복된 회피로 인해 마음은 점점 더 움츠려져서 불안과 두려움은 더 커지게 되어 자신감도 더 떨어지게 됩니다. 심리적 공간만 좁아지는 게 아니라, 활동 또한 자꾸 제약을 받게 되어 정상적인 인간관계나 일을 하기가 어려워집니다.

회피욕구는 이처럼 자신을 보호하는 기능이 있지만, 이 기능을 무분별하게 지나치게 사용하게 되면, '좋은 해결책'을 찾기보다 항상 회피로 모든 문제를 해결하려고 하기 때문에 심각한 현실적 문제가 발생합니다. '회피'로는 결코 삶의 모든 문제를 해결할 수 없기 때문입니다.

하지만 회피가 주는 당장의 보상이나 이익(편함)에 취해서 계속 회피라는 보호기제, 즉 회피라는 '방패' 속에 숨어 있으려고만 하면 증상은 나을 수가 없습니다. 바로 이러한 역기능적 보호기제의 방패를 계속 붙들고 있으려 하는 마음이 '안 나으려는 욕구'에 해당합니다. 때문에 '회피(숨음)'가 궁극적으로 내게 전혀 도움이 안 된다는 점, 회피로 인해 너무나 많은 문제들이 발생했다는 점을 온전히 자각해야 합니다. 그래야 회피라는 방패를 내려놓을 수 있습니다. 그런 다음 회피라는 보호기제보다 훨씬 더 좋은 보호기제(방패)를 선택해야 하는 것입니다.

> 자신이 사랑스럽지 않다고 믿으면 사랑을 받을 수 없습니다. 멋지고 근사한 사랑이 당신의 삶에 찾아올 수 있지만, 스스로를 무가치하다고 생각하는 사람은 그 사랑을 받아들일 수 없습니다. 궁극적으로 사랑을 주고받을 수 있는 능력은 전적으로 당신 안에 있습니다.
>
> -루이스 L. 헤이, 『치유수업』에서

증상이 붙들고 있는 보호기제(방어기제)는 내게 이득도 되지만, 불편과 고통을 더 지속 가중시키기도 합니다. 결코 나를 제대로 지켜줄 수 있는 온전한 방패가 아닌 것입니다. 내가 선택한 보호기제라는 방패가 매우 부실한 방패임을 자각하고 그 방패를 다 내려놓고 더 좋은 방패, 역기능이 전혀 없는 좋은 방패를 선택해야 하는 것입니다. 그럼 나를 지켜줄 최고의 방패는 무엇일까요?

나를 지켜줄 더 좋은 방패, 역기능이 전혀 없는 좋은 방패는 '자존감'과 '내 마음을 컨트롤할 수 있는 능력'입니다. 내게 이 두 가지 방패, 즉 이 두 가지 보호기제가 있다면 나는 어떤 심리적 고통도 이겨내고 일어설 수가 있습니다. 이 두 가지 방패를 가지게 되면 더 이상 예전에 가졌던 무기력증이나 대인공포와 같은 허접한 방패를 붙들고 있을 필요가 없어집니다. 그래서 심리치유는 이 두 가지 좋은 방패를 가지게 하는 일이라고 간단히 정의할 수 있을 듯합니다.

> 우리의 의식은 자유의지를 갖고 있다는 착각을 하고 있지만,
> 사실상 에고의 패턴 속에 갇혀서
> 꼭두각시임을 인식하지 못한 채 꼭두각시로 살고 있다.
>
> -문동규-

거듭 강조하건대 모든 마음에는 '이유'가 있습니다. 마음에 이유가 있다는 것은 어떠한 역할과 기능이 있다는 뜻입니다. 때문에 그 이유를 알아주는 것이 치유의 첫걸음이라 할 수 있습니다. '모든 마음엔 이유가 있다'를 달리 말하면 '모든 증상에는 필연적

인 심리적 이유가 있다'가 될 것입니다. 때문에 우리는 그 이유를 자각해서 알아봐 주고, 깊이 이해해 주고, 껴안아 주어야 할 것입니다. 이유(원인)를 알 때, 그 이유를 풀어줄 방법도 모색할 수 있을 것이기 때문입니다.

이와 같이 모든 증상은 적군이 아니라, 내면이 보내주는 신호입니다. 상처받은 내 마음들이 자신에게 인정/수용/사랑을 달라고 보내는 굶주린 내면의 신호입니다. 때문에 그 신호(증상)와 싸워서도 안 되고, 싸울 필요도 전혀 없습니다. 오직 내면이 무엇을 바라는지 알아차리고 그 구체적인 국면을 따라 온전히 '이해/인정/수용/사랑'을 주는 것만이 내면을 치유하는 가장 효과적인 길이 될 것입니다.

15
모든 증상 뒤엔 안 낫고 싶은 욕구가 숨어 있다 2

증상이 주는 보상 외에 '안 낫고 싶은 욕구'가 또 하나 있습니다. 그것은 자신의 역기능적 신념을 계속 지키려 하는 것입니다.

우리는 어떤 형태로든 강한 믿음을 갖고 있다. 믿음은 거대한 진실이 된다. 믿음이 인격, 행동, 감정을 만든다. 인간은 자기가 믿는 것만이 진실이라고 여기기 때문에 그 믿음을 증명하는 삶을 살게 된다.

-박시현,『나는 된다 잘된다』중에서

사람은 본능적으로 평생 자신이 지켜온 생각과 신념을 계속 지키려 합니다. 그것은 자신이 평생 동안 '맞다'고 여겨서 믿었던 믿음이기 때문입니다. 그래서 그 믿음이 설령 자신에게 아무런 도움도 되지 않고 역기능적 고통만 주는 것이라 할지라도, 그 믿음을 계속 지키려 합니다. 때문에 그 부정적 신념을 계속 붙들고 있으려고 하는 한 증상은 나을 수가 없습니다. 그래서 이것도 또한 '안 나으려는 욕구'에 해당합니다.

- 나는 열등하다. 나는 열등한 게 맞아!
- 나는 한심하다. 나는 한심한 게 맞아!
- 나는 못난이다. 나는 못난이가 맞아!
- 나는 부족한 사람이야. 나는 부족한 게 맞아!
- 나는 억울한 사람이야. 나는 억울한 게 맞아!
- 나는 아무 힘이 없어. 나는 회피하는 게 맞아!
- 나는 부끄러운 존재야. 나는 수치스러운 존재가 맞아!
- 나는 좋아질 수 없어. 나는 좋아질 수 없는 게 맞아!
- 나는 실패자야. 그러니까 또 실패하고 또 안 되는 게 맞아!

- 나는 노력해도 소용없어. 노력해도 소용없는 게 맞아!
- 나는 불행한 사람이야. 나는 행복해질 수 없는 게 맞아!
- 나는 부족한 나를 사랑할 수 없어. 나는 부족한 나를 사랑할 수 없는 게 맞아!
- 내 삶은 아무 가치가 없어. 내 삶은 아무 가치 없는 게 맞아!

이러한 부정적인 신념이 무의식에 있으면 그것은 반드시 삶으로 현실화됩니다. 무의식은 입력된 대로, 내가 믿는 대로 반응하기 때문입니다. 예컨대 '내가 나를 한심하다'고 여기게 되면 무의식은 그것을 하나의 명령으로 받아들여서 무조건 나를 그런 사람이 되게 만들어 줍니다. 내가 그렇게 믿고 그렇게 나를 대하는 한 나는 그렇게 될 수밖에 없습니다. 이것은 나에 대한 모든 사고작용을 결정하고 내가 나를 대하는 모든 방식을 결정케 합니다.

이처럼 내가 가진 여러 신념 중에서도 이와 같이 자아상과 관련된 것은 내 삶에 절대적 영향을 미치기 때문에 가장 중요합니다. 이것은 고스란히 자존감과 자신감의 수준을 결정짓는 요인이 되기도 합니다. 문제는 이러한 신념이 하루아침에 만들어진 것이 아니라, 누적된 경험에 의해 만들어진 것이기에, 그 믿음의 근거가 되는 뿌리가 매우 깊다는 데 있습니다. 그래서 '이러한 내 신념이 맞다'는 생각을 놓기가 쉽지 않습니다. 이분껜 그게 엄연한 삶의 진실이었을 테니까요!

하지만 좋아지려면 그 무슨 일이 있어도 이러한 부정적 신념을 전부 다 내려놓아야 하고, 좋은 자아상으로 바꿔 주어야 합니다. 그래서 자신이 '맞다'고 여기는 신념을 계속 지키기 위해 이러한 부정적 신념을 내려놓지 않고 계속 붙들고 있으려고 하면 할수록 나는 그렇게 살 수밖에 없다는 사실을 자각해야 합니다. 그것이 설령 지금까지의 내 삶의 진실이었을지라도, 그것은 과거의 진실이지 앞으로의 진실이 되어서는 안 된다는 점을 받아들여야 합니다. 그것이 내 삶의 진실이 되었던 것, 그러한 신념을 맞다고 여겼던 것은 단지 어린 시절 새겨진 무의식의 프로그램 때문이었을 뿐, 절대적인 진실이 결코 아님을 인지해야 합니다.

무의식 속의 기존 프로그램 중에는 우리가 효율적으로 무언가를 할 수 있도록 도와주는 역할을 하는 측면도 있지만, 반대로 우리가 나아가는 것을 가로막거나 방해하는 역할을 하는 측면도 있다. 원하지 않는 일을 경험하며 생긴 오해와 그로 인해 다져진 부정적인 신념, 자신을 파괴하는 오해된 감정들이 무의식 속에서 작용하기도 한다. 앞으로 나아가려 할 때 그들 중 하나가 튀어나와 일을 그르치기도 하고, 심지어 한 사람의 무의식의 기저에서 지속적으로 작용하며 인생 전반을 원치 않는 방향으로 몰고 가기도 한다. 이런 측면에서 한 개인의 무의식 속에 어떤 자원들을 갖고 있는가, 그리고 그 자원들이 어떻게 관리되고 있는가는 삶의 전반에서 매우 중요한 부분으로 여겨진다.

-문동규,『최면, 써드 제너레이션』에서

그러한 신념은 평생토록 작동된 무의식에 새겨진 프로그램이므로, 바꾸려고 마음을 내고 치유작업을 열심히 해도 쉽지 않은 일인데, 아예 이런 신념을 바꾸려 하지도 않고 계속 자신이 맞다고 믿어온 '신념'을 굳건하게 지키려고 고집하면, 치유는 끝내 소원한 일이 되고 맙니다. 나무에 깊이 박힌 대못을 뽑아내듯, 그러한 신념을 바꾸려는 굳은 결심을 내지 않으면 치유는 어려워질 수밖에 없습니다. 이러한 특성을 제가 '생각중독'이라고 하는 것은 이 때문이요, '인생은 절대적으로 최면'이라고 간단히 말할 수 있는 것도 바로 이 때문입니다.

> 인생의 모든 덫과 함정 중
> 자기비하가 가장 극복하기 어려운데,
> 이는 우리 스스로 직접 설계하고 파낸 구덩이이기 때문이다.
>
> -맥스웰 몰츠-

그 부정적이고 역기능적 신념을 맞다고 여겨왔던 것처럼, 자신의 믿음대로 그 신념이 앞으로도 계속 맞기 위해선 나는 그렇게 될 수밖에 없고, 그렇게 살 수밖에 없습니다. 그것은 과거의 신념에 나를 맞추어 불행을 비는 것이며, 나를 영영 고통의 늪에서 헤어 나오지 못하게 하는 것과 같습니다. 이는 결국 내가 맞다고 여기는 부정적 신념을 계속 지키기 위해서 '안 낫기를 간절히 바라고 있는 것'과 다를 바 없습니다.

때문에 이런 자신의 모습을, 그러한 심리작용을 온전히 다 이해하고 자각하고서 '안 나으려는 욕구'를 100% 무장 해제시켜야 합니다. 어떤 경우든 이걸 해결하지 않고는 나을 방법이 없으니까요. 나라는 존재는 어떠한 경우에도 나의 마음과 무의식에 새겨진 신념 안에서 벗어날 수가 없습니다. 허니 내면에 박힌 못이 몇 개이든, 그 마음의 못을 다 빼내기 위해 확고한 결심이라는 빠루부터 준비해야 할 것입니다.

제 3 장

치유를 위한 원리와
로드맵에 대하여

1

마음의 선순환과 악순환의 원리

마음에도 자연의 물리법칙처럼 일정한 법칙이 있습니다. 이
중에 가장 핵심적인 것 하나는 '선순환의 원리'와 '악순환의 원
리'입니다.

•악순환: 내가 부정하면 나도 부정당한다.
•선순환: 내가 인정하면 나도 인정받는다.

내가 무엇을 부정하면 그것도 나를 부정합니다. 그래서 내가
무엇을 부정하면 반드시 나 또한 부정당하게 됩니다. 내가 거울
을 보고 찡그리면 거울 속의 나도 나를 보고 찡그리듯이, 내가 마
음을 부정하면 그 마음으로부터 나도 부정당합니다. 내가 어떤
사람을 부정하면 그 사람으로부터 나도 부정당합니다. 내가 세상
을 부정하면 그 세상으로부터 나도 부정당합니다. 이것은 일종에
에너지 법칙과 같아서 그 무엇에도 예외가 없으며, 모든 대상에
동일하게 적용됩니다.

심지어 무생물인 눈앞의 컵을 부정해도 컵으로부터 나도 부정
당합니다. 왜냐하면 그 부정하는 마음이 전부 내 안에 있기에, 그
부정의 에너지를 내가 고스란히 다 받기 때문입니다. 이렇게 사

소한 물건 하나에도 불편한 마음을 가지면 그 불편한 마음을 내가 다 받을 수밖에 없습니다. 그래서 삶의 모든 것, 그 어느 하나 예외 없이 내가 부정하는 만큼 나는 그 마음, 즉 그 부정의 에너지를 받을 수밖에 없습니다. 이러한 원리로 안과 밖은 이처럼 내 마음을 통해 긴밀하게 연결되어 있습니다.

이 원리로 삶의 여러 측면을 살펴볼 수 있습니다. 예컨대 내가 돈을 부정하면 돈과 관련된 에너지가 막히게 되고, 성욕을 부정하면 성욕과 관련된 에너지가 막히게 되고, 일을 부정하면 일과 관련된 에너지가 막히게 됩니다. 동료를 부정하면 동료로 인해 안 좋은 에너지가 발생하고, 부모를 부정하면 부모로 인해 안 좋은 에너지가 발생하고, 배우자를 부정하면 배우자로 인해 안 좋은 에너지가 발생합니다.

같은 맥락에서 몸을 부정하면 건강이 안 좋아지고, 마음을 부정하면 마음이 안 좋아집니다. 과거를 부정하면 과거 때문에 안 좋은 일이 생기고, 현실을 부정하면 현실 때문에 안 좋은 일이 생깁니다. 나의 과거와 나의 현실을 부정하는 것 또한 나를 부정하는 것입니다. 부정은 에너지의 순환을 막습니다. 부정한다는 것은 제외시킨다는 것이요, 제외는 곧 심리적 어둠입니다. 하여 치유를 위해선 나의 모든 과거와 현실을 부정하지 말고 인정하고 수용해야 합니다.

부정 중에서도 가장 위험한 것은 자기 존재에 대한 '자기부정'입니다. 그 무엇보다 내가 나를 부정하는 것이 가장 위험합니다.

어떤 대상에 대한 부정은 아주 부분적인 것이지만, 내가 나를 부정하는 것은 '전면적인 부정'이기 때문입니다. 자존감이 낮거나 우울한 사람들은 예외 없이 자기부정이 아주 심한 사람들입니다. 자살하는 사람들은 예외 없이 자기 자신과 자기 삶을 극단적으로 부정하는 사람들입니다. 그것은 빛 없이 내면을 어둠으로 가득 채우는 일과 같습니다. 고로 내가 나를 부정하면 나 또한 나로부터 부정당하는 것을 피할 길이 없습니다.

내 감정이나, 생각이나 욕구를 부정하는 것도 마찬가지입니다. 나는 언제나 내 마음의 세계 속에서 살아가므로, 내가 내 마음을 부정하면 내가 만날 것은 '부정의 세계'밖에 없습니다. 내 모든 '마음'은 부정의 대상이 아니라, 이해와 인정과 수용과 사랑의 대상입니다. 내가 내 마음을 수용할 때, 나도 내 마음으로부터 수용받을 수 있습니다. 내가 나의 내면아이를 수용하고 사랑할 때, 내 내면아이도 나를 수용하고 사랑합니다. 이것이 자기 사랑의 선순환이자, 모든 치유의 본질적 속성입니다.

- 나는 인정하고 인정받는다.
- 나는 수용하고 수용받는다.
- 나는 존중하고 존중받는다.
- 나는 이해하고 이해받는다.
- 나는 용서하고 용서받는다.
- 나는 신뢰하고 신뢰받는다.

• 나는 사랑하고 사랑받는다.

• 나는 축복하고 축복받는다.

인정하고 인정받는 것, 수용(허용)하고 수용받는 것, 이해하고 이해받는 것, 존중하고 존중받는 것, 용서하고 용서받는 것, 사랑하고 사랑받는 것, 축복하고 축복받는 것! 이것이 삶에 치유와 행복과 성공을 가져다주는 선순환의 법칙입니다. 모든 좋은 관계 속엔 이러한 선순환이 작동하고 있습니다. 허나 그 무엇보다 나와 타인과의 관계, 나와 세상과의 관계보다 나와 내 내면과의 관계가 먼저입니다. 때문에 자신의 마음의 패턴과 무의식의 신념을 반드시 이런 선순환 체계로 바꾸어야 합니다. 그래야 건강하고 행복한 삶을 살 수 있을 테니까요!

① 자기부정, 타인부정

② 자기부정, 타인긍정

③ 자기긍정, 타인부정

④ 자기긍정, 타인긍정

②의 경우라면 열등감의 상태가 될 것이고, ③의 경우라면 우월감의 상태가 될 것입니다. 이 두 경우는 마음이 한쪽으로 기울어진 상태입니다. ①이 악순환으로 마음이 무너진 상태라면, ④는 선순환으로 마음이 생생하게 살아있는 상태일 것입니다. ①

이 안과 밖이 어둠뿐인 가장 안 좋은 역기능 상태라면, ④는 안과 밖이 조화롭게 연결되는 가장 건강한 순기능 상태일 것입니다.

우주 전체가
당신의 운명을 창조하기 위해
상호작용하고 있다!

-디팩 초프라-

어떤 마음으로 살아가든 그 마음에 영향을 가장 많이 받는 사람은 나 자신입니다. 그 어떤 경우이든 내가 쓰는 모든 마음은 100% 나에게 영향을 미칩니다. 내 마음은 전부 내 안에 있고, 나는 언제나 내가 짓는 대로 '내 마음 안'에서 살고 있기 때문입니다. 나는 내 마음으로부터 조금도 벗어날 수가 없습니다. 그러므로 우리는 시시각각 마음을 항상 선순환 체계로 사용해야 할 것입니다.

선순환을 만드는 방법은 내 마음부터, 내 자신부터 온전히 인정하고, 수용(허용)하고, 사랑하는 것입니다. 그런 다음 그 마음의 힘으로 내 바깥의 것들을 인정하고, 수용하고, 사랑해야 합니다. 돈을 벌고 싶으면 돈을 인정해야 하고, 타인과 더불어 살아가려면 타인을 인정해야 합니다. 거울 속 미소를 보고 싶다면 미소를 먼저 지어야 하듯, 인정을 받고 싶다면 인정할 줄 알아야 하고, 이해를 받고 싶다면 이해할 줄 알아야 하고, 존중을 받고 싶다면 존중할 줄 알아야 합니다. 내가 타인을 수용하고 축복하면 그 마음의 에너지에 내가 가장 먼저 접속됩니다.

어떤 형태의 사랑이든 간에,
사랑이란 우리가 사랑을 경험하게 되는 삶의 순간을
경험하기 위해 우리가 선택하는 태도이다.

-데이비드 해밀턴-

임서영은 『그럼에도, 나를 사랑한다』에서 "사람들의 행동을 가만히 지켜보면, 어느 순간 모든 사람이 무조건적인 사랑을 갈구하고 있음을 알게 된다. 인간이 원하는 것은 단 하나, 무조건적인 사랑밖에 없다."고 했습니다. 저는 이 말에 전적으로 동의합니다. 우리는 모두 (무의식 차원에서) 너나없이 무조건적인 사랑을 갈구하는 존재들입니다. 그러니 우리는 수많은 생의 길목에서 서로에게 무엇을 주고 무엇을 받아야 할까요?

나는 언제나 내 마음의 거울과 마주하고 있습니다. 마음으로 무엇을 주든 나는 내가 주는 대로 받습니다. 삶은 내 마음을 비추는 거울과 같아서 빛을 보내야 빛이 반사되어 돌아옵니다. 이것은 행복 쪽으로 가는 최고의 비결일 것입니다. 이와 반대로 내가 그 무언가를 부정하고 제외시키면 나도 반드시 부정당하고 제외됩니다. 이것은 불행 쪽으로 가는 최고의 비결일 것입니다.

부모로부터 반드시 정신적 독립을 해야 하는 이유

성인이 되면 누구나 부모로부터 경제적으로나 정신적으로 독립을 해야 합니다. 그것이 건강한 성인이 되는 핵심 요소이기 때문입니다. '경제적 독립을 한다'는 것은 부모께 손을 빌리지 않고 스스로 돈을 벌어 자급자족할 수 있는 능력을 갖추는 것입니다. '정신적 독립을 한다'는 것은 부모께 기대지 않고 자신의 정신으로 삶을 주도적으로 이끌어 가는 것입니다. 그런데 심리치유 차원에서 말하는 '정신적 독립'이란 이보다 더 깊은 차원의 마음자제와 정신세계를 요구합니다.

상담을 하다 보면 부모로부터 극심한 상처를 받은 내담자들을 수도 없이 보게 됩니다. (때론 너무 참담해서 말문이 막힐 정도도 간혹 있습니다.) 그 때문에 그런 분들은 대부분 부모에 대한 엄청난 분노와 원망과 염증과 혐오를 가지게 됩니다. 아울러 그러한 분노와 원망과 염증과 혐오의 이면엔 제대로 사랑받지 못한 것에 대한 거대한 결핍감과 수치심과 좌절감이 내면 깊이 똬리를 틀고 있습니다. 그래서 결과적으로 그러한 심리적 응어리 때문에 '부모'와 '지나간 과거의 상처'에 깊이깊이 묶여 있게 됩니다.

치유가 된다는 것은 '어떠한 상처'로부터 심리적으로 분리가 된다는 것을 의미합니다. 그래서 모든 심리치유는 과거로부터, 과거의 모든 상처로부터 깨끗이 분리되는 것이라 할 수 있습니다. 부모로부터 받은 상처 또한 마찬가지입니다. 그 상처가 얼마나 크든, 얼마나 많든 치유가 되려면 그 상처로부터 분리가 일어나야 합니다. 그렇다면 어떻게 해야 곪을 대로 곪은 그 혹심한 상처들로부터 분리될 수 있을까요?

그 상처가 어떠한 상처든, 그 과거가 어떠한 과거든 그것으로부터 완전히 분리되는 방법은 오직 단 하나밖에 없습니다. 그 상처를, 그 과거를 있는 그대로 인정하고 받아들이는 것밖에 없습니다. 상처는 현재에 있지 않습니다. 상처는 지나간 과거 속에 만들어진 것입니다. 그래서 상처 속에 있다는 것은 온전히 현재에 살지 못하고, 여전히 지나간 과거 속에 묶여 과거의 고통 속에서 살고 있음을 의미합니다.

이미 일어난 일은 조금도 바꿀 수가 없습니다. 그런데도 과거의 일을 계속 붙잡고 있으면 나는 계속 과거의 상처와 고통 속에 있을 수밖에 없습니다. 그러므로 과거를 붙잡지 말고 과거를 놓아야 합니다. 내가 과거를 놓지 않으면 과거에 내가 붙잡히게 됩니다. 그 과거가 어떠했든, 그 상처가 어떠했든 그것을 가타부타 따지지 않고 있는 그대로 인정하고 수용할 때 나는 모든 과거로부터, 모든 상처로부터 분리될 수 있습니다. 그것에 집착한다는 것은 그것을 계속 붙들고 있다는 뜻이고, 계속 붙잡혀 있다는 뜻이 됩니다.

심리적 분리는 그것에 대한 생각을 다 내려놓고 '있는 그대로' 인정하고 받아들일 때, 오직 그럴 때만 이루어집니다. 어떤 대상이든 다 똑같은 원리가 적용되기에, '부모'로부터 받은 모든 상처들도 다 마찬가지입니다. 부모를 있는 그대로 인정하고 받아들일 때, (부모에 대한 내 모든 마음을 인정하고 받아들일 때) 나는 비로소 정서적으로, 정신적으로 분리가 됩니다. 이렇게 분리가 이루어질 때, 오직 그제야 부모에게 심리적으로 얽매이지 않은 상태로 살아갈 수 있습니다. 이것이 바로 내가 온전히 내 정신으로 살아갈 수 있는 '정신적 독립 상태'인 것입니다. 그 전까지는 심리적 독립이 아니라, 심리적 구속 상태에 계속 머무르고 있는 셈인 것입니다.

부모로부터 어떤 상처를 얼마나 받았든, 성인이 되었을 때는 반드시 정서적으로 분리가 돼야 내가 심리적 중심을 잡을 수가 있습니다. '부모로부터 분리가 된다는 것'은 내 모든 판단과 바람을 다 내려놓고, 부모의 모든 것을 있는 그대로 인정하고 받아들이는 것을 말합니다. 이것은 그들의 운명과 선택에 전적으로 동의한다는 것을 뜻합니다. 부모의 운명과 선택에 동의한다는 것은 내가 더 이상 그것에 대해 '좋다/나쁘다'를 판단하거나 간섭하지 않는다는 뜻입니다. 그럴 때 나는 부모가 어떠하든, 어떻게 살았고, 나를 어떻게 대했든… 그것에 관여하지 않은 심리적 분리의 상태가 됩니다. 오직 그럴 때 나는 부모에 대한 심리적 얽매임에서 벗어나 자유롭고 편안해질 수 있습니다.

부모의 운명과 선택은 내가 책임질 문제가 아닙니다. 그것은 부모의 몫이므로 부모께 온전히 내맡겨야 합니다. 내가 온전히 내 운명을 살려면 어떠한 이유로든 나는 부모로부터 정신적으로 분리가 이루어져야 합니다. 부모가 미국에 있든, 저승에 있든 내가 부모를 있는 그대로 인정하고 수용하지 않으면, 설령 따로 떨어져 있을지라도 나는 계속해서 심리적으로 붙잡혀 있는 것입니다. 즉, 원망하면 할수록 자유로워지는 것이 아니라, 스스로 붙잡고 있는 것이자, 또 그만큼 더 붙잡혀 있는 것입니다.

만약 '우리 엄마·아빠는 이런 게 문제야. 이렇게 바뀌어야 해! 그래야 내게 행복해질 수 있어!'와 같이 어떠한 조건을 전제하고 있다면, 내가 바라는 조건대로 되지 않을 때, 나는 불편하고 불행할 수밖에 없습니다. 이 말은 '부모가 바뀌지 않는 한… 나는 계속 괴로울 수밖에 없다'고 스스로 그렇게 철석같이 믿고 있음을 의미합니다. 그러므로 그런 전제 조건을 달고, 그렇게 계속 믿으면 믿을수록 더 얽매이게 되고, 고통과 상처는 계속 지속될 수밖에 없습니다!

때문에 그것에서 온전히 풀려나는 길은 오직 하나, 그러한 조건과 집착을 다 내려놓고 부모를 아무 조건 없이 있는 그대로 인정하고 받아들이는 것밖에 없습니다. 그럴 때에만 부모님이 이렇든 저렇든…… 나는 더 이상 아무 상관도 없고, 더 이상 아무 관여도 하지 않는 심리적 분리의 상태가 됩니다. 그러한 분리가 있어야 내가 편안해지고 자유로워집니다. 그것이 무집착과 무저항 속에서 이루어지는 자기 운명에 대한 진정한 동의이자 수용입니다.

상대를 바꿀 수 없다면 바꿀 수 있는 것은 무엇이 있을까? 그렇다. 바로 나 자신이다. 나는 그저 나 자신을 변화시킬 수 있을 뿐이다. 중요한 점은 내가 바뀌면 그들도 바뀔 수밖에 없다는 사실이다. 왜 그럴까? 그들이 내게 온 목적은 나를 변화시키고, 성장시키고 싶었기 때문이다. 내가 변하고 성장하게 되면 당연히 그들은 목적을 완수했기 때문에 똑같은 문제로 우리를 괴롭힐 필요가 없어진다. 내가 변하고 나면 자연스럽게 그들은 내 삶의 무대 위에서 떠나가거나, 그들의 성격이 바뀌거나, 나를 대하는 방식이 변할 것이다.

-법상, 『내 삶의 나침반이 있다』에서

노구치 요시노리의 『거울의 법칙』에는 가족무의식과 관련된 인상적인 이야기가 담겨 있습니다. 어린 아들이 왕따를 계속 당해서 그 어머니가 상담을 받게 되었습니다. 그런데 상담가는 그런 일이 발행한 이유가 아이 때문이 아니라 본인 때문이라고, 본인이 아버지와 불화해서 생긴 일이라는 이야기를 들려줍니다. 아이 엄마는 상담가의 말을 따라 자신의 아버지와 만나 그동안의 잘못에 용서를 구하고 아버지와 극적으로 화해하게 됩니다. 그 결과 거짓말처럼 아이의 왕따 문제가 해결되어 버렸습니다. 어떻게 이런 일이 가능하며, 이 속에 어떤 이치가 담겨 있는 것일까요?

개인의 무의식 위엔 가족무의식이 존재합니다. 우리는 누구나 항상 자신이 속한 가족무의식과 연결되어 있습니다. 이것은 개인무의식을 아무리 잘 분석해도 결코 알 수 없는 영역입니다. 개인무의식은 가족무의식이라는 더 큰 범주 안에 들어 있으므로, 그 영향을 받지 않을 수 없습니다. 그래서 가족무의식 차원에서 문제가 생기면 나의 현실 차원에서도 문제가 생기게 됩니다. 마찬가지로 가족무의식 차원에서 치유와 정화가 일어나면 현실 차원에서도 변화가 생깁니다. 『거울의 법칙』에 소개된 일화는 그러한 일들의 한 단면일 뿐입니다.

'인생은 자신의 마음을 비추어 내는 거울'이라는 말은
바꾸어 말하면
'자기 마음의 파장에 딱 맞는 일이 일어난다'는 뜻이다.
'마음속의 원인이 결과로 현실화된다'고도 말할 수 있다.

-노구치 요시노리-

'부모의 운명을 인정한다는 것'은 달리 말하면 '나의 운명을 인정한다'는 뜻이 됩니다. 그래서 부모를 수용하는 것은 곧 나 자신을 수용하는 일과 같습니다. 부모님은 내 생명의 뿌리이기에, 내가 부모를 부정하면 나 또한 부정당하게 됩니다. 폭포수가 위에서 아래로 떨어지듯, 부모로부터 생명에너지가 나에게로 흘러야하는데, 내가 부모를 부정하면 그 에너지가 막히게 됩니다. 그래서 '내가 내 자신을 부정하는 것' 다음으로 위험한 것이 '부모를 부정하는 것'입니다. 그것은 곧 내 생명의 뿌리(근원)를 부정하는 것이니까요! 고로 내가 '나를 있는 그대로 수용하고 사랑한다는 것'은 내 존재의 뿌리인 부모까지 있는 그대로 수용하고 사랑하는 것까지를 말합니다.

하지만 부모로부터 받은 상처가 크면 클수록 이것은 결코 쉽지 않은 일입니다. 어떤 이에겐 죽도록 힘겨운 일일 수도 있습니다. 그러므로 부모를 수용한다는 것은 부모에게 상처받은 내 아픈 마음부터 인정하고 받아들이는 것이 그 첫걸음이라 할 수 있습니다. 나의 상처받은 아픈 마음(감정)부터 먼저 충분히 인정과 수용을 받고 풀려나야 부모와 자신의 어찌할 수 없었던 운명을 조금씩 수용할 수 있고, 그래야 붙잡아서 더 붙잡혀 있는 마음이 부모로부터 자유로워질 수 있습니다.

『거울의 법칙』에는 이런 구절이 나옵니다. "살아가면서 닥치는 모든 문제는 뭔가 중요한 일을 깨닫게 하기 위해서 발생합니다. 그리고 자신이 해결하지 못할 문제는 절대로 일어나지 않습니다. 자신에게 일어나는 문제는 자신이 해결할 능력이 있고, 그 해결을 통해 중요한 사실을 배울 수 있기 때문에 생기는 것입니다." 부모와의 인연은 하늘이 정한 것이므로, (영적 차원에서 보면) 나의 부모는 내게 가장 적합한 부모라 할 수 있습니다. 그 속엔 반드시 내가 풀어야 할 것과 배워야 할 것이 있으므로, 어떠한 고통과 상처가 있든 그 속에 담긴 비밀을 깊이 살펴보아야 할 것입니다.

인간 의식에는 사랑하고 연결하고 다른 존재들과 하나가 될
잠재성이 있다.
경계를 모르는 사랑, '하나임oneness'의 완전한 상태를
경험할 수 있다.
이것이 우리 삶, 우리 뇌, 우리 몸의 잠재성이자 목적이다.

-프리타지-

끝으로 영적 차원의 원리를 한 가지 더 이야기할까 합니다. 영
적 차원에서 보면 내 부모의 부모, 그 부모의 부모……, 이렇게 그
위로 계속 거슬러 올라가면 우주 태초의 근원, 즉 창조주인 신에
게까지 도달하게 됩니다. 이는 모든 사람이 신으로부터 나왔고,
나와 신 사이엔 부모와 조상들이 무수히 연결되어 있음을 의미
합니다.

이처럼 신은 나의 근원이자 모든 조상들의 근원입니다. 때문
에 나의 본성은 신성이며, 나를 수용하는 것은 신을 함께 수용하
는 것이고, 신을 수용하는 것은 곧 나를 수용하는 것입니다. 아울
러 나와 신을 수용하는 것은 나를 있게 한 모든 조상을 수용하는
것이요, 신으로부터 나온 세상 모든 것을 수용하는 것입니다. 이
처럼 우주의 모든 것은 하나로 연결되어 있습니다. 그러한 근원
적 연결성을 깊이 자각하는 것은 자신의 치유는 물론이고, 우리
가 함께 깨어남으로 가는 좋은 길이 되지 않을까 합니다.

3 ───────────────────────────────

억압되어 있던 감정이 심하게 올라올 때

　10시간 기본 상담의 마지막 상담을 하루 앞둔 저녁 10시쯤에 내담자로부터 문자가 왔습니다. 갑자기 '엄마에 대한 어마어마한 분노가 일어나서 미칠 것 같다'는 내용이었습니다. 상담을 통해 그전까지 점점 더 평온한 마음을 되찾아가던 내담자는 느닷없이 찾아온 이런 현상 때문에 너무 놀랐고, 또 힘들어했습니다. '엄마를 죽이고 싶을 정도의 엄청난 분노 때문에, 마치 화산이 폭발한 듯 도무지 마음을 진정시킬 수 없어' 괴로웠습니다.

　내면과의 소통을 지금껏 막아왔던 억압기제가 더 풀리면서 이제야 깊이 억눌러 놓았던 감정이 올라온 것이라고 말하며, 치유 차원에선 아주 좋은 일이라고 안심시켜 주었습니다. 내담자가 말하길, '분노가 너무 어마어마해서… 이게 해결되려면 한참 시간이 걸리지 않겠느냐'고 했습니다. 제가 그분을 진정시켜 주며, '내일 상담 때 치유 세션을 하면 간단히 해결될 테니까, 아무 걱정하지 말라!'고 말했습니다. 내담자가 제 말을 믿기 힘들어했지만, 몇 번 더 강조해서 안심을 시켰습니다.

　다음날 상담을 하면서 엄마에 대한 그 어마어마한 분노에 대한 치유작업을 했고, 다행히 거짓말처럼 미칠 것 같았던 그 어마어마했던 분노가 한 시간도 되지 않아 덤덤하고 평온한 상태가 되었습니다. 그것이 가능했던 것은 다른 부분이 이미 좋아진 상태였고, 감정이 충분히 올라와 주었기 때문에 비교적 이를 감당해 내기가 쉬웠기 때문입니다. 치유 차원에선 오히려 감정이 이렇게 심하게 올라오는 경우보다 얼음장처럼 꼭꼭 숨어서 전혀 올라오지 않는 경우가 훨씬 더 해결하기 어렵습니다. 심리적 바리케이드처럼 진입을 막고 있던 억압기제가다 풀려서 내면의 지하실에 꼭꼭 억눌려 있었던 감정이 올라와야 그 감정을 풀어줄 수 있기 때문입니다.

비단 이분만 꼭 그런 것이 아니라 잠재되어 있던 감정들이 치유작업을 하는 과정에서 심하게 폭발하듯이 올라오는 경우가 종종 있습니다. 어떤 내담자는 아버지 때문에 엄청난 분노가 올라올 때도 있고, 어떤 내담자는 남편이나 헤어진 전 남편 때문에 엄청난 분노가 올라올 때도 있습니다. 분노뿐 아니라 극심한 수치심이나 불안감 같은 다른 감정들이 올라오기도 합니다. 이는 모두 그동안 마치 뚜껑처럼 계속 그 감정들을 꼭꼭 억누르고 있던 억압기제가 풀렸기 때문에 일어나는 현상입니다.

이렇게 그동안 억눌러놓았던 엄청난 감정들이 내면의 폭풍처럼 일어날 때는 이를 해결하는 치유기법이 있는데, 그런 기법들을 쓰면 대부분 짧은 시간에 '대책 없는 폭풍'을 잠재울 수가 있습니다. 그 기본은 그것이 어떤 감정이든 나의 아군이요, 내 편임을 알아주고 인정해 주고 존중해 주며, 마음껏 감정을 발산하도록 허용해 주는 것입니다. 그 감정에게 '네가 전적으로 옳다'고

동의해 주고, '언제나 내 편이 되어주고 나를 지켜주어서 고맙다'고 하면서 '이제부터 항상 너를 껴안아 주겠다'고 진심으로 말해주는 것입니다. 제가 내담자들께 항상 하는 이야기지만, 억압된 감정이 올라오지 않을 때 치유하기가 어렵지, 억압되었던 감정이 올라올 때는 오히려 해결하기가 더 쉽습니다. (제가 내담자들께 필히 명상을 하게 하는 이유도 명상이 억압기제와 억압된 감정을 푸는 데 아주 좋은 기본기가 되기 때문입니다.)

한편 '억압되어 있던 어마어마한 분노가 올라온다는 것'은 심리치유를 통해서 그만큼 상태가 많이 좋아졌다는 것을 의미합니다. 그전에는 이런 분노가 자기 안에 있는 줄도 모르는 상태였고, 억압기제가 너무 심해서 분노가 계속 갇힌 채로 전혀 풀릴 기회가 없었다는 뜻이기 때문입니다. 엄청난 분노가 폭발하듯 그렇게 올라오는 것은 '억압기제'가 드디어 무장 해제되었다는 뜻이며, 내면에서 이제 때가 되었으니 이를 해결해 달라는 신호를 강력하게 보내주는 것입니다.

이분의 경우도 10년 동안 많은 돈을 써가며 숱하게 많은 상담을 받았지만, 이렇게 잠재되어 있던 어마어마한 분노가 있는 줄도 몰랐고, 그렇게 폭발하듯 분노가 올라온 적은 한 번도 없었습니다.(그전에도 상담을 통해 분노를 여러 번 다루었겠지만, 억압기제가 너무 강해서 표층 밑에 있던 '진짜 분노'가 올라오지 않았던 것입니다.) 그런데 왜 이제야 평소 전혀 자각도 못 하고 있던 이런 엄청난 분노가 쏟아 올랐을까요? 그것은 심리치유를 통해 상태가 점점 더 좋아지면서, 그동안 억누르고 있던 억압기제가 이제야 다 풀렸기 때문입니다.

즉, 심리치유가 잘 안되어서 이런 분노가 일어난 게 아니라, 심리치유가 잘되었기 때문에 이런 분노가 일어나는 것입니다. 그래서 이것은 치유 차원에서 축하할 일이며, 대단한 치유적 변화라고 할 수 있습니다. 이분의 경우도 상담 마지막 날 하루 전에 분노가 올라와서, 상담 때 이를 해결할 수 있어서 얼마나 다행인지 모릅니다. 안 그랬으면 이것 때문에 계속해서 문제증상이 온전히 해결이 안 되었을 테고, 만일 상담이 그렇게 끝난 후 뒤늦게 이런 분노가 올라왔다면 혼자서 도무지 감당을 못했을 것입니다. 게다가 심리치유가 또 실패했다고, 효과가 없다고 좌절하고 실망하며 커다란 오해 속에서 어쩌면 상담가를 원망했을 것입니다.

(상담을 짧게 받는 경우) 이런 분노가 상담이 끝난 이후에 터지는 경우도 있는데… 그 또한 그만큼 더 좋아졌기 때문에 일어나는 현상이라고 보아야 합니다. 상담이 잘못되거나 실패해서가 아니라, 오히려 상담이 잘되어서 좋아진 덕에 그런 현상이 생기는 것입니다. 때문에 이런 현상이 생기면 치유가 잘 안되었거나 실패했다고 생각할 게 아니라, 오히려 한 단계 더 좋아질 수 있는 발판이 생겼다고 생각하는 것이 좋습니다. (바로 위에서 언급했듯, 누구는 10년 동안 여러 상담을 받고도 이런 현상이 한 번도 일어나지 않았고, 제대로 자각조차 하지 못한 상태였습니다. 그 때문에 증상도 전혀 낫지 않은 상태였습니다.)

남이 나에게 행복을 가져다줄 수 있을까? 남편, 아내, 자녀, 친구, 도반? 주위의 누군가가 나를 행복하게 하는 것이 아니다. 누군가를 통해 행복해지려는 마음은 욕심이고 무지일 뿐이다. 모든 타인은 나에게 행복이 아닌 '깨달음'을 주기 위해 왔다.

그가 내게서 왜 행복을 빼앗아 가는지 염려하기보다는 그가 내게 어떤 깨달음을 주려고 왔는지를 살펴보라. 그랬을 때 비로소 모든 인간관계는 갈등과 구속을 넘어 깨달음으로 피어난다. 좋고 나쁜 모든 상대가 나를 깨닫게 해주는 고마운 존재임을 잊지 말라.

-법상, 『눈부신 오늘』에서

내 안에 가득 쌓여 있는 억압된 분노는 자기 자신을 공격하기 때문에, 화병과 우울증과 무기력증을 만드는 핵심 원인이 됩니다. 즉, 이러한 분노가 안 풀리면 증상이 온전히 해결되지 않는다는 뜻입니다. 특히 부모에 대한 분노는 '위험하고 불온한 것'이라서 여러 가지 이유 때문에 밖으로 표출되지 못하는 경우가 정말 많습니다. 이 말은 그만큼 '부모에 대한 분노'가 많이 억압된다는 뜻입니다. 사실 이는 정도 차이가 있을 뿐, 모든 내담자들이 거의 다 가지고 있는 상처의 기원과 같은 심리적 문제이기도 합니다.

과거로부터 온 이 분노가 온전히 다 풀려야 자신도 편안해지고, 부모와의 관계도 편안해집니다. 부모님은 내게 둘도 없는 은인이지만, 또 그만큼 상처를 많이 줄 수도 있는 존재이기도 합니다. 세상엔 부모님 때문에 마음에 골병이 든 사람들이 너무나 많지만, 그 속엔 분명 우리가 풀어야 운명적 과제가 담겨 있을 것입니다. 그 과제를 지혜롭게 풀어가는 것이 우리 생의 비의(秘義)가 아닐까 합니다.

> 자신을 좋아하게 되는 것,
> 자신이 하는 것을 좋아하게 되는 것,
> 그리고 그 걸어온 길을 좋아하게 되는 것,
> 그것이 성공이다.
>
> -마야 엔젤로-

제 책 『나를 깨우는 천 개의 생각』에는 이런 아포리즘이 있습니다. "상처는 아무리 커도 과거요, 아무리 작아도 용서는 미래다." '상처'로부터 확실히 분리가 되어져야 온전히 치유될 수 있는 것처럼, '과거'로부터 완전히 분리가 되어져야 진정으로 '지금 이 순간'을 살아갈 수 있습니다. 그럼에도 과거에 묶여 죽어도 받아들일 수 없고 용서할 수 없을 것 같은 상처가 있다면, 그렇게 도무지 받아들일 수 없고 용서할 수 없는 자신의 '아픈 마음'부터 온전히 공감해 주고, 이해해 주고, 인정하고 받아주어야 할 것입니다. 그것이 치유를 위해 그 어떤 용서보다 가장 앞서는 일이기 때문입니다.

4

허용과 내맡김에 대하여

드넓게 펼쳐진 바다의 수평선을 바라볼 때나 높은 산 정상에 올라서 아래를 굽어볼 때 우리는 가슴이 탁 트이는 상쾌한 느낌을 받습니다. 왜 그럴까요? 시야가 확장되었기 때문입니다. 시야가 확장되면 의식의 초점이 넓어지기 때문에 우리의 뇌도 가슴도 그 영향을 받습니다. '좁은 주의'가 '넓은 주의'로 확장되는 것을 '오픈 포커스'라고 합니다. 이러한 내용을 다룬 레스 페미의 『오픈포커스 브레인』이라는 책을 읽고 '오픈포커스'를 연습한 결과 만성두통이 좋아졌다는 분도 있고, 공황장애가 호전되었다는 분도 있습니다.

신용협의 『생활 속의 NLP』에는 이런 구절이 있습니다. "현재 시점에 무언가에 가로막혀 원하는 결과를 만들 수 없을 때면 현재에서 벗어날 필요가 있다. 과거의 기억이나 미래의 상상에 따라 나의 다른 상태를 만나면 그곳에서 필요한 답을 얻을 수 있다." 최면치료나 NLP에선 상상 속에서 과거로 가거나 혹은 미래로 가거나, 하늘 위로 가거나 우주 밖으로 가는 등의 기법을 자주 사용합니다. 그와 같은 시간이동과 공간이동 또한 심리적 시야를 넓혀주는 좋은 방법이기 때문에 치료에 적극 활용되고 있는 것입니다.

모든 심리적인 병과 고통은 마음과 생각이 좁아져서 생긴 것입니다. 그래서 심리치유는 구속되어 있거나 좁아져 있는 마음과 생각을 넓혀주는 작업이라 할 수 있습니다. 수용의 바다는 무경계여서… 안팎도 없고 경계도 없습니다. 수용이 치유의 지름길이자 치유의 본령인 것은 조건 없는 수용 속에서 우리의 마음이 무한히 넓어지기 때문입니다.

그렇다면 수용과 허용은 어떻게 다른 것일까요? '고통을 수용하는 것'과 '고통을 허용하는 것'은 어떻게 다를까요? '고통을 수용하는 것'이 이미 발생한 고통을 받아들이는 것이라면, '고통을 허용하는 것'은 이미 발생한 것은 물론이요, 앞으로 올 고통도 받아들이겠다는 뉘앙스가 내포되어 있는 표현입니다. 즉, 이 속엔 '고통이 있어도 된다'는 허여의 의미가 담겨 있습니다. 그런 점에서 허용은 수용보다 조금 더 포괄적이고 전면적인 면이 있다고 하겠습니다.

"불안하면 안 돼!"가 부정이요 억압이라면, "좀 불안해도 돼, 불안해도 괜찮아!"는 인정이요 허용입니다. 그렇게 불안을 인정하고 허용해 주면 불안은 저절로 편안해집니다. "슬퍼하면 안 돼!"가 부정이요 억압이라면, "좀 슬퍼해도 돼, 슬퍼해도 괜찮아!"는 인정이요 허용입니다. 그렇게 슬픔을 인정하고 허용해 주면 슬픔은 저절로 편안해집니다. "분노하면 안 돼!(미워하면 안 돼!)"가 부정이요 억압이라면, "좀 분노해도 돼, 분노해도 괜찮아!"는 인정이요 허용입니다. 그렇게 분노를 인정하고 허용해 주면 분노는 저절로 편안해집니다. "아프면 안 돼!"가 부정이요 억압이라면, "좀 아파도 돼, 아파도 괜찮아!"는 인정이요 허용입니다. 그렇게 아픈 나를 인정하고 허용해 주면 아픔은 저절로 편안해집니다.

'불안한 나'를 허용해 주지 않으면 불안은 더 심해집니다. 불안이 머물 공간이 없어지기 때문입니다. '슬픈 나'를 허용해 주지 않으면 슬픔(우울)은 더 심해집니다. 슬픔이 머물 공간이 없어지기 때문입니다. 마찬가지로 '분노하는 나'를 허용해 주지 않으면 분노(울화)는 더 심해지고, '아픈 나'를 허용해 주지 않으면 아픔은 더 심해집니다. 왜냐하면 그 내면에 분노와 아픔이 머물 공간이 없기 때문입니다. 즉, 허용한다는 것은 내면의 공간을 넓혀주는 일입니다.

'불안한 나, 두려운 나, 실패한 나, 창피한 나, 부족한 나, 수치스러운 나, 찌질한 나, 자존심이 상한 나……' 어떤 나이든 내가 '나'를 부정하고 회피하는 게 아니라, '이러한 나도 괜찮다'고, '이러한 나도 용인할 수 있다'고 허여하는 것이 허용입니다. 그 어떤 고통이든 우리가 고통을 허용할 때, 고통은 작은 것이 되고 우리의 내면은 고통보다 더 커다란 것이 됩니다. 허용하면 할수록 우리의 내면은 실재하는 공간처럼 더 확장됩니다. 때문에 온전한 허용은 수평선처럼 마음이 끝없이 넓어지는 일입니다.

저는 이러한 허용이 내맡김과 짝이 된다고 생각합니다. '허용한다'는 일종의 내려놓음이요, 내맡김입니다. 왜냐하면 허용한다는 것엔 '내가 관여하지 않겠다'는 뜻이 내포되어 있기 때문입니다. 내맡김은 내가 붙잡고 있는 것을 놓고 나보다 더 큰 섭리나 존재에게 모든 것을 맡기겠다는 마음입니다. 그래서 내맡김은 집착에서 무집착으로의 이동이요, '나의 좁은 마음'을 '나 밖의 넓은 마음'속으로 던지는 것이라 할 수 있습니다. 즉, 내맡김 또한 전면적으로 나의 주의와 마음을 확장시키는 일인 것입니다.

- 내 모든 고통을 허용하고 다 내맡깁니다.
- 내 모든 문제(증상)를 허용하고 다 내맡깁니다.
- 내 모든 집착(저항)을 허용하고 다 내맡깁니다.
- 내 모든 슬픔(우울)을 허용하고 다 내맡깁니다.
- 내 모든 분노(울분)를 허용하고 다 내맡깁니다.
- 내 모든 불안을 허용하고 다 내맡깁니다.
- 내 모든 두려움을 허용하고 다 내맡깁니다.
- 내 모든 좌절감(부담감)을 허용하고 다 내맡깁니다.
- 내 모든 무력감(절망감)을 허용하고 다 내맡깁니다.
- 내 모든 수치심(자괴감)을 허용하고 다 내맡깁니다.
- 내 모든 외로움(소외감)을 허용하고 다 내맡깁니다.
- 내 모든 결핍감(상실감)을 허용하고 다 내맡깁니다.
- 내 모든 욕구불만(억울함)을 허용하고 다 내맡깁니다.
- 내 모든 생각(욕구)를 허용하고 다 내맡깁니다.
- 내 모든 회피욕구(억압기제)를 허용하고 다 내맡깁니다.
- 내 모든 자기부정(자기불신)을 허용하고 다 내맡깁니다.

심리적 고통이나 얽매임엔 필히 에고의 집착과 저항이 동반되는데, 이것을 놓아주는 것이 내맡김입니다. 자아가 두려워하거나 집착해서 꼭 붙잡고 있는 것을 내려놓고 우주의 섭리에, 나의 본성인 텅 빈 마음에 내맡기는 것입니다. 어떠한 문제든, 어떠한 고통이든 하늘의 뜻에 맡기고 어떤 집착이나 저항을 하지 않고 초연하게 내려놓는 것입니다. 그것은 어떠한 결과든 받아들이겠다는 담대한 허용의 자세와 같습니다. 그래서 내맡김이란 무집착의 온전한 수용의 상태요, 전면적인 허용의 상태라고 할 수 있습니다.

아상, 이기심, 화, 집착, 욕망을 타파하려고 애쓰는 것은 공허한 노력이 되기 쉽다. 그것들과 싸우려 하지도, 그렇다고 외면하지도 말라. 다만 아상이, 노여움이, 욕망이 거기에 있음을 인정하고 받아들이고 지켜보라. 내 안에 그것들이 있다는 것을 두려워하지 말고 허용해 보라.

"그래 잘 왔어. 있을 만큼 충분히 있다가 가고 싶을 때 가렴!" 하고 따뜻하게 말해주어라. 없애려 애쓰고 싸우거나 거부하면 지속되지만, 인정하고 받아들이면 쉽게 사라진다. 더욱이 사라질 때 우리에게 깨달음의 지혜를 선물로 남긴다.

-법상,『눈부신 오늘』에서

허용하고 내맡긴다는 것은 좁아진 마음을 확장시키는 것이므로 허용하면 할수록, 내맡기면 내맡길수록 나는 무집착·무저항의 상태가 되고, 그럴수록 나는 나의 본성(근원)인 '텅 빈 마음'에 더 가까워집니다. 그것은 부정과 억압이 없는 상태이자, 집착과 저항이 없는 상태이며, 내면의 분열과 충돌이 없는 상태입니다. 하여 어떤 증상이든 허용하면 허용할수록, 내맡기면 내맡길수록 더 좋아질 수밖에 없습니다.

이것은 절대적인 마음의 법칙이기 때문에 그 누구도, 그 어떤 증상도 예외가 없습니다. 허용하면 할수록 내 내면의 공간은 더 넓어집니다. 내맡기면 내맡길수록 내 마음은 더 초연해지고 덜 얽매이게 됩니다. 그래서 좋아질 수밖에 없는 것입니다. 다만 이것이 쉽지 않은 것은 모든 판단과 분별, 모든 집착과 저항을 내려놓아야 하며, 의식뿐 아니라 무의식 차원까지 그렇게 되어야 하기 때문입니다. 때문에 온전한 치유를 위해선 어떤 경로(치유법)를 거치든 무의식 차원까지 '온전한 허용과 내맡김'이 될 수 있도록 지속적인 노력을 해야 할 것입니다.

5

치유와 성공을 위한 유일한 방법

좋아질 수밖에 없는 생각을 하고, 좋아질 수밖에 없는 행동을 반복하는 것은 치유의 유일한 방법입니다. 좋아질 수밖에 없는 생각을 하고, 좋아질 수밖에 없는 행동을 반복하는 것은 성장과 성공의 최고의 방법이기도 합니다. 치유와 성장의 법칙은 이처럼 간단하고 명료합니다. 문제는 생각과 행동이 절대적으로 무의식의 영향을 받기 때문에 무의식 차원(신념)에서부터 그러한 변화를 만들어야 한다는 데 있습니다.

좋아질 수밖에 없는 생각을 반복하고, 좋아질 수밖에 없는 행동을 반복하는 것 이면에는 내게 도움이 되지 않는 생각을 버리는 것과 내게 도움이 되지 않는 행동을 버리는 것이 포함되어 있습니다. 내게 도움이 되는 생각이 플러스 생각이라면, 내게 도움이 되지 않는 생각은 마이너스 생각입니다. 내게 도움이 되는 행동이 플러스 행동이라면, 내게 도움이 도지 않는 행동은 마이너스 행동입니다. 때문에 내게 도움이 되는 생각과 행동을 반복하려면, 내게 도움이 되지 않는 모든 생각과 행동을 다 버려야 합니다.

그래서 내가 무슨 생각을 하는지, 내가 무슨 행동을 하는지, 그것이 내게 도움이 되는 플러스 생각과 행동인지, 아니면 그 반대인 마이너스 생각과 행동인지를 늘 깨어서 잘 자각해야 합니다. 알아차림이 중요한 것은 바로 이 때문입니다. 자각이 없으면 그것을 멈추거나 바꿀 수 없기 때문입니다. 개선할 수 있는 힘, 수정·보완할 수 있는 힘은 모두 이러한 자각에서부터 비롯되는 것입니다. 이것은 심리치유뿐 아니라, 삶의 모든 분야에 동일하게 적용되는 이치입니다.

해결 중심 요법은 문제의 원인이 아니라 해결에 초점을 두는 기법이다. (중략) 이러한 접근의 효과에 대해서는 1996년에 메이저리그 최고의 투수에게 수여하는 사이 영 상을 받고 은퇴와 함께 명예의 전당에 헌액되었던 투수 존 스몰츠의 일화에서도 살펴볼 수 있다. 존 스몰츠가 슬럼프에 빠졌을 때, 그는 자신의 문제를 해결하기 위해 자신이 잘못 던졌던 투구를 확인하고 잘못된 원인을 교정하는 것에만 신경을 쓰고 있었다. 하지만 슬럼프는 계속되었고 오히려 점점 더 강해졌다. 그가 이 슬럼프를 해소한 것은 병원에서 의사가 내린 처방 덕분이었다. 의사는 그에게 가장 완벽한 투구를 했던 영상들을 계속해서 보도록 처방했고, 스몰츠는 자신의 문제가 아니라 자신의 목적과 해결된 상태에 초점을 맞추는 것으로 인해서 슬럼프를 극복했다.

-손인균,『글로 배우는 최면』에서

성공학에선 성공한 사람들과 행복한 사람들의 핵심 공통점으로 '자기성찰 지능'을 꼽습니다. 즉, 자기성찰 지능이 성공과 행복을 위한 핵심자질이 된다는 것입니다. 자기성찰 지능은 스스로 자신을 이해하고 컨트롤하는 메타인지 능력과 관련된 것입니다. 자기성찰 지능이란 간단히 말해, 무엇이 내게 도움이 되는 생각과 행동인지, 무엇이 내게 도움이 안 되는 생각과 행동인지를 자각하는 힘입니다. 고로 자기성찰 지능이 떨어지는 사람이 성장·발전할 수 없는 것은 자명한 일입니다. 자기성찰 지능이 성공한 사람들과 행복한 사람들의 핵심 공통점이 되는 것은 바로 이 때문일 것입니다.

> 어제와 똑같이 살면서
> 다른 미래를 기대하는 것은
> 정신병 초기증상이다.
>
> -아인슈타인-

우리의 성장과 발전을 위해서, 뜻과 소망을 이루기 위해서, 행복한 삶과 성공적인 삶을 살기 위해서 우리는 자각하는 힘과 자기성찰 지능을 최대치로 키워야 할 것입니다. 플러스가 되는 생각과 행동은 늘리고, 마이너스가 되는 생각과 행동은 모두 버려야 할 것입니다. 상한 음식을 반복해서 먹으면서 건강해질 수 없는 것처럼 어떤 사람, 그 어떤 일도 이러한 법칙에서 벗어나는 경우는 없을 것입니다.

예컨대 마음의 병이 치유되려면 치유될 수밖에 없는 생각과 치유될 수밖에 없는 행동을 반복해야 합니다. 공부를 잘하고 싶으면 공부를 잘할 수밖에 없는 생각과 공부를 잘할 수밖에 없는 행동을 반복해야 합니다. 돈을 잘 벌려면 돈을 잘 벌 수밖에 없는 생각과 돈을 잘 벌 수밖에 없는 행동을 반복해야 합니다. 행복해지려면 행복해질 수밖에 없는 생각과 행복해질 수밖에 없는 행동을 반복해야 합니다. 반복은 결국 사고습관이나 행동습관과 같은 '하나의 습관'으로 굳어집니다. 습관이 되었다는 것은 무의식 차원까지 변화가 생겼다는 뜻이 됩니다.

그래서 늘 자신의 생각과 행동을 잘 자각하고 점검해야 합니다. '이러한 생각/행동이 내게 도움이 되는 것인가? 아니면 그 반대인가? 나는 좋아질 수밖에 없는 생각(신념)과 행동을 반복하고 있는가?' 이렇게 하려면 무엇보다 평소에 내게 마이너스가 되는 생각과 행동을 전부 다 자각하고 찾아내야 합니다. 아울러 내게 플러스가 되는 생각과 행동을 최대한 폭넓게 발견하고 찾아내야 합니다. 그런 다음 내가 좋아지는 데 방해가 되거나 도움이 되지 않은 것은 과감히 다 버리고, 좋아질 수밖에 없는 생각과 행동을 꾸준히 굳건하게 반복해야 합니다.

누구든 좋아질 수밖에 없는 생각과 좋아질 수밖에 없는 행동을 계속 반복한다면 결국 좋아질 수밖에 없습니다. 그것은 좋아질 수밖에 없는 유일한 길과 같으며, 누구도 피해 갈 수 없는 법칙이기 때문입니다.

우리가 성장하기 위해서 할 수 있는 아주 단순한 질문이 있다. 스스로 물어보는 것이다. 지금과 같은, 오늘과 같은 방법과 노력을 계속하면 미래가 어떻게 될지 생각해 보는 것이다. 학습을 예로 들어 어떤 시험이 있다고 가정하자. '오늘처럼 매일 시험일까지 공부하면 과연 원하는 결과를 얻을까?'라고 질문하는 것이다. 대답이 '그렇다'라면 그대로 하고 '아니요'라면 '그렇다'가 나오는 방법과 노력은 무엇인지를 질문한다. 그것을 막는 장애물이 무엇인지 묻는다. 그리고 '그렇다'가 나오는 방법을 찾고 실제로 매일 매일 실행하는 것이다. 내가 학습하고 창조하려는 콘텐츠가 있다면, 사업이 있다면 그것도 마찬가지다. 이대로 하면 '그렇다'인가 '아니요'인가?

-김진겸, 『잘되는 사람은 무엇이 다른가』에서

마이너스 생각과 플러스 생각 10가지 쓰기

잘 자각해서 내게 가장 마이너스가 되었던 생각 10가지와 내게 가장 플러스가 되는 생각 10가지를 적어보세요. 그러면 자신의 사고에 대한 이해와 자각력이 높아질 것입니다.

*마이너스 생각

① 나는 어차피 노력해도 아무 소용없다.(샘플 예시문)

----

②

----

③

----

④

----

⑤

----

⑥

----

⑦

----

⑧

----

⑨

----

⑩

----

*플러스 생각

① 계속 노력하면 조금씩 더 나아질 수 있다.(예시문)

②

③

④

⑤

⑥

⑦

⑧

⑨

⑩

나쁜 습관 10가지와 좋은 습관 10가지 쓰기

내가 완전한 치유와 건강하고 행복한 삶을 살기 위해 '꼭 버려야 할 나쁜 습관 10가지'와 '꼭 가져야 할 좋은 습관 10가지'를 적어보시기 바랍니다.

습관은 바꾸는 것이 아니라, 새로운 습관으로 대체하는 것이다.
-오그 만디노-

*나쁜 습관

① 늦게 자고, 늦게 일어나는 습관을 버린다. (샘플 예시문)

② 유튜브 보면서 시간 낭비하는 것을 끝낸다.

③

④

⑤

⑥

⑦

⑧

⑨

⑩

*좋은 습관

① 숙면과 다음 날의 좋은 컨디션을 위해 저녁을 적게 먹는다. (예시문)

② 아침에 반드시 명상과 독서를 10분 이상 한다.

③

④

⑤

⑥

⑦

⑧

⑨

⑩

이것을 쓰게 되면, 무엇보다 자각력이 높아지고 명료한 기준점(지향점)이 생깁니다. 이것을 써서 책상이나 잘 보이는 곳에 두고 매일 한 번 이상 보는 게 좋습니다. 이를 통해 매일 자신을 점검할 수 있고, 치유와 행복한 삶을 위한 최적의 루틴(규칙)을 만들어 갈 수 있습니다. 나를 위한 최고의 루틴은 무엇일까요? 내가 나날이 좋아질 수밖에 없는 최고의 하루 루틴을 만들어 보시기 바랍니다. 스스로 그 답을 찾고 실행할 때, 나는 분명 새로운 미래를 맞이하게 될 것입니다.

행복해지길 원한다면 행복해지는 일을 반복하면 된다.
그것이 바로 습관이다.

-드라고스 로우아-

브라이언 트레이시는 "좋은 습관 하나는 100만 불 이상의 가치를 가지고 있다."고 말한 바 있습니다. 내 인생을 바꿔놓을 내가 꼭 가져야 할 최고의 습관은 무엇일까요? 최고의 습관을 장착하기 위해 우리는 한 가지 사안을 더 살펴보아야 할 것입니다.

온전한 심리치유는 마음의 습관이 바뀌는 것입니다. 그런데 이런 마음의 습관은 반드시 생활습관과도 긴밀히 연결되어 있습니다. 그래서 심리치유를 위해선 마음의 습관뿐 아니라, 생활습관 또한 좋은 쪽으로 바뀌어야 합니다. 즉, 좋아질 수밖에 없는 사고습관과 좋아질 수밖에 없는 행동습관을 함께 가져야 하는 것입니다.

그런데 이러한 습관들은 치유환경과도 매우 밀접한 관련이 있습니다. 효과적인 치유를 위해선 자신의 치유환경을 가장 좋게 만들어야 합니다. 예를 들자면, 포르노중독이라면 포르노를 볼 수 없도록 가지고 있는 포르노를 다 버리고, 모든 방법을 동원해서 최대한 포르노를 보기 어려운 상황을 만들어야 합니다. 만약 실내에서 운동하는 게 목표라면, 실내에 적절한 운동기구를 둔다든지, 운동을 할 수밖에 없는 최적의 환경(조건)을 만들어야 합니다. 즉, '좋은 치유환경'을 만드는 것이 습관을 바꾸는 첫 번째 관건이자 지름길인 것입니다. 그러므로 어떤 경우든 자신에게 맞는 '최고의 치유환경'을 찾을 수 있도록 끊임없이 연구하고 계속 찾아내야 합니다.

어떤 환경 속에 있든, 이러한 치유환경은 전부 사고습관과 행동습관(생활습관)에 많은 영향을 줄 수밖에 없습니다. 그래서 사고습관과 행동습관과 함께 치유환경에도 반드시 깊이 신경을 써야 합니다. 마음이 환경을 바꾸기도 하지만, 환경이 마음을 바꾸기도 합니다. 우리는 정신적 존재이기도 하지만, 물질적 존재이기도 하기 때문입니다. 고로 좋아지는 최고의 비결은 좋아질 수밖에 없는 생각과 행동을 반복하면서 '좋아질 수밖에 없는 환경과 시스템'을 구축하는 것이라 할 수 있습니다.

6

모든 사람의 무의식이 일종의 최면상태인 이유

인간은 의미 있는 것으로 자신을 최면하지 않으면
자신에게 해가 되는 생각으로 자신을 최면하게 된다.
인생의 모든 것이 최면이란 것을 깨닫고
마음속으로 깊이 새기며 살아야만
자신을 불행하게 만드는 자기암시에서 벗어날 수 있다.

-박세니-

부모가 성장기의 아이에게 "이 멍청하고 한심한 놈아!"라는 말을 자주 반복하게 되면 어떻게 될까요? 이 말이 아이의 의식과 무의식에 깊이 각인되어, 아이는 스스로를 "멍청하고 한심한 인간"으로 인식하게 될 것입니다. 즉, 아이는 부모가 한 말 때문에 '특정한 암시'가 걸리는 것입니다. 이것이 바로 현실 속에서 무심코 자연스레 만들어지는 암시이자 최면입니다.

우리의 무의식은 입력된 대로 반응하는 속성이 있습니다. 입력된 대로 반응한다는 것은 무의식에 새겨진 믿음(신념)대로 반응한다는 뜻입니다. 그래서 이러한 부정적 신념이 무의식에 새겨지면 정말로 그런 사람이 될 뿐 아니라, 계속해서 그런 믿음을 반영하는 현실을 끌어당기게 됩니다. 무의식이 우리의 삶을 절대적으로 좌우하는 것은 바로 이 때문입니다. 무의식이란 간단히 말해 내면에 새겨진 나와 세상에 대한 신념입니다. 이것은 우리를 작동시키는 강력하고 유일한 내면의 프로그램입니다. 그래서 우리는 무의식적으로 오직 그 신념의 프로그램대로만 살아갈 뿐 아니라, 저절로 자동 재생되는 이 프로그램으로부터 조금도 자유로울 수가 없습니다. 그래서 위와 같은 부정적 신념이 새겨지면, 수정이 이루어지기 전까지 평생토록 '멍청하고 한심하게' 살아갈 수밖에 없게 됩니다.

다른 예를 하나 들어 보겠습니다. 예전엔 아이가 배가 아프면 어머니나 할머니가 아이의 배를 문질러주면서 "엄마(할머니) 손은 약손!"이라는 말을 외우면서 아이들을 달래주곤 했습니다. 그러면 신기하게도 아팠던 배가 낫는 경우가 많았습니다. 이때 어머니가 사용한 "엄마 손은 약손!"이라는 말은 최면을 거는 암시문과 같은 것입니다. 그 말이 아이의 마음속에 깊이 들어가서, 아이의 마음이 동화되어 정말로 암시효과를 발휘하기 때문입니다.

단적인 예를 들었지만, 크게 보면 이처럼 성장기 때 아이가 부모로부터 듣는 말은 거의 전부 최면을 거는 암시문과 크게 다르지 않다는 점을 주지해야 할 것입니다. 그러한 말들(암시)이 모이고 모여 '아이의 무의식 속 내용물, 즉 '신념 체계'를 만들어 내기 때문입니다. (특히나 아이들의 무의식은 백지상태이자, 외부자극에 매우 민감하게 반응하기 때문에 최면을 안 걸어도 최면상태에 있는 것이나 다름없습니다.) 그러한 신념은 성장기 때 한번 만들어지고 나면 좀처럼 잘 바뀌지 않습니다. 내적 신념과 경험들이 결합되면서 나이가 들면 들수록 대개 그 내용물들이 더 굳어지고 더 강화되기 때문입니다.

어릴 때는 주로 부모나 타인에 의해 암시가 걸리지만, 좀 크고 나면 세상의 영향 속에서 스스로 자신에게 알게 모르게 수없이 많은 암시를 하게 됩니다. 예컨대 우리가 알게 모르게 자주 쓰는 말(언)이나 반복해서 자주 하는 생각들은 전부 자신이 자신에게 하고 있는 '자기암시(자기최면)'입니다. 우리는 사실 누구나 매일매일 이러한 자기최면을 반복하고 있습니다. 하여 실상 이것이 가장 전면적이고 가장 지속적이며 가장 강력한 자기최면이기도 합니다.

무엇이 너무 좋다거나, 무엇이 너무 싫다는 평소 취향이나 여러 가지 취미도 자기최면의 결과이며, 심지어 광고를 보고 갑자기 물건을 사고 싶은 마음이 드는 것도, 누군가를 보고 사랑에 빠지는 것도 다 일종에 최면입니다. 우리가 자각을 잘 하고 있지 못할 뿐, 하늘 아래 자기최면을 하지 않고 사는 사람은 단 한 사람도 없습니다. 그런 점에서 우리는 모두 자기최면을 하고 있는 것이고, 어떠한 자기최면 상태에서 저마다 삶을 살아가고 있는 것입니다.

그렇게 세상과 나의 관계 속에서 만들어지는 각종 암시와 최면은 하나의 믿음 체계인 무의식의 프로그램을 지속적으로 만들어 내고 또 유지시킵니다. 그래서 단 한 명의 예외 없이, 모든 사람의 무의식 자체가 일종의 '자기최면' 상태인 것입니다. 우리의 삶을 지배하는 무의식이 자기최면 상태이므로, 우리의 삶 또한 자기최면 상태일 수밖에 없는 것입니다. 아울러 그러한 사람들이 모여 이룬 것이 우리의 세상이므로, 우리 세상 또한 통째로 일종의 최면상태일 수밖에 없습니다.

이러한 속성을 안다면, 우리 인생의 본질 자체가 최면이고, 우리 삶의 모든 실상이 최면이라는 사실을 알게 될 것입니다. 사람은 누구나 일생을 어떠한 '자기최면' 속에서 살다가 죽습니다. 그렇기에 대부분의 사람들은 자신이 보고 싶은 대로 보고, 믿고 싶은 대로 믿을 뿐, 사실이나 진실을 제대로 인지하지 못합니다. 그저 자신이 보고 싶은 대로 보고, 믿고 싶은 대로 믿은 것을 사실이나 진실이라고 착각하며 사는 것입니다.

그래서 이것을 영적 차원에서 표현하면, 오직 자기 아상의 눈으로 세상을 보며, 자신(에고)의 좁은 마음속에서 살다가 그게 전부인 줄 알고 죽는 것이 인생이라고 할 수 있습니다. 그래서 깨닫지 못한 사람을 중생이라고 하고, 그러한 삶을 흔히 미몽(迷夢)이라고 하지요. (깨달음이란 이런 미몽에서 깨어나는 것이기에, '깨달음'이라고 부르는 것이 아닐까 합니다.)

우리의 믿음은 가능한 것과 불가능한 것,
우리가 할 수 있는 것과 없는 것이 무엇인지 구별해 주는
절대적인 명령이라 할 수 있다.

그 믿음은 모든 행동, 모든 사고, 우리가 경험하는
모든 느낌을 만들어 낸다.

-앤서니 라빈스-

우리는 모두 자기 무의식의 프레임으로 세상을 봅니다. 즉, 무의식이라는 안경으로 세상을 보는 것입니다. 빨간 안경을 쓰면 빨간 세상만 보이듯, 불안이라는 안경을 쓰면 불안한 세상만 보일 것이요, 분노라는 안경을 쓰면 화가 나는 세상만 보일 것이요, 우울이라는 안경을 쓰고 보면 우울한 세상만 보일 것이요, 불행이라는 안경을 쓰면 불행한 인생만 보일 것입니다. 제가 내담자들께 늘 하는 말이지만, '마음은 과학'입니다. 마음은 이처럼 오직 원리대로만 움직입니다.

그래서 심리치유 차원에서 보면, 우울증은 우울증이 될 수밖에 없는 최면상태에 있는 것이고, 대인공포는 대인공포가 될 수밖에 없는 최면상태에 있는 것이고, 공황장애는 공황장애가 될 수밖에 없는 최면상태에 있는 것이고, 강박증은 강박증이 될 수밖에 없는 최면상태에 있는 것이라 할 수 있습니다. 모든 증상이 이와 다 마찬가지입니다.

그래서 심리치유는 그러한 역기능적 최면상태(무의식의 프로그램)를 무장 해제시켜 주고, 좋은 최면상태(건강한 신념상태)를 만들어 주는 것에 지나지 않습니다. 인생이 최면이고, 무의식이 최면이기에, 심리치유 또한 그 어떤 형태의 상담이든 결국 최면일 수밖에 없는 것입니다. 때문에 이것을 깊이 이해하느냐, 그렇지 않느냐, 아울러 이것을 얼마나 효과적으로 다룰 수 있느냐, 없느냐는 심리상담가의 수준과 실력을 결정하게 될 것입니다.

그리하여 누구든 최고의 심리상담가가 되려면, '치유 쪽으로 무의식을 바꾸는 작업'에, 즉 치유최면에 달인이 되어야 할 것입니다. 인류 최고의 상담가로 불리는 밀턴 에릭슨이 그러했던 것처럼!

7
삶의 모든 것이 최면인 이유

나 자신의 관점이
자원인 동시에 한계가 된다!
-밀턴 본더-

우리의 무의식은 일종의 최면 상태이기에, 모든 사람은 저마다의 '어떠한 최면 상태'에서 일생을 살아갑니다. 어느 시대, 어느 곳에서 살든 단 한 사람의 예외도 없이 그러합니다. 그러므로 삶의 거의 모든 것이 다 최면이라고 할 수 있습니다. 물고기가 일생을 물속에서 살아가듯, 우리는 늘 거대한 최면의 바닷속에서 살아가지만, 그 사실을 잘 자각하지 못하고 있을 뿐입니다.

종교를 가지고 있는 사람은 종교를 믿는 게 '맞다'고 생각합니다. 하지만 그렇지 않은 사람은 종교를 믿지 않는 게 '맞다'고 생각합니다. 어느 쪽이 맞을까요? 여당을 지지하는 사람은 여당을 지지하는 게 '맞다'고 생각하지만, 그렇지 않은 사람은 그 반대로 생각합니다. 최면에 관심이 있는 사람은 최면에 대해 좋게 생각하지만, 그렇지 않은 사람은 최면에 대해 무관심하거나 좋지 않게 생각합니다. 무엇을 믿든 그들은 저마다 자기 생각이 '맞다'고 여깁니다.

예컨대 종교를 믿는 사람의 경우도 불교를 믿는 사람도 있고, 기독교를 믿는 사람도 있고, 이슬람교를 믿는 사람도 있습니다. 불교를 믿는 사람은 불교를 믿는 게 '맞다'고 생각합니다. 기독교를 믿는 사람은 기독교를 믿는 게 '맞다'고 생각합니다. 이슬람교를 믿는 사람은 이슬람교를 믿는 게 '맞다'고 여깁니다. 하지만 내가 믿는 게 '맞다'는 생각은 자아가 지닌, 하나의 신념일 뿐입니다. 심지어 그 '맞다' 때문에 수많은 갈등과 종교전쟁까지 일어나기도 합니다.

이런 맥락을 통찰한다면, 어떤 종교를 믿든 그것은 자신이 지닌 신념의 결과물에 지나지 않는다는 것을 자각할 수 있습니다. 어떤 신이든 신은 자신이 '맞다'고 여기는 종교적 신념 속에만 있습니다. 고로 어떤 신을 믿든 그 신은 자기 마음속의 신이자, 자기 신념 속의 신에 지나지 않습니다. 결국 그것은 신을 만나는 게 아니라, 신에 대한 자기 마음과 신념을 만나는 것에 불과한 것입니다. 그러므로 어떤 종교를 믿든 모든 신앙은 일종의 최면상태라고 할 수 있습니다.

> 모든 신념은 거짓말보다 더 큰
> 진리의 위험한 적이다.
> -니체-

　사람들은 누구나 자신이 보고 싶은 대로 보고, 믿고 싶은 대로 믿습니다. 이것이 반복되면 그 시각과 신념은 더 고착화되고 더 정형화되어, 그에 부합하는 경험들을 지속적으로 끌어당기고 만들어 냅니다. 그렇게 경험이 더해지면, 그 시각과 신념은 다시 더 강화됩니다. 그래서 사람들은 저마다 자신의 시각과 생각이 전부인 양 '그것이 맞다'는 심대한 착각 속에서 살아갑니다. (흔히 마음공부에선 이것을 에고라고 하지요. 이것은 달리 표현하면 자신의 '에고'에 갇히는 것입니다.)

　이것이 인간(인생)의 가장 본질적이고 보편적인 특징입니다. 이러한 일들은 모두 내면의 신념체계가 다르기 때문에 일어나는 현상입니다. 종교를 믿거나 안 믿는 것도, 정치적 견해가 판이하게 다른 것도, 최면을 좋아하거나 최면을 싫어하는 것도 다 내적 신념과 프레임에 따른 결과입니다. 즉, 이 모든 것은 자신이 지니고 있는 '최면상태-신념적 반응'의 결과입니다. 삶의 그 어느 것 하나 최면에서 벗어나는 게 없는 이유는 바로 이 때문입니다.

'내가 세상을 어떻게 보느냐'는 사람마다 다 다릅니다. 이는 삶이 지극히 주관적 경험임을 의미합니다. 마음의 각도와 명암과 수준에 따라 세상은 저마다 다 다르게 보입니다. 개미가 보는 세상과 코끼리가 보는 세상과 돌고래가 보는 세상이 같을 수 없듯이, 우리는 저마다 다 다른 눈으로, 다른 인식의 틀로 세상을 바라봅니다. 70억의 인류가 있다면, 70억 개의 저마다 다른 세상이 존재하는 것입니다.

빨간색 안경을 쓰고 보면 세상이 빨갛게 보이고, 파란색 안경을 쓰고 보면 세상이 파랗게 보이고, 검은색 안경을 쓰고 보면 세상이 검은색으로 보입니다. 이처럼 우리는 저마다 자신의 마음의 창(窓)으로 세상을 보고, 자신이 지닌 인식의 필터를 거쳐서 세상을 봅니다. 결국 우리는 있는 그대의 세상을 보는 게 아니라, 자기 마음에 비춰진 세상을 보는 것입니다. 이를 달리 표현하면, 어떤 세상을 보든 우리는 세상에 대한 자신의 마음(생각)과 자신의 신념을 보는 것입니다.

똑같은 대통령을 두고서도 사람마다 생각이 다 다릅니다. 그를 지지하는 사람과 지지하지 않은 사람의 인식과 입장 차이는 판이하게 다릅니다. 이는 무엇을 뜻할까요? 우리는 있는 그대로의 대통령을 만나는 게 아니라, 대통령에 대한 자신 마음과 신념을 만난다는 것을 의미합니다. 개를 좋아하는 사람과 개를 싫어하는 사람은 개에 대해 전혀 다르게 반응합니다. 개에 대한 마음과 신념이 다르기 때문입니다. 즉, 우리는 어떤 개를 만나든 저마다 개에 대한 자신의 마음과 신념을 만나는 것입니다.

그 어떤 신을 만나든 그것은 자신의 마음과 믿음대로 만나는 것이며, 그 어떤 세상을 만나든, 그 누구를 만나든, 그 어떤 대상을 만나든 다 마찬가지입니다. 이것은 모두 자신의 신념체계(내부표상) 때문에 그러한 것이고, 결국 이는 '그 모든 것'이 최면상태의 결과임을 의미합니다.

우리의 무의식은 언제나 이러한 신념체계와 최면상태에 따라 움직입니다. 종교에 대한 것이든, 정치에 대한 것이든, 어떤 사람이나 사건이나 사물에 대한 것이든 다 마찬가지입니다. 자신이 보는 대로, 자신이 믿는 대로 더 계속 똑같은 체험을 하게 됩니다. 그러므로 이러한 자기최면 상태를 깨어서 자각하고 인지할 수 있어야 하며, 이러한 무의식의 원리와 이치를 깊이 이해하고서 자신에게 최대한 이롭게 사용해야 합니다.

의식화되지 않은 무의식은
당신의 삶을 지배할 것이고
당신은 그것을 '운명'이라 부를 것이다.

-칼 융-

무의식은 오직 입력된 대로만, 믿는 대로만 반응을 하기에, 우리의 무의식은 100% 최면상태라고 할 수 있습니다. 무의식이 이렇게 100% 최면상태이기에, 우리의 인생 또한 전면적으로 최면일 수밖에 없습니다. 이것은 제일 먼저 알아야 할 인생의 절대적 진리일 것입니다.

예를 들어, 컴퓨터 파일에 오자가 있으면 한 번 출력을 하든, 열 번 출력을 하든 계속 '오자'가 출력될 것입니다. 우리의 무의식도 이와 마찬가지입니다. 만약 우리의 무의식 속에 '부정적인 내용'이 입력되어 있다면, 죽기 전이나 내용이 바뀌기 전까지 그것은 계속해서 반복 '출력'될 것입니다. 비유하자면, '불행'과 '실패'라는 글자가 입력되어 있다면 '불행'과 '실패'라는 글자가 현실 속에 계속해서 출력되는 것입니다. 이 얼마나 서글프고 무서운 일인가요!

문제는 한번 입력된 무의식의 내용은 좀처럼 잘 바뀌지 않는다는 점입니다. 성장기 때 만들어진 무의식은 대부분 일생을 지배하는 경우가 많습니다. 우리가 '자기최면'의 속성에 대해 깊은 이해와 통찰을 가져야 하는 것은 바로 이 때문입니다.

우리가 완전히 의식하지 못할 때도 잠재의식은 우리를 '우리'로 만드는 일에 매진한다. 생각하고 말하고 반응하는 법, 이 모든 것이 조건화라는 과정을 통해 어린 시절부터 각인된 생각과 패턴, 믿음으로 주조된 잠재의식에서 나온다.

-니콜 르페라, 이미정 역, 『내 안의 어린아이가 울고 있다』에서

요컨대 우리가 평소 알게 모르게 습관적으로 자주 쓰는 말은 전부 '자기암시'이고, 자주 반복적으로 하는 생각은 전부 '자기최면'입니다. 그런 점에서 이 세상에 자기암시/자기최면을 하지 않고 살아가는 사람은 단 한 사람도 없습니다. 단지 그것을 의식적으로 하고 있는 사람과 무의식적으로 하고 있는 사람이 있을 뿐입니다. 그런 점에서 심리치유의 본질은 역기능적인 자기최면 상태를 순기능적 자기최면 상태로 바꾸어 주는 데 있다고 할 수 있습니다. 때문에 무의식적으로 하고 있는 '부정적 자기최면'을 의식적으로 만들어 가는 '긍정적 자기최면'으로 바꿔 주어야 합니다. 하여 모든 심리치유 또한 이 기본전제에서 출발해야 하는 것이 마땅하지 않을까 합니다.

사이비에 빠져 패가망신한 사람들이 더러 있습니다. 사이비에 빠졌다는 것은 사이비에 최면이 걸렸다는 뜻입니다. TV나 스마트폰에 빠져 많은 시간을 보내고 있다면 TV나 스마트폰에 최면이 걸렸다는 뜻입니다. 마찬가지로 별 생각이 없었는데 광고를 보고 갑자기 물건을 사게 되는 것은 그 광고에 최면이 걸렸다는 뜻입니다. 미인을 보고서 그 사람이 자꾸 생각에 맴도는 것은 그 미모에 최면이 걸렸다는 뜻입니다. 또 요리하기를 좋아하게 되었다면 요리에 최면이 걸린 것이요, 타로를 좋아하게 되었다면 타로에 최면이 걸렸다는 뜻입니다. 늘 천지사방에 우리를 끌어당기는 최면은 널려 있습니다.

우리는 인생을 살면서 나를 살리는 좋은 것에 최면이 걸릴 수도 있고, 나를 해치는 나쁜 것에 최면이 걸릴 수도 있습니다. 무엇에 최면이 걸리느냐는 우리 인생의 모든 것을 좌지우지할 것입니다.

만일 '나는 책 읽는 게 너무 좋아!' 이렇게 최면이 걸리면 어떻게 될까요? '나는 명상하고 운동하는 게 너무 좋아!' 이렇게 최면이 걸리면 어떻게 될까요? '나는 뭔가를 배우고 익히는 게 너무 좋아!' 이렇게 최면이 걸리면 어떻게 될까요? '나는 긍지와 자부심으로 열심히 일하는 게 너무 좋아!' 이렇게 최면이 걸리면 어떻게 될까요? '나는 봉사하고 나누는 게 너무 좋아!' 이렇게 최면이 걸리면 또 어떻게 될까요?

나는 지금 어떤 것에 최면이 걸려 있을까요? 내가 꿈과 목표를 이루기 위해, 행복한 삶을 살기 위해 나에게 걸어야 할 최면은 무엇일까요? 우리가 멋지고 행복한 삶을 살려면 무엇보다 세상에 존재하는 가장 아름답고, 가치 있고 좋은 것들에 최면이 걸려야 할 것입니다. 이왕이면 아주 깊이깊이!

8

치유를 위해선 긍정확언이 아니라 치유확언을 해야 하는 이유

흔히 긍정확언을 '현재형'으로 하라고 많이들 이야기하지만, 이것은 실재 현실과 매우 동떨어진 잘못된 정보에 가깝습니다. 그게 가능한 사람이나 경우가 있고, 그렇지 않은 사람이나 경우가 있기 때문입니다. 심리치유가 필요한 대개의 경우 전자보다 후자가 더 많습니다.

우울증에 걸려 고통스러운 사람이 "나는 행복하다."와 같은 긍정확언을 지속해서 외울 수가 있을까요? 그럼 효과가 있을까요?

가난에 찌들려 경제적으로 너무 힘든 사람이 "나는 부자다." 혹은 "나는 풍요롭다."와 같은 긍정확언을 지속해서 외울 수가 있을까요? 그럼 효과가 있을까요?

평생 온갖 고통과 불행으로 점철된 삶을 산 사람이 하루아침에 "나는 운이 좋다."와 같은 긍정확언을 지속해서 외울 수가 있을까요? 그럼 효과가 있을까요?

확언은 필히 지속적으로 반복해야 하기에, 자신의 현재 상태나 자기 무의식 속 신념과 심하게 충돌하는 문장은 받아들이기 어려워서 잘 외우지도 못할 뿐 아니라, 억지로 외웠다가는 무의식의 신념과 충돌해서 아무 효과도 없거나 더 안 좋은 일이 벌어져서 그 확언을 외우는 걸 포기하게 됩니다. 그 결과 자신의 부정적 신념만 더 강화시키게 됩니다.

위의 예시들처럼 특히 내면에 상처와 부정이 아주 많은 사람들에게 긍정확언은 오히려 독이 될 수 있습니다. 그것은 그렇게 하고 싶어도, 그렇게 잘 될 수 없는 심리적 속성이나 구조가 내재되어 있기 때문입니다.

내 무의식 속에 프로그래밍되어 있는 내용은 내가 평생 동안 붙들고 살았던 나의 오랜 믿음이요, 신념이기 때문에 엄청난 집착과 저항과 관성(항상성)을 가지고 있습니다. 하여 무의식은 지금까지의 내 믿음(현실)과 다르거나 반대되는 내용을 거부합니다. 고로 당연히 잘 바뀌지도 않을뿐더러 잘 바뀌지 않으려 버티게 됩니다. 고통과 상처가 심할수록 더욱 그렇습니다.

그래서 무의식 속 이러한 프로그래밍을 바꾸려면, 현재의 내가 받아들이기 쉬운 것부터, 무의식의 내용과 충돌이 적은 것부터 단계별로 해야 합니다. 표현에 있어서도 현재형보다 진행형이나 예언형이 더 좋을 때가 있는 것입니다.(특히 내면에 부정과 불신이 많은 사람은 더욱 그렇습니다.) 아울러 내면의 상처를 치유하고 무의식을 정화할 수 있는 적절한 문장으로 해야 합니다. 즉, 긍정확언이 아니라 치유확언으로 해야 하며, 이왕이면 가장 효과적이고 자신에게 적실한 치유확언으로 해야 하는 것입니다.

모든 정상적인 사람들은 암시에 반응할 수 있으며, 그것은 결국 자신의 허용 여부에 달려 있는 것이다. 어떤 사람은 스스로에게 긍정적이고 강력한 힘을 주는 언어적·비언어적 암시를 지속적으로 사용하여 가장 긍정적인 성과를 맛보기도 하지만, 반대로 어떤 이는 부정적인 언어적·비언어적 암시를 습관적으로 사용함으로써 인생이란 무대에서 실패와 결핍 등 부정적인 것들을 경험하기도 한다.

이것이 설령 무의식적으로 일어난 일이라 하더라도 결국 그 결과와 무관하게 전자, 후자 모두 훌륭한 자기최면을 행하고 자기암시를 수용한 결과물이라 할 수 있다. 자기암시이건 타인암시이건 암시감응성은 성장과 퇴보에 있어 동일하게 작용할 수 있다.

-문동규, 『최면, 써드 제너레이션』에서

몇 가지를 더 이야기하자면 명상이나 자기최면 등을 통해 무의식의 저항을 최소화시켜서 하는 게 훨씬 더 좋습니다. 심리적 이완 상태에선 확언에 대한 수용성이 더 높아지기 때문입니다. 치유확언 중에는 나의 영적 진실과 진리에 부합하는 것들이 있는데, 이런 확언을 사용하는 것도 도움이 됩니다. 나의 현재 의식은 몰라도 무의식은 나의 영적 진실과 진리를 알기 때문에 비교적 저항이 적어서 치료에 좋은 효과를 줄 수 있습니다. 아울러 저항을 줄이기 위해 '주어'를 생략하는 방법도 있습니다.

①할 수 있다. 반드시 된다! (할 수 있다. 반드시 해낸다!)

②나는 할 수 있다. 나는 반드시 된다! (나는 할 수 있다. 나는 반드시 해
낸다!)

①과 ②는 어떠한 차이가 있을까요? ②에는 주어가 있지만
①엔 주어가 없습니다. 이렇게 주어가 없으면 심리적 저항이 없
거나 최소화됩니다. 그래서 ①을 충분히 반복한 다음 잠재의식
의 상태가 더 좋아졌을 때 ②를 하는 것이 좋습니다. 내면에 긍정
적 신념이 많은 사람은 처음부터 ②를 해도 상관없지만, 만약 내
면에 부정적인 신념이 많은 사람이라면 필수적으로 ①을 충분히
한 다음 ②를 하는 것이 더 좋습니다. 그래야 무의식의 저항(충
돌)으로 빚어지는 부작용을 미리 방지하거나 최소화시킬 수 있기
때문입니다.

이와 같은 맥락에서 특정 단어를 반복하는 '단어암시(문구암
시)'의 경우도 주어가 없기 때문에 저항이 없거나 최소화되는 특
성이 있습니다. 단어(언어)에는 그 단어가 자아내는 고유의 에너
지가 있습니다. 특정 단어를 반복해서 외우거나 음미하면 그 단
어의 에너지를 의식과 무의식 차원에서 내가 흡수하게 됩니다.
'말버릇이 중요하다'고 하는 것도 이와 같은 맥락의 말이라 할 수
있습니다.

자기 자신을 믿지 않고
자신의 능력을 충분히 사용하지 않는 사람은

요컨대 세상에 존재하는 모든 치유기법은 방식만 다를 뿐, 내면의 역기능적 프로그래밍을 좋은 쪽으로 바꾸는 것입니다. 즉, 내 무의식에 새겨진 '어떠한 확언(신념체계)'을 바꿔 주는 것입니다. 어떤 치유기법을 쓰든 '확언'이 심리치유에 있어 절대적으로 중요한 것은 이 때문입니다. (심지어 아무런 치유기법도 쓰지 않고 말로만 하는 대화상담도 고도로 선택된 '어떠한 말'로 하는 것이며, 그것 또한 일종의 치유확언입니다.)

헬스장에 처음 간 사람이 처음부터 자기 힘에 버거운 무거운 바벨을 들지 않는 것처럼, 확언도 반드시 쉬운 것부터 단계별로 해서 치유(회복)의 수준에 맞춰 마음의 힘을 서서히 키워가야 합니다. 혹 내면에 부정 에너지가 너무 강해서 그러한 마음의 PT를 혼자 힘으로 도무지 하기 어렵다면, 전문가의 도움을 받는 것도 좋으리라 생각합니다. 마치 혼자 운동한 사람과 전문가의 코칭을 받고 운동한 사람의 결과가 확연히 다른 것처럼!

9 ────────────

자기암시를 가장 잘하는 방법

　루이스 헤이의『치유』는 제게 '자기사랑'이 얼마나 중요한 것인지 알게 해 준 책으로, 제 인생책 중 하나입니다. 이 책은 심리치유의 명저로 손꼽을 만한 책으로, 세계적인 스테디셀러로서 수많은 사람들을 치유의 길로 안내했습니다. 그 책을 읽고 인생의 놀라운 변화와 치유를 경험한 수많은 사람들이 지금도 이 책의 가치와 효과를 증명하고 있습니다. 무엇이 그러한 놀라운 성취를 이루어냈을까요. 루이스 헤이를 지금의 루이스 헤이로 만든 것은 바로 그녀가 사용하는 치유기법의 핵심인 '치유확언'에 있습니다.

　"기억하세요. 당신을 치유할 수 있는 사람은 바로 당신 자신입니다. 확언하세요. 어떤 일이 있어도 당신은 마음을 치유할 수 있습니다." 그녀가 이렇게 확고하게 확언을 강조하는 것은 본인 스스로가 확언을 통해 무수히 많은 상처를 딛고 치유되었기 때문입니다. 아울러 그녀 본인뿐 아니라, 그녀의 책을 읽은 수많은 독자들도 똑같이 치유를 경험했습니다. 예컨대 그녀의 다른 저서『삶에 기적이 필요할 때』는 전 세계에서 보내온 독자들의 치유 경험담과 감사편지를 기반으로 엮은 책입니다.

　비단 이 책뿐 아니라, "나는 날마다 모든 면에서 점점 더 좋아지고 있다."는 암시문을 만든 에밀 쿠에의『자기암시』를 비롯해

1부 마음을 치유하는 원리

297

서 확언의 치유효과를 강조하는 책들은 무수히 많습니다. 대부분의 성공학이나 자기계발 쪽에서도 '확언'은 수없이 많이 쓰이고 있을 뿐 아니라, 배놓을 수 없는 핵심 기법으로 이야기되고 있습니다.

> 우리가 평소에 쓰는 긍정의 말은 씨앗이다. 잠재의식에서 이 씨앗이 자라서 효과가 나기 위해서는 밤낮으로 계속 외부에서 힘을 가해 줘야 한다. 즉, 자신의 입을 통한 외침이라든가 마음에서 계속 되뇌는 작업으로 힘을 가해야 한다. 그중에서 가장 효과적인 방법으로는 종이에다 손으로 꾹꾹 눌러서 쓰는 작업이다.
>
> -엄남미, 『딱 1년만 말투를 바꿔보자』에서

치유확언이나 긍정확언(성공확언)을 통해 자기암시를 하는 경우 어떻게 하는 것이 가장 효과적일까요? 아울러 어떤 문장들이 가장 내게 필요하며, 가장 도움이 될까요? 자기암시를 통해 무의식과 삶에 좋은 변화를 꾀하고자 한다면 응당 이런 질문을 던져 보아야 할 것입니다.

다음의 두 가지 확언이 있다. 둘 사이에는 결정적인 차이가 있다. 무엇일까?

'나는 부자다.'

'나는 가치 있는 존재다.'

둘 다 긍정적인 확언임에는 틀림없지만, 결정적인 차이는 '나는 부자다.'라는 말은 거짓일 가능성이 있는 반면, '나는 가치 있는 존재다.'라는 말은 거짓일 가능성이 전혀 없다는 점이다. 다시 말해 후자는 진실이다. 말로는 날마다 나는 부자라고 외치지만, 현실에서는 돈이 없어서 전전긍긍한다면 현상과의 갭이 점점 커져서 괴로워질 수도 있다. 스스로 거짓말이라는 것을 알기 때문이다. 반면 '가치 있는 존재다.'라는 말은 아무리 본인이 의심을 품어도 절대적인 우주의 진리다.

-이시다 히사쓰구, 『3개의 소원 100일의 기적』에서

경제적 문제로 어려움과 고통을 겪고 있는 사람은 "나는 부자다"라는 말을 외우기가 어려울 뿐 아니라, 설령 외운다 해도 심리적 갭과 불신·저항이 크기 때문에 아무 효과도 없을 가능성이 높습니다. 흔히 '확언은 완료형으로 하라'는 말이 많지만, 이 말은 '반은 맞고 반은 틀리다'고 할 수 있습니다. 왜냐하면 개인의 무의식 상태가 다 다르기에, '케이스 바이 케이스'라는 말처럼 경우에 따라 다 다르기 때문입니다.

완료형 확언은 심리적 갭이 적어서 자신이 어느 정도 받아들일 수 있을 말을 사용해야 합니다. 그게 아니라면, 예언형이나 진행형으로 하는 게 더 좋습니다. "나는 부자가 될 것이다."는 예언

형입니다. 이 말속에는 비록 현재는 부자가 아니지만, 부자가 되려 하는 결심과 부자가 될 수 있다는 믿음이 담겨 있습니다. 이렇듯 예언형 확언은 앞으로 그렇게 될 것이라는 바람(결심)과 믿음을 담은 말이므로 심리적 저항이 크지 않습니다. "나는 부자가 되고 있다. 나의 부는 점점 더 늘어나고 있다."는 진행형입니다. 현재는 부자가 아니지만, 조금씩 부자에 더 가까워지고 있다는 믿음은 심리적 저항이 완료형보다 훨씬 적습니다.

이처럼 확언은 심리적 충돌이 적은 것부터 시작해야 합니다. 똑같은 맥락에서 "나는 완전히 좋아졌다. 나는 완전히 치유되었다."는 완료형이지만, "나는 반드시 좋아질 거야!"는 예언형이고, "나는 점점 더 좋아지고 있다."는 진행형입니다. 어느 쪽을 택하든 자신의 현재 의식과 무의식 상태에 맞춰서, 자신이 기꺼이 받아들일 수 있는 문장으로 해야 합니다.(순서상 예언형이나 진행형 다음에 완료형으로!) 특히나 마음의 상처를 치유하는 심리치유를 위한 확언일 경우는 더욱 그러합니다. 단계별로 수용하기 쉬운 것부터 사용해서 자신감과 자기효능감을 어느 정도 맛본 후에 강도를 조금씩 높여가는 게 좋습니다.

언젠가 날기를 배우려는 사람은 우선
서고, 걷고, 달리고, 오르고, 춤추는 것을 배워야 한다.
사람은 곧바로 날 수는 없다.

-니체-

성공학의 대가 브라이언 트레이쉬는 "나는 내가 좋다"라는 확언을 외우라고 했지만, 이런 좋은 확언도 마음에 상처가 많은 사람은 자존감이 낮고 자기부정이 심하기 때문에 받아들이기가 어렵습니다. "나는 나를 사랑한다"와 같은 문장도 마찬가지입니다. 좋은 확언도 자신이 받아들이기 힘들면, 저항을 조금씩 극복해보거나 혹은 더 받아들이기 쉬운 것부터 하는 것이 좋습니다. 그래서 언제든 성공확언이나 긍정확언보다 치유확언이 먼저인 것은 이 때문입니다.

위의 인용문에서도 언급되었듯이, 삶의 진실과 영적 진리에 부합되는 확언도 심리적 충돌이나 저항이 적은 편입니다. 내 현재의식은 몰라도 내 무의식은 '진실'과 '진리'를 알기 때문에, 진실과 진리에 부합되는 확언은 어느 정도 저항이 일어나도 반복해서 외우다 보면 저항이 차츰 줄어듭니다. 확언을 외울 때 작은 저항이 올라오는 경우는 "이런 저항을 깊이깊이 인정하고 받아들인다. 이런 저항을 깊이깊이 이해하고 받아들인다."라는 문장을 반복해서 외워주면 저항을 약화시키는 데 많은 도움이 됩니다.

- 나는 모든 마음을 인정하고 받아들임으로써 점점 더 좋아지고 있다.
- 나는 모든 나를 인정하고 받아들임으로써 점점 더 좋아지고 있다.

이 두 문장은 제가 상담 때 사용하는 치유확언인데요, 과거에 어떤 상처가 있었든, 현재 어떤 어려움 속에 있든 미래는 조금씩 달라질 수 있습니다. 그래서 확언을 처음 할 땐 진행형 치유확언이 가장 무난하다고 할 수 있습니다. 성공확언이나 긍정확언은 마음이 온전히 치유가 된 후에 해도 늦지 않을 것입니다. 치유확언의 수위가 높아지면 자연스레 긍정확언이나 성공확언으로 이어지게 되는 경우가 많으므로, 치유가 되면 될수록 자연스럽게 확언의 수준이나 폭도 넓어지게 될 것입니다.

"나는 점점 더 좋아지고 있다. 나는 점점 더 강해지고 있다. 나는 점점 더 빨라지고 있다. 나는 점점 더 깨어나고 있다." 이 문장은 제가 자주 사용하는 진행형 확언입니다. 여기에다 "할 수 있다."를 붙이면 이렇게 됩니다.

•할 수 있다. 나는 점점 더 좋아지고 있다.
•할 수 있다. 나는 점점 더 강해지고 있다.
•할 수 있다. 나는 점점 더 빨라지고 있다.
•할 수 있다. 나는 점점 더 깨어나고 있다.

이렇게 조금씩 기본 문장에 살을 붙여보면 다양하게 응용이 가능해집니다. 간단한 확언부터 충분히 반복해서 입에 익고, 마음에 익어서 효과를 조금이라도 보게 되면, 그때부터는 믿음과 의욕이 생겨서 점점 더 확언을 더 잘할 수 있는 발판이 만들어집니다. 그러니 확언은 첫 단추가 매우 중요하다고 할 수 있습니다. 의미 있는 첫 번째 작은 체험이 두 번째, 세 번째 체험으로 계속

이어질 것이기 때문입니다. 그러므로 필히 '꾸준함'과 '담대함'과 '끈기'를 가질 필요가 있습니다.

『3일 후, 기적이 일어나는 일기』라는 책엔 이런 구절이 있습니다. "'긍정'이라는 말의 단순한 본뜻은 '있는 그대로를 인정하는 것'입니다. 따라서 '자신의 있는 그대로의 모습을 인정할 수 있는 사람'이 진정한 '자기긍정감이 높은 사람'입니다. (…) 중요한 것은 상상할 수 있는 범위에서 시작하여 작은 성공 체험을 쌓아나가는 것. 이것이 보이지 않는 힘을 확신으로 바꿔 나가기 위해 무엇보다 중요한 포인트입니다." 확언은 잠재의식을 좋은 쪽으로 변화시키고, 잠재의식의 무한한 힘과 지혜를 활용하기 위한 것입니다. 내가 몰라서 잘 사용하지 못했을 뿐, 그것은 내 안에 본래부터 늘 있었던 힘과 지혜입니다.

목표와 함께 잠들고,

목표와 함께 일어나고,

목표와 함께 생활하고,

목표와 함께 생각하다 보면,

그것은 자연스럽게 잠재의식에 스며들고,

어느 날 현실이 된다.

-조성희-

이러한 잠재의식 힘과 지혜를 잘 활용하기 위해선 반드시 알아야 할 사안이 하나 더 있습니다. 나의 잠재의식은 오직 입력되어 있는 '믿음'대로 반응합니다. 확언을 통해서 잠재의식을 바꾼다는 것은 나의 정체성(자아상)을 지배하는 '내면의 믿음'을 바꾸는 일입니다. 그것은 오랫동안 나의 내면을 지탱해 온 것이기에 쉽게 바뀌지 않습니다. 때문에 그러한 믿음체계를 바꾸기 위해선 '맹목적인 믿음'이라 아니라, '근거가 있는 믿음'을 만들어 내야 합니다. 즉, 어떠한 근거(이유) 때문에 잠재의식이 믿을 수밖에 없게 만들어야 합니다. 근거 없는 맹목적인 믿음은 내 잠재의식은 물론이고, 내 현재의식도 믿고 받아들이기가 쉽지 않기 때문입니다.

예를 들어, 운동을 안 하던 사람이 하루에 10분씩이라도 매일 운동을 시작했다든지, 책을 안 읽던 사람이 하루에 30분이라도 매일 책을 읽기 시작했다든지, 아침마다 꾸준히 명상과 시각화를 하고 있다든지, 뭔가를 배우기 시작했다든지 혹은 예전의 성취경험이나 잘했던 기억을 떠올린다든지……, 그 어떤 것이든 '믿고 받아들일 수 있는' 아주 작은 근거라도 만들어 내야 합니다. 그것은 내가 나를 믿을 수 있고 무의식을 설득할 수 있는 심리적 자원이기 때문입니다. 믿을 수밖에 없는 근거가 있거나 확실할 때 잠재의식은 그것을 받아들일 수밖에 없습니다. 고로 믿을 수밖에 없는 근거를 모든 면에서 지속적으로 최대한으로 더 늘여가야 합니다. (위에서 언급한 '진리'에 부합하는 확언의 경우는 진리 자체가 '근거'가 됩니다. 그래서 아무 근거도 만들어 낼 수 없는 경우는 영적 진리에 부합하는 확언을 하는 것도 좋은 방법이 될 수 있습니다.)

　뿌리 없는 나무처럼 아무 근거 없는 믿음은 아무 힘이 없기 때문에 자기불신을 벗어나지 못해 금방 포기하게 됩니다. 자기암시에 실패하는 대부분은 바로 믿을 수 있는 근거에 기초하지 않고 막연한 믿음으로 자기암시를 하기 때문입니다. 예를 들어, 가난의 고통에 허덕이는 사람은 아무 근거도 없이 '나는 부자가 된다'는 말을 믿고 받아들이기는 어렵습니다. 오랫동안 신경증으로 심각한 심리적 고통 속에 살아온 사람은 아무 근거도 없이 '나는 반드시 낫는다'는 말을 믿고 받아들이기가 어렵습니다. 이미 내면에 부정적인 신념도 강한데, 이렇게 심리적 근거도 전혀 없이 확언을 하기 때문에 대부분 자기암시를 하다가 중도에 포기하게 되는 것입니다.

　그러므로 이러한 점들을 잘 살피고 고려해서 반드시 잠재의식이 믿고 받아들일 수밖에 없게 확언을 해야 할 것입니다. 좋아지려면 좋아질 수밖에 없는 생각과 행동을 반복해야 하듯이, 자기암시에 성공하려면 잠재의식이 믿을 수밖에 없도록 생각과 행동을 조율하고 끊임없이 좋은 근거 자원들을 만들어 가야 할 것입니다. 그리하여 '말(확언)-감정-생각-행동'의 일치가 이루어질 때 최상의 결과를 낳을 수 있을 것입니다.

당신의 느낌이 당신의 기도다.

-그렉 브레이든-

끝으로 덧붙이자면, 확언은 아침과 저녁에 규칙적으로 하는 게 더 좋고, 항상 그런 것은 아니지만, 대개의 경우 마음속으로 하는 것보다 소리 내어 하는 것이 더 좋습니다. 하루 중에도 수시로 하면 시간의 틈이 작기 때문에 틈이 긴 경우보다 더 효과가 더 좋을 것입니다. 예를 들어, 1시간 간격으로 5분씩 하는 것이 5시간 간격으로 반복하는 것보다 더 효과가 좋을 것은 자명합니다. 자기암시를 처음 시작했을 때는 한두 문장을 100일 동안 반복해 보는 게 좋습니다. 그냥 해도 되지만 EFT나 명상, 자기최면 등 각종 치유기법을 활용해서 함께하면 더 좋습니다.

저는 심리상담 외에 '자기최면 수업'도 하고 있는데, 자기최면의 궁극의 목표는 '잠재의식의 마스터'가 되는 것입니다. 그래서 저는 이 확언을 매일 외울 뿐 아니라, 제게 자기최면을 배우시는 분들께도 꼭 외우게 합니다. (최면 상태에서는 뇌파가 알파파 상태가 되기 때문에 자기최면을 해서 확언을 외우면 훨씬 더 효과적입니다.)

- 나는 잠재의식의 마스터다.
- 나는 잠재의식의 무한한 힘과 지혜를 최대한 활용한다.

모든 사람은 자신의 잠재의식의 주인입니다. 그러므로 어찌 보면 잠재의식의 마스터가 되는 것은 모든 사람이 얻고 누려야 할 특권이며, 삶이라는 보물섬으로 들어가는 열쇠를 얻는 일이 아닐까 합니다. 그 속엔 우리가 미처 다 알지 못하는 광활하고 신비로운 것이 많으므로, 그것은 내면 속에 있는 끝없는 광산을 캐는 일과도 같을 것입니다. 확언은 그 광산 속에 있는 수없이 많은 보물을 캐내는 지혜의 곡괭이 같은 것이라 할 수 있을 것입니다.

그러므로 저는 심지어 좋은 확언 한두 개가 한 사람의 인생을 바꿀 수도 있다고 생각합니다. 단 하나의 확언이라도 그것이 제대로 잠재의식에 새겨지면 그것은 반드시 현실화가 될 것이요, 삶의 모든 것에 영향을 끼칠 테니까요! (저는 『SQ천재독서플랜』에서 천재를 만드는 여러 책을 소개했는데, 그중에서도 자기최면과 관련하여 '천재 만드는 책'을 단 한 권만 추천한다면 황농문 교수의 『몰입(1·2 합본)』을 추천하고 싶습니다. 이 책엔 자기최면의 정수가 담겨 있으므로, 자기최면에 관심이 있는 분은 꼭 읽어보시길 권합니다.)

10
자기최면과 최면감수성

최면이란 간단히 말해, 무의식을 수용모드로 만드는 것입니다. 어떤 프로그램에 접속하려면 먼저 로그인을 해야 그 프로그램을 사용할 수 있는 것처럼, 무의식의 내용을 수정하려면 일단 무의식에 로그인부터 해야 할 것입니다. 그런 점에서 무의식을 수용모드로 바꾸는 것이 바로 무의식에 진입(로그인)하는 것이라 할 수 있습니다. 이처럼 무의식이 수용모드가 될 때, 무의식을 내가 원하는 대로 다시 수정할 수 있게 됩니다. 최면치유가 가치가 있는 이유, 우리가 자기최면을 배워야 하는 이유는 모두 이 때문일 것입니다.

그렇다면 무의식의 수용모드는 어떻게 만들어지는 것일까요? 무의식을 수용모드로 만드는 방법은 여러 가지가 있지만, 가장 기본적이고 핵심적인 것은 몸과 마음을 이완시키는 것입니다. 몸과 마음에 긴장이 빠지고 편안히 이완될 때가 최면모드가 되는 셈입니다. 그런 점에서 자기최면은 명상과도 매우 비슷합니다. 어떤 명상법이든 명상 또한 몸과 마음을 이완시켜 주는 것이 기본이기 때문입니다.

최면 = 신체감각 + 상상력 + 믿음(암시)

최면이란 심신의 이완과 고도의 집중과 몰입 속에서 이 세 가지를 연결시켜 '내 마음의 힘'을 믿을 수 있게 하는 것이며, 그러한 상태를 이용해 내 무의식의 내용을 가장 좋은 쪽으로 바꾸는 것입니다. 최면이란 이완된 집중 상태이며, 무의식의 문이 열린 이완된 수용의 상태입니다.(알파파 혹은 세타파 상태) 그러므로 자기최면을 한다는 것은 이러한 상태를 스스로 만들어 훈련하는 일이라 할 수 있습니다.

타인최면은 최면을 걸어주는 최면가가 있어야만 할 수 있지만, 자기최면은 자기 혼자서 언제 어디서든 마음대로 할 수 있습니다. 그런 점에서 타인최면은 수동적이지만, 자기최면은 훨씬 더 능동적입니다. 시작부터 끝까지 모든 것을 자신이 컨트롤해야 합니다. 하여 자기최면은 자기 스스로 하는 '정신적 튜닝'과 같습니다.

고로 최고의 자기최면이란 하루 온종일 내 마음과 정신이 '하나로 조율된 상태'가 되는 것입니다. 그래서 잡생각(산만함)이나 심리적 흐트러짐이 전혀 없이, 내 모든 마음과 정신이 집중된 통합의 상태, 최상의 효율과 평정심을 만들어 낼 수 있는 상태가 되는 것입니다. 궁극적으로, 자기최면은 바로 이러한 상태나 경지를 만들기 위해서 하는 것입니다. 그래서 그런 경지가 될 때까지 자기암시는 하루 중에 수시로 하는 것이 좋습니다.

같은 맥락에서 최고의 명상이란 명상시간에만 명상을 하는 것이 아니라, 하루의 모든 시간을 편안한 평정심의 상태, 깨어서 자각하고 스스로를 잘 컨트롤할 수 있는 상태로 만드는 것입니다. 그런 점에서 크게 보면 자기최면과 명상은 동전의 양면처럼 결국 거의 같은 것이라 할 수 있습니다. 최고 수준에서, 궁극의 수준에서 이 두 가지는 만날 수밖에 없습니다.

당신에게 가능한 최고 진동 주파수에 자신을 조율하라.

-도슨 처치-

우리의 무의식 자체가 프로그래밍일 뿐 아니라, 우리가 살면서 반복적으로 하는 모든 말과 생각들이 전부 일종의 자기최면이자 자기암시이므로, 이 세상에 자기최면을 하지 않고 사는 사람은 단 한 사람도 없습니다. 그저 자각하지 못하는 상태에서 무의식적으로 무익한 자기최면을 하고 사느냐, 의식적으로 자각하면서 유익한 자기최면을 하고 사느냐의 차이가 있을 뿐입니다.

최면에 걸리는 민감도를 최면감수성이라고 하는데, 최면감수성이 너무 낮은 사람은 좀처럼 최면에 잘 걸리지가 않습니다. 하지만 이런 분들도 자기최면을 꾸준히 연습하다 보면 점점 더 최면감수성이 좋아져서 나중엔 최면에 잘 걸릴 수 있게 됩니다. 최면감수성이 높아 최면에 잘 걸리는 것 자체가 '하나의 뛰어난 능력(몰입 능력)'이라고 할 수 있을 텐데요, 중요한 것은 이것을 얼마나 유익하게 잘 활용할 수 있는가에 있을 것입니다.

심리학자 칼 융은 "인간에게 무의식은 보물창고와도 같다."고 했습니다. 하지만 이 말은 약간 수정되어야 할 것 같습니다. 무의식은 오직 그것을 잘 활용할 수 있는 사람에게만 보물창고가 될 것이기 때문입니다. 자기최면이란 바로 그 보물창고를 여는 기술이자, 그 보물창고의 혜택을 누릴 수 있게 하는 루트입니다.

최면상태란 '이완된 집중 상태' 혹은 '집중된 이완 상태'라고 할 수 있습니다. 이렇게 이완된 집중 상태일 때는 뇌파가 고요하고 편안한 알파파 상태가 됩니다. 간단히 말해 최면은 '뇌파를 알파파 상태로 만들어 무의식의 내용을 수정하는 기술'이라고 할 수 있습니다. 이완의 정도에 따라 가벼운 최면과 깊은 최면으로 나누어 이야기할 수도 있습니다. 기본적으론 타인최면이 자기최면보다 강도가 훨씬 더 강하지만, 타인최면은 시간과 공간과 비용에 많은 제약이 있는 반면, 자기최면은 그런 것이 전혀 없기 때문에 더 유용한 면이 많습니다.

흔히 공부하기 가장 좋은 상태를 알파파 상태라고 하는데, 심신이 안정감을 느낄 수 있는 알파파 상태이기에 집중도, 수용(피암시성)도 더 잘되는 것입니다. 그런데 이러한 상태는 명상 상태와도 동일합니다. 그래서 명상을 하든, 자기최면을 하든 심신의 이완과 몰입상태가 되는 것은 동일합니다. 단지 차이점이 있다면, 명상엔 암시가 없는 반면 자기최면에는 암시가 있다는 정도일 것입니다.

재차 강조하지만, 항상 원하는 것에만 집중하라. 원하는 것에 집중하지 않는 순간, 그것으로 끝나는 것이 아니라 집중을 갈망하는 우리 정신 에너지가 즉각적으로 원치 않는 것에 쏠리게 된다. 즉, 자신이 원치 않는 것들에 집중을 다 빼앗기는 것이다. (…)

세상 모든 분야에서 실제로 원하는 것을 쟁취하고 성취를 이룬 사람들은 보통 사람들과 다르게 무의식의 영역에서부터 원하는 것을 얻을 것이란 확신을 갖고 임하는 사람들이다. 확신은 자신이 갖추고 있는 무의식적 프레임에서 나오는 것이다. 올바른 프레임이나 신념이 없는 사람들은 목표에 대한 확신을 갖기가 어렵다.

-박세니, 『초집중의 힘』에서

자기최면과 가장 가까운 단어는 '몰입'과 '믿음'일 것입니다. 자기최면이란 고도의 집중과 몰입 상태를 만드는 것이요, 그것을 바탕으로 목표성취를 위해 '믿을 수 있는 힘'을 얻는 일입니다. 최면은 집중해서 믿는 것이요, 이를 통해 가장 좋은 쪽으로 내 무의식(잠재의식)을 바꾸고, 내 정신을 목표에 하나로 정렬되게 하는 것입니다. 고로 내가 집중해야 할 것에만 늘 오롯이 집중하는 것이 진정한 자기최면이라 할 수 있습니다. 늘 집중해야 할 것에만 온전히 집중한다는 것은 마음에 누수나 흐트러짐이 없는 상태이자, 오롯이 깨어있는 상태일 것입니다.

최면은 내면의 광대한 광산에서 보석을 캐내는 일과도 같을 것입니다. 그 세계는 너무도 깊고도 넓어서 다 알기가 쉽지 않습니다. 심리학의 기원 같은 인물인 프로이트가 무의식의 영역을 탐구할 수 있었던 것도 순전히 '최면' 때문이었는데, 우리나라에서는 아직도 최면을 터부시하거나 여러 각도에서 오해하는 분들이 더러 있는 것 같습니다. 그것은 전적으로 오해와 무지와 무식의 소치이니, 제발 그런 상태에서 벗어나시길 바란다는 말씀을 드리고 싶습니다.

앞에서도 말했지만, 우리의 무의식은 늘 100% 최면상태이고, 고로 우리의 인생과 세상 자체가 전면적인 최면의 세계입니다.

마음이 법칙대로만 움직이는 과학이듯, 최면 또한 오직 마음을 좀 더 잘 다스리고 가치 있게 쓸 수 있도록 도와주는 '내적 자원을 재 프로그램화하는 심리과학'입니다! 그래서 저는 자기최면(명상)을 꼭 배우고 익혀보시기를 권할 수밖에 습니다. 온전한 치유를 위해선 더더욱 그러합니다.(저는 인생에서 가장 잘한 일이 명상과 자기최면을 배운 것이라고 생각합니다. 만약 스무 살로 되돌아갈 수 있다면 제일 먼저 명상과 자기최면부터 배우겠습니다. 오히려 늦게 배운 것이 매우 아쉬울 뿐입니다.)

11

우리의 본성은 텅 빈 마음이다

우리의 본성은 무엇일까요? 우리의 본성은 '텅 빈 마음'입니다. 우리가 태어나기 전에 우리는 아무것도 없는 '텅 빈 마음'이었습니다. '텅 빈 마음'은 한계나 제약이 없기 때문에 '텅 빈 무한의 마음'이라고 할 수 있습니다. 텅 빈 마음은 말 그대로 무한하기 때문에, 무한하게 큰 마음입니다. 그래서 '텅 빈 마음'은 모든 것을 수용할 수 있는 무한한 마음이기도 합니다. 그래서 '텅 빈 마음'은 곧 '무한한 수용과 사랑의 마음'이라고 할 수 있습니다.

텅 빈 무한의 마음 = 무한한 수용과 사랑

간단히 말해 이것이 나의 본성이요, 우리의 본성이요, 모든 이의 본성인 것입니다. 이 '텅 빈 본래의 마음'이 깨어나는 것이 바로 우리가 '깨달음'이라고 부르는 것입니다. 이것이 나의 신성이요, 불성이요, 참나요, 순수의식입니다. 불교에선 깨달음을 얻는 것을 자신의 본래 성품을 보았다고 해서 견성(見性)이라고 표현하는데, 그 본래의 성품이 바로 '텅 빈 마음'입니다. 이러한 마음자리가 깨어나는 것을 '참나가 깨어났다'라고 표현하기도 합니다. 그 어떻게 표현하든 이것은 모두 같은 것을 말한 것에 지나지 않습니다.

예수님은 "천국은 오직 네 가슴속에 있다."고 했는데, 이러한 마음자리가 예수님이 말한 내면의 천국입니다. "오직 거듭나는 자만이 천국에 들어갈 수 있다."고 했는데, 거듭난다는 것은 동양식으로 말하면 '깨달음을 얻는다'는 뜻이요, 그 천국은 바로 우리 내면에 존재하는 '텅 빈 마음'입니다. 고로 천국은 이미 우리 안에 있으며, 그곳은 에고의 마음이 비워진 자만이 들어갈 수 있습니다. 이것이 동서고금 모든 진리의 정수입니다.

'텅 빈 마음'은 우주만큼 큰 무한의 마음입니다. 만약 내 마음이 텅 비워져 우주만큼 커진다면 우주는 어디에 존재하게 될까요? 우주는 내 마음속에 있게 될 것입니다. 우주가 내 마음속에 있다는 것은 우주의 모든 것이 내 마음속에 있다는 뜻이 됩니다.

우주의 모든 것이 내 마음속에 있다는 뜻은 모든 시간과 공간이 다 내 마음속에 있다는 뜻이며, 신과 신의 마음도 내 마음속에 있다는 뜻이 됩니다. 무한한 사랑도, 무한한 기쁨도, 완전한 평화도, 완전한 진리도, 완전한 깨달음도, 완전한 신성도 이미 다 내 마음속에 있다는 뜻이 됩니다. 우주의 모든 것은 텅 빈 마음속에 존재하며, 텅 빈 마음은 그 어디든 존재하지 않는 곳이 없습니다.

하늘 아래 모든 사람 속엔 이 '텅 빈 본래의 마음'이 존재합니다. 하지만 이것은 오직 이 마음자리를 깨닫는 사람만이 알 수 있습니다. 그래서 거듭나야 하는 것이요, 그래서 '텅 빈 본래의 마음'으로 깨어나야 하는 것입니다. 생각이 구름이라면, '텅 빈 마음'은 내면의 하늘이라고 할 수 있습니다. 깨어난다는 것은 바로 자기 안에 하늘과 만나는 일입니다. 우리 모두에겐 내면의 하늘이 있으니, 구름에 가려졌던 내면의 하늘이 완전히 드러나는 것은 '우리의 본래 모습(참나)'이 깨어나는 것이라 할 수 있습니다.

이 속엔 어떠한 아상(我相)도 없고, 아무런 조건도 없습니다. 어떤 아상도 없고 아무런 조건도 없으므로, 아무런 집착과 저항도 없습니다. 어떠한 집착과 저항이 없다는 것은 완전한 허용과 내맡김만 있다는 뜻이 됩니다. 이 속엔 있는 그대로 모든 것을 받아들일 수 있는 무심무아(無心無我)의 텅 빈 무한만이 존재합니다. 하여 무조건적인 수용은 '텅 빈 마음'일 때만 가능합니다. 이것은 에고가 사라진 마음이요, 에고를 넘어선 마음입니다. 이것은 조건 없는 수용과 사랑 쪽으로 가는 마음이요, 절대 평화로 가는 마음이요, 완전한 신성으로 가는 마음입니다.

　때문에 텅 빈 본래의 마음이 깨어나는 것은 치유의 궁극이기도 합니다. 텅 빈 본래의 마음엔 어떠한 조건도, 집착도, 저항도 없기 때문이며, 어떠한 상처와 고통과 괴로움도 없기 때문입니다. 그것은 모든 것을 수용할 수 있고, 모든 것을 치유할 수 있는 따뜻하고 깨끗하고 넉넉한 절대적 마음입니다. 하여 그 안엔 무한하고 완전한 치유력이 있습니다. '텅 빈 마음'이 내 안에 있다는 것은 '무한하고 완전한 치유력'이 내 안에 이미 차고 넘치게 있다는 뜻이 됩니다. 이것을 명확히 알 때, 우리는 그 어떤 상처도 치유할 수 있는 강력한 힘과 용기를 얻을 수 있습니다.

당신 안의 신성이 발현되지 않고서는
진정한 건강, 조화, 온전함, 완전함, 완벽함
같은 덕목들은 실현될 수가 없다.

-조엘 골드스미스-

　거듭 말하지만, 우리의 본성은 '텅 빈 마음'입니다. '텅 빈 마음'은 아무 조건도 없고 아무 한계도 없습니다. 텅 빈 마음엔 아무 조건도 집착도 없기에, 오직 텅 빈 마음만이 조건 없는 수용과 사랑을 가능케 합니다. 텅 빈 마음은 무한한 내면의 하늘이며, 절대 평화의 자리입니다. 우리 내면 속에 있는 이 본래의 '텅 빈 마음'이 깨어나는 것보다 더 확실하고 완전한 치유는 없습니다. 오직 우리의 본성인 이 '텅 빈 마음'이 깨어날 때, 내면의 신성도 깨어나고, 안팎 없는 무한한 수용과 사랑도 깨어나고, 완전한 진리와 깨달음도 함께 깨어날 것입니다.

- 나는 늘 텅 빈 마음속에 있고, 텅 빈 마음은 늘 내 속에 있다.
- 나는 늘 완전한 허용 속에 있고, 완전한 허용은 늘 내 속에 있다.
- 나는 늘 무한의식 속에 있고, 무한의식은 늘 내 속에 있다.

우리 안에 이미 '텅 빈 마음'과 '완전한 허용'과 '무한의식(순수의식, 우주의식)'이 다 있습니다. 이 세 가지는 실상 똑같은 것입니다. 텅 빈 마음엔 아무런 집착과 저항이 없기에 '완전한 허용'이 가능한 것이며, 텅 빈 마음이기에 아무런 구속이나 경계가 없는 '무한의식'일 수 있는 것입니다. 고로 우리는 항상 텅 빈 마음과 완전한 허용과 무한의식 속에 있으며, 태초부터 지금까지 이 속에서 조금도 벗어난 적이 없습니다.

내가 알든 모르든 언제나 나는 무한한 마음속에 있고, 무한한 마음은 내 속에 있습니다. 내가 바라는 모든 사랑과 행복은 우주의 모든 것과 함께 이미 모두 다 내 마음속에, 텅 빈 무한의 마음속에 있습니다. 나는 언제나 신과 하나요, 모든 것과 하나입니다. 내 안에 이미 모든 것이 있습니다. 나의 본성(신성)은 이미 이 모든 것을 다 알고 있습니다. 하지만 깨어나기 전엔 이것을 결코 다 알 수가 없습니다. 아상의 먹구름 속에선 실상의 하늘을 볼 수가 없기 때문입니다. 이것이 바로 내가 깨어나야 하는 이유이며, 우리 모두가 다 함께 깨어나야 하는 이유일 것입니다.

12
있는 그대로의 완전함에 대하여

동전엔 반드시 앞면과 뒷면이 있습니다. 앞면은 반드시 뒷면이 있어야 존재할 수 있고, 뒷면은 반드시 앞면이 있어야 존재할 수 있습니다. 앞면과 뒷면은 따로 존재할 수 없습니다. 마찬가지로 왼쪽이 없으면 오른쪽도 없고, 오른쪽이 없으면 왼쪽도 없습니다. 위쪽이 없으면 아래쪽도 없고, 아래쪽이 없으면 위쪽도 없습니다. 악(惡)이 없으면 선(善)도 없고, 선이 없으면 악도 없습니다. 음과 양이 하나의 조화를 이루듯이, 이 세상은 철저히 상대성의 짝으로 이루어져 있습니다. 때문에 반드시 그 짝이 있을 때, 하나의 '완전함'이 이루어집니다.

우리가 살고 있는 이 물질세계는 양극의 세계다. 사랑과 증오, 기쁨과 슬픔, 뜨거움과 차가움, 밤과 낮, 축축함과 건조함, 탄생과 죽음, 건강과 질병. 만일 우리의 본질인 참자아가 이 아찔하게 무수한 양극의 쌍을 모두 경험하고 싶어 하지 않았더라면 아마도 합일 상태의 우주적 지족 속에서 둥둥 떠다니고 있었을 것이다.

-캐럴린 엘리엇, 『실존적 변태수업 킹크』에서

상대성이 없으면 우리는 아무것도 체험할 수가 없습니다. 추위가 없으면, 따뜻함 또한 경험할 수가 없습니다. 때문에 추위는 추위로서 완전한 것이요, 따뜻함은 따뜻함으로서 완전한 것이라고 할 수 있습니다. 어둠이 없으면 빛 또한 경험할 수가 없습니다. 때문에 어둠은 어둠으로서 완전한 것이요, 빛은 빛으로서 완전한 것이라고 말할 수 있습니다. 그런 거시적이고 통합적 맥락에서 보면 완전하지 않은 것이 없습니다. 모든 것이 있는 그대로 완전합니다.

불행이 있어야 행복이 있을 수 있고, 무지가 있어야 앎이 있을 수 있습니다. 그러므로 불행은 불행대로 완전한 것이요, 행복은 행복대로 완전한 것입니다. 무지는 무지대로 완전한 것이요, 앎은 앎대로 완전한 것입니다. 마찬가지로 집착은 집착대로 완전한 것이요, 초연함은 초연함 대로 완전한 것입니다. 번뇌는 번뇌대로 완전한 것이요, 깨달음은 깨달음대로 완전한 것입니다. 있음과 없음이 하나의 짝으로서 완전하듯이, 생(生)과 사(死) 또한 하나의 짝으로서 완전합니다. 이것이 없으면 저것이 없기 때문에, 이는 절대 분리될 수 없는 것이요, 늘 공존하는 동시적 생명이라 할 수 있습니다.

대립이 실은 하나라는 점을 알게 될 경우,

불화는 조화로 녹아들고,

투쟁은 춤이 되며, 오랜 숙적은 연인이 된다.

그렇게 되면 우리는 전 우주의 단지 절반만이 아니라,

우주의 모든 것과 친구가 될 지위에 있게 된다.

-켄 윌버-

이렇게 우주적 차원에서 보면 완전하지 않은 것이 없습니다. 음이 음대로 완전한 것이요, 양이 양대로 완전한 것이듯이…, 고통도 있는 그대로 완전한 것이요, 슬픔도 있는 그대로 완전한 것이요, 두려움도 있는 그대로 완전한 것이요, 의심(불신)도 있는 그대로 완전한 것이요, 에고도 있는 그대로 완전한 것입니다. 달리 말하면 고통도, 슬픔도, 두려움도, 의심도, 에고도 있는 그대로 완전한 섭리의 일부라는 뜻입니다. 분리는 분리로서 완전하고, 이원성은 이원성으로 완전하기에, 이 우주 안에 완전하지 않은 것은 아무것도 없습니다.

행복도 있는 그대로 완전한 도요, 불행도 있는 그대로 완전한 도입니다. 그것은 언제나 일체성을 품고 있는 연기(緣起)의 관계에 있습니다. 불가에 "하나도 아니면서 둘도 아니다."라는 말이 있지요. 왼쪽이 없으면 오른쪽도 없듯이, 이것이 없으면 저것도 없습니다. 안쪽이 없으면 바깥쪽도 없듯이, 에고가 없으면 신성도 없습니다. 에고는 신성의 일부요, 신성은 에고의 일부일 뿐입니다. 무지가 없으면 자각도 있을 수 없고, 분리가 없으면 합일도 있을 수 없습니다. 어둠이 없으면 별은 결코 빛날 수가 없습니다. 빛과 어둠은 신성하고 완벽한 하나의 짝입니다.

'완벽한 짝'이라는 것은 그 둘이 있는 그대로 완전한 조화를 이루고 있다는 뜻이요, 둘 중 어느 하나가 빠져서는 안 된다는 뜻이기도 합니다. 그런 경우는 법칙상 절대 존재할 수 없습니다! 이는 조금도 변화거나 흔들릴 수 없는 '절대적이고 완전한 섭리'이기 때문입니다.

우리는 모두 이원성의 화신이다. 모든 존재는 빛(의식)과 어둠(무의식)의 차원을 모두 갖고 있다. 인격의 어두운 면, 즉 타자 또는 그림자가 어두운 것은 우리가 그것을 보지 않기 때문만은 아니다. 그것을 구성하는 내용물이 우리가 원시적이고 원초적이며 부정적인 충동이라고 치부하는 것, 그리하여 의식이 감지하지 못하게 묻어두고 부정하기로 선택한 것이기 때문에도 어두운 것이다. (…) 전인이 된다는 말은 우리의 어둡고 변태적인 면을 인정한다는 뜻이다. 그것을 수용하고, 용서하고, 온전히 책임지는 것을 넘어 그것을 사랑하고, 그것의 별스러움을 즐기고, 마침내 우리의 존재 전체로 통합한다는 뜻이다. 이것이야말로 진정한 힘의 근원이며 변성의 마법이다.

-캐럴린 엘리엇,『실존적 변태수업 킹크』에서

내 안에 내면의 별을 찾으려면 내면의 어둠부터 먼저 껴안아야 합니다. 나 아닌 것이 있어야 나를 체험할 수 있듯이, 무지가 있어야 깨어남도 체험할 수가 있습니다. 우리는 이원성의 세상에 갇혀, 내가 좋아하지 않는 나머지 반쪽을 부정하려 하지만, 그것은 심리적 분단 상태와 같은 것입니다. 고통과 괴로움 없이 우리가 기쁨과 평안과 행복을 체험할 수 있을까요? 어둠 없이 빛을 체험할 수 없는 것처럼, 고통과 괴로움 또한 우리에게 꼭 필요한 것이요, 있는 그대로 완전한 것입니다.

절대수용의 관점은 '모든 것이 있는 그대로 완전하다'고 보는 관점입니다. '앞면/뒷면, 왼쪽/오른쪽, 남자/여자, 위쪽/아래쪽, 빛/어둠, 선/악, 행복/불행, 믿음/의심, 만남/이별'은 모두 분리될 수 없는 일원성을 지니고 있습니다. '좋다/나쁘다, 맞다/틀리다' 이러한 판단은 모두 생각일 뿐입니다. 모든 생각을 다 내려놓고 절대수용의 관점에서 보면 '좋다/나쁘다, 맞다/틀리다'가 없기에 모든 것이 온전히 있는 그대로 완전합니다.

• 모든 것은 온전하고 완전하고 완벽하다. 모든 순간은 온전하고 완전하고 완벽하다.
• 모든 마음은 온전하고 완전하고 완벽하다. 모든 나는 온전하고 완전하고 완벽하다.

선(善)은 선대로 완전하고, 악(惡)은 악대로 완전합니다. 죽음은 죽음대로 완전하고, 삶은 삶대로 완전합니다. 상처는 상처대로 완전하고, 불행은 불행대로 완전합니다. 고로 나는 언제나 있는 그대로 완전합니다. 세상 모든 것이 있는 그대로 완전하고, 모든 순간이 있는 그대로 완전하고, 모든 마음이 있는 그대로 완전합니다! 있는 그대로의 완전함을 깨닫는 것이 조건 없는 수용과 사랑으로 가는 길이자, 영적 개화가 이루어지는 각성의 시작점입니다.

완전한 허용 속에 있을 때, 내 마음은 있는 그대로 완전합니다. 완전한 허용 속에 있을 때, 나는 있는 그대로 완전합니다. 어떤 마음도 부정할 필요가 없고, 어떤 자아도 부정할 필요가 없습니다. 우주의 모든 것이 있는 그대로 완전하듯이, 내 모든 것은 있는 그대로 언제나 완전합니다.

그러므로 어둠을 인정하지 않는 반쪽짜리의 '나'가 아니라, 어둠까지 품어 안은 전인적인 '나'가 되려면 이원성을 결합시켜야 할 것입니다. 내가 억압했던 감정과 내가 버렸던 자아들을 모두 있는 그대로 수용하는 것, 더하여 이것의 완전함을 인정하는 것은 '자기 내면의 어둠'을 껴안고 포용하는 것과 같습니다. 아울러 '나'라는 존재 전체가 통합되는 일이기도 합니다.

깨달음은 빛의 형상을 상상한다고 얻어지는 것이 아니라,
어둠을 의식화했을 때 이루어지는 것이다.

-칼 융-

완전한 허용 속에서는 '좋다/싫다'가 사라집니다. 그것은 절대긍정의 초연함 속에 머무는 마음입니다. 비가 오면 비가 와서 좋고, 비가 안 오면 비가 안 와서 좋습니다. 이것이 절대수용의 마음입니다. 살면 살아서 좋고, 죽으면 죽어서 좋습니다. 이와 같은 마음은 아무런 집착도 저항도 없이 온전한 수용과 내맡김만 있는 '초인(신선)의 경지'일 것입니다. '완전하다'고 보는 것은 모든 판단과 분별을 넘어선 절대긍정의 관점이며, 이런 관점에서는 모든 것이 수용됩니다.

절대수용이란 절대긍정이며 조건 없는 사랑입니다. 예컨대 '나'를 있는 그대로 완전하다고 보는 것은, 나를 조건 없이 긍정하고 수용하고 사랑하는 관점입니다. '나'를 완전함의 자리에 놓는 것보다 더한 긍정과 수용과 사랑은 없을 것입니다. 이러한 영적 관점, 즉 완전함의 관점으로 내 삶을 보면, 내 삶에 어떤 고통과 상처가 있었든 내 삶의 모든 것도 늘 온전하고 완전하고 완벽합니다.

마찬가지로 그런 관점으로 세상을 보면 세상도 늘 온전하고 완전하고 완벽합니다. 우주의 모든 것은 있는 그대로 온전하고 완전하고 완벽합니다. 그러한 관점은 에고의 마음에서 벗어난 무한 수용의 초월적인 마음이기에, 지극히 평화로운 상태로 나를 열어줍니다. '있는 그대로의 완전함'의 이치를 알고 완전함의 관점으로 세상을 보는 것, 이것이 깨달음의 각도에서 바라보는 시각일 것이며, 신의 눈과 마음을 얻는 일일 것입니다.

신이 모든 것이고 완벽하다는 것을 받아들인다면
남아 있는 것은 완벽을 보는 것뿐이다.
모든 면에서 완벽함을 보라.

-레스트 레븐슨-

이러한 이야기가 혹자에겐 결코 금방 이해되거나 받아들이기 쉽지 않은 내용일 수 있습니다. 그럼에도 이러한 이야기를 하는 이유는 이러한 거시적이고 영적인 관점이 치유에 도움이 되기 때문이요, 영적 각성을 위해선 필수적인 것이기 때문입니다. 요컨대 삶에는 '불완전한 이원성의 세계를 보는 눈'과 '완전한 일원성의 세계를 보는 눈', 이 두 가지 눈이 함께 필요하지 않을까 합니다. 삶에는 이원성의 분리의 관점으로 봐야 할 때가 있고, 일원성의 합일의 관점으로 봐야 할 때가 있습니다. 그러므로 우리가 마음공부를 한다는 것은 이원성의 관점만이 아니라, 일원성의 관점까지 함께 갖기 위한 것이라 말할 수 있습니다.

고로 깨달음을 얻는다는 것은 에고의 미몽에서 깨어나는 것이자, '분리의식'과 '이원성의 관점'에서 깨어나는 일이라 할 것입니다. 그것은 불완전함에서 완전함을 보는 눈, 나 아닌 것에서 나를 보는 눈을 얻는 일일 것입니다. 이는 곧 이원성의 꿈에서 일체성의 통합적 관점으로, 자아의 꿈에서 자아초월의 광활한 시야로 깨어나는 일일 테니까요. 아울러 그것이 신의 눈 속에서 신의 마음을 만나는 유일한 길일 테니까요!

13

심리치유를 위한 필수 점검 사항

상담을 하다 보면 내담자들에게서 공통적으로 느껴지는 것이 한 가지 있습니다. 그것은 대부분의 내담자들이 변화를 위한 노력에 너무 소극적이라는 것입니다. 다들 빨리 낫고 싶다고 말하면서, 자가치유는 얼마나 안 하는지 말문이 막힐 때가 많습니다. 그래서 저는 이런 결론을 내린 적이 있습니다. '내담자들을 변화시키는 것이 어려운 게 아니라, 그들이 진정으로 변해야겠다고 결심하게 하는 것이 어렵다!' 누구든 진정으로 결심했다면 그렇게 소극적인 노력을 하지는 않을 것입니다.

심지어 라캉은 "내담자들은 변화하기 위해 분석을 받으러 오는 것이 아니라, 현재의 삶을 유지할 방법을 찾기 위해 분석가에게 온다."고까지 말한다. 그저 고통을 계속 지킬 수 있는 방식으로써 분석가를 찾아온다는 것이다. 그의 말에 전적으로 동의한다. 라캉은 계속 말한다. "내담자가 정말 변해야겠다고 결심하는 그 순간부터 내담자는 진정한 분석관계 안으로 들어오는 것이다. 진정한 결심, 과거로부터 벗어나겠다는 변화의 결심, 이 자체만으로도 많은 것은 해결된다."

-이승욱, 『상처 떠나보내기』 중에서

외과수술의 경우 환자는 할 것이 아무것도 없습니다. 단지 의사에게 자신의 몸을 맡기면 그만입니다. 하지만 상담을 통한 심리치유는 그와 사뭇 다른 속성을 가지고 있습니다. 심리치유는 일종의 마음의 수술입니다. 마음의 수술은 외과의사처럼 상담가가 혼자 하는 것이 아닙니다. 상담가와 내담자가 긴밀히 협조해서 함께하는 수술입니다. 그래서 심리치유에 있어서 내담자는 언제나 치유의 주체일 수밖에 없습니다.

심리치유는 내면의 상처를 치유하면서 고착된 마음과 사고습관을 바꾸는 일이기도 합니다. 그것은 치유를 위한 필수적인 과제이니까요. 그런데 본질적 차원에서 보자면, 자기의 마음과 생각을 타인이 바꿀 수는 없는 노릇입니다. 상담가는 마음과 생각을 바꿀 수 있도록 도와주는 사람일 뿐, 끝내 마지막으로 자신의 마음과 생각을 바꿀 수 있는 사람은 오직 자신뿐입니다. 그래서 심리치유는 자신을 바꾸겠다는 결심과 자가치유의 노력이 반드시 수반되어야 합니다. 그러한 적극성이 있어야만 좋은 결과를 볼 수가 있습니다.

어디서 누구에게 어떤 상담을 받든 '치유를 위해 기꺼이 자신을 바꾸겠다는 결심과 자가치유를 위한 노력을 하겠다'는 마음의 자세가 반드시 선행되어야만 합니다. 평생 쌓아온 마음의 습관이 하루아침에 쉽게 다 바뀌지는 않을 것입니다. 때문에 그러한 자세가 부족할 때는 어떤 상담가를 만나든 좋은 결과를 보기가 쉽지 않을 것입니다. '상담가가 알아서 다 해주겠지' 하는 안일한 태도로는 자신의 마음의 습관과 삶의 태도를 온전히 바꿀 수가 없을 테니까요.

1. 마음을 수용하는 습관
2. 마음을 알아차리는 습관
3. 플러스 생각과 행동을 반복하는 습관

이 세 가지 습관을 가지게 되면, '치유형 마인드셋'이 만들어지기 때문에 어떤 증상이든 반드시 낫는 쪽으로 움직일 것입니다. 이것은 치유를 위한 가장 좋은 습관이자, 깨어남을 위한 가장 좋은 습관일 것입니다. 심리치유가 제대로 되었다는 것은 마음의 습관이 바뀌었다는 것을 의미합니다. 마음의 습관이 온전히 바뀌지 않으면 일시적으로 좋아졌다가도 다시 예전처럼 안 좋은 상태로 돌아가는 경우가 많습니다. 그래서 계속 좋아질 수밖에 없는 습관들을 가지는 것은 치유에 있어 너무나 중요한 사안이라 할 수 있습니다.

모든 것의 시작은 위험하다.
그러나 무엇을 막론하고,
시작하지 않으면 아무것도 시작되지 않는다.

-프리드리히 니체-

좋은 습관을 가질 수 있도록 '치유를 위한 최고의 기본 루틴 10가지'를 소개합니다. 이것은 절대적인 것이 아니지만, 누구에게나 통용이 가능한 기본적인 좋은 루틴이라고 할 수 있을 것입니다.

- 일찍 자고 일찍 일어난다.
- 저녁을 안 먹거나, 적게 먹는다.
- 아침저녁으로 규칙적으로 명상을 한다.
- 매일 운동을 20분 이상 한다.
- 매일 30분 이상 독서를 한다.
- 자기암시와 시각화, 치유일기 쓰기를 매일 한다.
- TV, 인터넷, 스마트폰을 줄이고, 시간 관리를 철저히 한다.(시간 낭비를 최대한 줄인다.)
- 자연 공간을 가능한 자주 접한다.
- 배운 모든 치유기법들을 적극 실행하면서 실생활에 꾸준히 적용하고 체득한다.
- 내게 도움이 되지 않는 모든 것은 철저히 찾아서 버리거나, 제거하거나, 차단한다.

끝으로, 이와 같은 맥락에서 자가치유를 위해 '치유를 위한 세 가지 핵심 점검 사항'을 살펴보겠습니다.

1. 어떤 증상, 어떤 일이 있어도 내 마음과 나 자신을 있는 그대

로 인정, 수용, 사랑해야 좋아진다. 이렇게 하고 있는가, 아니면 반대로 하고 있는가?

2. 어떤 증상, 어떤 일이 있어도 반응과 해석을 내게 도움이 되는 '플러스 사고'로 해야 좋아진다. 플러스 사고를 반복하고 있는가, 아니면 반대로 하고 있는가?

3. 무의식은 오직 내가 믿는 대로 반응하기에 낫는다고 확실하게 믿어야 낫는다. 치유에 대한 모든 불신과 의심과 저항과 집착을 100% 제거하고 확고한 믿음을 선택했는가, 아니면 반대로 하고 있는가?

항상 깨어서 이 세 가지를 잘 알아차려야 합니다. 이 세 가지만 잘 해내면 어떤 증상이든 반드시 나을 수밖에 없습니다. 심리치유는 마음의 관성 때문에 직선적으로 좋아지기보다 오르락내리락하면서 좋아집니다. 그래서 조급한 마음 때문에 '흔들릴 때'를 잘 견뎌야 합니다. 무슨 일이 있어도 반드시 좋아지겠다는 확고한 마음으로 끝까지 포기하지 않는 백절불굴의 자세를 가져야 합니다. 급하게 마음을 먹지 말고, 신발 끈이 풀리면 몇 번이든 다시 묶는 것처럼 결심하고, 또 결심하고, 또 결심해서 담대한 마음으로 심기일전(心機一轉)을 계속 반복해야 할 것입니다.

장애물이 있다고 해서 꼭 멈춰야 하는 것은 아니다.
담벼락을 만나면, 되돌아서거나 포기하지 마라.

어떻게 올라갈지, 통과할지,

혹은 피해서 가야 할지 생각해 보라.

-마이클 조던-

어떤 분야든, 성공할 수밖에 없는 사람들이 가진 공통점은 '성공할 수밖에 없는 좋은 태도'를 가졌다는 데 있습니다. 내가 그러한 태도를 가진다면 내가 바로 그런 사람이 될 것입니다. 누구든 좋아질 수밖에 없는 자세를 확고히 지닌다면 좋아질 수밖에 결과는 따라올 것입니다.

"나는 힘들수록 더 크게 하고, 더 깊이 다각도로 생각한다."

어떤 증상이든 모든 증상엔 단 하나의 공통점이 있습니다. 그것은 마음이나 생각의 폭이 아주 좁아져 있다는 점입니다. 마음이나 생각의 폭이 아주 좁아져 있기에, 그 좁은 공간에 스스로 갇혀 괴롭고 힘든 것입니다.

때문에 간단히 말하자면, 심리치유란 극단적으로 좁아져 있는 '마음과 생각의 폭'을 넓혀주는 일이라 할 수 있을 것입니다. 이것은 절대적인 법칙이자 원리이기에, 그 어떤 치유의 방법이든 크게 보면 모든 심리치유의 길은 반드시 이 지점에서 만날 수밖에 없습니다. 치유가 된다는 것은 곧 좁아져 있던 마음의 시야와 생각의 폭이 넓어지는 것입니다.

고로 힘들수록 더 크게 생각해야 하고, 힘들수록 더 자각해야 하고, 힘들수록 더 이해해야 하고, 힘들수록 더 인정해야 하고, 힘들수록 더 수용해야 하고, 힘들수록 더 내려놓아야 하고, 힘들수록 더 내맡겨야 하고, 힘들수록 더 감사해야 하고, 힘들수록 더 사랑하고 축복해야 합니다. 힘들면 힘들수록 더 그렇게 해야만 고통의 늪에서 빠져나올 수 있습니다. 같은 의식 수준과 같은 에너지 수준에서는 결코 현재의 상황에서 빠져나올 수가 없기 때문입니다.

치유가 된다는 것은 마음의 시야와 생각의 폭이 달라지는 것이며, 이는 곧 의식 수준과 에너지 수준이 달라진다는 뜻이 됩니다. 의식 수준과 에너지 수준이 달라지지 않고 치유가 되는 법은 없습니다.

우리의 무의식은 세숫대야처럼 작은 것이 아니라, 바다처럼 큰 것이기에, 결코 하루아침에 다 치유하거나 정화할 수 없습니다. 증상이 심하거나 상황이 어려우면 더욱더 그러합니다. 나무에 옹이가 자라나듯, 마음도 상처가 아물고, 치유되고, 변화되고, 안착되는 데 일정한 시간이 반드시 필요한 법입니다. 감정과 생각과 욕구에도 의식/무의식 차원의 관성과 습관이 있기 때문입니다. 때문에 심리치유에 있어 성급함이나 조급함은 가장 큰 걸림돌이 됩니다.

아무도 당신을 믿지 않을 때,

당신은 자기 자신에 대한 믿음을 가져야만 한다.

당신을 승자로 만들어 주는 것은 바로 그것이다.

-비너스 윌리엄스-

어려운 일이 있을 때 평소보다 더 인내해야 하듯, 내면이 힘들면 힘들수록 더 크게 생각하고, 더 깊이 자각하고, 더 깊이 이해하고, 더 담대한 마음을 가져야 합니다. 모든 일은 내가 어떻게 반응하느냐에 달려 있을 것이므로, 어떠한 경우이든 이것이 오히려 치유 쪽으로 더 빨리 가는 지름길이 될 것입니다.

제 2 부

마음을 치유하는 방법

마음을 치유하는 치유일기 쓰는 법

치유일기 쓰는 법

① 오늘 한 가장 안 좋은 생각(마이너스 사고)

② 오늘 한 가장 좋은 생각(혹은 ①을 플러스 사고로 바꾸기)

③ 오늘 가장 잘한 일(혹은 가장 감사한 일)

④ 오늘 했으면 좋았을 일

⑤ 내일 꼭 해야 할 일(혹은 내일 일어났으면 하는 소망)

이렇게 핵심 한 가지씩만 써서 딱 다섯 줄만 쓰시면 됩니다. 줄 그어진 노트를 준비해서 축약된 문장으로 핵심사안만 간결하게 쓰시면 됩니다. 일기 쓰기를 습관으로 만들기 위해, 미리 일기 쓸 시간을 알람으로 맞춰놓는 것도 실행을 위한 한 방법이 되지 않을까 합니다.

• 내가 하고 싶은 일은 무엇인가?

• 내가 해야 할 일은 무엇인가?

• 내가 할 수 있는 일은 무엇인가?

'삶의 목표'는 나침판처럼 내가 추구해야 할 삶의 지향점을 명확히 알게 해줍니다. 내가 되고 싶은 내 모습이 되려면, 혹은 내가 이루고자 하는 삶을 살아가려면 나는 어떤 생각을 하고, 어떤 행동을 해야 할까요? 그러한 것을 간절하게 찾으며, 좋아질 수밖에 없는 생각과 좋아질 수밖에 없는 행동을 반복하면 마침내 좋아질 수밖에 없습니다.

그러므로 오늘 나는 '진정한 나를 찾기 위해, 내 소망을 이룰 수 있는 생각과 행동을 했는가? 좋아질 수밖에 없는 생각과 행동을 반복해서 했는가? 무엇을 했더라면 오늘 하루가 더 만족스러웠을까?'를 스스로 깨어서 묻고 성찰해야 할 것입니다. 이러한 질문들은 메타인지를 높여 방향을 잃지 않게 해줄 것이고, 흔들리던 발걸음을 금방 제자리로 다시 돌려놓는 데 도움을 줄 것입니다.

인간의 가장 놀라운 특성의 한 가지는
마이너스를 플러스로 바꾸는 힘이다.

-알프레드 아들러-

만약 시간을 되돌려 하루를 다시 살 수 있다면 어떻게 바꾸고 싶을까요? (④는 이에 대해 초점을 맞춰서 쓰시면 됩니다.) 많은 사람들이 좋아하는 영화 중에 〈어바웃 타임〉이 있지요. 그 영화에서 돌이킬 수 없는 시간의 소중함을 생생하게 보여주었듯, 내가 만일 오늘 하루를 다시 산다면 나는 오늘 하루를 어떻게 살고 싶을까요? 조금도 후회가 남지 않는 하루를 살려면 어떻게 해야 할까요? 이 일기는 복기적 시각 속에서 바로 그러한 성찰과 지혜를 이끌어내는 일기입니다.

쓰는데 고작 2, 3분 정도밖에 걸리지 않지만, 꾸준히 써보시면 여러모로 아주 유익하다는 것을 알 수 있을 것입니다. 이 일기를 계속 쓰게 되면 자존감과 자아상이 밝아지고, 자각력이나 통찰력도 좋아집니다. 하루에 고작 2, 3분만 투자하면 되지만, 꾸준히 쓰면 엄청 좋은 영향을 받을 수 있습니다. 써보시면 짧은 시간에 자신의 사고와 행동을 인지하는 자각력이 급속히 높아진다는 것을 체감할 수 있을 것입니다. 누구든 마음의 치유를 원한다면 100일만 꼭 써보시길 권해드립니다. 물론 더 오래 지속하면 더 좋겠지요!

행복을 위해서 살지 말고
행복으로 인해 살라.
-마시 시모프-

일기 쓰기가 뇌 건강이나 치매예방에 좋다거나, 정신 건강이나 장수에도 도움이 된다는 것은 이미 널리 알려져 있는 사실입니다. 특히 치유일기는 '글쓰기 치료'의 한 가지라고 할 수 있는데요, 글쓰기 치료의 효과는 생각과 감정을 인식하고 정리함으로써 심리적 안정을 찾는 데 도움을 준다고 알려져 있습니다. 요즘은 성공학이나 자기계발의 측면에서도 다양한 형태의 일기 쓰기가 소개되고 있습니다.

이 치유일기의 방식은 아주 간단명료하면서도 핵심을 찌르는 면이 있습니다. 이 일기는 생각과 행동 양 측면에서 '가장 필요한 것'과 '가장 문제가 되는 것'을 단번에 찾게 해줌으로써 최소 노력으로 최대 효과를 얻게 되는 장점이 있습니다. 쓰는 과정에서 자기성찰적 사고를 깊이 하게 되지만, 형식이 단순하고 분량이 짧아서 쓰기도 아주 쉽습니다. 오직 그것을 위해 고안된 방식이어서, 아마도 가장 쉽게 쓸 수 있는 일기 형식 중 하나가 아닐까 합니다.

이 치유일기는 고바야시 히로유키의『하루 세 줄, 마음 정리법』과 후지모토 사키코의『돈의 신에게 사랑받는 3줄의 마법』, 이 두 책에 영감을 받아 만들어진 것입니다.『하루 세 줄, 마음 정리법』에서는 3줄 일기 쓰는 법을 소개하고 있는데, 왜 이런 방식의 세 줄 일기가 마음을 치유하는 데 효과적인지를 교감신경과 부교감신경의 관계성을 전제로 상세히 설명하고 있습니다.『돈의 신에게 사랑받는 3줄의 마법』에서는 일기 쓰기를 통해 어떻게 감정과 생각(내부설정)을 바꾸고 짧은 시간에 놀라운 성공을 이루게 되었는지에 대해 이야기하고 있습니다. (더 상세한 내용이 궁금한 분은 두 책을 함께 읽어보시기 바랍니다.)

이 사소한 일상을 얼마나 즐겁고 행복하게 보낼 수 있을지는 일종의 스킬과 같은 겁니다. 일상의 작은 트레이닝으로 사고의 습관을 고친다면 꿈을 이루는 그 과정마저도 즐겁고 행복해져 점차 마음이 풍족한 매일을 보내게 됩니다.

-Happy, 『3일 후, 기적이 일어나는 일기』에서

치유일기는 내 모습을 관찰하고, 나의 마음과 행동을 관찰하고. 나의 시간(하루)을 관찰하는 고성능 렌즈입니다. 어떤 형식으로 일기를 쓰든 일기는 마음을 정리하고 삶의 시간을 편집하는 자기 내면과의 대화입니다. 종이 위에서 이루어지는… 나를 살리는 작은 트레이닝입니다. 그것은 자신에 대한 이해력과 인지력, 삶에 대한 통찰과 자각력(사고력)을 함께 높여줄 것입니다. 이 치유일기를 마음의 치유뿐 아니라, 건강하고 행복한 삶을 바라는 모든 분들께 권해드리고 싶습니다.

① 오늘 한 가장 좋은 생각
② 오늘 일어난 가장 좋은 일(혹은 감사한 일)
③ 오늘 내가 가장 잘한 일

혹 '다섯 줄 일기'를 쓰기가 부담되는 분은 그 다섯 항목 중에 두세 가지만 택해서 '두 줄 일기'나 '세 줄 일기'를 쓰셔도 됩니다.(다섯 항목에 없는 다른 항목을 넣어도 됩니다.) 이는 쓰는 데 고작 1분 정도밖에 안 걸리기에, 치유일기를 가장 편하고 쉽게 쓸 수 있는 방식입니다. 다섯 줄 일기도 매일 쓰기가 힘들어서 도저히 못 쓰겠다고 하는 분은 이렇게 '두 줄 일기'나 '세 줄 일기'만이라도 꼭 써보시기 바랍니다.(실제로 내담자 중엔 '다섯 줄 일기'도 쓰기 힘들다고 안 쓰는 분들이 많습니다.) 고작 두세 줄이지만, 며칠 만 써보시면 스스로 그 가치와 효과를 알게 될 것입니다.

우리는 내면의 공간을 만들어서
자신을 되돌아볼 수 있는 시간을 가질 필요가 있다.
그런 시간을 갖지 못한다면,
우리의 자아에 대한 인식은 나아질 수가 없다.
그렇게 되면 우리는 다람쥐 쳇바퀴 속에서
나에게 일어나는 일에 대해 습관적으로 반응할 것이다.

-기 코르노-

2

내 마음을 다 받아주는 '그래, 공감치료법'

1.

•그래, 불안하구나!

- 그래, 두렵구나!
- 그래, 우울하구나!
- 그래, 화가 나는구나!
- 그래, 짜증이 나는구나!
- 그래, 속상하구나!
- 그래, 너무 외롭구나!
- 그래, 수치심이 드는구나!
- 그래, 그랬구나! 그래, 어쩔 수가 없었구나!
- 그래, 그동안 너무 힘들었구나!
- 그래, 이해받지 못해서 너무 힘들었구나!
- 그래, 사랑받지 못해 너무 힘들었구나!
- 그래, 존중받지 못해 너무 힘들었구나!
- 그래, 도움받지 못해 너무 힘들었구나!
- 그래, 기댈 곳 없어 너무 힘들고 서러웠구나!
- 그래, 너무 힘들어서 그렇게 지쳤었구나!
- 그래, 힘들고 괴로워서 어떻게 할 수가 없었구나!
- 그래, 내가 한심해서 싫었구나!
- 그래, 내 마음을 이해하기 힘들었구나! 그래, 나 자신을 이해하기가 힘들었구나!
- 그래, 나 자신을 믿을 수가 없었구나! 그래, 내 마음을 믿을 수 없어서 힘들었구나!

2.

- 그래, 불안하구나! 그래, 또 상처받을까 봐 불안하구나!

- 그래, 두렵구나! 그래, 또 잘 안될까 봐 두렵구나!

- 그래, 두려워서 자꾸 피하고 싶구나!

- 그래, 슬프구나! 그래, 또 잘 안되어서 슬프구나!

- 그래, 속상하구나! 그래, 이해받지 못해서 속상하구나!

- 그래, 우울하구나! 그래, 뜻대로 되는 게 없어 너무 우울하구나!

- 그래, 외롭구나! 그래, 소외감이 자꾸 들어서 힘들구나!

- 그래, 불쾌하구나! 그래, 매너 없어서 참 불쾌하구나!

- 그래, 혐오감이 드는구나! 그래, 혐오감이 들어서 피하고 싶구나!

- 그래, 수치심(모멸감)이 드는구나! 그래, 너무 수치스러워서 나를 감추고 싶구나!

- 그래, 모욕감이 드는구나! 그래, 모욕감 때문에 화가 치미는구나!

- 그래, 죄책감이 드는구나! 그래, 죄책감 때문에 불편하고 괴롭구나!

- 그래, 기분이 다운되는구나! 그래, 실망감이 드니까 마음이 다운되는구나!

- 그래, 억울하고 분하구나! 그래, 너무 억울하고 분해서 잊을 수가 없구나!

- 그래, 어떻게든 복수하고 싶구나! 그래, 용서할 수가 없구나!

- 그래, 너무 원망스럽구나! 그래서 자꾸 생각이 나는구나!

- 그래, 너무 괘씸해서 화가 나는구나!

- 그래, 조바심이 나는구나! 그래, 조바심 때문에 마음이 안절부절

견딜 수가 없구나!

- 그래, 자존심이 상하는구나! 그래, 너무 자존심이 상해서 견딜 수가 없구나!
- 그래, 들킬까 두렵구나! 그래, 비난받을까 두렵구나!
- 그래, 또 무시당할까 봐 두렵구나! 그래, 또 소외될까 봐 두렵구나. 그래, 또 뒤처질까봐 두렵구나!
- 그래, 너무 아쉽구나! 그래, 자꾸 후회가 되는구나!
- 그래, 자꾸 예민해져서 긴장이 되는구나! 그래, 자꾸 사람들이 의식되는구나!
- 그래, 너무 서운하구나! 그래, 자꾸 서운한 마음이 드는구나!
- 그래, 너무 답답하구나! 그래, 너무 막막하구나!
- 그래, 너무 어찌해야 할지 모르겠구나!
- 그래, 너무 부끄럽고 민망하구나! 그래, 자꾸 자괴감이 들어서 힘이 빠지는구나!
- 그래, 너무 화가 나는구나! 그래, 자꾸 피해당해서 너무 화가 나는구나!
- 그래, 너무 혼란스럽구나! 그래, 할까 말까 계속 망설여지는구나!
- 그래, 너무 고달프구나! 그래, 사는 게 너무 힘들구나. 그래, 지쳐서 너무 힘들구나!
- 그래, 아무 용기도 안 생기는구나! 그래, 아무 의욕이 안 생기는구나!
- 그래, 또 걱정이 드는구나! 그래, 계속 걱정돼서 안심이 안 되는구나!

- 그래, 계속 의심이 드는구나! 그래, 계속 망설여지는구나!
- 그래, 믿을 수가 없구나! 그래, 믿을 수 없어 불안하구나! 그래, 나를 믿을 수가 없어 힘들구나!
- 그래, 열등감(소외감)이 드는구나! 그래, 자신이 안 생기고 마음이 계속 다운되는구나!
- 그래, 또 좌절감이 드는구나! 그래, 계속 자괴감(자책감)이 드는구나!
- 그래, 막막하고 두렵구나! 그래, 내 신세가 너무 초라하고 비참하구나!
- 그래, 다 포기하고 싶구나! 그래, 고통(불행)밖에 없는 내 인생에 환멸이 느껴지는구나!
- 그래, 마음이 참담하구나! 그래, 너무 참담해서 어찌해야 할지 모르겠구나!
- 그래, 마음이 참 불편하구나! 그래, 이럴 수도, 저럴 수도 없어서 참 힘들구나!
- 그래, 아무것도 하기가 싫구나! 그래, 너무 지쳐서 만사가 귀찮구나!
- 그래, 짜증 나서 미치겠구나! 그래, 만족스러운 게 없어 화가 치미는구나!
- 그래, 차별받는 게 너무 싫구나! 그래, 무시당하는 게 너무 싫구나!
- 그래, 사람들이 너무 싫구나! 그래, 이 세상이 너무 싫구나!
- 그래, 뜻대로 되는 게 없어 속상하구나! 그래, 내 뜻대로 잘 안돼서 참 힘들구나!

- 그래, 사는 게 너무 끔찍하구나! 그래, 나만 불행한 것 같아 서럽구나!
- 그래, 내가 너무 한심한 것 같구나! 그래, 나 자신이 너무 싫고 수치스럽구나!
- 그래, 두려워서 자신이 안 생기는구나!

3.
- 그래, 온전히 이해받고 싶구나! 그래, 충분히 공감받고 싶구나!
- 그래, 위로받고 싶구나! 그래, 나도 도움받고 싶구나!
- 그래, 나도 온전히 사랑받고 싶구나! 그래, 나도 충분히 존중받고 싶구나!
- 그래, 나도 인정받고 싶구나! 그래, 나도 관심(대접)받고 싶구나!
- 그래, 자꾸 외면하고 싶구나! 그래, 어떻게든 외면해서 편해지고 싶구나!
- 그래, 자꾸 부정하고 싶구나! 그래, 믿었다가 실망하게 될까 두렵구나!
- 그래, 나도 사랑하고 싶구나! 그래, 외로움에서 벗어나고 싶구나!
- 그래, 못 해서 속상하구나! 그래, 하고 싶은데 못 해서 너무 속상하구나!
- 그래, 빨리 해결하고 싶구나! 그래, 빨리 자유롭고 싶구나!
- 그래, 창피해서 숨기고 싶구나! 그래, 민망하고 쑥스러워서 감추고 싶구나!

- 그래, 인간관계를 잘하고 싶구나! 그래, 나도 사람들과 잘 사귀고 싶구나!
- 그래, 더 이상 상처받고 싶지 않구나!
- 그래, 이기고 싶구나! 그래, 지는 게 정말 싫구나!
- 그래, 싸우기 싫었구나! 그래서 갈등을 피하고 싶었구나!
- 그래, 하고 싶은 말을 마음껏 다 하고 싶구나!
- 그래, 비난이 두렵구나! 그래, 그게 너무 싫고 두려웠구나!
- 그래, 화내고 싶구나! 그래, 마음껏 욕하고 싶구나!
- 그래, 나도 잘하고 싶구나! 그래, 잘해서 떳떳해지고 싶구나!
- 그래, 나도 잘 보호(도움)받고 싶었구나! 그래, 확실한 안정감을 얻고 싶었구나!
- 그래, 내 억울함(오해)을 다 풀고 싶구나! 그래, 그런데 그게 잘 안돼서 너무 속상했구나!
- 그래, 모든 구속에서 벗어나고 싶구나! 그래, 모든 고통에서 벗어나고 싶구나!
- 그래, 모든 부담감(죄책감)에서 완전히 벗어나고 싶구나!
- 그래, 나도 행복해지고 싶구나! 그래, 나도 이제는 정말 행복해지고 싶구나!
- 그래, 나도 이제 좀 쉬고 싶구나! 그래, 나도 이제 자유롭고 싶구나!

이 예시문들을 참고해, 일상에서 언제든 자유자재로 자신에게 맞게 응용해서 사용해 보시기 바랍니다. 가슴으로 감정을 온전히 느껴주면서, 자신의 마음을 있는 그대로 읽어주며 "그래!"라고 공감만 해주면 됩니다. 감정을 온전히 느껴주기 위해서 한 문장을 여러 번 반복하는 것이 좋습니다.

자전거 타는 것을 배우는 데도 약간의 시간이 걸리듯, 일상에서 이 기법을 자유자재로 사용하는 데도 약간의 습관적 노력은 필요할 것입니다. 위의 예문을 여러 번 반복해서 읽어보세요. 그러면 쉽고 빠르게 체득해서 자신에게 맞게 응용할 수 있게 될 것입니다!

> 힘들고 어려운 상태에 있는 사람에게
> 공감은 한 사람이 다른 사람에게 줄 수 있는 최고의 선물이다.
>
> -칼 로저스-

'그래, 공감치료법'은 내 안에서 어떤 마음이 일어나든 내가 언제나 '그 모든 마음을 있는 그대로 인정하고 공감해 주기'를 해주는 것입니다. 즉, 내가 '내 마음'에게 끊임없이 무한수긍으로 공감을 해주는 것입니다! 이로써 내가 '내 마음들'과 좋은 관계를 맺는 것입니다.

당신의 마음이 아니라 당신의 가슴이 지혜와 치유와 사랑의 근원이다. 이 가슴은 아주 명석하다. 삶을 느끼는 것도, 공명을 통해 삶에 연결되는 것도 가슴이다. 가슴은 배척이 아니라 포용하는 법, 판단이 아니라 수용하는 법, 저항이 아니라 허용하는 법을 알고 있다. 마음으로 생각하기보다 가슴으로 느끼는 법을 배울 때 삶의 경험은 완전히 달라진다.

-메리 오말리, 『내 안의 가짜들과 이별하기』에서

의식은 오로지 가슴에 두고, 가슴의 느낌을 잘 느껴주면서 내면에서 어떤 감정이나 욕구가 일어날 때마다, 매 순간 있는 그대로의 내면(내면아이)에게 위와 같은 말들을 따듯하게 반복해서 전해주면 됩니다. 치유의 첫걸음은 이와 같은 공감과 이해로부터 시작됩니다. (억압된 감정은 반드시 해결되지 않은 욕구와도 연결되어 있습니다. 때문에 좌절되거나 억압된 자신의 욕구도 잘 알아주고 공감을 해주어야 합니다.)

마치 자기 내면과 대화를 나누듯이, 타인에게 받고 싶은 공감을 내가 나 스스로에게 주듯이! 핵심은 어떤 마음이 올라오든 아무 조건 없이 있는 그대로 "그래!"라고 동의해 주고 인정/공감해 주는 것입니다. "그래!"라는 언어로 자신의 모든 마음을 거울처럼, 공 받는 포수처럼 있는 그대로 다 받아주고 알아주면서 변함없는 자세로 자신을 껴안아 주는 것입니다. 이것이 자기사랑의 시작점이자 핵심입니다. (그저 축약형만 반복해도 많은 효과를 볼 수 있습니다.)

•그래, 이런 마음이 드는구나. 그래, 이런 생각이 드는구나!

- 그래, 이런 마음이 들었구나. 그래, 이런 생각이 들었구나!

- 그래, 이런 마음이 드는구나. 이런 마음을 깊이깊이 인정하고 받아
  들인다.
- 그래, 이런 생각이 드는구나. 이런 생각을 깊이깊이 인정하고 받아
  들인다.

'그래, 공감치료'를 치유작업을 하거나 명상하듯이 집중해서 해도 되지만, 일상에서 자연스럽게 수시로 하는 것 또한 중요합니다. 이 확언은 '그래, 공감치료' 디지털 버전입니다. 모든 마음과 생각은 '이런 마음'과 '이런 생각'으로 요약/대체될 수 있으므로, 이 문장을 사용하면 일상에서 공감해 주기가 쉽고 간단해집니다. 이 치유확언을 생의 모든 순간에 모든 희로애락을 늘 나와 함께해 주는 든든하고 따뜻한 동반자로 만들어 보시기 바랍니다.

가장 절박하고 힘이 부치는 순간에
사람에게 필요한 건
'네가 그랬다면 뭔가 이유가 있었을 것이다'
'너는 옳다'는 자기 존재 자체에 대한 수용이다.
-정혜신-

모든 상처는 어찌 보면 어린 시절 응당 받아야 할 이해와 공감

을 충분히 받지 못했기 때문에 생기는 것입니다. 그래서 이렇게 조건 없는 "그래!"를 통해서 내 마음이 계속 이해와 공감을 받으면 '억압되어 있는 감정(내면아이)'이 서서히 풀리게 됩니다. 무엇보다 중요한 것은 이런 습관이 일상에서 저절로 자동이 될 때까지 습관화해 나가는 것입니다. '절대공감-자동재생'이 될 때까지! 이런 습관이 만들어진다는 것은 무의식 차원에서 감정을 억압하거나 회피하는 습관이 사라진다는 뜻이 됩니다. 그러므로 이러한 습관은 마음 치유의 고속도로를 만드는 것이라 할 수 있습니다.

치유란 간단히 말해 '마음의 습관'이 바뀌는 것입니다. 즉, '내가 나를 대하는 마음의 습관'이 좋은 쪽으로 바뀌는 것입니다. 그러한 습관이 생기면 나와 나의 관계도 좋은 쪽으로 바뀌게 됩니다. 그리하여 우리의 모든 마음이 온전한 이해와 공감과 수용 속으로 들어갈 때, 우리는 반드시 '온전한 치유'와 만나게 될 것입니다.

3
가슴수용 치료법

제가 상담을 진행할 때, 제일 먼저 하는 것이 억압된 감정을 풀어주는 '가슴수용 치료'입니다. 가슴수용 치료라고 이름을 붙인 것은 가슴으로 느끼면서 치유확언을 외우기는 방식이기 때문입니다. 억압된 감정이 풀리는 핵심 관건은 온전히 느껴주는 데 있습니다. 어떤 감정이든 '온전히 느껴주는 것'이 감정수용의 핵심입니다. 감정이 수용될 때, 그 감정을 지니고 있는 '나' 또한 수용됩니다.(앞서 본 '그래, 공감치료'도 이것이 핵심입니다.) 그것을 일상에서 누구나 쉽게 할 수 있는 기본 버전을 소개합니다.

- 모든 마음을 깊이깊이 인정하고 받아들인다. (모든 나를 깊이깊이 인정하고 받아들인다.)
- 모든 마음을 깊이깊이 이해하고 받아들인다. (모든 나를 깊이깊이 이해하고 받아들인다.)

핵심은 "인정하고 받아들인다."와 "이해하고 받아들인다." 이두 마디뿐입니다! 이 두 마디만 기억하시면 모든 경우에 적용이 가능합니다. '깊이깊이'는 강조 표현입니다. "모든 슬픔, 모든 분노, 모든 불안, 모든 괴로움, 모든 생각, 모든 욕구/이런 슬픔, 이런 수치심, 이런 불안, 이런 두려움, 이런 고통, 이런 상처, 이런 욕구……"처럼 주어를 바꾸면 다양하게 응용이 가능합니다.

우리가 밥을 먹을 때, '숟가락'이라는 도구를 사용하는 것처럼, 억압된 감정을 풀어줄 때, '수용확언'이라는 도구를 사용하면 감정을 풀어주기가 훨씬 더 쉽고 효과적입니다. 이런 확언들이 일상에서 자동으로 재생되도록 '자동습관'을 만드는 것이 가장 중요합니다. 심리치유란 마음의 습관이 바뀌는 것이니까요!

단지 이 수용확언만 꾸준히 열심히 해도 웬만한 증상은 혼자서도 많은 치유 효과를 얻을 수 있습니다. 이 확언들은 '모든 마음(감정/생각/욕구)'과 '모든 나'에 대한 전면적인 수용을 전제로 하고 있습니다. 모든 증상은 내적 분열 때문에 생기기 때문에, 이 수용확언을 꾸준히 외우면 내적 분열이 사라지고 내면이 통합되기에 많은 치유들이 일어나게 됩니다.

- 이런 마음을 깊이깊이 인정하고 받아들인다. (이런 나를 깊이깊이 인정하고 받아들인다.)
- 이런 마음을 깊이깊이 이해하고 받아들인다. (이런 나를 깊이깊이 이해하고 받아들인다.)

천 가지, 만 가지 마음과 생각도 최대한 요약하면 '이런 마음/이런 생각'이 됩니다. 천 가지, 만 가지 내 모습도 최대한 요약하면 '이런 나'가 됩니다. 그래서 이 문장은 어떤 상황, 어떤 경우에든 다 적용이 가능합니다. 마치 치유의 마스터키와 같은 치유확언인 것입니다. 빠른 치유를 바란다면 언제 어디서든 수시로 이 문장을 마음속으로 계속 반복해서 외워보시기 바랍니다. 이 문장을 일상에서 할 때는 압축해서 "깊이깊이 인정하고 받아들인다./깊이깊이 이해하고 받아들인다."만 하셔도 됩니다. 특히 마음이 힘들거나 감정이 올라올 때 더 많이 해보시기 바랍니다. 자동재생 수준이 될 때까지! 이것만 잘해도 많은 치유가 일어난답니다. 항상 깨어서 알아차려야 자기 마음을 다 받아줄 수 있습니다. 그래서 이 속엔 감정수용과 알아차림이 함께 들어 있습니다.

　의식은 오로지 가슴에 두고 가슴을 느껴주면서 해주세요! (양 손을 가슴에 포개고 하면 더 좋습니다.) 가슴을 느껴주는 이유는 가슴을 느껴줄 때, 억압된 감정이 잘 풀리기 때문입니다. 우리 무의식의 90%가 심장(가슴)에 있습니다. 그래서 '가슴을 잘 느껴주는 것'은 치유에 있어 감정 수용으로 건너가는 아주 좋은 다리가 되어 줍니다.

> 철저한 수용은 머리와 가슴과 몸으로 온 힘을 다해
> 받아들이는 것이다.
> 뭔가를 영혼 깊숙한 곳에서 수용하고 마음을 열어
> 그 순간 있는 그대로의 현실을 온전히 경험하는 것이다.
> -마샤 리네한-

　무엇보다 중요한 것은 이 확언을 일상에서 '자동재생 수준'이 되게 하는 것입니다. 힘든 마음이 들면 즉각적으로 이 확언이 튀어나와야 합니다. 자동재생 수준이 된다는 것은 무의식 차원이 된다는 뜻입니다. 무의식 차원이 된다는 것은 무의식 차원에서 마음의 습관이 바뀐다는 것을 의미합니다. 어떤 증상이든 마음의 습관이 바뀌어야 지속적이고 완전한 치유가 가능해집니다. 그러므로 자동재생 수준이 된다는 마음의 습관이 무의식 수준까지 바뀐다는 것을 의미합니다. 이것은 모든 자가치유의 출발점입니다. 그래서 이 치유확언만 제대로 실행해도 정말 많은 치유가 일어날 수 있습니다.

- 그래, 이런 마음이 드는구나! 이런 마음을 깊이깊이 인정하고 받아들인다. 깊이깊이 이해하고 받아들인다.
- 그래, 이런 생각이 드는구나! 이런 생각을 깊이깊이 인정하고 받아들인다. 깊이깊이 이해하고 받아들인다.

앞서 배운 '그래, 공감치료'와 함께하면 이렇게 됩니다. 이 버전을 가장 추천하고 싶은데, 어떻게 하든 자신의 상황에 맞게 잘 적용해서 사용하면 됩니다.

- 모든 나를 깊이 깊이 수용하고 사랑한다. (이런 나를 깊이깊이 수용하고 사랑한다.)
- 모든 나를 있는 그대로 수용하고 사랑한다. (이런 나를 있는 그대로 수용하고 사랑한다.)

수용확언과 함께 자기사랑 확언도 함께해 주면 더 좋습니다. 자기수용의 궁극의 종착점은 자기사랑이기 때문입니다. 자기사랑은 모든 심리치유의 종착점이기도 합니다.

- 우울했던 모든 나를 있는 그대로 수용하고 사랑한다. (우울했던 모든 나를 깊이깊이 수용하고 사랑한다.)
- 슬퍼했던 모든 나를 있는 그대로 수용하고 사랑한다.
- 불안했던 모든 나를 있는 그대로 수용하고 사랑한다.
- 두려워했던 모든 나를 있는 그대로 수용하고 사랑한다.
- 분노했던 모든 나를 있는 그대로 수용하고 사랑한다.
- 억울했던 모든 나를 있는 그대로 수용하고 사랑한다.
- 좌절했던 모든 나를 있는 그대로 수용하고 사랑한다.
- 외로웠던 모든 나를 있는 그대로 수용하고 사랑한다.
- 서러웠던 모든 나를 있는 그대로 수용하고 사랑한다.
- 무기력했던 모든 나를 있는 그대로 수용하고 사랑한다.
- 수치스러웠던 모든 나를 있는 그대로 수용하고 사랑한다.
- 상처받은 모든 나를 있는 그대로 수용하고 사랑한다. (성욕을 부정했던 모든 나)
- 부모를 부정했던 모든 나를 있는 그대로 수용하고 사랑한다. (삶을 부정했던 모든 나)
- 나를 부정했던 모든 나를 있는 그대로 수용하고 사랑한다. (내가 껴안지 못했던 모든 나)

이렇게 다양하게 세분화해서 구체적인 특정한 '나'에 대해 자기사랑 확언을 함께 사용해 보시기 바랍니다. 그럼 수용과 사랑을 받지 못한 자아들을 좀더 섬세하게 만나는 느낌을 받을 수 있을 것입니다.

- 나는 모든 불안을 허용하고 받아들임으로써 점점 더 편안해진다.
- 나는 모든 두려움을 허용하고 받아들임으로써 점점 더 편안해진다.
- 나는 모든 분노(원망)를 허용하고 받아들임으로써 점점 더 편안해진다.
- 나는 모든 슬픔을 허용하고 받아들임으로써 점점 더 편안해진다.
- 나는 모든 수치심을 허용하고 받아들임으로써 점점 더 편안해진다.
- 나는 모든 좌절감(실패)을 허용하고 받아들임으로써 점점 더 편안해진다.
- 나는 모든 무력감을 허용하고 받아들임으로써 점점 더 편안해진다.
- 나는 모든 죄책감(자괴감)을 받아들임으로써 점점 더 편안해진다.
- 나는 모든 억울함을 허용하고 받아들임으로써 점점 더 편안해진다.
- 나는 모든 집착을 허용하고 받아들임으로써 점점 더 편안해진다.
- 나는 모든 저항을 허용하고 받아들임으로써 점점 더 편안해진다.
- 나는 모든 의심(자기불신)을 허용하고 받아들임으로써 점점 더 편안해진다.
- 나는 모든 자기혐오(자기부정)를 허용하고 받아들임으로써 점점 더 편안해진다.
- 나는 모든 고통(상처)을 허용하고 받아들임으로써 점점 더 편안해

진다.

- 나는 모든 피해의식을 허용하고 받아들임으로써 점점 더 편안해진다.
- 나는 모든 욕구(욕구불만)을 허용하고 받아들임으로써 점점 더 편안해진다.
- 나는 모든 마음(감정)을 허용하고 받아들임으로써 점점 더 편안해진다.
- 나는 모든 나를 허용하고 받아들임으로써 점점 더 편안해진다.
- 나는 모든 나를 용서하고 받아들임으로써 점점 더 편안해진다.

이 확언들은 수용확언 응용버전인데, 그저 반복해서 읽기만 해도 마음이 편안해지고 많은 치유가 일어납니다. 각 문장을 10번씩 읽어서 녹음해서 들어도 좋습니다.

4

손연꽃 호흡명상법

명상법에는 수없이 많은 종류가 있습니다. 명상은 호흡과 심신을 이완시키고 편안감과 안정감을 주기 때문에 심리치유에도 많은 도움이 됩니다. 혼자서도 쉽게 할 수 있고 효과 또한 좋은 '손연꽃 호흡명상법'을 소개합니다.

손연꽃 호흡명상법

①

들숨: 집중한다.(더 깊은 집중)

날숨: 이완한다.(더 깊은 이완)

②

들숨: 다 수용한다.(완전히 수용한다.)

날숨: 다 내맡긴다.(완전히 내맡긴다.)

눈을 감고 편안하게 호흡을 하면서, 들숨과 날숨에 맞춰 치유 문구를 마음속으로 반복해서 외웁니다. (손은 무릎에 올려놓은 상태에서) 들숨에 손가락 끝을 천천히 다 모으고, 날숨에 손가락을 천천히 다 폅니다. 오직 '숨의 느낌'과 '손의 감각'과 '단어의 의미'에만 의식을 집중하고 천천히 부드럽게 합니다.

이 명상법은 짧은 시간에 심신을 이완 상태로 만들기 때문에, 머리가 맑아지고 마음이 차분하고 편안해지며, 신체감각과 자각력과 집중력과 자율신경계가 함께 좋아집니다. 자주 많이 하면 할수록 그 감각이 점점 더 좋아지고, 더 빨리 편안한 이완 상태를 경험할 수 있게 됩니다. 이 명상법엔 최면이나 NLP에서 말하는 앵커링 기법이 들어가 있기 때문에, 명상을 하면 할수록 뇌가 그 느낌과 감각을 기억하게 됩니다. 그래서 이 명상을 꾸준히 하면 할수록 더 빨리 명상모드(알파파 상태)가 만들어질 뿐 아니라, 그 효과 또한 더 커지게 될 것입니다.

한 번 할 때 최소 10분(①과 ②를 각각 5분씩) 이상은 하시는 게 좋습니다. 한 번 할 때 30분을 해도 되고, 1시간을 해도 되고 혹은 하루에 10분씩 여러 번을 해도 됩니다. 만약 빠른 치유와 정화를 원한다면 더 자주, 더 많이 하셔도 됩니다. 만약 수도승처럼 하루 온 종일 이 명상을 한다면 기적 같은 일들이 많이 벌어지지 않을까 합니다. 예컨대 만약 1시간 동안 명상을 한다고 치면 ①은 5~10분 정도만 하고, ②를 50~55분 동안 하시면 됩니다. (아울러 손가락을 움직이는 것이 더 좋지만, 손가락을 움직이기 힘든 장소이거나 그런 상황일 때는 그냥 마음속으로 호흡에 따라 문구만 반복하셔도 됩니다.)

치유 암시문

- 나는 모든 마음을 깊이깊이 인정하고 받아들인다. 깊이깊이 이해 하고 받아들인다.
- 나는 모든 나를 깊이깊이 수용하고 사랑한다. 있는 그대로 수용하 고 사랑한다.
- 나는 잠재의식의 무한한 힘과 지혜로 완전히 치유되고, 완전 히 깨어난다.

명상이 끝날 땐 꼭 이 치유 암시문들을 최소 10회 이상 외우시기 바랍니다.(많이 외우면 더 좋고, 빠른 치유를 위해 하루 종일 외워서도 됩니다.) 이 치유 암시문들은 치유확언 중에 가장 중요하고 근본적인 치유확언이라고 할 수 있습니다. 수많은 치유확언 중에 가히 최고의 치유확언이라 감히 말씀드릴 수 있습니다. 명상이 끝났을 때는 심신이 이완되어 있을 뿐 아니라, 뇌파가 집중모드인 알파파 상태가 되기 때문에 치유확언을 외웠을 때, 평소보다 훨씬 더 효과가 좋습니다.

'이완'이라는 것은 정말 중요합니다. 우리의 몸이 하루 종일 쉬지 못하고 일만 한다면 약해질 수밖에 없듯이, 우리의 의식 또한 휴식이 필요합니다.

'이완'을 통해 현재의식이 힘을 풀게 되면 뇌도 휴식을 취하게 되고, 우리의 마음도 함께 휴식을 취하게 됩니다. 어떤 구체적인 작업이 없더라도 꾸준히 이완만 해주더라도 훨씬 우리의 인생은 유연해질 수 있습니다.

그리고 '이완'을 한다는 것은 내가 쥐고 있었던 것들을 잠시나마 내려놓음을 뜻합니다. 이완의 경험을 반복적으로 하면서 그 느낌에 익숙해지게 되면 내가 붙잡고 있던 것들 또한 내려놓을 수 있게 됩니다. 마음에 힘을 풀게 되니 당연히 잡고 있던 것을 놓게 되는 것입니다.

-이영현, 『내 인생의 날개를 펼쳐라』에서

60대 초반의 여성분께서 남편에 대한 화병 때문에 상담을 신청하셨는데, 이분은 제가 알려드린 손연꽃 명상법을 혼자서 3주 동안 한 후에 상담을 받으셨습니다. 그 3주 동안 매일 명상을 1시간 정도 하셨는데, 명상할 때마다 몸에 진동(흔들림)이 일어났다고 합니다. 그런데 그 과정에서 병원에서도 치료가 안 되어서 포기했던 '만성적인 어깨통증'이 저절로 다 나아 버렸습니다. 저도 전혀 예상 못 했던 기적 같은 일이 일어난 것입니다. (몸에 각종 통증이나 질병이 심인성 질환인 경우가 많다는 것을 이 경우를 통해서도 알 수 있을 듯합니다.)

이분은 저와 상담을 시작하기 전에 혼자서 한 명상으로 심리적인 부분도 조금씩 좋아지기 시작했기 때문에, 상담을 했을 때 치유 속도가 매우 빨랐습니다. 10시간 상담으로 10년이나 된 중증 화병(분노조절장애)이 깨끗이 다 나았을 뿐 아니라, 영적 각성까지 경험하셨습니다. (다른 내담자들과 달리) 매일 1시간씩 명상을 열심히 하신 덕분에 '약발'이 잘 받아서 더욱 이렇게 좋은 결과가 만들어지게 된 게 아니었을까 생각해 봅니다.

또 어떤 이는 이 명상을 한 직후부터 마음이 진정되고 불안한 마음이 줄어 공황장애가 점점 더 편안해졌다고 했고, 또 어떤 이는 명상을 할 때마다 몸에 따뜻한 기운이 올라왔고 마음이 가벼워지는 느낌이 들었다고 했습니다. 이런 말씀을 전해주는 분들이 많은데 이 중 내담자께 받은 문자 하나를 소개합니다.

"일단 마음이 차분해졌고요. 제가 일을 하면서 불안, 초조, 분노를 자주 느끼는 편인데, 월요일부터 지금까지는 그런 감정이 올라오는 빈도가 매우 줄어들었습니다. 그리고 타인의 반응에 민감한 편인데, 저 스스로도 놀랄 만큼 차분하게 받아들이고 있습니다. 마음이 차분해지니 업무 효율도 좋아졌고요, 그저 알려주신 명상법만 실천하고 있을 뿐인데 좋아지고 있습니다." 사람마다 명상효과나 반응속도는 다소 차이가 나겠지만, 꾸준히 한다면 단지 혼자서도 누구나 이와 유사한 경험을 할 수 있으리라 생각합니다.

몸에다 의식의 닻을 내려놓는 법을 깨우칠 때
육체적 현존의 체험이 일어난다.

-마이클 브라운-

저는 상담 전에 미리 명상법을 알려드리는데, 이분들처럼 저와 상담을 시작도 하기 전에 혼자서 조금씩 좋아지는 분들이 있습니다. 이분들과 마찬가지로 이 명상법은 누구나 혼자서 금방 익히고 바로 실행할 수 있을 만큼 쉽고 간단합니다. 너무나 쉽고 간단하지만, 명상을 시작하자마자 누구나 명상이 주는 '어떤 특유의 느낌'을 받을 수 있을 것입니다. 저 또한 오랫동안 수없이 많은 종류의 명상법들을 경험해 보았기에, 가히 최고의 명상법 중 하나라고 말씀드릴 수 있습니다. 이 명상법과 3가지 치유암시문만 꾸준히 열심히 한다면, 단지 이것만으로도 웬만한 증상은 혼자서 다 치유할 수 있을 만큼 뛰어나고 효과적인 방법이라는 것을 거듭 말씀드리고 싶습니다.

들숨: 다 자각한다.(완전히 자각한다.)
날숨: 다 깨어난다.(완전히 깨어난다.)

이것은 손연꽃 명상 ③단계 '깨달음 버전'입니다. 더 깊은 치유와 영적 각성에 관심이 있으신 분은 ③단계도 같이 해보시기 바랍니다. 각 단계를 5분씩 한다면 15분 정도가 될 것입니다. 아침/저녁으로 이렇게 15분 정도씩 해도 좋고, 그보다 훨씬 많은 시간을 하셔도 됩니다. 어떻게 하시든 노력과 시간을 투자한 만큼 반드시 그 대가는 돌아오지 않을까 합니다.

5 ─────────────────────────

알아차림 명상 가장 쉽게 하는 법

붓다의 명상법으로 일컬어지고 있는 위빠사나는 우리나라에서 흔히 '알아차림 명상' 혹은 '마음챙김 명상'으로 번역되어 알려져 있습니다. 알아차림 명상은 말 그대로 자신의 마음(생각)을 알아차림으로써 심신의 안정을 얻는 명상법입니다. 이 명상법은 가장 널리 알려져 있고 가장 많이 쓰이고 있는 권위 있는 명상법이기도 한데, 명상만 하는 수도승이 아니라 실상 밥벌이와 가정생활을 함께해야 하는 일반인이 제대로 하기엔 너무나 어려운 명상법입니다. 그래서 실제로 일반인 중에 이 명상을 제대로 소화해서 하는 이가 극히 드물 뿐 아니라, 대부분 잘 되지 않아서 중간에 포기하는 경우가 많습니다.

그래서 이렇게 어렵고 어려운 알아차림 명상을 너무나 쉽고 간단하게 효과적으로 할 수 있는 방법을 알려드릴까 합니다. 우선 알아차림 명상을 제대로 하려면, 알아차림 명상의 본질이 무엇인지부터 제대로 알아야 합니다. 어떤 명상이든 그 명상이 어떠한 원리로 작동하는지, 그 때문에 어떤 효과가 일어나게 되는지를 정확히 알고 있어야 믿음을 가지고 제대로 실행할 수 있게 됩니다.

숲에 있을 때는 숲이 보이지 않습니다. 숲을 보려면 숲에서부터 빠져나와야 합니다. 그와 같이 내 마음이나 생각 속에 있을 때는 내 마음이나 생각이 잘 보이지 않습니다. 내 마음이나 생각을 보려면 내 마음과 생각으로부터 빠져나와야 합니다. 내가 내 마음이나 생각으로부터 빠져나오면, 나는 내 마음과 생각으로부터 '분리'가 일어나기 때문에, 나는 그 영향을 적게 받거나 혹은 받지 않게 됩니다. 즉, 그렇게 되면 마음이나 생각이 가져다주는 고통과 괴로움에서 벗어나게 되는 것입니다. 이것이 바로 알아차림 명상이 가져다주는 본질적 가치이자 효과입니다.

> 우리는 내면의 공간을 만들어서
> 자신을 되돌아볼 수 있는 시간을 가질 필요가 있다.
> 그런 시간을 갖지 못한다면,
> 우리의 자아에 대한 인식은 나아질 수가 없다.
> 그렇게 되면 우리는 다람쥐 쳇바퀴 속에서
> 나에게 일어나는 일에 대해 습관적으로 반응할 것이다.
> -기 코르노-

내가 내 마음이나 생각을 알아차리게 되면 될수록 나는 내 마음과 생각으로부터 분리가 되어 집착과 저항이 줄어들기 때문에, 그것으로부터 자유로워집니다. 분리가 일어난다는 것은 심리적 '거리'가 생겨난다는 뜻입니다. 즉, 내 마음으로부터 빠져나와 관조의 자리에 있으면 있을수록 나는 관찰자의 시각과 초연함을 얻게 됩니다. 아울러 그렇게 내 마음으로부터 자주 빠져나와 관조의 자리에 계속 있게 되면, 에고에서 빠져나와 '나'를 바라보는 관조자가 되는 것이기에, 나의 본성인 참나(신성)가 깨어납니다. 이것이 알아차림 명상을 통해 영적 각성이 일어나는 이유입니다.

이것이 알아차림을 통해 신심의 안정과 심리치유와 영적 깨달음을 함께 얻게 하는 원리이자 이유입니다. 불타는 숲에서 빠져나오면 화상을 입지 않을 수 있는 것처럼, 온갖 감정과 생각과 욕망으로 불타는 '내 마음'에서 빠져나오면 그 고통과 화를 면할 수 있습니다. 마음에서 빠져나온다는 것은 자신의 모든 상처에서 빠져나온다는 뜻이요, 자신의 모든 과거로부터 빠져나온다는 뜻이요, 자신의 모든 욕망과 근심걱정과 집착으로부터 빠져나온다는 뜻입니다. 그러므로 빠져나오면 빠져나올수록 치유가 되고, 편안해지고, 초연해지고, 의식이 넓어질 수밖에 없는 것입니다.

> 무의식 속에 억눌린 자아들이 거세게 저항할 때 나는 고통스럽다. 저항을 몸으로 느끼기 때문이다. 그렇다면 어떻게 해야 할까? 몸에서 벗어나 저항에 대한 몸의 반응을 가만히 지켜보면 된다. '원래의 나'로 돌아가 '원래의 나'가 아닌, 몸과 자아들의 움직임을 바라보는 것이다.
>
> -김상운, 『거울명상』에서

모든 고통은 자신이 붙잡고 있는 조건과 그 조건에 대한 집착과 저항 때문에 생겨납니다. 자각은 바로 자신이 어떤 조건을 붙잡고 있는지, 왜 붙잡고 있는지, 어떤 집착과 저항을 하고 있는지를 알아차리는 것입니다. 그래서 자각은 치유의 브레이크 역할을 합니다.

그런 점에서 알아차림 명상은 자기 마음으로부터, 자신의 에고로부터 빠져나오게 하는 루트라고 할 수 있습니다. 문제는 마음과 에고는 관성과 집착이 심하기 때문에 빠져나오기가 쉽지 않다는 점에 있습니다. 그래서 제대로 빠져나오는 데 시간이 걸릴 뿐 아니라, 명상이라는 이름의 지속적인 훈련이 필요한 것입니다.

1. 신체감각 알아차리기

- (이마를) 느끼고 자각한다. (각 3~5회 정도 반복)
- (눈꺼풀을) 느끼고 자각한다.
- (볼을) 느끼고 자각한다.
- (입술을) 느끼고 자각한다.
- (귀를) 느끼고 자각한다.
- (턱을) 느끼고 자각한다.
- (목젖을) 느끼고 자각한다.
- (어깨를) 느끼고 자각한다.
- (가슴을/심장을) 느끼고 자각한다.
- (등을) 느끼고 자각한다.
- (손바닥/손등을) 느끼고 자각한다.
- (두 팔을) 느끼고 자각한다.
- (복부를) 느끼고 자각한다.
- (아랫배를) 느끼고 자각한다.
- (양쪽 골반을) 느끼고 자각한다.

- (엉덩이를) 느끼고 자각한다.

- (허벅지를) 느끼고 자각한다.

- (무릎을) 느끼고 자각한다.

- (종아리를) 느끼고 자각한다.

- (발목을) 느끼고 자각한다.

- (발가락을) 느끼고 자각한다.

- (발바닥을) 느끼고 자각한다.

- (가슴의 답답함을) 느끼고 자각한다.

- (어깨의 긴장을) 느끼고 자각한다.

- (허리의 통증을) 느끼고 자각한다.

- (목 넘김의 불편함을) 느끼고 자각한다.

- (몸의 긴장을) 느끼고 자각한다.

- (몸이 이완되는 것을) 느끼고 자각한다.

- (머리가 맑아지는 것을) 느끼고 자각한다.

- (모든 신체 반응을) 느끼고 자각한다.

편안히 눈을 감고 호흡을 크게 세 번 정도 한 다음에 몸의 느낌과 감각에 최대한 집중합니다. 머리부터 발끝까지 신체 각 부위를 느껴주면서 위와 같은 방식으로 마음속으로 되뇌면서 반복해 주시면 됩니다. 그저 '느끼고 자각한다.(느끼고 알아차린다.)'는 말만 계속 반복해 주면 되기 때문에 너무나 쉽게 할 수 있습니다. 이것은 신체 감각의 느낌을 자각함으로써 의식을 몸과 내면에 머물게 하면서 '현존의 감각'을 익히게 하는 방법입니다.

잘 느끼려면 그 느낌에 오롯이 깨어있어야 합니다. 즉, 잘 느껴 주기는 자각력을 높여 우리를 '깨어있는 상태'로 만들어 줍니다. 때문에 몸의 각 부분을 온전히 느껴주고, 그 느낌을 알아차려 주면 짧은 시간 안에 심신이 이완되고 편안해집니다. 아울러 억압된 감정이 풀리기도 하고, 모든 알아차림에 대한 감각과 반응 능력도 더 좋아지게 만들어 줍니다.

지금 무엇이 일어나든 지금 이 순간에 집중하는 마음챙김에는 수용성(저항하지 않고 받아들임)이라는 중요한 요소가 있다. 그러므로 이 순간에 집중하면서 알아차리는 것에 대하여 판단하거나 저항하지 않고 그냥 있는 그대로 수용해야 한다.

-쉐리 반 디크,『마음챙김과 감정치유』에서

2. 마음 알아차리기

• 이런 마음을 자각한다. 이런 생각을 자각한다. (이런 마음을 알아차린다. 이런 생각을 알아차린다.)

• 이런 마음을 자각하고 관조한다. 이런 생각을 자각하고 관조한다. (모든 마음을 자각하고 관조한다. 모든 생각을 자각하고 관조한다.)

'신체감각 알아차리기'를 한 후에 '마음 알아차리기'를 이어서 하면 좋습니다. 눈을 감고 내면에서 일어나는 모든 것들에 대해 그저 위의 한 문장만 계속 반복해서 읽어주기만 합니다. 바로바로 자각하면서 자기 내면에서 일어나는 모든 마음에 '이런 마음을 자각한다/이런 마음을 자각하고 관조한다'는 말만 붙여주시면 됩니다. '슬픔을 자각한다, 분노를 자각한다, 수치심을 자각한다, 자존심을 자각한다, 불쾌감을 자각한다, 짜증을 자각한다, 집착을 자각한다' 이렇게 개별적 심리를 읽어주어도 되고, 단순히 축약형으로 '이런 마음을 자각한다. 이런 생각을 자각한다.'만을 반복해 주어도 됩니다. 또한 일상에서도 올라오는 모든 감정, 욕구, 생각에 자연스럽게 '이런 마음을 자각한다, 이런 생각을 자각한다.'는 말을 붙여 그대로 읽어주기만 하면 됩니다.

우리가 밥을 먹을 때 손으로 먹지 않고 숟가락과 젓가락을 사용해서 밥을 먹듯이, '자각한다/알아차린다'는 단어는 마음을 알아차리는 데 효과적인 '자각의 도구'라고 생각하시면 됩니다. 그저 이 단어만 붙이면 어떤 마음이든 다 쉽게 알아차릴 수 있게 됩니다. 아울러 '자각한다.(알아차린다.)'는 말이 계속 반복되면 암시효과가 생기기 때문에 이것이 하나의 사고습관이 되어 저절로 알아차리는 현상이 일어나게 됩니다.

여기까지는 '알아차림 명상'에 대한 설명이었는데요, 이러한 알아차림 명상을 자기암시처럼 할 수도 있습니다.

- 온전히 자각하고 깨어난다. 매 순간 자각하고 깨어난다.
- 자각한다. 자각한다. 더 깊이 자각한다. / 깨어난다. 깨어난다. 더 깊이 깨어난다.
- 나는 모든 마음(생각)을 자각하고 관조함으로써 완전히 깨어난다.
- 나는 모든 것을 알아차리는 알아차림이다. 나는 항상 깨어서 알아차리는 알아차림이다.

알아차림 명상이 '알아차림 암시문'과 결합이 되면, '알아차림 암시명상'이 됩니다. 알아차림을 자기암시를 통해서 하면 너무나 단순하고 쉬워질 뿐 아니라, 그 속도와 효과가 훨씬 더 빨라집니다. 그저 나를 깨우는 주문을 외우듯이, 암시문을 계속 무한 반복해서 외우기만 하면 되기 때문입니다. 이것은 획기적인 방법이라서, 기존 방식으로 하시던 분들껜 다소 생소할 수도 있지만, '더 효과적인 방법'을 누구도 마다할 이유는 없을 것입니다.

위빠사나에 대한 수없이 많은 책들과 설명들이 있겠지만, 그 모든 것을 딱 한 문장으로 요약하면, '나는 모든 것(마음)을 알아차림으로써 완전히 깨어난다.'가 될 것입니다. 이것이 위빠사나의 본질이자 이상이기 때문입니다. 고로 이런 문장은 깨어남을 위한 좋은 만트라가 됩니다.

확언을 소리 내어 자기암시를 하듯이 해도 되지만, 눈을 감고 미간에 야구공만한 찬란한 빛 에너지가 있다고 상상하면서, 그 빛 에너지를 온전히 느끼고 바라보면서 알아차림 암시문을 외우시면 더 효과가 좋습니다. 거듭 말씀드리지만, 이 방법은 너무나 쉽고 간단합니다. 그럼에도 치유나 영적 각성을 함에 있어 아주 좋은 효과를 냅니다. 이 또한 디지털 방식이라고 할 수 있을 터인데, 디지털 방식과 아날로그 방식을 함께할 때 가장 이상적인 결과가 나오지 않을까 합니다.

> 마음챙김은 이 순간 우리가 체험하는 것에 대하여 주의력, 자각력, 수용성 그리고 개방성을 키워주고, 이렇게 키워진 자기 관리 능력으로 우리는 객관적이고 관찰자적 거리에서 내부 체험을 지켜보게 된다. 이렇게 되면 생각이나 감정을 있는 그대로 받아들이게 된다.
>
> -쉐리 반 디크, 김태향 역,『마음챙김과 감정치유』에서

모든 치유는 '자각'으로부터 시작됩니다. 요컨대 자각을 해야 부정적 패턴을 멈출 수 있고, 방향을 좋은 쪽으로 바꿀 수도 있습니다! 하여 '알아차림 명상'은 과거라는 관념의 늪으로부터 빠져나오게 하는 현존의 지렛대와 같고, 지금 여기로 돌아오게 만드는 현존의 열쇠와 같습니다. 자각은 현존이라는 오아시스로 들어가는 입구입니다. 그러므로 우리는 항상 깨어서 알아차릴 수 있기를 희구해야 할 것입니다!

마음을 알아차리고, 나를 알아차리면, 나는 그러한 마음과 그러한 나로부터 분리됩니다. 분리가 되면 될수록 나는 '마음'과

'나'로부터 점점 더 아무런 영향을 받지 않게 됩니다. 즉, 그러한 상태가 되면 내면은 저절로 평안하고 고요하고 초연한 상태가 됩니다. 그래서 지속적으로, 계속 늘 자신의 모든 것을 알아차리는 사람은 편안해질 수밖에 없고, 깨어날 수밖에 없을 것입니다!

6

좋은 느낌 명상-좋은 느낌 자기최면법

좋은 느낌 명상은 '좋은 느낌을 자아내게 하는 문구들'을 반복해서 외우면서 음미하는 명상입니다. 특정 단어나 문구를 반복해서 외우는 자기암시 기법을 명상 차원으로 접목한 방법입니다. 이 문구들을 반복해서 읽거나 들으면, '이 좋은 느낌들'이 잠재의식에 씨앗처럼 심어질 것입니다. 그저 반복해서 읽기만 해도 좋지만, 이 문장들을 녹음하여 눈을 감고 들으면서 마음속으로 따라 외우는 것을 더 추천드리고 싶습니다.

- 호흡이 점점 더 깊어지고 차분해진다. 호흡이 점점 더 깊어지고 차분해져서 몸과 마음이 아주 편안해진다. 호흡이 점점 더 깊어지고 차분해져서 무의식까지 아주 편안해진다.

- 몸과 마음이 편안하게 이완되는 느낌, 몸과 마음이 편안하게 이완되는 느낌이 무의식에 점점 더 깊이 스며든다. 몸과 마음이 편안하게 이완되는 느낌, 몸과 마음이 편안하게 이완되는 느낌이 무의식에 깊이깊이 스며들어 점점 더 편안해진다.

- 긴장이 다 풀리고 느긋해지는 느낌, 긴장이 다 풀리고 느긋해지는 느낌이 무의식에 점점 더 깊이 스며든다. 긴장이 다 풀리고 느긋해지는 느낌, 긴장이 다 풀리고 느긋해지는 느낌이 무의식에 깊이깊이 스며들어 점점 더 편안해진다.

- 내면이 아주 고요해지는 느낌, 내면이 아주 고요해지는 느낌이 무의식에 점점 더 깊이 스며든다. 내면이 아주 고요해지는 느낌, 내면이 아주 고요해지는 느낌이 무의식에 깊이깊이 스며들어 점점 더 편안해진다.

- 따뜻하게 감싸인 느낌, 따뜻하게 감싸인 느낌이 무의식에 점점 더 깊이 스며든다. 따뜻하게 감싸인 느낌, 따뜻하게 감싸인 느낌이 무의식에 깊이깊이 스며들어 점점 더 편안해진다.

- 더없이 소중히 여겨지는 느낌, 더없이 소중히 여겨지는 느낌이 무의식에 점점 더 깊이 스며든다. 더없이 소중히 여겨지는 느낌, 더없이 소중히 여겨지는 느낌이 무의식에 깊이깊이 스며들어 점점 더 편안해진다.

- 온전히 이해받는 느낌, 온전히 이해받는 느낌이 무의식에 점점 더 깊이 스며든다. 온전히 이해받는 느낌, 온전히 이해받는 느낌이 무의식에 깊이깊이 스며들어 점점 더 편안해진다.

- 따뜻하게 위로받는 느낌, 따뜻하게 위로받는 느낌이 무의식에 점점 더 깊이 스며든다. 따뜻하게 위로받는 느낌, 따뜻하게 위로받는 느낌이 무의식에 깊이깊이 스며들어 점점 더 편안해진다.

- 절대적으로 보호받는 느낌, 절대적으로 보호받는 느낌이 무의식에 점점 더 깊이 스며든다. 절대적으로 보호받는 느낌, 절대적으로 보호받는 느낌이 무의식에 깊이깊이 스며들어 점점 더 편안해진다.

- 온전히 인정받고 존중받는 느낌, 온전히 인정받고 존중받는 느낌이 무의식에 점점 더 깊이 스며든다. 온전히 인정받고 존중받는 느낌, 온전히 인정받고 존중받는 느낌이 무의식에 깊이깊이 스며들어 점점 더 편안해진다.

- 있는 그대로 수용받는 느낌, 있는 그대로 온전히 수용받는 느낌이 무의식에 점점 더 깊이 스며든다. 있는 그대로 수용받는 느낌, 있는 그대로 온전히 수용받는 느낌이 무의식에 깊이깊이 스며들어 점점 더 편안해진다.

- 있는 그대로 사랑받는 느낌, 있는 그대로 온전히 사랑받는 느낌이 무의식에 점점 더 깊이 스며든다. 있는 그대로 사랑받는 느낌, 있는 그대로 온전히 사랑받는 느낌이 무의식에 깊이깊이 스며들어 점점 더 편안해진다.

- 모든 감정과 욕구가 온전히 허용받고 수용되는 느낌, 모든 감정과 욕구가 온전히 허용받고 수용되는 느낌이 무의식에 점점 더 깊이 스며든다. 모든 감정과 욕구가 온전히 허용받고 수용되는 느낌, 모

든 감정과 욕구가 온전히 허용받고 수용되는 느낌이 무의식에 깊이깊이 스며들어 점점 더 편안해진다.

- 모든 나가 온전히 인정받고 수용되는 느낌, 모든 나가 온전히 인정받고 수용되는 느낌이 무의식에 점점 더 깊이 스며든다. 모든 나가 온전히 허용받고 수용되는 느낌, 모든 나가 온전히 허용받고 수용되는 느낌이 무의식에 깊이깊이 스며들어 점점 더 편안해진다.

- 억압된 감정과 욕구가 다 풀리는 느낌, 억압된 감정과 욕구가 다 풀리는 느낌이 무의식에 점점 더 깊이 스며든다. 억압된 감정과 욕구가 다 풀리는 느낌, 억압된 감정과 욕구가 다 풀리는 느낌이 무의식에 깊이깊이 스며들어 점점 더 편안해진다.

- 다 내맡기고 평온해지는 느낌, 다 내맡기고 평온해지는 느낌이 무의식에 점점 더 깊이 스며든다. 다 내맡기고 평온해지는 느낌, 다 내맡기고 평온해지는 느낌이 무의식에 깊이깊이 스며들어 점점 더 편안해진다.

- 모든 집착과 저항이 다 내려놓아지는 느낌, 모든 집착과 저항이 다 내려놓아지는 느낌이 무의식에 점점 더 깊이 스며든다. 모든 집착과 저항이 다 내려놓아지는 느낌, 모든 집착과 저항이 다 내려놓아지는 느낌이 무의식에 깊이깊이 스며들어 점점 더 편안해진다.

- 모든 고통과 아픔이 다 풀리는 느낌, 모든 고통과 아픔이 다 풀리는 느낌이 무의식에 점점 더 깊이 스며든다. 모든 고통과 아픔이 다 풀리는 느낌, 모든 고통과 아픔이 다 풀리는 느낌이 무의식에 깊이깊이 스며들어 점점 더 편안해진다.

- 모든 회한과 응어리가 다 사라지는 느낌, 모든 회한과 응어리가 다 사라지는 느낌이 무의식에 점점 더 깊이 스며든다. 모든 회한과 응어리가 다 사라지는 느낌, 모든 회한과 응어리가 다 사라지는 느낌이 무의식에 깊이깊이 스며들어 점점 더 편안해진다.
- 온전히 용서하고 용서받는 느낌, 온전히 용서하고 용서받는 느낌이 무의식에 점점 더 깊이 스며든다. 온전히 용서하고 용서받는 느낌, 온전히 용서하고 용서받는 느낌이 무의식에 깊이깊이 스며들어 점점 더 편안해진다.
- 모든 정체와 얽매임에서 풀려나는 느낌, 모든 정체와 얽매임에서 풀려나는 느낌이 무의식에 점점 더 깊이 스며든다. 모든 정체와 얽매임에서 풀려나는 느낌, 모든 정체와 얽매임에서 풀려나는 느낌이 무의식에 깊이깊이 스며들어 점점 더 편안해진다.
- 모든 마음이 치유로 열리는 느낌, 모든 마음이 치유로 열리는 느낌이 무의식에 점점 더 깊이 스며든다. 모든 마음이 치유로 열리는 느낌, 모든 마음이 치유로 열리는 느낌이 무의식에 깊이깊이 스며들어 점점 더 편안해진다.
- 홀가분하고 가벼워지는 느낌, 홀가분하고 가벼워지는 느낌이 무의식에 점점 더 깊이 스며든다. 홀가분하고 가벼워지는 느낌, 홀가분하고 가벼워지는 느낌이 무의식에 깊이깊이 스며들어 점점 더 편안해진다.
- 가슴이 열리고 탁 트이는 느낌, 가슴이 열리고 탁 트이는 느낌이 무의식에 점점 더 깊이 스며든다. 가슴이 열리고 탁 트이는 느낌,

가슴이 열리고 탁 트이는 느낌이 무의식에 깊이깊이 스며들어 점점 더 편안해진다.

• 깔끔하게 정리되고 정돈되는 느낌, 깔끔하게 정리되고 정돈되는 느낌이 무의식에 점점 더 깊이 스며든다. 깔끔하게 정리되고 정돈되는 느낌, 깔끔하게 정리되고 정돈되는 느낌이 무의식에 깊이깊이 스며들어 점점 더 편안해진다.

• 내면이 충만하고 조화로워지는 느낌, 내면이 충만하고 조화로워지는 느낌이 무의식에 점점 더 깊이 스며든다. 내면이 충만하고 조화로워지는 느낌, 내면이 충만하고 조화로워지는 느낌이 무의식에 깊이깊이 스며들어 점점 더 편안해진다.

• 다 잘될 것 같은 느낌, 다 잘될 것 같은 느낌이 무의식에 점점 더 깊이 스며든다. 다 잘될 것 같은 느낌, 다 잘될 것 같은 느낌이 무의식에 깊이깊이 스며들어 점점 더 편안해진다.

• 모든 문제가 다 해결되는 느낌, 모든 문제가 다 해결되는 느낌이 무의식에 점점 더 깊이 스며든다. 모든 문제가 다 해결되는 느낌, 모든 문제가 다 해결되는 느낌이 무의식에 깊이깊이 스며들어 점점 더 편안해진다.

• 즉각적으로 좋아지는 느낌, 즉각적으로 좋아지는 느낌이 무의식에 점점 더 깊이 스며든다. 즉각적으로 좋아지는 느낌, 즉각적으로 좋아지는 느낌이 무의식에 깊이깊이 스며들어 점점 더 편안해진다.

• 여유롭고 초연해지는 느낌, 여유롭고 초연해지는 느낌이 무의식

에 점점 더 깊이 스며든다. 여유롭고 초연해지는 느낌, 여유롭고 초연해지는 느낌이 무의식에 깊이깊이 스며들어 점점 더 편안해진다.

- 더없이 자유로워지는 느낌, 더없이 자유로워지는 느낌이 무의식에 점점 더 깊이 스며든다. 더없이 자유로워지는 느낌, 더없이 자유로워지는 느낌이 무의식에 깊이깊이 스며들어 점점 더 편안해진다.

- 깨끗이 다 정화되는 느낌, 깨끗이 다 정화되는 느낌이 무의식에 점점 더 깊이 스며든다. 깨끗이 다 정화되는 느낌, 깨끗이 다 정화되는 느낌이 무의식에 깊이깊이 스며들어 점점 더 편안해진다.

- 깊이깊이 안도되고 안착되는 느낌, 깊이깊이 안도되고 안착되는 느낌이 무의식에 점점 더 깊이 스며든다. 깊이깊이 안도되고 안착되는 느낌, 깊이깊이 안도되고 안착되는 느낌이 무의식에 깊이깊이 스며들어 점점 더 편안해진다.

- 기쁘게 축복하고 축복받는 느낌, 기쁘게 축복하고 축복받는 느낌이 무의식에 점점 더 깊이 스며든다. 기쁘게 축복하고 축복받는 느낌, 기쁘게 축복하고 축복받는 느낌이 무의식에 깊이깊이 스며들어 점점 더 편안해진다.

- 기쁨과 행복이 더 확장되는 느낌, 기쁨과 행복이 더 확장되는 느낌이 무의식에 점점 더 깊이 스며든다. 기쁨과 행복이 더 확장되는 느낌, 기쁨과 행복이 더 확장되는 느낌이 무의식에 깊이깊이 스며들어 점점 더 편안해진다.

- 마음이 텅 비워지고 고요해지는 느낌, 마음이 텅 비워지고 고요해지는 느낌이 무의식에 점점 더 깊이 스며든다. 마음이 텅 비워지고 고요해지는 느낌, 마음이 텅 비워지고 고요해지는 느낌이 무의식에 깊이깊이 스며들어 점점 더 편안해진다.

- 모든 것이 새롭게 시작되는 느낌, 모든 것이 새롭게 시작되는 느낌이 무의식에 점점 더 깊이 스며든다. 모든 것이 새롭게 시작되는 느낌, 모든 것이 새롭게 시작되는 느낌이 무의식에 깊이깊이 스며들어 점점 더 편안해진다.

- 온전히 치유되고 깨어나는 느낌, 온전히 치유되고 깨어나는 느낌이 무의식에 점점 더 깊이 스며든다. 온전히 치유되고 깨어나는 느낌, 온전히 치유되고 깨어나는 느낌이 무의식에 깊이깊이 스며들어 점점 더 편안해진다.

- 나는 좋은 느낌으로 무의식을 가득 채움으로써 점점 더 좋아지고 있다. 나는 좋은 느낌으로 무의식을 가득 채움으로써 완전히 치유될 것을 믿는다.

- 나는 좋은 생각들로 무의식을 변화시킴으로써 점점 더 좋아지고 있다. 나는 좋은 생각들로 무의식을 변화시킴으로써 완전히 치유될 것을 믿는다.

- 나는 조건 없는 사랑과 행복을 내게 허락함으로써 점점 더 좋아지고 있다. 나는 조건 없는 사랑과 행복을 내게 허락함으로써 완전히 치유될 것을 믿는다.

각 문장을 천천히 한 번씩 소리 내어 읽어보세요. 그렇게 읽기만 해도 되고, 그렇게 전체를 다 읽은 것을 녹음해서 눈을 감고 명상 상태에서 반복해서 들어보셔도 됩니다.(녹음할 때는 평소보다 좀 느리고 더 차분한 목소리로 하는 게 좋습니다. 부드러운 어감을 위해 경어체로 읽어도 됩니다.) 그냥 들어도 되지만, 밝고 아름다운 '치유의 빛에너지'가 내 몸 전체를 감싸고 있다고 생생하게 상상하면서 들으시면 더 좋습니다. 그럼 '빛명상 상태'에서 더 좋은 효과를 볼 수 있습니다.(빛에너지가 내 모든 세포 속에 다 스며들고, 심장과 가슴, 머릿속에도 가득 채워져 내 의식과 무의식을 깨끗이 정화하고 치유해 준다고 상상합니다.)

그것을 매일 들으면서 눈을 감고 '좋은 느낌 명상'을 해보세요! 그러면 아주 편리하고 유용한 '자기최면 프로그램'이 될 것입니다.(물론 녹음하지 않고 소리 내어 읽기만 해도 되고, 그저 지금 이 순간 자신에게 꼭 필요한 문장 한두 개만을 계속 반복하셔도 됩니다.)

이런 문구들을 깊이 음미하면서, 가슴속으로 이런 느낌을 반복해서 떠올려보면 어떻게 될까요? 그것을 매일매일 지속하게 된다면, 나에게 어떤 좋은 변화가 생기게 될까요? 어떤 좋은 변화가 생기는지 직접 체험해 보시기 바랍니다.

인생의 핵심 목표는
'자신의 가장 최고의 모습'으로 사는 것이다.
-매튜 캘리-

매일 잠깐이라도 따로 시간을 내어 눈을 감고 두 손을 가슴에 포갠 상태에서, 이런 느낌과 이미지를 반복해서 떠올려 보시기 바랍니다. 기분 좋은 느낌을 떠올리고 상상하는 것만으로도 우리 몸에선 행복 호르몬인 세로토닌이 분비되고, 무의식에선 조금씩 변화가 생깁니다. 때문에 이런 느낌을 반복적으로 떠올리고 음미하는 것은 삶의 일상에서 이런 기분을 더 많이 느낄 수 있도록 무의식을 프로그래밍하고, 가슴에 좋은 씨앗을 뿌려주는 일이 될 것입니다.

7

내면아이에게 들려주는 사랑의 치유문

고통을 해결하는 가장 빠른 방법은 고통을 '온전히 허용하는 것'입니다. 허용하면 할수록 마음의 공간이 넓어지기 때문입니다. 모든 힘든 감정 또한 이와 마찬가지입니다. 온전한 허용이란 무집착·무저항의 마음이며, 이것이 곧 그 무엇에도 영향을 받지 않는 텅 빈 마음이자 순수의식입니다. 그래서 허용하면 할수록 내 내면은 더 넓어지고, 더 편안해지고, 더 안정될 수밖에 없습니다.

나를 힘들게 하는 모든 감정들은 '배고파서 밥 달라고 우는 아이'와 같습니다. 그 아이들에게 필요한 밥은 나의 '따뜻한 공감과 이해와 허용과 수용'입니다. 그 아이들은 내가 주는 그 밥을 먹어야만 울음을 그치고 편안해집니다. 그러니 내가 고통스러운 감정들로부터 자유로워지는 길은 울고 있는 꼬마 아이를 살갑게 껴안아 주듯이, 그 감정들을 온전히 받아들이고 껴안아 주는 것이 최선입니다.

불편한 감정들을 나만 쳐다보고 있는 '귀여운 아이들'이라 생각하고, 그들의 이름을 불러 보세요. 그런 다음 상상 속에서 '그 우는 아이'를 온 마음으로 환영하고, 따뜻하게 껴안아 주세요!(이런 식으로 이미지를 바꾸면 힘든 감정을 수용하기 더 쉬워집니다.)

"그래 슬픔아, 그래 분노야, 그래 억울함아, 그래 원통함아, 그래 불안아, 그래 두려움아, 그래 수치심아, 그래 모욕감아, 그래 좌절감아, 그래 무력감아, 그래 죄책감아, 그래 외로움아, 그래 서러움아, 그래 절망감아…… 그동안 너무 힘들었지! 다 이리로 오렴. 내가 다 껴안아 줄게! 내가 언제든 다 껴안아 줄게!"

어떤 일, 어떤 순간에서든 넉넉히 이런 마음을 낼 때, 나를 힘들게 하는 감정들은 가장 잘 풀리게 될 것입니다. 내가 내 마음과 싸우는 것이 심리적 내전입니다. 자기 마음과 싸워 얻을 것은 '폭망' 외에 아무것도 없기에, 그냥 있는 그대로 온전히 받아들이고 껴안는 것보다 더 좋은 답을 찾을 수는 없을 것입니다.

환영은 저항의 반대이다. 저항은 부정적인 감정에 '싫어! 난 이

걸 원하지 않아!'라고 말한다. 환영은 '그래, 어서 와. 환영해.'라고 말한다. 알아차림은 언제나 모든 것을 환영한다. 아무리 강한 부정적인 감정이라도 알아차림의 환영 앞에서는 힘을 쓸 수 없다. 사실 그 어떤 부정적 감정이라도 알아차림의 환영 앞에서는 무력하다.

원하지 않는 대상을 환영하는 것이 직관에 어긋나는 것 같을 수도 있다. 하지만 원하지 않는 것을 당신에게 붙들어두는 것이 바로 저항이며, 환영은 그 저항을 멈추게 해준다! 부정적인 감정에 저항하지 않거나 그 감정 앞에서 긴장하지 않는 게 어려울 수 있다. 그러나 초점을 맞추는 대상을 넓히고 부정적 감정을 환영하면 기적처럼 저항을 멈추게 되고, 단지 에너지일 뿐이던 부정적인 감정도 사라질 것이다. 당신이 저항하던 상황도 그에 따라 달라질 것이다.

-론다 번, 『위대한 시크릿』 중에서

아래의 글은 자신의 이름을 넣어서, 자신의 내면아이에게 말해주고 들려주는 치유의 말입니다. 그냥 읽어도 좋지만, 한 문장을 두 번씩 읽어 자신의 목소리로 녹음해서 눈을 감고 명상하듯이 반복해서 들으시면 더 좋습니다.

1.

미안하다. 내가 그동안 너를 잘 돌봐주지 못해서 정말 정말 미안하다. 이제부터 언제나 내가 네 곁에서 네 편이 되어주고, 너를 지켜주고, 너를 아낌없이 사랑해 줄게! 이제 안심해도 된다. 이제 걱정 안 해도 된다. 이제 괜찮다! 이제 진짜 괜찮다!

2.
네 모든 고통(아픔)을 내가 다 껴안아 줄게.
네 모든 슬픔을 내가 다 껴안아 줄게.
네 모든 불안을 내가 다 껴안아 줄게.
네 모든 두려움을 내가 다 껴안아 줄게.
네 모든 좌절감(실패)을 내가 다 껴안아 줄게.
네 모든 결핍감(상실감)을 내가 다 껴안아 줄게.
네 모든 외로움(소외감)을 내가 다 껴안아 줄게.
네 모든 분노(억울함)를 내가 다 껴안아 줄게.
네 모든 부담감(죄책감)을 내가 다 껴안아 줄게.

그래, 슬퍼해도 된다. 내가 네 슬픔을 다 받아줄게.
그래, 힘들어해도 된다. 내가 네 힘든 거 다 받아줄게.
그래, 화내도 된다. 내가 네 분노를 다 받아줄게.
그래, 미워해도 된다. 내가 네 미움을 다 받아줄게.
그래, 요구해도 된다. 내가 네 요구를 다 받아줄게.
그래, 실패해도 된다. 내가 네 실패를 다 받아줄게.
그래, 하고 싶은 말 마음껏 해도 된다. 내가 네 말을 다 받아줄게.

그래, 네 마음대로 해도 된다. 내가 너 하고 싶은 거 다 받아줄게.

3.

○○야,

나는 이제 네 모든 것을 있는 그대로 인정하고 받아들일게!

나는 이제 네 모든 것을 있는 그대로 수용하고 사랑할게!

네가 느끼는 모든 것을 네 곁에서 똑같이 느껴줄게! 네가 경험하는 모든 것을 똑같이 체험해 줄게! 이로써 너를 온 마음으로 껴안아 줄게!

나는 네 모든 생각을 있는 그대로 인정하고 받아들인다. 네 모든 생각에 사랑과 축복을 보낸다.

나는 네 모든 욕구를 있는 그대로 인정하고 받아들인다. 네 모든 욕구에 사랑과 축복을 보낸다.

나는 네 모든 감정을 있는 그대로 인정하고 받아들인다. 네 모든 감정에 사랑과 축복을 보낸다.

나는 네 모든 슬픔과 아픔을 있는 그대로 인정하고 받아들인다. 네 모든 슬픔과 아픔에 사랑과 축복을 보낸다.

나는 네 모든 불안과 두려움을 있는 그대로 인정하고 받아들인다. 네 모든 불안과 두려움에 사랑과 축복을 보낸다.

나는 네 모든 구속감과 부담감을 있는 그대로 인정하고 받아들인다. 네 모든 구속감과 부담감에 사랑과 축복을 보낸다.

나는 네 모든 분노와 증오를 있는 그대로 인정하고 받아들인다. 네 모든 분노와 증오에 사랑과 축복을 보낸다.

나는 네 모든 억울함과 배신감을 있는 그대로 인정하고 받아들인다. 네 모든 억울함과 배신감에 사랑과 축복을 보낸다.

나는 네 모든 죄책감과 자책감을 있는 그대로 인정하고 받아들인다. 네 모든 죄책감과 자책감에 사랑과 축복을 보낸다.

나는 네 모든 무력감과 좌절감을 있는 그대로 인정하고 받아들인다. 네 모든 무력감과 좌절감에 사랑과 축복을 보낸다.

나는 네 모든 열등감과 우월감을 있는 그대로 인정하고 받아들인다. 네 모든 열등감과 우월감에 사랑과 축복을 보낸다.

나는 네 모든 수치심과 자괴감을 있는 그대로 인정하고 받아들인다. 네 모든 수치심과 자괴감에 사랑과 축복을 보낸다.

나는 네 모든 결핍감과 공허함을 있는 그대로 인정하고 받아들인다. 네 모든 결핍감과 공허함에 사랑과 축복을 보낸다.

나는 네 모든 풀리지 않은 감정들을 있는 그대로 인정하고 받아들인다. 나는 네 모든 억압된 감정들에 사랑과 축복을 보낸다.

나는 네 모든 욕구불만을 있는 그대로 인정하고 받아들인다. 나는 네 모든 욕구불만에 사랑과 축복을 보낸다.

나는 네 모든 비교와 분별(판단)을 있는 그대로 인정하고 받아들인다. 네 모든 비교와 분별에 사랑과 축복을 보낸다.

나는 네 모든 고통과 괴로움을 있는 그대로 인정하고 받아들인다. 네 모든 고통과 괴로움에 사랑과 축복을 보낸다.

나는 네 모든 혼란과 갈등을 있는 그대로 인정하고 받아들인다. 네 모든 혼란과 갈등에 사랑과 축복을 보낸다.

나는 네 모든 저항과 집착을 있는 그대로 인정하고 받아들인다. 네 모든 저항과 집착에 사랑과 축복을 보낸다.

4.

○○야,

너는 사랑받아도 된다. 너는 있는 그대로 사랑받아도 된다. 너는 너무나 소중한 사람이니까!

너는 인정받아도 된다. 너는 있는 그대로 인정받아도 된다. 너는 너무나 소중한 사람이니까!

너는 존중받아도 된다. 너는 있는 그대로 존중받아도 된다. 너는 너무나 소중한 사람이니까!

너는 행복해도 된다. 너는 있는 그대로 행복해도 된다. 너는 너무나 소중한 사람이니까!

너는 편안해도 된다. 너는 있는 그대로 편안해도 된다. 너는 너무나 소중한 사람이니까!

너는 자유로워도 된다. 너는 있는 그대로 자유로워도 된다. 너는 너무나 소중한 사람이니까!

너는 완벽하지 않아도 된다. 너는 강요받지 않아도 된다. 너는 네가

하고 싶은 대로 마음껏 해도 되고, 마음껏 네 꿈을 실현해도 된다.
너는 너무나 소중한 사람이니까! 너는 자유로운 영혼이니까!
너는 언제 어디서나 더 많이 사랑받아도 된다. 너는 언제 어디서나
있는 그대로 더 많이 사랑받아도 된다.
너는 너 자체로 너무나 소중하고 존귀한 존재다. 너는 너 자체로 너
무나 소중하고 아름다운 존재다.

5.
○○야,
너는 언제나 너로서 있는 그대로 괜찮고 족하다.
나는 언제나 그런 너를 있는 그대로 수용하고 사랑한다.

너는 있는 그대로 온전하고 완전하다.
네 마음은 있는 그대로 온전하고 완전하다.
네 모든 것은 있는 그대로 온전하고 완전하다.

나는 네가 있는 그대로 온전하고 완전함을 인정하고 받아들인다.
나는 네 마음이 있는 그대로 온전하고 완전함을 인정하고 받아들
인다.
나는 네 모든 것이 있는 그대로 온전하고 완전함을 인정하고 받아
들인다.

내가 언제나 너를 있는 그대로 사랑해 줄게.

너는 아무것도 안 해도 된다. 너는 있는 그대로 완전하다.

너를 있는 그대로의 완전함으로 수용하고 사랑한다.

사랑한다. ○○야.

나는 언제나 있는 그대로의 너를 사랑한다.

너는 아무것도 할 필요가 없고, 아무것도 될 필요가 없다.

너는 있는 그대로 소중하니까! 너는 있는 그대로 사랑스러우니까!

너는 있는 그대로 완전하니까! 너는 나의 거울이자 나의 본질이니까!

단 하나뿐인 나의 아이야. 너는 내게 이 세상에서 가장 소중하고 존귀하단다.

이 세상 그 무엇과도 바꿀 수 없는 가장 소중하고 존귀한 나의 사람아!

내 가슴속 무한한 사랑으로 너를 축복한다. 언제나, 언제까지나!

6.

○○야,

네 안엔 무한한 사랑이 넘쳐흐른다.

네 안엔 무한한 평화가 넘쳐흐른다.

네 안엔 무한한 지혜가 넘쳐흐른다.

네 안엔 무한한 용기가 넘쳐흐른다.

네 안엔 무한한 치유력이 넘쳐흐른다.

네 안엔 무한한 가능성(잠재력)이 넘쳐흐른다.

네 안엔 무한한 행복이 넘쳐흐른다.

네 안엔 무한한 축복이 넘쳐흐른다.

네 마음속에 모든 것이 있으니까!

네 마음은 모든 것과 연결되어 있으니까!

나는 너를 통해 모든 사랑과 기쁨을 배운다.

내 안에 모든 사랑으로 너를 축복하고 또 축복한다.

내 온 마음으로 영원에 닿을 때까지 너를 축복하고 또 축복한다.

8

나를 살리는 마법의 치유확언

이 확언을 읽을 때는 반드시 최소 명상을 5분 이상 한 이후에 읽기를 권해드립니다. 명상을 하고 나면 뇌파가 알파파 상태가 되기 때문에 암시효과가 더 좋아집니다. 이 확언들을 마음속으로 읽어도 되지만, 저는 기본적으로 '한 문장을 두 번씩 소리 내어 읽기를 권해드립니다.(녹음해서 들어도 좋습니다.)

자유롭게 읽어도 상관없지만, 1단계를 충분히 본 후에 2단계를 보고, 2단계를 충분히 본 후에 3단계를 보시길 권해드립니다. 특히 증상이 심할수록 더욱 그렇게 해야 합니다. 왜냐하면 무의식의 상태에 따라 수용할 수 있는 수준(단계)이 다르기 때문입니다.

예컨대 1단계를 하루에 10번 읽어서 10일을 반복하면 100독이 됩니다. 그렇게 그다음 10일 동안 각각 2단계와 3단계를 다 읽으면 한 달 만에 전체를 100독을 하게 됩니다. 혹은 각 단계를 20일 동안 읽을 수도 있고, 30일 동안 읽을 수도 있습니다. 어떻게, 어느 정도로 읽을 것인지는 전부 본인의 선택 사안입니다. 자신의 증상 정도와 노력 수준에 맞춰서 각기 자율적으로 하시면 됩니다.

명상은 나의 심신을 건강하게 하고 마음을 평온하게 할 뿐만 아니라, 그 순간 고도의 집중과 몰입상태를 만들어 최상의 컨디션을 만들어 준다. 이러한 의미에서 내가 진짜로 좋아하고 수시로 행하고 있는 명상법은 바로 중요한 가치를 지닌 문장들을 계속 떠올리고 생각하는 습관이다. (…) 인생의 매 순간이 명상인 것처럼 살고 있는 사람은 따로 명상할 필요가 없다. 이미 삶을 통해 가장 중요한 가치가 내면화되고 언제나 더 나은 상태를 추구하려는 정신 작동이 자연스럽게 이루어지고 있기 때문이다.

-박세니, 『어웨이크』에서

분량이 많으므로 구간 반복을 위해 '일정 기간 동안 1단계를 충분히 반복해서 읽고, 그다음 2단계를 충분히 반복해서 읽고, 그다음 3단계를 충분히 반복해서 읽는 것'을 추천드립니다.(1단계가 가장 중요하니, 분량이 부담되는 분은 일단 1단계만이라도 충분히 지속해 보시기 바랍니다. 중증인 경우는 1단계만 100일 동안 읽어도 됩니다.) 그렇게 충분히 다 읽은 다음에는 전체를 하루에 한두 번 읽어도 되고, 각 단계를 10일씩 계속 순환 반복해서 읽어도 되고, 자신에게 가장 필요한 부분을 골라서 집중 반복해서 읽어도 되고, 개인의 뜻대로 가장 효과적으로 자유롭게 읽으시면 됩니다.

저는 한 문장을 두 번씩 읽어 이를 녹음해서 반복해서 들으면서 따라 외우는 것을 가장 추천드립니다. 그렇게 하면 어디서든 편리하게 폰으로 그것을 자주 반복해서 들을 수 있게 됩니다. 어떻게 읽든 이 확언들이 내면에 깊이깊이 스며들어 무의식이 완전히 바뀌도록 100일 이상 꾸준히 보시기를 권합니다.

우리가 평소 하는 모든 말과 생각들이 전부 다 자기암시이자 자기최면입니다. 사실 이보다 더 강력하고 확실한 자기최면이 없을 정도입니다. 우리는 이 점을 깊이 인지해야 합니다. 즉, 이 프로그램은 그렇게 무심코 하고 있는 자기최면을 지양하고, 최적화된 좋은 확언들을 사용해 내면상태와 내적 대화를 바꿔 주는 일 (자각적 자기최면)이라고 할 수 있습니다. 자기 대화와 같은 내면의 신념과 생각들을 좋은 쪽으로 바꿔주는 것, 그것이 모든 치유의 본질일 것입니다.

물이 끓는 것이 한순간에 일어나는 것처럼 보이지만
실제로는 에너지를 담는 시간이 필요하다.

마찬가지로 끈기 있게 하다 보면 깨달음이 오는 시기가 있다.

자신만의 시간이 있음을 알고 꾸준하게 하는 것이 필요하다.

우리는 '축적이 있어야 돌파가 있다'라는 말을 기억해야만 한다.

-김진겸-

이 문장들은 따라 읽기만 해도 의식과 무의식이 자연스레 변화되어 치유와 의식성장이 일어나도록 만들어진 자기최면(자기암시) 프로그램입니다. 이 글은 심리 치유원리에 맞게 고도로 정밀하게 기획/구성된 글입니다. 그래서 이 글을 진지하게 꾸준히 반복해서 읽으면 시간이 갈수록 어떠한 치유효과와 의식변화가 일어난다는 것을 체험하게 될 것입니다. 어떻게, 어떤 방식으로 읽든 반복과 지속이 가장 중요한 핵심 사안일 것입니다. 이 글들이 무의식을 완전히 정화하고 새롭게 세팅하여 '내면화'되는 수준에 이르게 되면, 많은 치유적 변화를 얻게 될 것입니다. 관건은 이 내용들이 내면에 '자동재생 사고'가 되어 저절로 삶을 이끌어 가는 동력이 되게 하는 데 있을 것입니다.

켈리델리를 준비하는 2년 동안 나는 100권의 책을 반복해서 읽고 실천했다. 나는 단지 100권의 책을 읽고 실천하는 데 그치지 않고 그 사람들의 삶을 통째로 먹어버리기로 다짐했다. 그 사람들의 삶을 통째로 먹기 위해서 먼저 그 사람의 생각을 이해하고 실행 방법을 그대로 따라 했다. 잘 이해되지 않는 부분은 수백 번 다시 읽고, 실패해도 계속 따라 했다. 그러자 조금씩 길이 보이기 시작했다. 내 생각과 태도가 변하고 있다는 걸 느낄 수 있었다.

-켈리 최,『웰씽킹』에서

자기암시는 처음엔 수용이 잘되는 문장 위주로 시작해서 점점 강도를 높여가는 게 좋습니다. 자기암시는 내 무의식의 확고한 신념이 될 때까지 꾸준히 반복하는 게 핵심입니다. 자기암시를 할 때는 관련 이미지를 상상하거나 그런 이미지(사진, 그림, 영상)를 보시는 것도 좋은 방법이 됩니다. 우리의 무의식은 오직 입력된 대로, 믿는 대로 반응합니다. 고로 내가 그렇게 믿는 한 나는 그렇게 될 수밖에 없고, 내가 그렇게 믿었기 때문에 그렇게 체험할 수밖에 없습니다.

극진공수도의 창시자 최배달 총재는 숙련의 중요성에 대해 이렇게 말했습니다. "300번 연습을 하게 되면 흉내 내기가 가능해지고, 3000번 연습을 하게 되면 실전에 쓰일 수 있는 무기가 되고, 30000번 연습을 하게 되면 자신도 모르게 그 기술이 나와서 상대방을 제압할 수 있다." 비행기의 자동항법장치처럼 이 문장들이 내면에 프로그램처럼 깔리면 건강하고 행복을 삶을 살아가게 하는 내면의 자동항법장치가 되지 않을까 합니다.

어제는 어젯밤에 끝났다.
오늘은 새로운 시작이다.

과거를 잊는 기술을 배워라.

그리고 앞으로 나아가라.

-노먼 빈센트 필-

1단계: 첫 번째 10일~30일

- 나는 내 모든 신체감각과 반응을 잘 느끼고 알아차림으로써 점점 더 깨어나고 편안해진다.
- 나는 모든 마음을 잘 알아차림으로써 점점 더 깨어나고 편안해진다.
- 나는 모든 감정을 잘 알아차림으로써 점점 더 깨어나고 편안해진다.
- 나는 모든 생각을 잘 알아차림으로써 점점 더 깨어나고 편안해진다.
- 나는 모든 욕구(욕구불만)를 잘 알아차림으로써 점점 더 깨어나고 편안해진다.
- 나는 모든 기분(느낌)을 잘 알아차림으로써 점점 더 깨어나고 편안해진다.
- 나는 모든 집착과 저항을 잘 알아차림으로써 점점 더 깨어나고 편안해진다.
- 나는 모든 판단과 분별을 잘 알아차림으로써 점점 더 깨어나고 편안해진다.
- 나는 모든 말과 행동을 잘 알아차림으로써 점점 더 깨어나고 편안해진다.

- 나는 모든 것을 잘 알아차리는 알아차림이다. 나는 항상 깨어서 잘 알아차리는 알아차림이다.

- 가슴을 열고 내가 회피하고 억압했던 모든 감정들을 온전히 허용하고 받아들인다.
- 가슴을 열고 내가 회피하고 억압했던 모든 생각들을 온전히 허용하고 받아들인다.
- 가슴을 열고 내가 회피하고 억압했던 모든 욕구들을 온전히 허용하고 받아들인다.
- 가슴을 열고 내가 회피하고 억압했던 모든 자아들을 온전히 허용하고 받아들인다.

- 나는 모든 슬픔을 온전히 느끼고 받아들임으로써 점점 더 편안해진다.
- 나는 모든 분노를 온전히 느끼고 받아들임으로써 점점 더 편안해진다.
- 나는 모든 수치심과 자괴감을 온전히 느끼고 받아들임으로써 점점 더 편안해진다.
- 나는 모든 무력감과 좌절감을 온전히 느끼고 받아들임으로써 점점 더 편안해진다.
- 나는 모든 불안과 두려움을 온전히 느끼고 받아들임으로써 점점 더 편안해진다.

- 나는 모든 외로움과 소외감을 온전히 느끼고 받아들임으로써 점점 더 편안해진다.
- 나는 모든 억울함과 답답함을 온전히 느끼고 받아들임으로써 점점 더 편안해진다.

- 나는 모든 감정과 기분을 온전히 인정하고 받아들임으로써 점점 더 깨어나고 편안해진다.
- 나는 모든 생각과 욕구를 온전히 인정하고 받아들임으로써 점점 더 깨어나고 편안해진다.
- 나는 모든 집착과 저항을 온전히 인정하고 받아들임으로써 점점 더 깨어나고 편안해진다.
- 나는 모든 판단과 분별을 온전히 인정하고 받아들임으로써 점점 더 깨어나고 편안해진다.
- 나는 모든 고통과 상처를 온전히 인정하고 받아들임으로써 점점 더 깨어나고 편안해진다.
- 나는 모든 과거와 현실을 온전히 인정하고 받아들임으로써 점점 더 깨어나고 편안해진다.

- 이해받지 못한 아픔(나)을 인정하고 받아들임으로써 나는 매일매일 치유되고 점점 더 좋아진다.
- 보호(도움)받지 못한 아픔을 인정하고 받아들임으로써 나는 매일매일 치유되고 점점 더 좋아진다.

- 인정받지 못한 아픔을 인정하고 받아들임으로써 나는 매일매일 치유되고 점점 더 좋아진다.
- 수용받지 못한 아픔을 인정하고 받아들임으로써 나는 매일매일 치유되고 점점 더 좋아진다.
- 존중받지 못한 아픔을 인정하고 받아들임으로써 나는 매일매일 치유되고 점점 더 좋아진다.
- 사랑받지 못한 아픔을 인정하고 받아들임으로써 나는 매일매일 치유되고 점점 더 좋아진다.
- 소외당한 아픔을 인정하고 받아들임으로써 나는 매일매일 치유되고 점점 더 좋아진다.
- 빼앗기고 잃어버린 아픔을 인정하고 받아들임으로써 나는 매일매일 치유되고 점점 더 좋아진다.
- 실패(패배)했던 아픔을 인정하고 받아들임으로써 나는 매일매일 치유되고 점점 더 좋아진다.
- 분하고 억울했던 아픔을 인정하고 받아들임으로써 나는 매일매일 치유되고 점점 더 좋아진다.
- 무시(억압)당한 아픔을 인정하고 받아들임으로써 나는 매일매일 치유되고 점점 더 좋아진다.

- 나는 공감함으로써 공감받는 사람이 된다. 이로써 나는 점점 더 안정(확장)되고 편안해진다.
- 나는 이해함으로써 이해받는 사람이 된다. 이로써 나는 점점 더

안정되고 편안해진다.

- 나는 인정함으로써 인정받는 사람이 된다. 이로써 나는 점점 더 안정되고 편안해진다.

- 나는 수용함으로써 수용받는 사람이 된다. 이로써 나는 점점 더 안정되고 편안해진다.

- 나는 존중함으로써 존중받는 사람이 된다. 이로써 나는 점점 더 안정되고 편안해진다.

- 나는 용서함으로써 용서받는 사람이 된다. 이로써 나는 점점 더 안정되고 편안해진다.

- 나는 신뢰함으로써 신뢰받는 사람이 된다. 이로써 나는 점점 더 안정되고 편안해진다.

- 나는 사랑함으로써 사랑받는 사람이 된다. 이로써 나는 점점 더 안정되고 편안해진다.

- 나는 축복함으로써 축복받는 사람이 된다. 이로써 나는 점점 더 안정되고 편안해진다.

- 나는 늘 모든 마음(감정/생각/욕구)을 있는 그대로 인정하고 받아들인다. 이로써 나는 점점 더 치유되고, 점점 더 강해지고, 점점 더 깨어난다.

- 모든 집착과 저항을 다 내려놓고, 모든 판단과 분별을 다 내려놓고 나는 모든 나를 있는 그대로 수용하고 사랑한다. 이로써 나는 날마다 점점 더 좋아지고, 점점 더 밝아진다.

- 나는 있는 그대로 소중하고 가치 있는 사람이다. 나는 내게 가장 소중하고 존귀한 존재다. 모든 나를 있는 그대로 사랑하고 축복함으로써 나는 점점 더 좋아지고, 점점 더 밝아진다.

- 나는 있는 그대로 사랑받아도 된다. 나는 있는 그대로 행복해도 된다. 나는 가슴을 열고 이 사실을 온 마음으로 인정하고 받아들인다. 나는 오직 나의 완전한 진실만을 믿고 받아들인다.

- 모든 것은 지나간다는 것을 알기에, 나는 그 어떤 집착도 없이 모든 것을 받아들이고 다 흘려보낸다. 나는 모든 과거를 다 흘려보냄으로써 오직 현재에 충실하며 매 순간에 집중한다. 이로써 나는 점점 더 좋아지고, 점점 더 자유로워진다.

- 좋아진다고 믿으면 좋아질 수밖에 없다. 내가 그렇게 믿는 한 나는 그렇게 될 수밖에 없다. 나는 모든 불신과 의심을 다 내려놓고 '반드시 좋아진다'는 확고한 믿음을 가짐으로써 점점 더 좋아진다.

- 내 안엔 이미 모든 고통을 해결할 무한하고 완전한 치유력이 있다. 이 사실을 믿고 받아들임으로써 나는 점점 더 안정되고 편안해진다. 그 치유력으로 나는 매일매일 더 나아지고, 점점 더 좋아질 것이다.

- 나는 잠재의식의 무한한 힘과 지혜가 점점 더 깨어날 것을 믿는다. 나는 잠재의식의 무한한 힘과 지혜로 점점 더 치유될 것을 믿는다. 나는 잠재의식의 무한하고 완전한 치유력으로 온전히 치유될 것을 믿는다.

- 나는 내 안에 텅 빈 무한의 마음이 있음을 안다. 나는 텅 빈 무한의

마음속에 무한한 수용과 사랑이 있음을 안다. 나는 그 무한한 수용과 사랑이 점점 더 깨어날 것을 믿는다. 나는 그 무한한 수용과 사랑으로 온전히 치유될 것을 믿는다.

- 내가 그렇게 믿고 또 믿는 한 나는 그렇게 될 수밖에 없다. 내가 그렇게 믿고 또 믿기 때문에 나는 반드시 그렇게 될 수밖에 없다. 그래서 나는 치유확언으로 점점 더 좋아지고 완전히 치유된다.

2단계: 두 번째 10일~30일

- 나는 내 영혼의 치유자다. 나는 매 순간 나를 사랑하고 치유하기를 선택한다.
- 나는 내 몸과 마음을 잘 돌보고, 아끼고 사랑함으로써, 모든 면에서 점점 더 좋아지고 있다.
- 온전한 허용과 내맡김 속에서 내 몸과 마음은 점점 더 건강하고 조화롭게 회복되고 있다.
- 나는 늘 깨어있음으로써 자각하고 또 자각한다. 깨어있음은 내게 치유와 자유를 선사한다.
- 나는 매 순간 자각하고, 매 순간 수용하고, 매 순간 내려놓음으로써 매 순간 치유되고 있다.
- 나는 매 순간 깨어서 '지금 이 순간'의 의미와 가치를 발견한다. 나는 모든 순간을 수용하고 사랑함으로써 삶의 모든 것을 더 깊이 체

험한다.

- 나는 모든 고통이 집착과 저항에서 발생함을 알아차린다. 나는 끊임없는 자각으로 모든 집착과 저항을 다 내려놓고 점점 더 깨어나고 점점 더 편안해진다.

- 나는 모든 감정을 있는 그대로 인정하고 받아들임으로써 모든 감정의 흐름을 가장 이롭고 자연스럽게 만든다. 모든 감정이 온전히 수용됨으로써 내 안에 치유력은 점점 더 좋아지고 있다.

- 나는 모든 욕구를 있는 그대로 인정하고 받아들임으로써 모든 욕구의 흐름을 가장 이롭고 자연스럽게 만든다. 모든 욕구가 온전히 수용됨으로써 내 안에 치유력은 점점 더 좋아지고 있다.

- 나는 마음을 받아들이고, 마음은 나를 받아들인다. 내 모든 감정과 생각과 욕구는 있는 그대로 나에게 수용받는다. 이로써 나는 점점 더 치유되고, 더 밝아지고, 더 편안해진다.

- 내가 모든 감정을 온전히 느끼고 받아들임으로써 모든 감정은 언제나 내 편이 된다. 내가 모든 마음을 온전히 허용하고 받아들임으로써 모든 마음은 언제나 내 편이 된다.

- 나는 내 마음을 깊이 이해하고 껴안음으로써 나 자신을 더 깊이 이해하고 사랑한다. 나는 언제나 내 마음을 깊이 이해하고 잘 돌봄으로써 내면과 깊이깊이 소통한다.

- 나는 나를 있는 그대로 수용하고 사랑하기에, 나를 그 무엇과도 비교하지 않는다. 비교하지 않음으로써 나는 언제나 절대적 자존감을 유지한다. 나는 내게 그 무엇보다 가치 있고 소중한 존재다.

404

- 나는 나 자신을 있는 그대로 수용하고 사랑함으로써 언제나 나 자신에게 있는 그대로 수용받고 사랑받는 사람이 된다. 이로써 내면의 모든 분열과 부조화가 깨끗이 치유되고 완전히 좋아진다.

- 나는 나 자신을 있는 그대로 사랑함으로써 모든 조건과 비교들로부터 완전히 자유로워진다. 나는 모든 조건과 비교들을 다 내려놓음으로써 모든 것으로부터 나 스스로를 자유롭게 한다.

- 나는 항상 어떤 생각들이 내게 가장 도움이 되는지를 탐구한다. 나는 언제든 내게 가장 힘이 되는 생각, 가장 도움이 되는 생각을 찾음으로써 내게 가장 좋은 생각들로 의식을 가득 채우며 하루하루를 살아간다. 깨어있는 생각은 나를 일으켜 세우는 가장 좋은 힘이자 버팀목이 된다.

- 나는 힘들수록 더 크게 생각하고, 더 깊이 다각도로 생각한다. 나는 힘들수록 더 자각하고, 더 수용하고, 더 내려놓고, 더 내맡김으로써 모든 고통과 어려움을 이겨낸다.

- 나는 뜻대로 되지 않는 일을 인정하고 받아들임으로써 마음을 다스릴 줄 안다. 나는 뜻대로 되지 않는 일을 인정하고 받아들임으로써 마음을 키우며 수용하는 법과 내맡기는 법을 배운다.

- 나는 잊어야 할 것을 잊을 줄 알고, 놓아야 할 것을 놓을 줄 아는 지혜를 견지한다. 나는 그 어떤 집착도 하지 않고 모든 것을 순리와 섭리에 다 내맡긴다.

- 나는 모든 과거를 100% 인정하고 받아들임으로써 과거로부터 완전히 자유로워진다. 나는 모든 과거를 깨끗이 다 흘려보내고, 과거

에 대한 모든 집착과 회한도 다 내려놓는다. 나는 지나간 모든 것을 내려놓고 다 흘려보냄으로써 나날이 점점 더 홀가분해지고 편안해진다.

- 과거의 나는 존재하지 않으므로, 나는 매 순간 새로운 나를 만난다. 나는 오직 현재에 집중하고 또 집중한다. 나는 과거로부터 완전히 자유로우며 매 순간 앞으로 계속계속 나아간다.

- 나는 현재를 온전히 받아들임으로써 지금 이 순간에 '현존'한다. 나는 모든 현실을 100% 인정하고 받아들임으로써 '지금 이 순간'에 최대한 집중하고, '지금 이 순간'을 최대한 향유한다.

- 나는 모든 집착과 저항을 온전히 이해하고 받아들임으로써 모든 집착과 저항을 최소화시킨다. 이로써 내 의식과 무의식은 나날이 점점 더 깨어나고 점점 더 밝아진다.

- 나는 고통과 시련을, 이를 극복하는 법을 배울 수 있는 기회로 여긴다. 그래서 나는 고통과 시련을 기꺼이 받아들일 뿐 아니라, 이를 극복함으로써 더 강해지고 담대해진다.

- 나는 좌절감과 절망감을 극복하는 법을 찾아냄으로써 나 자신에게 희망과 용기(자신감)를 선사한다. 모든 것에는 답이 있음을 알기에, 나는 끝까지 해결책을 찾아낸다.

- 나는 모든 상처를 극복함으로써 그것을 내 삶의 소중한 자산으로 삼을 줄 안다. 나는 모든 상처를 극복하고 치유할 줄 아는 내면의 깊은 지혜를 찾아낸다.

- 나는 절제해야 할 때 절제할 줄 알고, 인내해야 할 때 인내할 줄 안

다. 나는 생산적 고통을 잘 감내함으로써 점점 더 현명한 사람이
된다.

- 나는 매 순간 자각함으로써 모든 부정적인 생각과 신념들을 다 내
려놓는다. 끊임없이 자각하고 계속 다 내려놓음으로써 나는 부정
적인 생각과 신념으로부터 완전히 자유롭고 편안해진다.

- 할 수 있다. 나는 나를 믿는다. 내가 나를 믿을 때, 나는 더 치유되
고 더 강해진다는 것을 안다. 나는 모든 부정과 불신을 다 내려놓
고, '내면의 무한한 힘과 지혜'를 믿고 최대한 활용한다.

- 나의 생각은 언제나 열려 있다. 나는 필요에 따라 유연하게 사고
하고 효율적으로 행동할 줄 안다. 나는 늘 깨어서 생각을 관조하기
에, 어떤 생각에도 얽매이거나 집착하지 않는다.

- 나는 좋아질 수밖에 없는 생각과 행동을 반복함으로써 점점 더 좋
아지고 있다. 나는 날마다 좋아질 수밖에 없는 생각과 행동들을 계
속 반복함으로써 좋은 하루를 만들고, 좋은 미래를 끌어당긴다.

- 나는 좋은 습관들로 나를 일으켜 세운다. 나는 가장 좋은 습관들
로 내 삶의 시간을 가득 채워간다. 내가 가진 좋은 습관들로 내 치
유와 행복과 성공은 점점 확장되고 커져간다.

- 나는 즉시 빠르게 실행한다. 용기를 냄으로써 변화는 더 쉽고 빠
르게 이루어진다. 저항을 받아들이고 생각을 바꿈으로써 변화는
점점 더 쉬워진다. 나의 용기와 적극성으로 변화는 점점 더 빨라진
다. 내 무의식은 좋은 변화를 기꺼이 허용하고 받아들인다.

- 나는 내 모든 행동에 전적으로 책임을 진다. 나는 언제나 더 멋지

게 반응함으로써 내 삶에 전적으로 책임을 지는 지혜로운 사람이
된다.

- 나는 내면의 무한한 힘과 지혜를 믿음으로써 내 안에 잠재력을 최
  대한 발현시킨다. 나는 잠재의식의 무한한 힘과 지혜를 믿음으로
  써 점점 더 좋아지고, 점점 더 강해지고, 점점 더 성장한다.

- 할 수 있다. 나는 잠재의식의 무한한 힘과 지혜로 점점 더 좋아지
  고 있다. 나는 잠재의식의 무한한 힘과 지혜를 믿음으로써 잠재의
  식을 언제나 내 편으로 만든다. 잠재의식은 내 가장 좋은 성공(행
  복) 파트너다.

- 나는 모든 집착과 저항을 다 내려놓고 점점 더 편안해진다. 나는
  모든 과거와 상처를 다 내려놓고 점점 더 편안해진다. 나는 모든
  고통과 괴로움을 가슴으로 다 내맡김으로써 점점 더 편안해진다.

- 나는 모든 판단과 분별을 다 내려놓고 모든 것을 섭리에 온전히
  다 내맡김으로써 깊은 평안을 얻는다. 무집착과 무저항의 마음으
  로 언제나 삶의 가장 좋은 흐름을 만들어 내며 나를 자유롭게 한
  다. 나는 텅 빈 무한의 마음으로 나날이 깨어나 점점 더 밝아지고
  더 좋아진다.

- 나는 모든 집착과 저항을 다 내려놓을 때, 내 안에 모든 것을 수용
  할 수 있는 절대평화가 깨어난다는 것을 안다. 나는 모든 것을 다
  내려놓고, 이 고요와 평화 속으로 편안히 빠져듦으로써 점점 더 치
  유되고 편안해진다.

3단계: 세 번째 10일~30일

- 나는 내 운명을 바꾸는 마법의 말을 사용한다. 나는 항상 좋은 말 (언어)을 사용함으로써 주위에 좋은 에너지를 방사할 뿐 아니라, 또 좋은 에너지를 계속 끌어당긴다.

- 어제는 어제로써 끝났다. 나는 매일 새롭게 시작하고 새롭게 깨어 난다. 나는 기꺼이 상상하고, 기꺼이 수용하고, 기꺼이 도전하며, 기꺼이 변화한다.

- 나는 매사 좋은 생각들로 더 좋은 기분을 선택한다. 나는 날마다 자주 웃고, 자주 미소 짓는다. 나는 여유로운 웃음과 밝은 미소로 날마다 나 자신과 타인에게 좋은 기운을 선사한다.

- 나는 항상 깨어있으며, 내 정신은 조화롭게 정렬되어 있다. 나는 모든 상황에서 가장 좋은 관점과 가장 좋은 태도(반응)를 가짐으로 써 모든 면에서 점점 더 좋아지고 있다.

- 나는 좋아질 수밖에 없는 생각과 행동들로 나를 일으켜 세우며, 좋아질 수밖에 없는 환경과 시스템을 구축한다. 나는 좋아질 수밖에 없는 모든 방법을 찾아 나날이 더 치유되고 더 성장한다.

- 나는 항상 내가 집중해야 할 것에만 최대한 집중하며 정신을 잘 컨트롤한다. 나는 언제나 '비전과 성취'를 위해 집중해야 할 것에 만 최대한 집중하며 매 순간을 살아간다.

- 나는 집중하고 몰입하는 게 너무 좋다. 나는 고도의 집중과 몰입 으로 빠른 성장과 변화를 만들어 낸다. 나는 고도의 집중과 몰입

속에서 모든 번뇌를 잊고 점점 더 평온해진다.

- 나는 작은 성취의 기쁨을 점점 더 큰 성취로 확장시킨다. 나는 항상 '내가 가진 것'과 '내가 해낸 것'에 더 집중한다. 이를 통해 자신감과 잠재력을 최대한 확장시키며 점진적으로 더 발전한다.

- 나는 모든 어려움을 나를 단련시키는 과정으로 받아들인다. 나는 실패를 좋은 경험과 피드백으로 받아들인다. 나는 실패 속에서 소중한 교훈을 얻고, 내가 해야 할 것을 찾아 앞으로 계속 나아간다. 나는 수정·보완의 달인이다.

- 나는 언제나 인내와 꾸준함과 담대함으로 계속 나아간다. 나는 '축적이 있어야 돌파가 있음'을 알기에, 백절불굴의 마음으로 계속 나아가고 또 나아간다.

- 계속 찾으면 답이 나온다. 내 잠재의식은 이미 모든 답을 알고 있다. 나는 잠재의식의 무한한 힘과 지혜로 좋은 해결책을 끝까지 찾아낸다. 나는 잠재의식이 모든 답을 찾아줄 것을 믿는다.

- 나는 모든 것, 모든 순간에서 배울 점을 찾는다. 나는 모든 것에서 가치 있는 것을 찾아내고 스스로를 일깨운다. 이로써 내 생각과 의식이 열리고, 날마다 지혜와 통찰이 점점 더 커져간다.

- 나는 잘될 수밖에 없는 방식으로 생각하고 행동한다. 나는 불굴의 의지력으로 뜻을 이룰 때까지 집중하고 또 집중한다. 나는 항상, 꾸준히, 담대하게 꿈과 목표를 향해 최대한 집중하며 나아간다.

- 나는 거시적 관점으로 크게 생각할 줄 알고, 길게 바라볼 줄 안다. 크게 생각할 줄 알고 길게 바라볼 줄 알기에, 일희일비하지 않고

담대한 마음으로 꾸준히 나아가고 또 나아간다.

- 나는 매사 정확한 판단으로 잘 계획하고, 우선순위를 잘 헤아려서 미리 준비할 줄 안다. 나의 착실한 준비는 나의 성공과 행복을 만든다.

- 나는 시간 관리를 철저히 함으로써 최대한 효율적으로 잘 사용한다. 나는 하루하루 시간을 최대한 잘 사용해서 시간의 가치를 최고치로 쓰고 누린다. 나는 어느 한순간도 허투루 낭비하지 않는다.

- 나는 내게 도움이 되고 필요한 일은 그 무엇이든 기꺼이 하고 기꺼이 배운다. 이로써 내 능력과 적응력과 실전 실력은 점점 더 좋아지고 있다.

- 나는 끝까지 해내는 승부근성을 지녔다. 나는 어떤 경우든 될 수밖에 없는 좋은 방법을 찾아 될 때까지 계속계속 나아간다. 나는 강인한 마인드로 모든 어려움을 극복하고 이겨낸다.

- 나는 내가 좋아하는 것들에 집중하며, 날마다 즐겁고 행복한 상상으로 나 자신을 이끈다. 나는 모든 과정을 즐기며, 생생한 심상화를 통해 내 꿈과 미래를 끌어당긴다.

- 나는 좋아하는 일로 나의 가치를 실현하며, 가장 효율적이고 효과적인 방법으로 지속적인 번영과 풍요를 만들어 낸다. 나는 언제나 최선으로 최고의 결과를 지향한다.

- 나는 매일매일 더 즐겁게 집중하고 몰입한다. 나는 항상 고도의 집중과 몰입으로 모든 것을 조율하며 온전히 깨어서 살아간다. 나는 언제나 고도의 집중과 몰입으로 최고의 나를 만나며 살아간다.

- '된다. 반드시 된다! 할 수 있다. 반드시 할 수 있다!' 나는 언제나 나 자신을 격려하며, 성공할 수밖에 없는 방식으로 생각하고 행동한다. 나는 늘 가장 좋은 마인드와 행동방식을 갖춤으로써 일의 흐름과 운을 점점 더 좋아지게 만든다.
- 나는 언제 어디서든 긍정적인 요소에 집중하며, 그 상황에서 가장 좋은 것들을 찾아낸다. 그래서 나는 항상 좋은 것들을 더 많이 찾아내고, 더 체험하고, 더 끌어당긴다.
- 나는 마음과 지각이 열려 있기에, 언제든 잘 경청하고 공감하고 포용할 줄 아는 깨어있는 사람이다. 나는 내 생각을 내세우지 않으며, 모든 만남 속에서 관계의 지혜를 배울 줄 안다. 이로써 내겐 좋은 관계와 좋은 인연이 점점 더 많아지고 있다.
- 나는 항상 타인의 장점과 좋은 점(비전)을 잘 찾아낸다. 나는 이해와 친절과 배려와 존중으로 타인을 대함으로써 인격을 고양시키고, 내 곁에 '나를 지지하는 좋은 사람들'을 계속 끌어당긴다.
- 나는 진실함과 성실함으로 타인의 신뢰와 지원을 얻는다. 나는 사람들에게 신뢰를 쌓음으로써 좋은 일들을 계속 만들어 내며, 모든 곳 모두에게서 내게 필요한 모든 지혜와 해결책을 찾아낸다.
- 나는 타인을 이롭게 함으로써 나 자신을 이롭게 한다. 나는 타인에게 기쁨과 이로움을 줌으로써 더 많은 기쁨과 이로움을 창출해 낸다. 이로써 나를 좋아하고 도와주는 좋은 인연들을 계속 더 끌어당긴다.
- 나는 사랑하고 사랑받는 게 너무 좋다. 이로써 나는 점점 더 사랑

하고 사랑받는 사람이 된다. 나는 축복하고 축복받는 게 너무 좋다. 이로써 나는 점점 더 축복하고 축복받는 사람이 된다.

- 나는 내가 누리는 모든 것에 감사하고, 내가 누릴 모든 것에 감사한다. 이로써 나는 풍요의 에너지를 계속 더 끌어당기며, 더 많은 풍요가 자연스럽게 나에게 흘러들어오게 한다.

- 내게 좋은 모든 것이 모든 곳, 모두에게서 다 내게로 온다. 내가 늘 감사와 축복의 마음으로 살아가기에, 내게 좋은 모든 것이 모든 곳 모두에게서 자연스럽게 다 내게로 온다.

- 잠재의식의 강력한 힘으로, 내가 알아야 할 모든 것이 내 앞에 드러나고, 내게 필요한 모든 것이 다 내게 온다. 내 잠재의식은 그 모든 것을 정확히 찾아내고 빠르게 끌어당긴다.

- "나는 내가 좋다!" 이 말을 편안하게 받아들일 수 있을 때까지 나는 모든 자기부정을 내려놓고 심리적 저항을 계속 수용한다. '나는 내가 좋다!'는 말은 결국 나의 확실한 신념과 비전이 된다.

- 나는 모든 순간을 받아들이며 더 좋은 기분을 선택한다. 나는 언제나 모든 '순간'이 처음이자 마지막임을 안다. 나는 모든 순간을 수용하고 사랑함으로써 점점 더 편안해지고 행복해진다.

- 나는 내가 이룰 수 있는 최고의 삶을 추구한다. 고로 나는 매 순간을 사랑하고, 모든 나를 사랑한다. 나는 삶을 깊이깊이 사랑함으로써 삶이 주는 모든 기쁨을 최대한으로 누린다.

- 나는 모든 집착과 저항을 다 내려놓고, 매 순간 온전한 허용과 내맡김 속에서 삶의 모든 순간을 최고의 흐름으로 체험한다. 이로써

내 삶은 날마다 점점 더 밝아지고 더 평온해진다.

- 나의 구원은 온전한 수용과 완전한 깨어남으로부터 온다는 것을 안다. 나는 끊임없는 자각과 수용과 내려놓음으로 모든 순간에서 나의 진실을 발견하며 점점 더 깊이 깨어난다.

- 나는 조건 없는 사랑과 행복을 기꺼이 허용하고 받아들인다. 나는 내면의 지혜를 일깨우며 새로운 신념을 기꺼이 받아들인다. 나는 늘 가장 좋은 방식으로 가장 지혜롭게 모든 마음을 쓴다.

- 나는 온전한 자각과 내맡김으로써 점점 더 좋아지고 있다. 나는 마음을 쓰는 최고의 지혜를 따라 점점 더 좋아지고 있다. 온전한 자각과 내맡김으로 나는 계속 좋아질 수밖에 없는 길을 간다.

살다 보면 흔히 저지르게 되는
두 가지 실수가 있습니다.
첫째는 아예 시작도 하지 않는 것이고,
둘째는 끝까지 하지 않는 것입니다.

-파울로 코엘료-

깨달음을 위한 기적의 만트라

　확언 중에는 치유확언도 있고, 성공확언도 있고, 풍요확언도 있는 것처럼 깨달음확언도 있습니다. 만트라는 영적 각성을 위한 '깨달음확언'이라 할 수 있습니다. 영적 각성을 한다는 것은 자신의 '에고 마음(번뇌)'에서 벗어난다는 것을 의미합니다. 그러므로 깨달음이야말로 최고의 심리치유이자 궁극의 치유라고 할 수 있습니다. 예수님이 말했듯 '오직 거듭나는 자만이 내면의 천국을 발견할 것'입니다.

　라디오에 주파수를 맞추면 그 주파수에 맞는 방송을 들을 수 있는 것처럼, 만트라는 '깨달음의 의식'에 주파수를 맞추게 하는 역할을 합니다. 즉, 만트라는 나를 깨우는 주문인 것입니다. 그래서 만트라를 계속 반복해서 외우게 되면 동조현상에 의해 영적 각성이 일어나게 됩니다. 이것이 만트라 명상의 기본 원리이자 본질입니다. 만트라 명상은 전수하기도 가장 쉽고, 배우기도 가장 쉽습니다. 단지 집중해서 무조건 문장을 외우기만 하면 됩니다. (염불도 일종의 만트라입니다.)

　만트라도 수없이 많은 것이 존재하는데요, 저는 가장 효과적인 문장을 찾고자 만트라 연구만 25년을 했습니다. 영적 각성을 위한 기적의 만트라 다섯 가지를 소개합니다. (만트라 명상을 하실

분은 1부에 있는 '우리의 본성은 텅 빈 마음이다'와 '있는 그대로의 완전함에 대하여' 이 두 글을 완전히 이해될 때까지 여러 번 읽어보시기 바랍니다.)

만트라만 외워도 되지만, 심상화된 명상법을 함께 사용하면 더 효과적입니다. 그래서 만트라 효과를 극대화할 수 있게 고안된 「텅 빈 마음 명상법」을 함께 소개합니다. 손바닥을 펴 무릎에 올려놓고 눈을 감습니다.

내 안에 이미 '텅 빈 마음'이 있음을 떠올립니다. 혹은 내 몸속이 허공처럼 텅 비어있다고 상상하거나, 내 몸과 마음이 다 사라지고 텅 빈 허공만 남았다고 상상합니다. 또 다른 방법으로는 구름 사이의 텅 빈 하늘을 바라보듯 생각(감정) 사이의 '텅 빈 마음'을 계속 바라봅니다. 생각구름이 다 걷히고 텅 빈 마음만 남았다고 상상합니다. 혹은 하늘에서 내 몸이 하늘만큼 커져서 내 몸이 텅 빈 상태가 되었다고 상상합니다. 이처럼 모든 마음도 공(空)이요, 모든 나도 공(空)임을 깊이 인지한 상태에서 다음의 만트라를 각각 무한 반복해서 외웁니다.

- 나는 늘 텅 빈 마음속에 있고, 텅 빈 마음은 늘 내 속에 있다.
- 나는 텅 빈 무한의 마음으로 완전히 깨어난다.(나는 텅 빈 근원의 마음으로 완전히 깨어난다.)
- 나는 텅 빈 마음으로 깨어난 무한의식이다.

- 할 수 있다. 내 안에 모든 것이 있다. 내 안에 모든 답이 있다.

•할 수 있다. 나는 잠재의식의 무한한 힘과 지혜로 완전히 깨어난다.

이 외에도 많은 만트라가 있지만, 이 세 가지 만트라와 깨달음을 도와주는 두 가지 암시문만 꾸준히 열심히 외우면 누구나 영적 각성을 하실 수 있으리라 생각합니다. 매일 1시간씩 외운다면 대부분 100일 안에는 의식 각성이 일어날 것입니다. 운이 좋거나 내공이 있는 분은 그보다 훨씬 더 빨리 깨어날 수도 있을 것입니다. 만약 '나는 더 빨리 깨어나고 싶다' 하는 분은 더 많이 더 자주 하시면 됩니다. 만일 하루 온종일 집중해서 '만트라 명상'을 한다면 10일 안에도 깨어날 수 있을 것입니다.

만트라를 외우면 각성이 일어나기 전에도 무의식이 조금씩 정화되기 때문에 몸과 마음에 좋은 영향을 받게 될 것입니다. 만트라는 자아상을 최상위의 상태로 좋게 만들기 때문에, 심리치유뿐 아니라 영적 각성까지 가능케 합니다. 그야말로 일석이조의 효과를 볼 수 있는 좋은 방법이라 하겠습니다. 문장이 틀리지 않게 정확하게 외워야 하며, 소리 내어 외워도 좋고, 마음속으로 외워도 좋습니다. ('감정 수용하기'나 '생각 자각하기'가 하나하나 풀어가는 아날로그 방식이라면, 참나에 바로 집중하는 만트라 명상은 디지털 방식이라 할 수 있을 것입니다.)

혼동이 있는지 없는지 어떻게 알까? 마음이 평화로운지 아닌지에 달렸다. 어떤 믿음이나 행동에 대해 마음이 평화롭다면 사랑 안에서 진실을 믿는다는 표시다. 가슴이나 명치에서 불안, 슬픔, 혼란, 재고, 계속되는 감정 등이 느껴진다면 완전하고 진정한 진실을 믿는 능력을 방해하는 무언가가 심장 안에 있다는 신호다. 진정한 평화는 상황에 영향 받지 않는다.

-알렉산더 로이드, 이문영 역, 『힐링코드』에서

커다란 항아리에 조금씩 물을 계속 부어주면 결국 물이 가득 차서 넘치게 되듯이, 만트라를 내 안에 계속 부어서 에너지가 쌓일 만큼 쌓이게 되면 반드시 영적 각성이 일어나게 될 것입니다. 그러니 이러한 원리, 이렇게 될 수밖에 없는 이치를 믿고 담대한 마음으로 도전해 보시기 바랍니다. 이 정도 노력으로 영적 각성을 한다는 것은 일반적인 경우, 이 몇백 배의 노력으로도 결코 쉽지 않은 일이며, 아무리 많은 돈을 들여도 결코 쉽지 않은 일입니다.

신은 동사(動詞)다.
신은 정의할 수 있는 존재나 사물이 아니다.
당신을 비롯한 모든 것 안에서,
모든 것을 통해서, 모든 것으로 표현되고 '있는 것'이다.

-매리 오말리-

영적 깨달음이란 간단히 말해, 자신(에고)을 넘어서서 우주와 하나 되는 '합일의식'을 얻는 것이라 할 수 있습니다. 그런데 이

합일의식이 10% 깨어났느냐, 50% 깨어났느냐, 90% 깨어났느냐에 따라 많은 수준 차이가 있습니다. 즉, 영적 각성이 된 경우도 얼마나 깨어났느냐에 따라 다양한 경지로 레벨 차이가 생기게 되는 것입니다. 그래서 영적 각성을 하신 분들도 저마다 다 경지가 다르다고 할 수 있습니다. (불교에선 최초의 영적 각성을 '자신의 본성을 보았다'고 해서 초견성(初見性)이라고 표현합니다.)

태권도도 1단부터 9단까지 있는 것처럼, 영적 깨달음 또한 초견성 수준인 1부터 완전한 경지인 10까지 다양한 레벨이 있습니다. 완전한 경지인 10 정도가 되는 것은 극히 어려워도, 초견성 수준인 1, 2정도가 되는 것은 누구나 쉽게 가능한 시대가 되었습니다. 실로 좋은 영성 책들과 좋은 영적 정보들, 좋은 수련방법들이 가득 넘쳐나는 시대가 되었습니다. 일찍이 마음공부하기에 이렇게 좋은 시대는 없었습니다. (제게 직접 참나코칭을 받은 분 중엔 고작 2시간 30분 만에 영적 각성을 하신 분도 있습니다.)

출가한 승려가 일평생 수도를 해도 견성을 하고 죽는 이보다 못 하고 죽는 이가 더 많습니다. 평생 마음공부를 하고도 '참나 각성'을 한 번이라도 체험하는 사람보다 못하는 사람이 더 많습니다. 그러니 초견성만 한다 해도 이것을 어찌 가벼운 일이라 할 수 있겠습니까? 깨달음을 얻는다는 것은 '인간으로 태어나 이보다 더 가치 있는 일이 없다'고 할 만큼 의미 있는 일입니다. 깨어나기 전엔 누구나 에고의 우물 속에 있는 중생에 불과하기에 이를 모를 뿐입니다.

진정한 사랑이란 한 사람을 껴안는 것이 아니라,

우주를 껴안고

우주 안에 있는 모든 사람 하나하나를 껴안는 것이다.

-레스트 레븐슨-

　참나는 무한하고 완전한 절대평화입니다. 그러한 상태로 깨어나는 것이 영혼의 부활이요, 그 자리로 들어가는 것이 내면의 천국을 발견하는 일일 것입니다. 숨바꼭질을 하려면 술래 외에 다른 아이들은 다 숨어야 하는 것처럼, 우리는 삶의 진실과 참나(신성)를 찾기 위해서 에고라는 술래가 되어 술래잡기를 하고 있는 것입니다. 그처럼 우리는 모두 이 생에서 그러한 영혼의 퍼즐을 맞추기 위해 태어났습니다. 그것은 나를 다 내려놓고 조건 없는 수용과 사랑과 만날 때만 찾아질 것입니다. 그러므로 우리 모두는 '내 안의 또 다른 나'를 만나야 할 것이며, '내 밖의 나'로 거듭나야 할 것입니다. 모든 이에게 그러한 깨달음의 축복이 있기를 간절히 소망하고 기원합니다.

1 ——————————————————————

　심리상담가는 '타인의 아픔'에 귀 기울이는 사람일 것입니다. 타인의 아픔을 들으려면 그 아픔에 눈높이를 맞출 수 있는 '낮은 마음'이 있어야 합니다. 그런 마음이 없이는 결코 경청할 수 없을 것이고, 경청하지 못한다면 결코 이해나 공감 또한 할 수 없을 것입니다. 때문에 '낮은 마음'이 없이는 그 누구도 타인의 아픔을 껴안아 줄 수 없을 것입니다.

　어떤 고통을 당한 사람에게라도 그 고통스러운 마음에 눈을 맞추고 그의 마음이 어떤지 피하지 않고 물어봐 줄 수 있고, 그걸 들으면서 이해하고, 이해되는 만큼만 공감해 줄 수 있다면 그것이 가장 도움이 되는 도움이다.

-정혜신, 『당신이 옳다』에서

어떤 기법을 쓰든 상담가는 겸손하고 또 겸손하고 또 겸손해야 한다고 생각합니다. 왜냐하면 그렇지 않으면 결코 타인의 상처와 아픔에 눈높이를 제대로 맞출 수가 없기 때문입니다. 아픔과 상처의 말을 깊이 들을 수 있는 것도, 타인의 고통에 진정 어린 이해와 공감을 할 수 있는 것도 다 그러한 마음의 자세에서 나옵니다. 심리상담은 자신의 생각을 내려놓은 겸허하고 따뜻한 마음의 자세로 '타인의 상처받은 마음'을 받아내는 작업이 아닐까 합니다. 이는 많은 공부뿐 아니라 인격적 내공까지 필요한 것이기에, 결코 쉬운 일이 아니요, 아무나 할 수 있는 일이 아닐 것입니다.

타인의 아픔을 받아내는 일이란 결국 자신을 내려놓고, 이타(利他)의 장에서 자기 안의 깊고 넓고 겸허한 마음을 여는 것이요, 오직 그럴 때에만 '경청+이해+공감+수용'을 할 수 있는 법이니, 상담공부와 마음공부는 결국 하나의 길에서 만나지는 게 아닌가 합니다. 그런 점에서 저는 상담을 자신을 닦는 수행과 같다고 생각합니다. 하여 진정한 하심 없이는 심리치유도 영적 성장도 아득히 먼일이 되지 않을까 합니다. 말 한마디, 행동 하나에도 그 사람의 마음의 그릇이 다 드러나는 법이니, 상담가는 더욱 늘 자신을 잘 되돌아보아야 할 것입니다.

초인은 지성과 긍지로 가득 찬 사람이며,
넘치는 생명력으로 끊임없이 스스로의 한계에 도전하며
더 높은 곳으로 자신을 끌어올리는 사람이다.

-프리드리히 니체-

심리상담을 한다는 것은 가장 우울한 사람과 가장 무기력한 사람과 가장 불안한 사람과 가장 분노가 많은 사람과 가장 의심이 많은 사람과 가장 예민한 사람과 가장 고집 센 사람과 가장 부정적인 사람과 가장 인지왜곡(성격장애)이 심한 사람과 가장 상처 많은 사람과 가장 불행한 사람을 만나는 일입니다.

이런 사람들을 만나 이들의 고통과 상처와 아픔과 성격을 다 이해해 주고, 공감해 주고, 껴안아 주어야 하는 일입니다. 그리고 그것을 전제로 그들의 마음을 치유하고, 그들의 삶에 새로운 변화를 만들어 주어야 하는 일입니다.

정말 정말 깊고도 많은 공부가 필요한 일이며, 정신적으로 인격적으로 아주 높은 수준까지 마음의 그릇이 커지지 않고는 도무지 할 수 없는 일입니다. 그렇지 않으면 본인 스스로가 스트레스를 감당할 수가 없는 일입니다.

모든 내담자는 상담가의 그릇을 비추는 거울과 같습니다. 내담자는 상담가 자신의 부족함을 정확히 비춰줍니다. 상담가들이 치유에 얼마나 많이 실패하는지 그 누구보다 상담가 자신이 가장 잘 알 것입니다.(이걸 자각조차 못 하는 이들도 간혹 있긴 합니다.) 하여 상담가에겐 직업윤리로서 더 증진해야 하고 더 양심적이어야 할 책무가 있는 것 같습니다. 상담은 심리치료를 통해 사람을 살리는 성직(聖職)이니, 결코 아무나 할 수 있는 일도 아니요, 아무나 해서도 안 되는 일입니다. 상담 하나하나가 다 공부의 과정이요, 수행의 과정에 가깝습니다. 그러므로 좋은 상담가가 된다는 것은 마음을 닦는 구도자의 길을 가는 것과 같은 것이 아닌가 합니다.

저도 예전에 수차례 실패했던 것처럼, 저는 다른 상담가들의 너무나 많은 실패 사례를 직간접적으로 숱하게 들어왔습니다. 심지어 그런데도 그런 사실을 조금도 밝히지도 않고, 여전히 모든 증상을 다 고칠 수 있는 것처럼 말하면서 고액의 상담료에 대한 아무런 책임도 지지 않는 그들의 뻔뻔한 모습을 보면서, 상담가들이 사기꾼 아닌 사기꾼 같다는 생각이 들 때가 참 많았습니다. 사람의 아픈 마음을 치유한다는 상담가들조차 어쩜 저럴 수 있을까 싶을 때가 정말 많았습니다.

같은 기준에서 비록 그들보다 훨씬 더 적은 상담료를 받지만, 저 또한 상담에 실패하면 사기꾼 아닌 사기꾼이 되는 게 아닌가 하는 생각이 듭니다. 그래서 때때로 마음이 아주 부담스러울 때가 있습니다. 그 어떤 이유에서든 실패를 용납할 수 없는 제 입장에선 때로 상담을 한다는 게 마음의 칼날 위에 서는 일처럼 느껴지기도 합니다. 게다가 저는 단 기간에 치유하는 것을 목표로 두어서 더더욱 그런 것 같습니다.(심지어 제게 상담을 받으시는 분들 중

50% 정도가 서문에서 썼던 상담료 2,600만 원을 쓰고도 안 나으신 분보다 더 고치기 힘든 경우입니다.)

얼마나 실력이 더 좋아져야 이 칼날 위에서 마음이 자유롭고 편안해질 수 있을까요! 저는 심리치유의 한계와 가능성이 어디까지인지 알고 싶기에, 상담가로서 누가 최고의 실력자인지 궁금합니다. 아울러 실력이 어디까지 더 향상될 수 있는지, 인간에게 그것은 어디까지 가능한 일인지 궁금해집니다. 그것은 어쩜 오직 하늘만이 알 수 있는 일일는지요!

2 ─────────────────────────────

권민창 님의 『잘 살아라 그게 최고의 복수다』에는 '절대 놓치면 안 되는 사람들의 5가지 특징'이 소개되어 있습니다.

1. 힘들 때 내 곁을 묵묵히 지켜준 사람.
2. 별 말 없이 함께 있어도 편안한 사람.
3. 상대방의 호의를 더 큰 호의로 보답하는 사람.
4. 말과 행동이 예쁘고 배려 넘치는 사람.
5. 나에게 긍정 에너지를 왕창 불어넣어 주는 사람.

이 글을 읽고 두 가지 생각이 들었습니다. 내게도 이런 사람이 곁에 있었으면 좋겠다는 생각과 나도 다른 사람에게 이런 사람이 되어주어야겠구나 하는 생각! 이 책에도 썼듯이 서로가 서로에게 이런 사람이 되어주는 '선순환의 관계'가 되는 것은 우리 생에 다시없을 참으로 기쁘고 가치 있는 일일 것입니다.

살다 보면 가끔 사람보다 책이 더 편안할 때가 있고, 사람보다 책이 더 큰 위안과 에너지를 주는 경우가 있습니다. 세상엔 놓치면 안 되는 사람이 있듯, 놓치면 안 되는 책이 있습니다. 치유가 필요한 분들께 이 책이 '놓치면 안 되는 사람'처럼 다가갈 수 있었으면 좋겠습니다. 이 책은 제 숨결과 이상이 배인 제 영혼의 분신과 같을 것이므로, 이 속에 따뜻하고 깊은 대화와 좋은 치유 에너지가 넘쳐났으면 좋겠습니다.

저는 모든 내담자를 저의 스승으로 여기면서 여기까지 왔습니다. 그 스승들이 있어 수많은 실수와 시행착오를 통해 저를 계속 절차탁마할 수 있었고, 이 정도나마 성장할 수 있었습니다. 예전에 지금보다 실력이 많이 부족하여 성공적인 상담을 못 해드렸던 분들께 저는 늘 죄송하고 송구한 마음을 가지고 있습니다. 제게는 그러한 빚이 있을 뿐 아니라, 심리치료는 때때로 정말 어려운 것이기에, 지금보다 훨씬 더 성장해야 한다고 생각합니다. 대리석 속에서 천사를 꺼내는 조각가처럼, 이 책 앞에 부끄럽지 않도록 저 또한 놓치면 안 되는 좋은 사람, 좋은 상담가가 될 수 있도록 계속 더 정진하고자 합니다.

"나는 나 자체로 너무나 소중하고 존귀한 존재다. 나는 모든 나를 있는 그대로 수용하고 사랑하고 축복한다. 그래서 나는 내가 너무 좋다!"

세상 모든 사람들이 이렇게 자신을 사랑하고 좋아할 수 있었으면 좋겠습니다. 이 책을 읽어주신 모든 독자분들께 치유의 축복이 단비처럼 쏟아지길 빌며 깊은 감사의 말씀을 올립니다.

내가 나를 치유하는 시간

초판 1쇄 발행	2023년 7월 11일
초판 2쇄 발행	2024년 11월 8일

지은이	김주수
발행인	조현수
펴낸곳	도서출판 프로방스
기획	조용재
마케팅	최문섭
편집	이승득
디자인	호기심고양이

본사	경기도 파주시 광인사길 68. 201-4호
물류센터	경기도 파주시 산남동 693-1
전화	031-942-5364, 5366
팩스	031-942-5368
이메일	provence70@naver.com
등록번호	제2016-000126호
등록	2016년 06월 23일

정가 20,000원
ISBN 979-11-6480-325-5 03810